Gloria Naylor wurde 1950 in New York geboren und studierte englische und afro-amerikanische Literatur in Brooklyn und Yale. Sie erhielt 1983 den »American Book Award for First Fiction« für ihren Roman *Die Frauen von Brewster Place. Baileys Café* ist ihr vierter Roman.

Dieses Buch wurde auf
chlor- und säurefreiem Papier gedruckt.

Vollständige Taschenbuchausgabe Juli 1996
Droemersche Verlagsanstalt Th. Knaur Nachf., München
Lizenzausgabe mit Genehmigung des Carl Hanser Verlag
München Wien

Titel der Originalausgabe »Bailey's Café«

Originalverlag Harcourt Brace Jovanovich, New York
Umschlaggestaltung: Angela Dobrick, Hamburg
Umschlagfoto: Zimmermann und Schoenrock, Hamburg
Satz: Fotosatz Reinhard Amann, Aichstetten
Druck und Bindung: Elsnerdruck, Berlin
Printed in Germany
ISBN 3-426-65068-1

5 4 3 2 1

Gloria Naylor

Baileys Café

Roman

Aus dem Amerikanischen
von Angelika Kaps

Knaur

Für die beiden Luecelias:

1898–1977
1951–1987

still jetzt kannst du's hören weit kann es nicht mehr sein
der leise Blues wird dich dorthin geleiten
schau hin schon kannst du's hören
schau hin und du kannst hören
wie leiser Blues dir einen
Raum aufmacht der
niemals schließt:
Baileys
Café

Maestro, wenn ich bitten darf …

Ich kann nicht behaupten, ich hätte viel Bildung mitgekriegt. Bücherwissen. Obwohl die High-School damals in den zwanziger Jahren noch eine richtige Schule war und nicht das, womit die Jugendlichen heutzutage sich's leichtmachen, und während Erasmus Hall im allgemeinen und Miss Fitzpatrick im besonderen noch immer von der Sahne reden, die sich oben bildet und über allem absetzt, findet das wirkliche Lernen nicht in der Schule statt.

Die verdreckten Straßen Brooklyns waren mein Kindergarten, meine Heirat mit Nadine war mein Grundschulabschluß, mein erstes Diplom hab ich mir im Pazifik erworben; und dieses Café, ja also, dieses Café verschafft mir einen Doktortitel. Man könnte sagen, ich studiere im Hauptfach das Leben, während ich vor diesem Grill stehe und beobachte, wie die Tür auf- und zugeht, auf und zu, wenn sie hier von überall aus den Vereinigten Staaten und anderen Teilen der Welt hereinkommen.

Einige von ihnen glauben tatsächlich, das Verlangen nach einer Tasse Kaffee hätte sie hierhergeführt, obwohl sie bald feststellen, daß wir miserablen Kaffee machen. Die Kaffeemühle ist kaputt, und ich weiß nie so genau, wie fein- oder grobgemahlen die Bohnen jeweils beim nächsten Schub rauskommen. Ich brühe ihn trotzdem für sie auf. Und seinen Geschmack mit dem Essen wiedergutzumachen ist völlig ausgeschlossen: Ich habe meine Kochkünste in der Messe der Kriegsmarine erworben, wo man beigebracht kriegt, daß ein bißchen mehr Fett und Salz die Antwort auf alle Beschwerden ist.

Dann gibt es einige, die glauben, es wäre Nadines Pfirsichpastete, die sie immer wieder herführt. Ich gebe zu, sie ist nahezu sensationell. Aber Nadine macht sie nur, wenn die Laune sie gerade überkommt, und sie bietet sie nur an und serviert sie, wenn die Laune sie noch mal überkommt.

Und es kann nicht wegen des Publikums sein, wie andere glauben. Unsere Gäste sind alle so unterschiedlich, daß ich noch immer darauf warte, daß sie mal miteinander auskommen. Aber diese Tür geht trotzdem auf und zu, auf und zu.

Sie kommen nicht wegen des Essens, und sie kommen nicht wegen der Atmosphäre. Einem oder zwei von den ganz Schlauen geht es schließlich auf, so wie es mir aufgegangen ist, daß ich in das Geschäft nicht eingestiegen bin, um meinen Lebensunterhalt zu verdienen – persönlicher Charme ist nicht meine starke Seite –, oder daß ich dabeibleibe, um meinen Lebensunterhalt zu verdienen – ohnehin keine leichte Sache, wenn meine Frau die Kasse bedient und es nie ganz sicher ist, ob sie überhaupt etwas oder wieviel sie berechnet.

Nein, ich stehe an diesem Grill aus demselben Grund, aus dem sie immer wiederkommen. Und wenn Sie erwarten, die Antwort in ein paar einzelnen Noten zu kriegen, liegen Sie falsch. Die Antwort steckt in dem, wer ich bin und wer meine Gäste sind. Hier werden eine ganze Reihe Lieder zum besten gegeben, falls Sie bleiben und der Musik zuhören wollen. Und da ich in der Mitte der Bühne stehe, ist es Ihnen sicher recht, wenn ich das Tempo mit ein paar mitreißenden Häppchen über mich selbst vorgebe. (Nadine, dich hat niemand gefragt.)

☆☆☆

Ich wuchs in Flatbush und in dem Glauben auf, daß Brooklyn die Hauptstadt der Welt ist und daß alle farbigen Menschen, außer meiner Familie, reich sind. Ich war kein dummes Kind; Brooklyn hatte das Ebbets-Field-Stadion und die Brooklyn Royal Giants, und da Baseball, guter Baseball, alles war, was mich interessierte, war damit klar, daß auf der ganzen übrigen Welt kaum noch etwas anderes Interessantes passieren konnte. Und meine Augen täuschten mich bestimmt nicht: livrierte Kutscher, Zobelmäntel und Sandsteinvillen bedeuteten, daß man reich war, während um fünf Uhr früh aufstehen, um den Ofen anzuheizen, Frühstück zu machen und die Morgengarderobe für ebenjene Menschen hinzulegen, bedeutete, daß man es nicht war. Und genau das machten meine Eltern als Butler und Köchin für die Van Morrisons, die genauso schwarz waren wie wir; und alle ihre Freunde sahen genauso schwarz aus, wie wir es waren, und obwohl ich mich für ihre Häuser nicht verbürgen konnte, waren die Seidenkleider und die Zylinder nicht zu verkennen, in denen sie aus ihren geschniegelten Kutschen stiegen, die vor dem Haus zu einem von Mrs. Van Morrisons Bällen vorfuhren.

Das waren die einzigen Farbigen, die ich jemals sah, bis mein Vater anfing, mich zu Baseballspielen mitzunehmen, und dann dachte ich halt, daß die Hunderte anderer Neger um mich herum wie die Freunde der Van Morrisons wären, eben nur ärmlicher gekleidet für diesen Anlaß. Es kam mir nicht in den Sinn, daß sie wie wir sein könnten, denn es gab keine anderen farbigen Bediensteten in unserem Haushalt und in der Nachbarschaft. Mrs. Van Morrisons Zofe war ein vollbusiges Schwedenmädchen, deren Cousin in der Doppelfunktion als Kutscher und Gärtner beschäftigt war. Sie aßen beide mit uns in der Küche und schimpften ebenso lautstark über Mrs. Van Morrison wie meine Mutter. Blieb nur noch

Bella, eine Polin, die dreimal die Woche zum Waschen und Putzen kam. Die anderen Häuser in der Nachbarschaft gehörten Weißen, und sie hatten alle französische, Schweizer oder deutsche Dienstboten. Also finde ich, daß ich es für einen Fünfjährigen ziemlich gut ausgeknobelt hatte: Es gab reiche Weiße, arme Weiße, reiche Schwarze – und uns.

Wenn mein älterer Bruder nicht so viel älter gewesen wäre als ich, hätte er mir die Dinge wahrscheinlich ein bißchen früher erklären können, als ich sie dann selbst spitzgekriegt hab. Aber bei zwölf Jahren Altersunterschied war er schon auf und davon, bevor ich mit dem Kindergarten anfing –

– um sein Glück zu machen: meine Mutter,
– ein fauler Herumtreiber: mein Vater.

Meine Eltern waren nicht in vielen Dingen einer Meinung, angefangen mit ihrem erstgeborenen Sohn und aufhörend mit den Van Morrisons. Mein Vater hätte sich für Mr. Van Morrison die Kehle durchgeschnitten. Meine Mutter haßte Mrs. Van Morrison mit einer stillen Leidenschaft, wie sie nur Frauen zu eigen ist: sie brennt niedrig, langsam und ausdauernd. Wenn ein Mann jemand so sehr verabscheut, wie meine Mutter diese Frau verabscheute, dann würde er einfach ausholen und ihm die Faust ins Gesicht schlagen und auf die Folgen pfeifen. Aber eine Frau kann die ganze Sache in die Länge ziehen – über Jahre, und pieks, pieks, pieks auf ewig darin herumstochern. Ich hab immer gedacht, meine Mutter hätte Mrs. Van Morrison nur deshalb nicht vergiftet, weil wir die ganzen Reste von ihrem Abendessen bekamen, aber jetzt weiß ich, daß sie den Haß auf diese Frau voll ausgekostet hat und alles getan hätte, um sie am Leben und bei Gesundheit zu erhalten, damit die Sache immer so weitergehen konnte.

Ich fragte mich, was wohl die größere oder die kleinere Sünde war: Verdiente Mrs. Van Morrison Mr. Van Morrison nicht, weil sie ein Mädchen mit lockerer Moral gewesen war oder weil sie versucht hatte, ihn davon abzuhalten, meine Eltern einzustellen. Zugegeben, für meine Mutter konnte lockere Moral alles bedeutet haben, von Mrs. Van Morrisons früherer Bühnenkarriere –

– Oper: mein Vater,
– Tingeltangel: meine Mutter,

bis zu einer nicht lange dauernden Verbindung zu einem Londoner Bordell –

– als Innendekorateurin: mein Vater,
– als Innendekor, Punkt: meine Mutter.

Aber sogar mein Vater gab zu, daß die Herrin des Hauses alles andere als begeistert gewesen war, als ihr Mann darauf bestand, meine Eltern in Dienst zu nehmen. Und meine Mutter bekam von ihm in diesem Punkt nur recht, weil ihm das beweisen half, wie wundervoll Mr. Van Morrison war, ein wirklich vornehmer Herr.

Er hatte ein kleines Vermögen als Tee- und Gewürzhändler gemacht, scheffelte damit und durch irgendwelche gerissenen Grundstücksgeschäfte noch mehr Geld und steckte einen Teil davon in Eisenbahn-, Schiffahrt- und Erdölaktien. Nein, er hätte auf keiner dieser Eisenbahnen und Dampfer eine Erste-Klasse-Reise buchen können, aber der Wert seiner Aktien stieg genug, so daß er sich seinen eigenen Pullmanwagen und eine Privatjacht hätte leisten können. Aber er war ein einfacher Mann, der auf keinerlei Protzerei aus war. Als Treuhandverwalter des Tuskegee-Instituts, eines der ersten Colleges, das befreite Sklaven unterrichtete, steckte er Geld in die Niagara-Bewegung, die sich jetzt Nationaler Bund zur Förderung von Farbigen nennt, sowie in einige soziale

Hilfswerke für farbige Waisenkinder im Tenderloin-Distrikt. Dort begegnete er auch meinen Eltern; sie lebten in diesem Teil Manhattans, mein Vater hatte gerade keinen Job und bot sich an, den Waisenkindern Baseballunterricht zu geben.

Es schien ein gutes Arrangement zu sein: Meine Eltern wollten mit meinem Bruder raus aus den Slums in den westlichen Fünfziger-Blocks, Mr. Van Morrison mußte sich allmählich nach Personal für sein neues Haus in der Lafayette Avenue umsehen, und er dachte, warum sollte er nicht Leuten seiner eigenen Rasse ein Leben in frischer Landluft und ein Existenzminimum bieten? Da kann man sehen, wie lange das her ist, wenn Brooklyn noch als ländlich betrachtet wurde.

Und es war eine große Chance für sie, in einem solchen Haus zu wohnen und zu arbeiten. Das kann man heute nicht mehr so nachvollziehen, wo Neger alle möglichen Hausarbeiten machen, aber damals hatten Farbige es schwer, auch nur als Dienstboten einen Job zu kriegen, jedenfalls in den feineren Häusern. Eine Frau durfte vielleicht tagsüber zum Putzen oder Waschen vorbeikommen, und ein Mann konnte, wenn er Glück hatte, als Kutscher eingestellt werden. Aber wenn es um eine festangestellte Köchin oder Haushälterin ging oder um einen Diener, den Kammerdiener eines Gentlemans, das war Europäern vorbehalten – und nur bestimmten Europäern.

Wohlhabende Neger hatten die gleiche Einstellung wie wohlhabende Weiße, nur noch ein bißchen ausgeprägter, weil sie das Gefühl hatten, mehr beweisen zu müssen. Meiner Mutter zufolge wollte Mrs. Van Morrison sie nicht als Personal haben, weil das ihr Ansehen bei den Nachbarn schmälerte.

– Ist egal, was für 'ne Farbe die Hand hat, die die Kartoffeln hier schält; wird sich von ihren Nachbarn sowieso keiner zu ihr setzen und mit ihr essen.

Die Version meines Vaters lautete, daß Mrs. Van Morrison wegen der Geburt des zweiten Kindes besorgt war. Dienstboten mit großen Familien waren eine Plage. Das ließ meine Mutter nicht gelten.

– Zwei Kinder in zwölf Jahren. Bin ich nun vielleicht 'n Kaninchen deshalb?

Mein Vater, ein sehr dunkelhäutiger Mann, bekam tatsächlich einen roten Kopf, legte den Finger an die Lippen und warf einen kurzen Blick in meine Richtung.

– Frau, du vergißt dich.

Wenn er gewußt hätte, daß ich viel Schlimmeres zu hören kriegte, wenn er nicht in der Nähe war und meine Mutter und die Zofe bei einer Tasse Tee die Köpfe zusammensteckten.

Ich weiß wirklich nicht, ob ich oder ob ich nicht der Grund für Mrs. Van Morrisons Widerwillen gewesen bin, meine Eltern im Haus zu behalten. Ich weiß nur, daß sie für diese Leute fünfundzwanzig Jahre lang gearbeitet, sich mit einer ansehnlichen Pension zur Ruhe gesetzt haben und später in Mr. Van Morrisons Testament erwähnt worden sind. Und die wenigen Male, die ich in jenen Jahren Mrs. Van Morrison über den Weg gelaufen bin, ist sie stets nett zu mir gewesen. Eine winzig kleine Frau mit einer Vorliebe für beigefarbenen Spitzenbesatz an ihren Kleidern, aber ihre Stimme war voll und kräftig, und ich konnte mir gut vorstellen, daß sie in ihrer Vergangenheit etwas mit Gesang zu tun gehabt haben könnte. Sie legte mir dann immer ihre beringte Hand auf die Schulter und erkundigte sich nach meinen Studien. So nannte sie es, Studien, woraufhin ich irgendwas darüber murmelte, daß es in der Schule gut lief, bevor sie mich tätschelte und weiterging. Recht so, mach weiter so.

In Wirklichkeit mochte ich die Schule nicht, und es lief dort nie gut. Wenn ich nicht dafür bestraft wurde, daß ich in eine Prügelei geraten war, wurde ich bestraft, weil ich im Unterricht eingeschlafen war, und wenn ich nicht deshalb bestraft wurde, dann aus dem Grund, weil ich mich vorzeitig rausgeschlichen hatte. Also, all diese Züchtigungen waren gerechtfertigt – bis auf die letzte. Ich schlich mich weniger aus der Schule raus als in die Baseballstadien *rein*. Ein feiner Unterschied, den zu erkennen meiner Mutter große Mühe bereitete.

Im Lauf der Jahre habe ich versucht, dahinterzukommen, was an dem Spiel dran ist, daß es mich sofort derart packte. Daß mein Vater so ein großer Fan war, hat wahrscheinlich dazu beigetragen. Er war Ausrüstungswart bei den Cuban Giants und selbst kein schlechter Feldspieler gewesen. Ich glaube, er wäre mit ihnen zu allen Auswärtsspielen gereist, wenn er nicht meine Mutter kennengelernt und eine Familie gegründet hätte. Damals, sagte er immer, damals haben sie noch *richtigen* Baseball gespielt.

Er hatte Geschichten über sie und die Philadelphia Giants und andere, in keiner League spielende Negerspieler auf Lager, die ich für klitzekleine Übertreibungen hielt. Kein menschliches Wesen konnte beide Spiele einer Doppelveranstaltung mit einem Fastball am Schluß zu null gewinnen, der mit einer solch kometenhaften Geschwindigkeit durch die Luft glühte, daß er eine Naht im Handschuh des Fängers aufriß. Aber ich *habe* den Handschuh, sagte mein Vater, griff in die Kommode und holte einen Fängerhandschuh raus. In der Naht war ein leichter Riß, und darüber war mit verblaßter Tinte der Name gekritzelt:

Smokey Joe Williams.

Aber war das wirklich durch einen Wurf passiert? Und am Ende eines Doppelspiels? Eines zu null gewonnenen Doppelspiels?

Man sagt von seinem Vater nicht, er sei ein Lügner. Und als ich aufwuchs, *dachte* man von seinem Vater nicht mal, er sei ein Lügner. Das war auch gut so, denn 1917 sah ich schließlich einen alternden Smokey Joe Williams werfen.

– Nicht mehr gerade in Spitzenform, murmelte mein Vater kopfschüttelnd auf der unüberdachten Tribüne vor sich hin. Mir blieb der Mund so sperrangelweit offenstehen, daß ich Fliegen hätte schlucken können. Dieser große Mann mit dem Hohlkreuz ließ sie rechts und links vom Ball die Luft verprügeln, und zwar nicht irgendeine Mannschaft, sondern die New York Giants. Schließlich hatte er vor Spielende zwanzig ihrer Schlagmänner, ohne daß sie einen Treffer landen konnten, vom Platz gejagt, wonach er den zehnten Durchlauf wegen eines Spielfehlers der Verteidigung 1:0 verlor.

Ich mußte mir das mit dem Spielfehler den ganzen Rückweg lang anhören.

Ich höre das mit dem Spielfehler heute noch im Schlaf.

Ich fand, es war eine tolle Leistung. Und nach dem, was ich jetzt über Baseball weiß, war es noch ein bißchen mehr als das. Irgend etwas passierte, wenn diese farbigen Spieler draußen auf dem Spielfeld waren, und ich nehme an, ich ging zu so vielen Spielen, um herauszufinden, was genau es war. Manchmal gab es Freundschaftsspiele gegen weiße Mannschaften, wie das eine, als ich Smokey Joe zum erstenmal sah, aber meistens spielten sie untereinander: die Homestead Grays, die Pittsburgh Crawfords, die Baltimore Black Sox, die Chicago American Giants, die Newark Eagles, die unglaublichen – und noch immer unglaublichen – Kansas City Monarchs.

Ich fragte nicht, warum die Neger separate Mannschaften hatten; wenn ich mir ihre Spiele ansah und dann die der Weißen, war mir die Antwort ziemlich klar. Die Neger waren bessere Spieler. Es war genau wie bei uns in der Schule: Wer wollte sich schon mit den Hosenpissern zusammentun, denen der Rotz aus der Nase lief? Nein, Gewinner halten sich an Gewinner. Aber sie hätten ein bißchen aufgeschlossener sein und Leute wie Honus Wagner, den Flying Dutchman, oder Ty Cobb in ihre Mannschaften aufnehmen können.

Sogar mein Vater hätte dem Flying Dutchman zugetraut, eine Saison durchhalten zu können, die mit einer Auswärtstournee im Februar in den Südstaaten anfing, ein Spiel pro Tag, drei am Sonntag, und dann rauf nach Norden führte, wobei er im Bus auf dem Weg in die nächste Stadt schlief, ein Spiel machte, weiterfuhr, um gerade rechtzeitig zum ersten Wurf in der nächsten Stadt anzukommen, und so weiter, bevor die eigentliche Saison im April begann, was bedeutete, daß er sein Bett im Bus gegen ein Bett in einem heruntergekommenen Hotel im Norden eintauschen konnte und die Kuhfladen zwischen der zweiten und dritten Base gegen ein leicht abschüssiges Spielfeld in zweitklassigen Stadien. Noch immer ein Spiel pro Tag, noch immer drei am Sonntag, aber immer mehr dunkle Gesichter unter den Zuschauern, die ihn anfeuerten und nicht totenstill dasaßen, wenn er einen miserablen Groundball erwischte und rüber zur ersten Base flitzte, und immer geringer die Befürchtung, eine mit Pisse gefüllte Sprudelflasche an den Kopf zu kriegen, wenn er die Heimmannschaft auf die Ruhebank schickte, so daß sie erst an dritter Stelle in der Schlagreihenfolge wiederkam, einmal mit einem schnurgerade geschlagenen, flachen Ball, der ihn bis zur ersten Base brachte, dann mit zwei glatten Homeruns; geringer die Befürchtung, daß die Menge wirklich unangenehm werden könnte, wenn er zu gut war, daß er in der Nacht vielleicht nicht mehr aus der Stadt rauskam, wenn er zu gut war; die Spiele im Norden waren es also, wo er aufs Ganze ging, so daß er hoffen konnte, daß er für die Ost-West-Begegnungen und seine Mannschaft für die Negro-US-Meisterschaftsspiele aufgestellt würde, was hieß, daß es dann September war, aber noch nicht Zeit aufzuhören, weil die Bezahlung für all das nicht allzu üppig gewesen war, und es fanden immer Winterspiele in Florida oder vielleicht auf Kuba für die Touristen statt, nach denen gerade genug Zeit blieb, die Vorsaison im Februar wieder mit Spielen in der Provinz zu beginnen.

Ja, der Flying Dutchman wäre ganz sicher gut genug gewesen, um bei einer dieser Mannschaften einzusteigen; ist ein robuster Menschenschlag, da oben in Mansfield, Pennsylvania. Er hätte es ohne Ruhepause – für Körper und Geist – schaffen können und trotzdem eine Trefferquote von 327 erzielt, während er sich in ein undurchdringliches Schild zwischen der zweiten und dritten Base verwandelte. Er war in dieser Hinsicht genau wie Pop Lloyd. Und es ist mir ein Rätsel, warum diese Zeitungsleute auf Pops Karriere zurückblicken und ihn den schwarzen Honus Wagner nennen; bei allem, was recht ist – oder in diesem Fall unrecht: Das größte Kompliment, das man dem Flying Dutchman machen kann, ist, ihn den weißen Pop Lloyd zu nennen. Und ich würde auch Ty Cobb in den Verein mit aufnehmen, obwohl er schon mal unsauber spielte und hin und wieder einen Mann mit seinen Spikes trat: Er ist der weiße Oscar Charleston, wenn es je einen gegeben hat. Die anderen Spieler allerdings, die hätten es nicht geschafft. Und nein, ich habe nicht Babe Ruth vergessen. Zu impulsiv. Er hätte keine zwei Saisons an Josh Gibsons Stelle durchstehen und seinen Rekord halten können, und was mich betrifft, so ist der Titel eines weißen Josh Gibson noch immer frei.

Und heute? Heute kann man das getrost vergessen. Sie sind so weichlich und lächerlich geworden, am liebsten hätten sie ihre Mamis auf den Spielbänken dabei, um von ihnen zwischen den Durchläufen gestillt zu werden. Nur damit läßt sich der Rummel um diesen neuen Jungen, Jackie Robinson, erklären. (Laß mich nur noch diesen einen letzten Punkt ausführen, Nadine, dann komme ich zu unserem eigenen langen und glückseligen zwölften Durchlauf.) Wenn man die Leute so hört, könnte man glauben, Jackie Robinson sei wie ein Pilz im Dschungel irgendwo gewachsen und Branch Rickey sei auf der Jagd nach seltenen Exemplaren über ihn gestolpert. Nun, wenn Rickey hinter einer Seltenheit her war, dann hatte er sie in diesem Spieler nicht gefunden. Leute wie Robinson gibt es wie Sand am Meer in einer traditionellen League. Der Negro American League, um genau zu sein, deren Mannschaften gegen die Negro National League spielen. Baseball mit Neuigkeitswert, nicht Baseball mit Wiedererkennungswert.

Ich bin der erste, der zugibt, daß die Dodgers alle Hilfe brauchten, die sie kriegen konnten; niemand ging ins Ebbets-Field-Stadion, um sich dieses Trauerspiel anzusehen, das Rickey eine Abwehraufstellung nannte, und das machte mir so zu schaffen, daß es mir allmählich peinlich wurde zu sagen, daß ich aus Brooklyn war – auch wenn es nur weißer Baseball war. Wenn man das Spiel liebt, liebt man das Spiel, und Verstümmelung bleibt Verstümmelung. Nun ja, er ist so in der Klemme, daß er einen farbigen Spieler reinnimmt, aber verdammt, dann nimm auch einen farbigen Spieler rein. Versuch, einen Josh Gibson an Land zu ziehen, einen Satchel Paige, einen Oscar Charleston. Und das ist so ein Moment, wo mir die Negerrasse auf die Nerven geht – denn sie schreien halleluja und kommen in Scharen angelaufen, um einen Neuling mit einem so mittelmäßigen Team spielen zu sehen, daß sie ihn am Ende den Neuling des Jahres taufen müssen, obwohl er es nur mit Hängen und Würgen zu den Kansas City Monarchs geschafft hat (wenn Sie mir nicht glauben, lesen Sie die Zeitung), und ich nehme an, deshalb benimmt er sich auch so, als würden die Negro Leagues für ihn nicht existieren. Rickey war sein Retter. Aber die Fans wissen es besser, vor allem die farbigen Fans, und trotzdem bringen sie sich um, um Robinson auf der ersten Base zu sehen.

Wenn Sie so wild darauf sind, Farbige und Weiße als Teamkameraden zu sehen, dann brauchen Sie nur das weiterzumachen, was Sie bisher gemacht haben – zu den Negerspielen gehen. Die Nationalhymne wird nämlich zur Melodie klingelnder Kassen gespielt, und bei der Höhe der Besucherzahlen könnten die schwarzen Besitzer von Spielern Druck ausüben, daß eine ganze *Mannschaft* in die Major League kommt. Und wie ich schon sagte, wenn man das Spiel liebt, liebt man das Spiel. Und erzählen Sie mir nicht, es würden sich dann nicht ein paar von diesen tüchtigen, aufstrebenden weißen Jungs um einen Platz in einem der besten Teams in der Major League bemühen. Sie wären hungrig und ehrgeizig genug, um zu wissen, daß sie sich selbst nicht als wahre Werfer bezeichnen durften, solange sie diesen Titel Satchel Paige nicht streitig gemacht hatten. Und dann hätten diese ganzen Halleluja-Schreier ihre Rassenintegrierung; aber es würde auch ein paar farbige Mannschaftsbesitzer geben und farbige Mannschaftsmanager und farbige Mannschaftstrainer. Und ja, draußen auf dem Spielfeld – und vor allem in der Besitzerloge – wären Schwarze und Weiße vereint – nach amerikanischer Art.

Das wird im Moment nicht passieren. Bestenfalls sehe ich voraus, daß für den Baseball alles beim alten bleibt. Die Rickeys dieser Welt haben das Sagen, weil einhundert Jackie Robinsons die Rassentrennung beim Baseball nicht wirklich aufheben werden, und Baseball wird *nicht* die Rassentrennung in Amerika aufheben. Wenn Jackie Robinson da draußen mit Pee Wee Reese spielt, ist das das gleiche, wie wenn meine Mutter mit Mrs. Van Morrisons Zofe in der Küche tratschte. Wir aßen alle gemeinsam – Marie, ihr Bruder und Bella –, aber das brachte keine wirkliche Veränderung, weil Mrs. Van Morrisons Nachbarn nicht im Traum daran dachten, gemeinsam mit ihr zu essen, während Mr. Van Morrison auch nicht so bald in einem Aufsichtsrat sitzen würde. Und bevor das nicht passiert, solange nicht die wirkliche Macht in den oberen Etagen geteilt wird, findet unten nur ein Spiel aus Schall und Rauch statt.

Ich weiß, meine Einstellung zu dieser »Wiederkunft« draußen im Ebbets-Field-Stadion paßt den meisten Leuten nicht, aber ich sage, was ich denke. Und wer damit ein Problem hat, nun, es gibt noch andere Cafés. Ich habe nie den Ehrgeiz gehabt, einen Beliebtheitswettbewerb zu gewinnen. Wäre ich darauf aus gewesen, hätte ich nicht eine Frau geheiratet, die zu mögen sogar mir Mühe bereitet. (Ich hab dir ja gesagt, ich komme noch zu dir, Schatz.) Aber das hat nichts damit zu tun, daß das zwölf wunderbare Jahre gewesen sind.

Wir passen prächtig zusammen, ich und meine Frau. Ich kann reden wie ein Wasserfall, und ich glaube, sie hat in ihrem ganzen Leben nicht mehr als sechs Sätze hintereinander gesagt. Nadine braucht sich über eine Sache nicht endlos auszulassen. Sie wählt sich den richtigen Zeitpunkt für das, was sie zu sagen hat, und verleiht den ein oder zwei Worten Gewicht. Ich bekam einen Haufen Eßpakete, während ich in Übersee war, aber sehr, sehr kurze Briefe. Manche der Jungs brauchten eine Stunde, um die Briefe zu lesen, die sie von ihren Freundinnen und Ehefrauen bekamen, und in denen alles stand, was Tante Tessie, Tante Muriel, Cousin Joe gesagt hatten, die beschrieben, wie der Schnee draußen vor dem Fenster aussah, was der Hund trieb – lauter solchen Kram –, zusammen mit dem üblichen Ich-vermisse-und-liebe-dich-so-sehr. Und sogar die Frauen, die sich nicht so blumig ausdrückten, malten die Seiten mit kleinen x und Herzen voll. Mir graute vor der Postverteilung, denn das bedeutete Hänseleien. Deenie verschwendet keine Worte, also würde sie auch kein Papier verschwenden. Meine Briefe steckten in diesen Miniaturumschlägen, die kaum größer als die Briefmarke waren. Dann hatten die Jungs immer was zu lachen. Aber wie ich schon sagte, sie hat ein perfektes Zeitgefühl. Und als ich im dritten Jahr meiner Dienstzeit bei der Marine war und glaubte, daß keiner von uns überleben würde, jetzt, wo wir dabei waren, den Krieg gegen die Japaner zu *gewinnen*, und als meine Nerven so angespannt waren, daß ich dachte, ich würde durchknallen wie viele anständige Kumpel um mich herum, kriegte ich diesen einzeiligen Brief: Wenn du nicht wiederkommst, heirate ich den Fleischer. In Liebe, Nadine.

Ich wußte, daß sie nicht scherzte. Meine Frau scherzt nie. Es war unmöglich, sie sich beim Schreiben dieses Briefes lächelnd vorzustellen, denn Deenie lächelt selten. Das war etwas vom Schwierigsten, woran ich mich gewöhnen mußte, als ich sie kennenlernte. Sie sah aus wie eine afrikanische Göttin, die bei einem Brooklyn-Eagle-Spiel geradewegs in die dritte Tribünenreihe hinabgestiegen war. Ein volles, rundes Gesicht mit einem Paar noch runderer Augen, alles genauso dunkel wie dieses hinreißende, ungebändigte Haar. Es lag ihr in einem dicken Zöpfchenkranz um den Kopf. Als mein Blick nach unten wanderte, wurde die Aussicht noch besser: einer von diesen Gazellenhälsen, ein strammer Oberkörper, eine unsichtbare Taille und dann etwas, was man nur als Bantuhintern beschreiben kann. Ich kann mich nicht an ihre Beine erinnern oder an die Form ihrer Fesseln; meine Reise endete bei diesem Hintern. Nur ein Dummkopf wandert weiter, wenn die Straße ihn ins Paradies geführt hat.

Ich geriet mächtig ins Träumen zwischen dem fünften und sechsten Durchlauf. Man gerät nun mal mächtig ins Träumen, wenn ein solches Gesicht und ein solcher Körper nur drei Meter weiter rechts mit einem dieselbe Holzplanke teilen. Ich hatte Glück, und die Eagles waren in prima Form, schickten die Bälle weit und tief ins linke Spielfeld rein und gaben mir viel Gelegenheit, den Kopf in ihre Richtung zu drehen und mich zu vergewissern, daß ich mir das nicht einbildete, diese Lippen sahen tatsächlich so aus, diese Augen sahen tatsächlich so aus, und ja, der Hintern war noch immer da. Ich fand es seltsam, daß sie sich das Spiel so ruhig anguckte. Ich nahm an, daß sie ein Grays-Fan war, und das war ohne Frage einer jener Tage, wo die Grays sich bestimmt wünschten, sie wären in Pittsburgh geblieben. Aber auch als sie drohten, eine kleine Offensive am Ende des siebten Durchlaufs anzugehen mit zwei Männern auf den Basen und Josh Gibson, ausgerechnet, auf dem Schlagmal, lächelte und jubelte sie nicht wie die anderen Grays-Fans. Später hatten sie dann auch nicht mehr viel Grund zur Freude: Zwei Ausschläge und eine leichte Ballberührung bedeuteten, daß sogar der mächtige Gibson aus dem Rennen geworfen werden konnte.

Das Spiel war dazu verurteilt, am Schluß des neunten Durchlaufs zu Ende zu sein, und ich zermarterte mir das Hirn, wie ich dieses fremde Mädchen kennenlernen konnte, ohne als Anmacher dazustehen. Ich hatte mich schon vergewissert, daß es keinen Ehering gab, und erstaunlicherweise mußte sie allein zum Spiel gekommen sein. Ein Junge, nicht älter als dreizehn, saß rechts neben ihr, und der Knabe in dem karierten Anzug zu ihrer Linken ging auf die Siebzig zu. Und falls sich rausstellen sollte, daß sie was für altersschwache Greise übrig hatte, hätte ich keine Probleme gehabt, ihn zusammenzuschlagen. Und ich wäre sogar bereit gewesen, mir eine Hand auf den Rücken zu binden, damit es ein fairer Kampf würde. Aber Mr. Karoanzug kümmerte sich nicht um sie, und so war es schließlich an mir, ihr mit etwas Abstand zu folgen, als die Menge aus dem Stadion strömte.

Groß, wie sie war, mit den rosa Bändern auf ihrem Strohhut und dem im Wind flatternden, rosagetupften Chiffonkleid, war sie leicht zu verfolgen. Ich mußte mich zurückhalten, um nicht jedem Burschen an den Kragen zu gehen, der die Dreistigkeit besaß, seinen Kopf nach ihr umzudrehen und sie im Vorbeigehen zu mustern. Ein Blödmann lief geradewegs in einen Pfosten, und ich konnte mir ein höhnisches Geschieht-dir-recht nicht verkneifen, obwohl er sich keiner anderen Sache schuldig gemacht hatte als ich mit seiner absoluten Ehrfurcht angesichts der Bewegungen dieses unglaublichen Hinterteils. Keine von den Ideen, wie ich mich vorstellen könnte, würde etwas taugen, wenn das ein anständiges Mädchen war. Anständige Mädchen, die so aussahen, hatten das alles schon mal gehört und würden bei einem fremden Mann nicht anbeißen. Und wie sehr wollte ich, daß sie ein anständiges Mädchen war – denn ich hatte mich entschlossen, diesen rosa Tupfen aus dem Stadion hinaus zu folgen, in die Hochbahn über den East River und sogar hinauf in die Bronx, falls nötig. Und wenn man aus Brooklyn kommt, dann ist das dasselbe, als würde man sich ans Ende der Welt begeben.

Sie blieb an einem Straßenstand stehen, um sich ein Himbeereis zu kaufen. Ich hasse Eis; ich kriege davon Ausschlag, was wenig mit der Tatsache zu tun hat, daß ich ebenfalls stehenblieb und mir eins kaufte. Nur einen Meter entfernt; meine Hände zitterten, und mein Herz klopfte so heftig, daß ich den Verkehr auf der Straße nicht hören konnte. Und da sagte mir etwas, so wie man einfach etwas weiß, daß ich sie verlieren würde, wenn ich nicht im selben Moment handelte. Ich verfluchte mich selbst für alle Nickerchen, die ich während des Unterrichts in Sprache und Ausdruck gehalten hatte. Mrs. Fitzpatrick hatte mich gewarnt, ich würde den Tag noch bereuen, an dem ich es verschmäht hatte, das saubere Abrunden meiner Vokale zu lernen. Hier hätte ich nun stehen und sie bezaubern können, indem ich über die Wunder von Himbeereis sprach, mich in die Ursprünge von Himbeeren vertiefte; die Ursprünge von Eis im allgemeinen; die Ursprünge des Sommers, der das Bedürfnis nach Eis überhaupt erst möglich und ihr offensichtliches Vergnügen daran nur allzu verständlich machte. Nichts zielte direkter auf ihre spezifische Persönlichkeit als das, nicht mal, wenn ich den Kopf nach ihr verdrehte – das würde mich als Anmacher abstempeln –, aber einfach dazustehen und herumzuschwadronieren würde ausreichen, um ihre Aufmerksamkeit zu erregen, verdammt noch mal.

Meine Kehle war so zugeschnürt, daß ich sowieso nichts rausgekriegt hätte, und sie war dabei, sich vom Wagen des Straßenverkäufers zu entfernen: Einen Punkt im Rückstand kurz vorm Ende des neunten Durchlaufs, also hieß es für das Heimteam: alles oder nichts. Wenn dieses Mädchen aus meinem Leben spazierte, was in aller Welt sollte ich dann mit meinem schmelzenden Himbeereis anfangen? Da ich wußte, die Antwort würde lauten: absolut nichts, lud ich es kurzerhand auf ihrem Rücken ab. Sie wirbelte herum und nannte mich einen ungeschickten Trottel. Ich lächelte breit und stimmte ihr zu. Dann schlug sie mir ihre Strohtasche über den Kopf. Das Liebeswerben hatte begonnen.

Meine erste große Enttäuschung war die Feststellung, daß sie sich nicht viel aus Filmen machte. Ich eigentlich auch nicht, aber ich suchte nach Möglichkeiten, mit ihr allein im Dunkeln zu sein. Und ich schäme mich ein bißchen, es zu sagen, aber nachdem ich entdeckt hatte, daß sie in der Tat ein sehr anständiges Mädchen war, wurde es ein aufregender Versuch, ihre einzige Ausnahme zu werden. Ich glaube, aus dem Grund habe ich Wochen gebraucht, um zu merken, daß Nadine nicht gerade eine große Plaudertasche war. Meine gesamte Unterhaltung strebte einem Punkt zu, an dem lediglich ein entschlossenes Nein von ihr erforderlich war. Und selbst nachdem ich kapituliert und mich anderen Themen zugewandt hatte, empfand ich den Klang meiner eigenen Stimme als so angenehm, daß ich nur ein oder zwei Sätze von ihr brauchte, um wieder zu Atem zu kommen, bevor ich weiterredete. Aber das Problem war, daß sie, wenn ich zu wirk-

lich lustigen Abschnitten meiner Lebensgeschichte kam, nicht lachte. Ich erinnere mich noch, wie ich eine Pause machte – damit sie lachen konnte. Und ich erinnere mich, wie ich die Pausen immer mehr verlängerte – um ihr den einen oder anderen zarten Wink zu geben.
Und noch mehr verlängerte, bis ich Angst kriegte, sie könnte geistig zurückgeblieben sein.

Du lachst nicht sehr viel, wagte ich schließlich zu sagen.

Ich lache die ganze Zeit, sagte sie.

Aber sie war nur gemein, denn das tat sie nicht. Und ich wußte, es lag nicht an mir; ich bin ein sehr einnehmender Bursche. Und außerdem, was war denn mit diesen ganzen Besuchen auf Coney Island?

Wir wohnten praktisch am Steeplechase Park. Nadine kam von den Sea Islands, und sie war immer einverstanden, sich mit mir zu treffen, wenn ich sie zu irgendeiner Art von Wasser führte. Eine der guten Seiten von Brooklyn war in jenen Tagen, daß es dafür viele Möglichkeiten bot. Wenn mein Geld knapp war, spazierten wir über die Brooklyn Bridge, Brezeln für mich, ein Fruchteis für sie. Und wenn ich gut bei Kasse war, sonntägliche Abendessen auf dem alten Iron Pier in Brighton Beach. Coney Island war am besten, weil man dort immer etwas machen konnte, egal, ob man wenig oder viel Geld hatte. Und Nadine war alles recht, solange sie das Wasser riechen oder einen Blick darauf erhaschen konnte. Wenn man bedenkt, daß sie auf einer Insel aufgewachsen war, war es merkwürdig, daß sie nicht schwimmen konnte, und ich hatte die größte Mühe, sie dazu zu kriegen, auch nur an den seichtesten Uferstellen entlangzuwaten. Sie verbrachte dagegen Stunden auf der Promenade, und so kriegte ich mit, daß sie überhaupt selten über irgend etwas lachte – es lag nicht an mir.

Steeplechase Park bot ein bißchen Amüsement für jedermanns Geschmack – außer für Nadines. Wollte sie eine schnelle und wilde Fahrt? Wir konnten die Steeplechase-Pferde besteigen. Sie wollte es langsam haben? Wir konnten ein Karussell nehmen. Sie wollte es hoch und aufregend? Die Achterbahn. Hoch und gemütlich? Das Riesenrad. Es gab den menschlichen Billardtisch und das zweiköpfige Baby, wenn man das Ausgefallene liebte, die herumziehenden Sänger, wenn etwas Normales gefragt war. Wenn sie es düster, laut und unheimlich mochte, gab es die Geisterbahn. Wenn sie es dunkel, ruhig und romantisch mochte, gab es den Liebestunnel; aber ich wußte schon, daß ich mir das Geld dafür bei diesem Mädchen mit dem versteinerten Gesichtsausdruck sparen konnte. Wieso in aller Welt war sie immer einverstanden mitzukommen, wenn ihr dann *gar* nichts gefiel?

– Ich weiß nicht, wovon du redest, ich amüsiere mich jedesmal, wenn wir hier sind.
– Nadine, du hast den ganzen Nachmittag lang nicht gelächelt.
– Aber was hat das damit zu tun, ob ich mich amüsiere?

Zu Hause hatte ich einen ganzen Notizblock voll mit Listen von Frauennamen, und mindestens zwei von ihnen sprachen noch mit mir. Ich hatte es nicht nötig, meine Zeit mit dieser Spinnerin zu verbringen. Unerwidertes Verlangen hält einen nur begrenzt bei Laune. *Was hat das damit zu tun, ob ich mich amüsiere?* Nur soviel, daß es etwas ist, was das ganze Universum versteht – genauso, wie wenn man sich die Kehle mit einem Messer durchschneidet. Gehn Sie nach Borneo und lächeln Sie; man wird sagen: Er ist glücklich. Gehen Sie dorthin und schneiden Sie sich die Kehle durch; man wird sagen: Er ist tot. Das ist elementar. Das ist einfach. Und ich war um 2 Dollar 15 ärmer, obwohl diese Knalltüte nicht mal mitfahren wollte im Autoscooter, weil es ihr darin zu eng war. Aber Nadine lehnte noch immer am Geländer der Promenade – mit ihrem dritten Kirscheis – und wartete geduldig auf meine Antwort. Als wäre ich die Knalltüte.

– Ich bestehe nicht nur aus meinem Körper, sagte sie schließlich.

Na, das war doch immerhin ein Fünkchen Weisheit. Das stimmte allerdings. Sie bestand außerdem aus dieser unermeßlichen leeren Wüste zwischen ihren Ohren. Ich hatte mich um dieses Mädchen rücksichtsvoller bemüht als um ein Dutzend andere zusammengenommen und hatte kein bißchen Anerkennung dafür gekriegt. Keinerlei Anstrengung von ihrer Seite. Ungerecht behandelt und verletzt, so fühlte ich mich. Mißbraucht. Ausgenutzt (ja, ich fühlte schon, wie der Blues über mich kam). Und wo ich doch bei dieser ganzen Geschichte offensichtlich derjenige war, den man gekränkt hatte, wieso fühlte ich mich dann außerdem ein ganz klein bißchen schuldig?

– Nadine, ich bin zutiefst verletzt durch das, was du mir unterstellst. Ich habe dich immer nur als Dame betrachtet. Und ich habe niemals, *niemals* etwas anderes als nur die ehrenhaftesten Absichten im Sinn gehabt.
– Gut, sagte sie. Dann nehme ich an.
– Du nimmst *was* an?

Ein Mann, der vor Angst zittert, ist ein jämmerlicher Anblick. Der Wind blies kalt vom Meer her durch die Schweißflecken im Hemd unter meinen Achselhöhlen. Mein

Kopf war total leer bis auf die eine Botschaft, die durch meine pochenden Schläfen jagte: Bitte, lieber Gott, o Gott, nein, lieber Gott, bitte. Ich habe nicht gemeint, was sie dachte, daß ich gemeint habe, und wenn sie meint, was ich denke, daß sie meint, muß ich irgendwie rauskriegen, ob es das ist, was wirklich passiert ist, und wenn es das ist, was wirklich passiert ist, dann muß ich einen Weg finden, wie ich da wieder rauskomme, ja, es muß einen Weg geben, da wieder rauszukommen; aber die nächsten paar Minuten werden die schlimmsten meines Lebens werden (ich hatte die Japaner noch vor mir), und was kann sie denn höchstens machen, ha? Was kann sie machen? Mich schlagen? Das hat sie schon mal gemacht. Mich einen schmierigen Hundsfott nennen? Nun, soll sie es sagen. Schreien und heulen? Nun, soll sie schreien; die Polizei wird kommen, ich werde verhaftet, aber dann nur für dreißig Tage eingesperrt werden.

Ich nahm allen Mut zusammen, um sie mit einem eindringlichen Blick in Verlegenheit zu bringen. Ich würde ins Kittchen gehen wie ein Mann. Ich sah dasselbe unbewegte Gesicht. Dieselbe stille Aufmerksamkeit für ihr Kirscheis. Aber als ich ihr tief in die Augen blickte, sah ich, daß sie lachte. Unten auf dem Grund dieser dunklen Augäpfel krümmte sie sich vor Juchzen und Johlen. Sie lachte und lachte und lachte.

– Ich hab noch nie einen Mann gesehen, der so viel Angst gehabt hat.

Gelinde gesagt, ich war am Boden zerstört. Und da sie Mitleid mit mir bekam, tat sie ihr Bestes, um aufzuhören. Sie aß in Ruhe ihr Eis und warf das Papphörnchen in den Abfalleimer. Ich sah, daß ab und zu ein Kichern von dem Grund ihrer Augen aufsteigen wollte, aber sie hielt sich unter Kontrolle. So wütend ich auch auf sie war, ich wußte, daß sie es mir nur heimgezahlt hatte.

– Laß uns jetzt mit der Höllenrutschbahn fahren, sagte sie.

Sie hielt mir ihre Hand hin. Ich nahm sie. Und bis zum heutigen Tag hab ich sie nicht mehr losgelassen.

Klar, sie hatte mir eine Lektion erteilt und einen ganz neuen Blick auf sie selbst eröffnet – und auf die Frauen –, was nicht darüber hinwegtäuschen soll, daß meine Frau dennoch ein bißchen sonderbar ist. Weil das meiste im Leben unter der Oberfläche passiert, tauchen andere Menschen hin und wieder auf, um Luft zu schnappen und ihre Gefühle der allgemeinen Bevölkerung mitzuteilen. Nadine macht sich diese Mühe nicht. Man wird entweder aus ihr schlau oder läßt sie in Ruhe. Nachdem ich mich in sie verliebt hatte, war klar, daß sie ein Teil meines Lebens sein würde, aber wenn ich sie gelegentlich mal in den Griff gekriegt hätte, hätte ich sie wahrscheinlich noch mehr gemocht. Ich wußte, warum ich sie schließlich heiratete; ich wußte nur nicht, warum sie mich heiratete.

Ich war nicht gerade das, was man vielversprechendes Material nennt. Mein Job als Fahrstuhlpilot im St. George Hotel war in etwa das, was Mrs. Fitzpatrick mir vorhergesagt hatte: Wir stehen an der Schwelle zu ungeheuren Umwälzungen in diesem Land. Es gibt mehrere Männer deiner Rasse, die bis an die Spitze aufsteigen werden. Du wirst nicht dazugehören. Mein Fahrstuhl fuhr nur zwischen der Lobby und dem zehnten Stock hin und her. Der Penthouse-Fahrstuhl war auf der Rückseite, und gemäß ihren Worten blieb ich nicht lange genug, um dorthin befördert zu werden. Nachdem ich Nadine geheiratet hatte, kündigte ich, um Bürstenvertreter zu werden. Ich kaufte ihnen den ganzen Mumpitz von wegen früher Ruhestand und Cadillac-Limousinen ab, weil ich wußte, ich konnte mit jedem über alles reden. Und ein bißchen gesunder Menschenverstand sagte mir, man fing mit dem schäbigsten Haus im Block an und hatte dann einen Verkauf in der Tasche, auf dem man aufbauen konnte, wenn man zum nächsten Haus kam. Nadine sagte mir, es wäre klüger andersherum. Aber wer hörte schon auf sie? Sie war sogar zu gemein, um mir etwas abzukaufen, als ich meine Verkaufsmasche bei ihr ausprobierte.

In Europa brach der Krieg aus und rettete uns beide vorm Verhungern. Es ist merkwürdig, wie Ereignisse drei-, viertausend Meilen von einem entfernt stattfinden und das eigene Schicksal auf dem Fleckchen Erde bestimmen können, auf dem man gerade steht, aber da die Dominosteine nun mal so lange brauchen, bis sie auch zu Hause umfallen, kriegt man den Zusammenhang nicht mit. Ich kann mich dunkel daran erinnern, wie ich Anfang 36 gelesen habe, daß deutsche Truppen Landstriche westlich des Rheins zurückforderten. Wie die meisten Leute überflog ich die Schlagzeilen, bevor ich die Sportseite aufschlug. Und da ich immer die Nachmittagszeitung las, während ich zwischen meinen Runden mit dem Bürstenkoffer einen Happen zu Mittag aß, bin ich sicher, einen flüchtigen Blick genau auf die Nachricht geworfen zu haben, daß ich sechs Jahre später einberufen werden und von Camp Smalls Richtung Pazifik auslaufen würde.

Niemandem entging die Bedeutung von Pearl Harbor. Diese Schlagzeilen waren acht Zentimeter groß und verkündeten lauthals, daß die Dominosteine endlich auch zu Hause umgefallen waren. Ich war stolz, als Rekrut der Kantinentruppe zugeteilt zu werden, denn alle Welt redete in Camp Smalls über Dorie Miller, ebenfalls Messe-Rekrut, dritter

Jahrgang, auf der USS *Arizona*, der seinen Captain und andere verwundete Männer in Sicherheit gebracht hatte, bevor er sich an ein Maschinengewehr stellte und in Pearl Harbor sechs feindliche Flugzeuge abschoß. Die Marine schrieb ihm den Abschuß von vier Flugzeugen zu. Die Zeitungen schrieben ihm gar nichts zu. Keine Überraschung für mich. Ich hatte schon beim Baseball gelernt, wer existiert und wer nicht, wenn mein Land Helden braucht. Dorie Miller war der Satchel Paige des Krieges im Pazifik. Aber wir alle kannten seinen Namen, und darauf kam es eigentlich an, denn wir waren diejenigen, die da rübergeschickt wurden, um denselben Wahnsinnigen gegenüberzutreten.

Wir kamen nicht nach Tokio rein

Ich sagte Nadine, daß ich nicht wüßte, wann ich wieder zurückkäme. Und ich sagte ihr, daß ich sie schrecklich vermissen, jeden Augenblick an sie denken und ihr Bild an meinem Herzen tragen würde. Sie sagte mir nichts. Ich versprach, ihr bei jeder Gelegenheit zu schreiben. Ich versicherte, daß mir mein Ehegelöbnis ewig heilig bleiben würde, wie am Tag, als ich es gegeben hatte. Kein Landurlaub. Keine Frauen. Kein Wein. Keine Lieder. Sie nannte mich einen Lügner – und einen ziemlich miserablen Dichter. Dann hörte ich auf mit dem Mist und sagte ihr die Wahrheit: Ich wüßte, das würde die aufregendste Sache meines Lebens werden. Und da sagte sie mir endlich, daß sie mich liebte.

Wir kamen nicht nach Tokio rein

– Wen werdet ihr töten?
– Wir werden die Japse töten!
– Lauter

– Japse! Japse!
– Lauter
– Japse! Japse!
– Wen werdet ihr ficken?
– Wir werden die Japse ficken!
– Lauter

Das erste, was man bei der Grundausbildung lernt, ist, im Gleichschritt zu marschieren. Es spielt keine Rolle, ob man ins Cockpit oder in den engen Maschinenraum eines Kreuzers geschickt wird. Marineärzte. Marinezahnärzte. Anstreicher. Schmiede. Offiziere, die dem Nachrichtendienst zugeteilt waren und den Krieg in weißen Uniformen im Marineministerium verbringen würden – sie alle lernten, im Gleichschritt zu marschieren. Obwohl es niemand in Camp Smalls gab, der für solche Jobs vorgesehen war, als ich einberufen wurde. Ich marschierte neben vielen Fisk- und Howard-Studenten und auch ein paar aus Yale, aber sie würden ebenso wie ich einfache Matrosen oder Gefreite sein. Diese Typen hingen meistens zusammen rum, und ich mochte sie nicht, weil sie zuviel herumnörgelten. Sie taten gerade so, als wäre die Niggerdiskriminierung etwas Neues, als wären sie vom Mars eingezogen worden. Sie hatten mit der Rassentrennung gelebt, wie kamen sie also darauf, daß die Marine von ihnen erwartete, ohne sie zu sterben?

Wenn ich irgendwas bin, dann Realist. Es war Frühjahr 1942, und Amerika war, was es war. Ziellos und konfus, jung und noch im Wachsen, war es trotz all seiner Fehler doch der einzige Ort, den ich mein Zuhause nennen konnte. Und Gesetz war Gesetz. Ich konnte entweder lernen, Brot zu backen und Kartoffeln zu schälen, oder den Sommer 42 im Gefängnis verbringen. Ich entschied mich gegen das Gefängnis und verbrachte schließlich den Sommer in Guadalcanal. Und dort entdeckte ich, daß Japan das war, was es war.

Wir kamen nicht nach Tokio rein

Von dem Moment an, als mein linker Fuß in dem ebenen Sand dieses ruhigen Strandes nahe Laguna Point versank (und ich erinnere mich, daß es mein linker war, weil der rechte noch im Versorgungsboot steckte), hörte ich auf, diese Menschen Japse zu nennen. Es gab an diesem Tag keine Kampfhandlungen. Und mein spezieller Job war nur, das Nachschubmaterial durch die Kokoshaine zu schleppen und die Nachschubbasis aufzubauen. Aber mit dem Schwung meines rechten Fußes aus dem Boot landete ich mitten im Krieg im gesamten Pazifik.

Kein Veteran sagt jemals, er sei im Krieg auf den Gilbert Islands gewesen. Er mag auf diesen Inseln, auf Makin oder Tarawa, gekämpft haben, aber er ist im Pazifik im Krieg gewesen. Denn jeder Mann, der je im Krieg gewesen ist, wird Ihnen erzählen, daß man alles, was auf der Welt passiert, dort spüren kann, wo man gerade ist. Es ist eins der beschissensten Gefühle, das man sich vorstellen kann, wie es sich so um die Sohlen deiner Stiefel zusammenballt, wenn du zum erstenmal deinen Arsch über diesen Strand schleppst, hin zu den matschigen Kokospalmenwäldern, deinen stinkenden Schweiß ignorierst, während du im selben Moment, fünfundzwanzig Meilen entfernt in Tugali, eintausend Meilen entfernt in Neuguinea, immer wieder hinfällst und stirbst. Während der nächsten drei Jahren waren ich, die Briten, die Aussies, die Holländer und die Filipinos im Krieg im Pazifik gegen die Japaner – und nur die Japaner –

Wir kamen nicht nach Tokio rein

– und Zentimeter für Zentimeter, Insel für Insel drängten wir sie zurück. Und man sagte mir, ich sei auf der Gewinnerseite, lange bevor die Atombombe abgeworfen wurde. Aber glauben Sie mir, ich verstehe das mit der Bombe. Denn selbst mit allen Tapferkeitsmedaillen, die sie mir gaben, allen Siegesmeldungen im Radio, allen Aufmärschen, organisiert, um die neuesten Grüße meines Oberbefehlshabers zu hören, würde ich einen Krieg nicht von See her oder aus der Luft gewinnen, ich mußte ihn an Land gewinnen –

Wir kamen nicht nach Tokio rein

– in Feindesland.

Ich erwarte von meinen ungeborenen Kindern nicht, daß sie mir vergeben. Aber sie müssen verstehen, wie wunderschön es war. Das Ende der Welt ist blau. Und es ging nicht darum, mein Leben zu retten; ich war bereit, das für sie aufzugeben – nicht für mein Land, für sie. Ohne sie, das wußte ich, würde es kein Amerika geben. Aber wenn die Sonne am Ende der Welt aufgeht, sind der Himmel und das Meer so blau, daß sie nur noch dunkler werden, um diese rotgoldenen Streifen zu verschlucken. Ja, ich weiß, man wird mich als Feigling abstempeln. Aber ich konnte nicht in Tokio einmarschieren. Ich fürchtete um meine unsterbliche Seele.

Sie hatten Guadalcanal eingenommen. Ich holte es zurück. Ich war ausgebildet zum Töten. Sie waren ausgebildet zum Töten. Und ich kämpfte gegen sie wie ein Mann. Sie griffen mich an, wateten mit ihren Gewehren durch den Ilu. Ich mähte sie mit meinem Gewehr nieder. Und es kamen immer wieder neue. Ich mähte sie mit Maschinengewehren nieder. Und sie kamen wieder. Ich brachte sie schließlich zum Stehen mit Panzerabwehrgranaten, die dafür bestimmt waren, Stahl aufzureißen. Ihre Leichen bedeckten die sandigen Ufer des Ilu; die Fahrspuren meiner vorrückenden Panzer verklebten mit ihrem Fleisch, und ich hörte, wie unter mir ihre Köpfe wie herumliegende Kokosnüsse zerplatzten. Sie verloren Guadalcanal – und zwar gründlich –, aber sechs Monate *lang kamen trotzdem immer wieder neue. Ich jagte sie in die Luft, zurück in den Dschungel; ich ertränkte sie im Ironbottom Sound. Was für Menschen waren das?*

Sie fraßen ihre eigenen Toten auf Neuguinea. Und ich stieg über Klumpen von Dschungelameisen, die vertilgten, was sie übriggelassen hatten. Scheiße lief mir an den Beinen runter wegen der Ruhr, und ich zitterte, bis mir nachts die Zähne weh taten. Aber trotz der Feuchtigkeit, die mir die Kleider am Leib verrotten ließ und mir die Haut von den Fußsohlen pellte, drängte ich sie zurück in den Norden nach Buna, wo sie sich wie Maulwürfe in der Erde verkrochen. Sie wurden eins mit der Erde, um die sie kämpften. In Buna. Auf Bougainville. Auf Tarawa. Auf Guam. Näher und näher an Tokio. Ich konnte sie von See her nicht ausrotten: dreitausend Salven Artillerie. Ich konnte sie von der Luft aus nicht ausrotten: sechstausend Tonnen Sprengbomben. Ich sprengte diese verfluchten Inseln kurz und klein, und unter meinen Füßen wimmelte die Erde noch immer von ihnen. Sie vergruben und versteckten sich unter Sand. Sie vergruben und versteckten sich unter Korallen. Und auf Iwo Jima vergruben sie sich unter heißer Vulkanasche. Kein Sieg ohne Land. Und das Land, auf dem ich ging, brachte mich um. Ich leg-

te meine Gewehre weg und besorgte Benzin. Ich kippte es in diese Löcher und grillte sie bei lebendigem Leib. Ich stand östlich von dem Gestank ihres brennenden Fleisches, der hinauf in die westwärts wehenden Passatwinde zog.

Und westwärts ging es nach Tokio. Aber Herrgott, da waren noch die Philippinen. Corregidor. The Rock. Ich hatte die Scheißkerle allmählich satt. Sie wollten dieses lausige, stinkende Land: Ich würde sie da drin begraben. Ich schüttete sie bei lebendigem Leib mit Erde zu. Sie sprengten die Tunnel auf. Ich schüttete sie zu. Sie sprengten sie auf. Und schließlich sprengten sie sich selbst in die Luft. Skalps, Arme und Beine regneten mit Erdbrocken aus zehn Meter Höhe herunter. Leyte. Mindoro. Luzon. Seekrank von den Monsunwinden. Zerschnitten von scharfen Alang-Alang-Gräsern. Ich fing an, beim Pochen meines eigenen Herzens zusammenzuzucken, wenn ich durch die finsteren Ruinen Manilas wanderte. Ich hörte nicht mehr auf, beim Pochen meines eigenen Herzens zusammenzuzucken, sogar in meinen Träumen. Wie die Bomben, die unaufhörlich über mir heruntergingen. Ich ließ einen von sieben Filipinos tot auf den Straßen von Manila zurück, Manila, befreit von den Japanern.

Ich bin Soldat. Ich führe Befehle aus. Aber ich besiege sie, und sie bleiben nicht liegen. Ich gewinne, und sie bleiben nicht liegen. Sie erheben sich schreiend und lachend aus ihren Gräbern auf Guam. Mistgabeln gegen Maschinengewehre. Leere Flaschen gegen Granaten. Baseballschläger gegen Sherman-Panzer. Gott, ich bin es so leid, diese lebenden Toten zu töten. Was für Menschen sind das? Die Menschen, die dort in Tokio warten.

Die Stadt liegt unter meiner B-29. Ich bin Soldat. Ich führe Befehle aus. Ich versprühe Napalm aus der Luft und lasse Feuerströme durch die Straßen fließen. Ich verbrenne Munitionsfabriken. Ich verbrenne Schiffswerften. Ich verbrenne Schulen. Ich verbrenne Krankenhäuser. Ich verbrenne Wohnstätten. Und es kommen trotzdem immer wieder neue.

Noch eine letzte Insel vor Japan. Aber in Okinawa konnte ich das Zittern nicht abstellen. Ich zerbiß mir die Handfläche und spuckte das Blut aus, um nachts nicht einzudösen. Ich konnte mich am Schlafen hindern, damit keine Träume kamen. Aber ich mußte atmen. Und es war in der Luft, kam herbeigeflogen von seiner Quelle, nur dreihundert Meilen entfernt. Der himmlische Odem. Kamikaze.

Der Wind ließ den Saum ihres geblümten Kimonos aufflattern, löste die Windeln des Babys, als sie die zerklüfteten Klippen von Saipan hinunterstürzten. Und erst vierundzwanzig Jahre auf dieser Insel. Ich stopfte mir Dreck in die Nase und keuchte durch den Mund. Aber ich konnte es noch immer hören. Den göttlichen Odem. Kamikaze. Ich steckte mir leere Patronenhülsen in die Ohren.

Saipan. Ein Familienpicknick. Alle frisch gebadet. Neu eingekleidet. Einhundert Hände drücken einhundert Granaten auf einhundert Nabel; die Explosion von einhundert Eingeweiden. Und erst vierundzwanzig Jahre auf dieser Insel.

Eintausendundfünfhundert Jahre in Japan.

Ich konnte ihn noch immer auf meiner Haut fühlen. Den göttlichen Odem. Kamikaze. Ich nahm meine zitternden

Hände und beschmierte meinen Körper mit Schlamm. Es war nicht genug. Ich wälzte mich im Schlamm, brüllte bis hinauf zu den Bergen von Okinawa. Flehte, daß irgendein Gott dem allen ein Ende machte. Ich konnte keinen Fuß auf Japans Boden setzen.

Die ganz Jungen, die Verunstalteten und die Alten warteten auf mich in Tokio. Und Sie müssen verstehen, wie blau es war. Wie wunderschön, herzergreifend blau. Und Sie müssen verstehen, wir gewannen den Krieg. Kein Urteil würde über mich gefällt werden wegen dem, was in Tokio geschehen sollte. Ich war kein Feigling. Ich konnte einmarschieren und meine Pflicht tun. Es wurde nur die Gewißheit zu unerträglich, daß ich dazu verdammt sein würde, lebend wieder herauszukommen. Nimm. Dieses. Kreuz. Von. Mir. Und ja, ich bot jedem Gott, der mich erhören würde, sogar den Anspruch auf meine ungeborenen Kinder. Und der einzige Gott, der mich erhörte, machte den Anspruch geltend.

Pika-don. Die Erde brach auf und gebar. Meine Erlösung stieß heraus wie der Kopf eines Neugeborenen. Tränen liefen über mein Gesicht. Die Bombe leuchtete heller und ihr Atem brannte heißer als die Sonne. Sie steckte den Himmel in Brand, als ihre Taifunwinde den schwachen Kamikazewind verschluckten. Ich war erlöst. Hiroshima im Tausch für meine Seele. Zählt die Leichen. Ich hatte mehr Tote in den Straßen von Manila zurückgelassen. Auf den Berghängen von Okinawa. Pika-don. Zählt nur die Leichen. Aber dann Nagasaki – wo sie sich daranmachte, den Anspruch auf unsere Kinder einzulösen. Die ungeborenen Kinder.

Mein Samen regnete aus schwarzen Wolken auf diese Stadt, brachte die Kamelien zum Welken, kräuselte die Blätter der

Eichen, versengte die Federn der Singvögel. Mein Samen strömte mit der Flut herein, schob Schwärme von Forellen und Lachsen zu Haufen zwischen die verwesenden Meeresschildkröten. So sanft die Gezeiten, als der Samen sachte in den Nordpazifik sickerte, langsam forttreibend, sich nach Osten ausbreitend, genährt inmitten warmer Strömungen, die ihn über die Erdkrümmung trugen. Es war eine lange Reise. In ein neues Zeitalter. Die meisten von uns waren in die Heimat zurückgekehrt, und ich steckte gerade meine Entlassungspapiere ein, als ich sah, wie ein paar dieser Samen schließlich an der felsigen Küste von San Francisco auftrafen. Wabernder Nebel verdichtete sich um mein Gesicht herum, als die schäumende Brandung sie in die Luft hinaufsprühte. Eine kühle Brise wehte über meine Schultern – stetig und auf Osten zuhaltend. Ich spürte, wie ihre harten Hülsen im Vorbeiwehen in meine Wangen stachen. Es war zu spät zum Trauern. Zu spät, zu wünschen, es wäre ein anderes Gebet gesprochen worden. Genau hier auf dieser Erde würden wir gezwungen sein zuzusehen, wie sie aufwuchsen. Wie sie die Führung übernahmen. Meine Gebete hatten mich gerettet, aber der eine Gott, der sie erhört hatte, machte sich daran, die Söhne für dieses Land hervorzubringen – und, trauriger noch, die Töchter –, die in Tokio hätten einmarschieren können.

Es schien, als hätte ich jahrelang auf diesem Kai gestanden. Hinter mir spielte San Francisco verrückt vor lauter Siegesfeiern. Die Jungs waren wieder zu Hause. Menschen tanzten mit Bier- und Sektflaschen auf den Straßen. Kirchenglocken läuteten. Feuerwerkskörper explodierten, ein bißchen zu laut für meinen Geschmack; aber die Leuchtkugeln, die mit ihren roten und silbernen Rauchfahnen über die Bergspitzen pfiffen und segelten, sahen hübsch aus, und wenn sie runterkamen, würden sie keine Krater im Boden hinterlassen. Die Kameraden konnten nicht verstehen, wieso ich unten beim Wasser blieb. Ich sollte mit raufkommen – die Stadt war freizügig. Alles, was man essen wollte. Getränke aufs Haus. Und selbst die Nutten nahmen kein Geld. Ein kluger Entschluß der Professionellen, denn zu jener Zeit konnten wir sowieso fast jede Frau haben.

Aber die Wellen, die immer wieder über der Küste zusammenschlugen, hielten mich fest. Der Nebel war so dick geworden, daß ich das Wasser nicht mehr sehen konnte, aber das Geräusch war noch da: tosend ... tosend. Was machen wir, wenn die Party vorbei ist? Ich wußte, daß das Leben ein ganz anderes sein würde *(Ein anderes Gebet, hätte ein anderes Gebet gesprochen werden können?)*, und ich spürte, es war es nicht wert. Vor Hiroshima wäre es das ganz sicher wert gewesen. Ich glaube noch immer, dieses Land sei es sogar wert gewesen, daß Hiroshima passierte, aber im selben Moment, als Hiroshima passierte, hörte alles auf, etwas wert zu sein. Das kommt vor, daß ein Mann so denkt, der über den Rand hinausstarrt ... Die einzige Welt, deren Existenz in diesem weißen Schleier einen Wert für mich hatte, war das Rauschen der Brandung, und ich wußte, was die Brandung anschwemmte ... tosend ... tosend ... Eine Hand faßte durch den Nebel und berührte meine Schulter.

– Da wartet ein Gast, sagte Nadine.

Ich fuhr zusammen und drehte mich um, da stand sie hinter mir. Und hinter ihr war das Café. Der zerkratzte alte Tresen. Linoleum, das sich ablöste. Eine ungeordnete Reihe von Holzstühlen und Tischen vor dem Fenster. Fettiger weißer Rauch vom heißen Grill umqualmte uns. Ich starrte auf den Pfannenwender in meiner Hand und hörte das Geräusch des brutzelnden Hamburgers auf dem Grill. Er war am Anbrennen, und ohne nachzudenken, drehte ich ihn rum. Wir waren im Geschäft.

☆ ☆ ☆

Ich hab nie den Namen dieses Lokals geändert. Als ich mich nach dem Kai in San Francisco hier drin wiederfand, war der Name Baileys Café schon in den roten, goldumrandeten Buchstaben über die Fensterscheibe gemalt, und ich sah keinen Grund, ihn zu entfernen. Deswegen glauben die Leute, mein Name sei Bailey, und ich sehe keinen Grund, ihren Irrtum aufzuklären. Diese Menschen sind für mich keine Freunde fürs Leben; sie brauchen meinen Namen nicht zu kennen. Manche von ihnen glauben, Bailey sei mein Nachname, und sie nennen Nadine Mrs. Bailey. Und sie hört darauf, wie sie auf alles hört. Nadine ist nicht wählerisch; es ist ihr egal, wie man sie nennt, solange man nicht erwartet, daß sie allzuoft hinter der Theke hervorkommt und einen bedient. Nicht daß meine Frau faul wäre; sie hat mir im Laufe der letzten Jahre bei einer Menge Verbesserungen geholfen. Sie hat eigenhändig die rotkarierten Vorhänge genäht und ist losgezogen und hat die Messingstange besorgt, um sie daran aufzuhängen. Der doppeltürige Kühlschrank war ihre Idee und die Jukebox ebenfalls.

Nadine findet nur, die Leute sollten keine falsche Vorstellung von diesem Laden kriegen. Wenn wir anfangen, sie zu prompt zu bedienen, werden sie anfangen zu glauben, unser Geschäft wäre es tatsächlich, ein Café zu führen. Ohne sich daran zu erinnern, wieso sie hier überhaupt hereingestolpert sind, werden sie anfangen, nach uns Ausschau zu halten, wenn sie Hunger haben. Und wenn sie uns nicht finden, werden sie anfangen, Fragen zu stellen. He, wieso war das Lokal nicht hier, als ich letzten Monat vorbeigekommen bin? Ich könnte ja verstehen, wenn ihr einfach zugemacht hättet – aber das ganze verdammte Gebäude war weg. Das Leben ist zu kurz, um die Zeit damit zu vertun, einem Idioten das Offensichtliche zu erklären. Wenn sie nicht dahinterkommen, daß wir nur hier sind, wenn sie uns brauchen, dann brauchen sie auch nicht dahinterzukommen.

Ich vermute, wer immer dieser Bailey auch war – falls es einen Bailey gab –, er wußte, daß dieser Laden wirklich sehr, sehr mobil sein mußte. Obwohl dieser Planet rund ist, gibt es einfach zu viele Stellen, an denen man sich auf einmal dabei wiederfindet, wie man sich am Rand festhält, so wie ich damals; und wenn es nicht irgendeinen Raum, einen Ort gibt, wo man sich mal verschnaufen kann, dann könnte der Rand der Welt – so erschreckend das auch sein mag – das Ende der Welt sein, was ziemlich schade wäre.

Erkennungsmelodie

– Ich hätte gern die Speisekarte.
– Wir haben keine Speisekarte.
– Na gut, geben Sie mir einen Hamburger. Ohne Fritten.
– Hamburger gibt's nur dienstags.
– Dann Roastbeef. Mager. Und ...
– Roastbeef erst wieder am Wochenende.
– Und was kann ich *heute* kriegen?
– Was alle anderen kriegen.
– Ich mag kein Corned-beef-Haschee.
– Was anderes gibt's nicht. Und warme Pfirsichpastete.
– Ich mag kein Haschee. Wie ist die Pfirsichpastete?
– Himmlisch.

Neue Gäste sind eine Landplage, bis sie den Rhythmus draufhaben. Brathühnchen montags. Hamburger dienstags. Haschee mittwochs. Schweinekotelett donnerstags. Fisch an Freitagen. Und am Wochenende offenes Haus: Frühstück, Mittagessen, Abendessen: alles, was Sie wollen.

Da sie von Montag bis Freitag nur ein Gericht am Tag kriegen und am Samstag und Sonntag alles, was sie wollen, wozu dann eine Speisekarte drucken? Aber Sie wären überrascht, wie lange manche Leute brauchen, das in ihren Kopf reinzukriegen. Das war für mich echter Anschauungsunterricht in menschlicher Natur. Während der Werktage tun manche beleidigt, weil sie nur ein Gericht kriegen, und wollen streiten und werden laut, als würde sie jemand davon abhalten, in ein anderes Café zu gehen. Sie könnten ja auch am Wochenende wiederkommen, wenn wir ihnen alles servieren, was sie wollen. Aber an den Wochenenden kriegen wir eine ganz andere Art von Kunden, die es nicht glauben, wenn man ihnen sagt, sie kriegen wirklich *alles,* was sie wollen. Sie sitzen verwirrt und blöd da, verrenken sich den Hals in alle Richtungen und fragen wieder und wieder nach einer Speisekarte.

Dann gibt es noch den Wochenendclown, der die Hausregel testet. Anstatt zu bestellen, was er wirklich essen möchte, fängt er an, eine Kabarettnummer abzulassen.

– Alles, was ich will? Also gut, Erdnußbutter und gebratene eingelegte Gurken auf einem Club-Sandwich.

– Süß oder salzig eingelegt? frage ich, während sein Grinsen schwächer wird.

Und nach dem Durchstöbern des Vorratsraums bringe ich ihm genau das an den Tisch, zusammen mit meinem Souvenir-Baseballschläger. Josh Gibson hat diesen Schläger für mich nach einem Ost-West-Spiel signiert, und der Gast kann seinen Namen hübsch deutlich erkennen, wenn ich damit gegen das Tischbein schlage, während ich die Rechnung erläutere. Wenn er sein Erdnußbutter-Gewürzgurke-Sandwich ißt, geht das aufs Haus. Wenn er es nicht ißt, sorge ich dafür, daß er mich für meine Mühe bezahlt.

Gewöhnlich essen sie's. Und wenn sie das nächstemal wiederkommen, benehmen sie sich wie Menschen.

Jeder von meinen Gästen kann Ihnen erzählen, daß ich kein netter Mensch bin. Aber man kann mich beim Wort nehmen, und ich sage, was ich denke. Auf der einen Seite wird dieser Sommer nicht übel werden, weil da hauptsächlich meine alteingesessenen Stammgäste kommen. Auf der anderen Seite bedeutet das, daß sie genug voneinander wissen, um eine ständige Fehde in Gang zu halten. Jeder will, daß ich alle anderen rausschmeiße. Als wär das Lokal ihre persönliche Entdeckung und gehörte nur ihnen und ihresgleichen. Ich weiß mehr über manche von ihnen, als sie selbst über sich wissen, und sie laufen alle auf ein und denselben Typ hinaus, sonst kämen sie überhaupt nicht her. Das kann man ihnen aber nicht sagen. Und wenn die Stimmung zu hitzig wird, drehe ich ihnen einfach den Rücken zu und beuge mich über den Grill, als würde ich irgendwas Unglaubliches mit einem Hähnchen anstellen, montags, oder mit einem Hamburger, dienstags. Aber ich kann mit geschlossenen Augen ihre Stimmen erkennen.

Ich stelle vor: Schwester Carrie: Eckpfeiler des Tempels zur Ewigen Erlösung:

– Herr Jesus, taugt rein gar nichts, dieses ganze Pack und Gesindel hier drin. Ich krieg kaum mein Essen runter beim Anblick dieses Abschaums. Herr Jesus, bitte bewahre meine Angel vor dem Schmutz und der Gemeinheit, die sich in dieser Welt breitmachen.

Schwester Carrie ist eine von denen, die nicht am Wochenende reinkommen können. Sagen Sie ihr, sie kann alles haben, was sie will, und sie fängt an zu zittern wie Espenlaub. Sie würde eher verhungern, bevor sie Ihnen antwortet. Eine Frau, die Angst vor ihren eigenen Gelüsten hat.

– Also, ich könnt es ja verstehen, Bailey, wenn das nicht ein ordentliches Lokal wär. Wenn es eine dieser *Spelunken* auf der anderen Seite der Stadt wär. Aber du bist genau um die Ecke vom Tempel. Und Herr Jesus, ich weiß nie, wann ich ohne Gefahr meine Angel mitbringen kann. Weiß nicht, was ihr hier übern Weg läuft. Und wenn irgend jemand von dem Dreckspack und Abschaum versuchen sollte, mir oder meiner Angel einen unsittlichen Antrag zu machen, wenn das Dreckspack und Gesindel jemals …

Und ich stelle vor: Sugar Man, Allerweltsgauner und Zuhälter:

– Kein Grund für dieses Trockenobst, mich so anzuglupschen. Hab fünf laufen, die soll sich abregen. Ich lass' mich mit Weibern wie der nur in meinen Alpträumen ein. Bailey, gib mir 'nen Teller Haschee und mach es *dampfend* heiß.

Er ist ein kleiner Mann, Sugar Man. Immer piekfein angezogen und wohnt praktisch in einem 1936er Duesenberg. Noch ein Werktägler, der reinkommt und das einzige bestellt, was wir anzubieten haben, als hätte er sich das ausgesucht.

– Hab fünf laufen, das ist 'n guter Fraß. Und morgen sieh bloß zu, daß du Schweinekotelett hast. Weißt ja, ich und Schweinefleisch.

Ein kleiner Mann, Sugar Man. Winzige Hände mit großen Brillantringen. Winzige Füße in spitzen Krokostiefeln.

– Zähl's zusammen und bring mir die Rechnung.

Wir müssen ihm das Dreifache von dem berechnen, was die Mahlzeit wert ist, weil er ohnehin drauf bestehen würde, soviel zu zahlen.

– Gut, jetzt bin ich in der Lage, mit diesen Wesen hier drin die gleiche Luft zu atmen. Angel, Süße, kau nicht mit offenem Mund. Das Minderwertigste der Schöpfung, jemand, der von Frauen lebt. Und sag mir bloß, welcher anständige Mann würde einen *lila* Anzug tragen?

Schwester Carrie und Sugar Man liegen nicht soweit auseinander, wie sie klingen. Wenn man nicht etwas tiefer hineinhorcht, schlagen beide immer dieselbe Leier an. Langweilig und vorhersehbar. Aber niemand kommt hier mit einer einfachen Geschichte rein. Hinter jedem Einzeiler steckt ein ganzes Leben. Jeder Punkt hat einen Kontrapunkt. Hier, ich zeig's Ihnen: Stellen wir sie nur eine Tonart niedriger:

– *Du mußt mir helfen, Herr Jesus. Befreie mich von diesem Brennen. Befreie mich von diesen bösen Gedanken. Vernichte Satan. Vernichte ihn. Ich brenne und taste, Herr Jesus. Ich brenne und reibe. Ich brenne und bohre in der Hitze. Ich hebe meine Finger hoch, feucht, und ehre Deinen Namen.*

– *Hab noch fünf am Laufen. Und sie machen mir Vorwürfe. Die verfluchte Depression. Ein einziger verfluchter Sozialhilfescheck. Und sie machen mir Vorwürfe. Sie hätten sich sowieso verkauft. Ein verfluchter Sozialhilfescheck, und fünf von meinen Schwestern sitzen auf einer Goldmine. Sie hätten sich sowieso verkauft. Ich kannte nur die höchsten Bieter. Und sie machen mir Vorwürfe.*

Und wenn man das um noch eine Tonart tiefer runterzieht, hört man von:

ihrer Angel, Herr Jesus, der man nicht trauen kann. All die Fürsorge, die das Kind erfahren hat, all die Warnungen, und der Verrat wird doch kommen. Das Mädchen will sündigen. Das kann man an den Brüsten sehen, die oben aus ihrem Büstenhalter herausdrängen. Sie kauft sie enger und enger, und das Fleisch quillt trotzig raus. Die Brustwarzen, so groß und hart, sie zeichnen sich durch ihr Kleid ab. Locken Ärger an. Wollen Ärger. Bedecke dich. Die Leute starren. Wasch dich dort unten. Noch mal. Noch mal. Sie kann sie nicht wie eine läufige Hündin riechen lassen. Wie die Hündin, die sie gern wäre.

Und Sugar Man, der hart arbeitet, um seine Frauen zu beschützen. Frauen brauchen wirklich alle Schutz. Ist eine rauhe Welt da draußen. Er weiß es; er bewegt sich darin. Die meisten Männer sind keinen Cent wert und nur auf ihren Vorteil aus, sobald sie die kleinste Chance dazu kriegen. Gehn einfach hin, schnappen sich das Marmeladenbrötchen und rennen weg. Frauen sind nicht dazu geschaffen, auf der Straße zurechtzukommen und so zu denken. Frauen brauchen hübsche Dinge um sich herum. Ein hübsches Heim. Hübsche Kleider. Den richtigen Mann, der sich um sie kümmert. Sie sind schwach und brauchen einen, der sie hält. Sie brauchen deine Schultern zum Dranlehnen, wenn sie weinen müssen. Und wenn sie verwirrt sind, muß man stark sein, um sie zu führen. Um ihnen einen kleinen Klaps zu geben. Sicher, ein bißchen wie Kinder – aber auch sehr wie Engel.

– Herr Jesus.
– Fünf am Laufen.

Das sind nur diese beiden, und sie sind bloß zwei unter vielen Stimmen. Aber ich glaube, Sie haben das Wesentliche kapiert. Alles, was sich in dieser Fettschwemme zu hören lohnt, geschieht unter der Oberfläche. Das müssen Sie wissen, wenn Sie vorhaben, hierzubleiben und zuzuhören, wenn wir loslegen.

Freie Improvisation

Mood: Indigo

Was kann man über Sadie sagen? Hab sie diesen Sommer nicht gesehen, aber sie war hier eine Weile Stammgast. Setzte sich immer an den Einzeltisch an der hintersten Wand gegenüber meiner Jukebox und weg vom Fenster. Sie sah in einem Monat aus wie sechzig und wie siebzig im nächsten. Sie altern schnell in einem Leben wie ihrem. Und jeder hier drin hätte was zu sagen über dieses Leben. Ich glaub allerdings, über dieses sollten sie sich nicht äußern, und ich kann sie schon hören: Da redet er und will die ganze Geschichte an sich reißen, und wir haben gerade erst angefangen. Aber diesmal geht es nicht darum, daß ich den Klang meiner eigenen Stimme so gerne höre; wirklich nicht. Es ist nur ... Verdammt, wie soll ich es sagen? Sie war eine ... Dame. Ja, trotz allem, bei allem – eine Dame. Und Nadine würde da zustimmen; der einzige Gast, den sie je zweimal hintereinander bedient hat.

– Einen Tee, bitte.

Deenie mochte nicht nur die Art, wie sie bestellte; es war die Art, wie sich Sadies feingliedrige rechte Hand um den Henkel legte, wenn sie ihr den Becher brachte, während sie mit der linken Serviette und Löffel nahm. Und irgendwie verlor der dickwandige Becher auf dem Weg von Deenies Tablett zum Tisch seine Sprünge und Flecken und berührte den Tisch mit dem Klang von hauchdünnem Porzellan, und der verbogene Blechlöffel und die Papierserviette wurden zu Silber und Leinen mit eingearbeitetem Monogramm. War irgendwie verblüffend, das zu beobachten.

– Einen Tee, bitte.

Vor allem, weil diese Hände so schlimm zitterten, daß Sadie den Becher am Ende immer in einer Pfütze von verschüttetem heißem Wasser abstellte. An einem guten Tag konnte sie ihn wieder hochheben und die Serviette drunterlegen, damit die Lache aufgesogen wurde. An einem schlechten Tag nicht.

Verstehen Sie, Sadie war eine Säuferin. Und Sadie war eine Groschenhure. Und eines Nachts führte Eismann Jones sie zum Hintereingang hinaus und tanzte mit ihr unter den Sternen. Ja, ich sehe schon, ich muß mich der Geschichte selber annehmen. Sie muß geradeheraus erzählt werden, so wie es war. Unverfälscht, einfach und klar.

☆ ☆ ☆

Anders als in anderen Städten war die South Side von Chicago immer die South Side von Chicago gewesen. Farbige ließen sich dort nieder, blieben dort und machten die Gegend zu ihrem Stadtteil. Er war alt und heruntergekommen, als sie ihn entdeckten, und er wurde noch älter, während sie dort lebten. Aber sie gaben ihm alles, was sie hatten. In manchen Jahren war das mehr als in anderen: Während des Krieges, als es Arbeitsplätze im Übermaß gab, waren die Leute nicht allzu wählerisch, wen sie einstellten; die Zeit der Gewerkschaften, als sie die Wahl hatten, Neger aufzunehmen oder als Tarifbrecher zu bekämpfen. Damals wurden die Holzbaracken angestrichen. Und Münzen wurden in Steingutkrügen für die Schulausbildung eines Kindes gespart. Des klügsten Kindes, weil es ausgeschlossen war, genug Geld für alle beiseite zu legen. Aber das Wichtigste war, daß wenigstens ein Kind die Chance bekommen würde. Und so lebten die Schwarzen:

hielten durch während der Zeiten ohne jede Chance für die Zeiten, wenn es mal *eine* Chance geben würde.

Aber in allen Städten gibt es immer welche, die durch die Lücken der Aufschwünge und Rückschläge hindurchfallen. Solche, die den Versuch aufgeben, etwas für sich und ihre Kinder zu erreichen. Sadies Papa war so jemand, bevor er Sadies Papa wurde. Und er sagte zu Sadies Mama, bevor sie Sadies Mama wurde, das Leben sei gut und das Leben sei leicht, solange sie nur zu zweit blieben. Das war Sadies Mama sehr recht; sie hatte immer gehofft, einem Mann wie ihm zu begegnen. Sie waren beide Menschen, die das unbeschwerte Leben liebten. Partymenschen. Blieben so lange in einer Wohnung, bis der Vermieter sie vom Sheriff raussetzen ließ, und wechselten dann in die nächste. Sie lebten aufs Geratewohl in den Tag hinein. Wenn er gerade Pech hatte beim Würfeln, übernahm er hier und da einen Job – putzte Schuhe oder kehrte Ställe aus – zur Ergänzung der Beträge, die sie sich von ihren neuesten Freunden leihen konnten. Und sie ergatterte ein paar Cents in den Tanzsälen und ergänzte das, was er nach Hause brachte, mit dem, was sie vom Gemüsehändler oder Fleischer ergaunert hatte. Selbst wenn sie der Typ gewesen wäre, so etwas überhaupt in Betracht zu ziehen, war jegliche Art von schwerer Arbeit – Hausarbeit oder Wäsche waschen – ausgeschlossen, weil ihr Körper von den vielen Abtreibungen zu geschwächt war. Wenn sie es rechtzeitig merkte, machte sie es mit einer Freundin selber. Ein paar zusammengelegte Handtücher und ein bißchen Peroxyd auf einem Kleiderbügel. Aber wenn sie schon in fortgeschrittenem Stadium war, kam es zu üblen Streitigkeiten zwischen ihnen, weil er das Geld für einen Spezialisten auftreiben mußte. Ein paar zusammengelegte Handtücher und ein bißchen Peroxyd auf einer Zange.

Sadie hörte es so oft von ihrer Mama, daß sie, als sie klein war, dachte, es wäre ihr Name: Die, die der Kleiderbügel nicht erwischt hat. Nicht daß die Frau je mit ihr gesprochen oder sie öfter angesehen hätte, außer wenn sie betrunken war – und dann nur, um sie zu verfluchen, weil sie das Gesicht ihres Papas hatte. Aber sie hörte es, wenn sich einer der Männer, die ihre Mutter nachts mit nach Hause brachte, nach dem schläfrigen Kind erkundigte. Sie hörte es auf ihrer Runde von Pension zu Pension, wenn ein anderes Straßenmädchen ihre Wange tätschelte, wenn sie ihre Milch verschüttete, wenn sie vergaß, morgens auf Zehenspitzen zu gehen, und wenn sie das Haar der betrunkenen Frau streichelte, die über dem schmutzigen Geschirr auf dem Tisch zusammengesunken war; sie hörte es, nachdem sie geschlagen und weggeschubst worden war: Die, die der Kleiderbügel nicht erwischt hat. Erst als sie vier Jahre alt war, fragte sie ihre Mama: Habe ich einen Namen? Und sie erfuhr, daß er Sadie lautete, weil es das war, was die Frau jedesmal schrie, wenn sie den Lederriemen auf Rücken, Schultern, Kopf sausen ließ – ja, Sadie, Sadie. Die Vermieterin hörte den Lärm und mußte raufkommen und sie von dem Kind wegzerren. Aber Sadie hatte ihren Namen erfahren und etwas noch Wichtigeres gelernt: Der einzige Ausweg da raus war Liebe.

Die Mama hatte sich bereits weitgehend um den Verstand gesoffen, als die Geschichte mit den Schlägen passierte. Vier Jahre lang hatte sie puren Absinth getrunken, damals, als sich in den Gossen noch nicht genug Leichen angesammelt hatten, als daß die Regierung das Zeug verbot; sie leerte jeden zweiten Tag eine Literflasche, und er zerfraß ihr das Gehirn. Und mit den Zweidollarnummern auf winterlichen Straßen, die nirgends so kalt werden können wie in Chicago, hatte sie ihr Aussehen ruiniert. Sinnlos, von den Dingen zu reden, die noch in ihrem Innersten verborgen gewesen sein mochten. Der Glaube war mit Papa auf und davon, der einen Krug Milch holen ging, als sie im siebten Monat schwanger war. Die Hoffnung folgte ein paar Wochen später, als er nicht wiedergekommen war. Die Nächstenliebe beschränkte sich darauf, daß sie seinem neugeborenen Bastard nicht die kreischende Kehle durchschnitt – das legte sie sich als gute Tat aus. Und das war's dann auch schon, abgesehen von dem kleinen bißchen Atem in ihrem Körper.

Da Sadie noch so klein war, wußte sie nicht, daß sie diese leere Hülse von einer Frau liebte, um zu überleben. Ihre vier Jahre alte, fünf Jahre alte, sechs Jahre alte Welt war wirklich sehr einfach: Ihre Mama tat diese Dinge, weil sie ihre Mama war. In ihrer sieben Jahre alten, acht Jahre alten, neun Jahre alten Welt geriet das durcheinander, weil sie ihre Blutergüsse mit dem ungezeichneten Gesicht der Tochter des Schmieds vergleichen konnte, die schrillen Drohungen ihrer Mutter mit der Stimme von Mrs. Johnson, wenn diese ihre Jungen vom Spielen hereinrief. Da war ein Unterschied. Und weil sie den anderen Kindern zuhörte – die sich darüber beklagten, daß sie bestraft wurden, wenn sie nicht brav waren –, wußte sie, daß der Unterschied ihre Schuld sein mußte. Also wurde sie sehr brav.

Jetzt konnte sich ihre Mama von der Straße hereinschleppen und sich an einem sauberen Tisch bis zur Besinnungslosigkeit betrinken; das Geschirr war abgewaschen und weggeräumt. Und sie fand immer frisch gewechselte Bettwäsche auf ihrem Bett, ob sie einen Mann mitbrachte oder nicht. Das Kind entdeckte Mittel und Wege, absolut kein Geräusch zu machen. Sadie wurde so gut darin, am Morgen leise zu sein, daß die Frau sich die trüben Augen reiben und die Fensterläden öffnen mußte, um sie zu entdecken: unter den Brettern des Küchenschranks, wo sie einen Keks erst im Mund auflöste, bevor sie es wagte, ihn zu zerkauen; mitten auf ihrer Schlafdecke, die Beine fest zusammengepreßt, um ihre volle Blase zurückzudrängen, da eine knarzende Bodendiele sie vom Nachttopf trennte.

Und als es nichts half, sehr brav zu sein, versuchte sie es mit sehr, sehr brav. Es gab nicht das kleinste Schmutztüpfelchen in irgendeinem der Zimmer, in denen sie logierten, und sie zogen oft um. Sadie schmirgelte ihre Sohlen mit Sandpapier ab, bevor sie ihr Zimmer betrat. Der Fußboden, den sie peinlich sauber hielt, hätte ansonsten verräterische Spuren gezeigt. Im Sommer konnte sie barfuß drüberlaufen, aber im Winter fand sie es einfach zu kalt, auch wenn sie Wollstrümpfe anhatte. Ihre Stirnhöhle verstopfte sich dann mit Rotz, und wenn ihre Stirnhöhle verstopft war, konnte sie ihren Atem in Brust und Nase rasseln hören – viel zu laut für morgens. Ihre zehn Jahre alte, elf Jahre alte, zwölf Jahre alte Welt bedeutete: schäbige Unterröcke plätten, bis die Falten das Licht reflektierten; billige Socken mit Stichen stopfen, die feiner waren als maschinelle; Schuhe nicht nur putzen, sondern auf Hochglanz polieren. Ihre zehn Jahre alte, elf Jahre alte, zwölf Jahre alte Welt: Fleischstücke schneiden, ohne mit dem Messer auf dem Teller zu klappern, Haferschleim in den Mund löffeln ohne einen Rest Milch auf den Lippen. Eine Welt des Darf-ich-bitte und Dankeschön; des leise Sprechens, lautlosen Auftretens. Eine perfekte kleine Dame. Sehr, sehr brav war es zu sagen: Ich liebe dich, Mama. Und sehr, sehr brav bedeutete, sich die Liebe zu verdienen, von der sie glaubte, daß sie als Gegenleistung auf sie wartete. Wartete, verstehen Sie, bis Sadie es irgendwann einmal schaffen würde, brav genug zu sein.

Sie konnte nicht nach mehr streben als sehr, sehr brav zu sein bei dem, was ihr zur Verfügung stand. Aber sie konnte davon träumen, nach mehr zu streben. Und ihre dreizehn Jahre alte Welt war voll solcher Träume. Da war ein schmucker weißer Bungalow mit einem grünen Lattenzaun, und sie würde die Blätter im Vorgarten zusammenfegen und die verwelkten Blüten von dem Rosenbusch abzupfen, der ihren Zaun umrankte. Sie würde auf die Berufsschule gehen, Französisch und korrekte Aussprache lernen in gestärktem weißen Kragen und schwarzem Halsbändchen, würde so geschickt im Maschineschreiben werden, daß sie als erste schwarze Frau eine Stelle als Schreibkraft in der größten Versicherungsgesellschaft an der State Street bekäme. Mama würde mittags vorbeikommen, um mit ihr zum Essen zu gehen. Und sie könnte sagen: Mama, ich mache mich hier so gut, sie werden mir eine Gehaltserhöhung geben. Und Mama würde eine der winzig kleinen Rosenknospen aus ihrem Garten mitbringen und sie ihr an den Kragen stecken und sagen: Ich wußte, du würdest es schaffen; ich bin so stolz auf dich, Sadie. Du bist ein braves Mädchen, Sadie. Aus dem Schauplatz mochte eine Zimmerflucht mit Blick auf den Lake Shore Drive oder ein Stadthaus auf der Michigan Avenue werden oder vielleicht auch nur eine bessere Pension, wo die Tapete nicht vor Fett glänzte und das Spülbecken nicht voller Kakerlaken war. Und sie trafen sich vielleicht zum Abend- statt zum Mittagessen. Die Sekretärinnenschule könnte das Oberlin-College oder die Fisk-Universität sein. Und sie würde Lehrerin oder Krankenschwester werden. Aber die Träume endeten alle gleich: Mama, ich mache das so gut hier. Ja, ich bin so stolz auf dich. Du bist ein braves Mädchen, Sadie.

Träume von Liebe. Träume, die lauter klangen als das Geflüster der Nachbarn, als ihre Mutter sie auf die Straße schickte: Ich hab diese ganzen Jahre meinen Arsch hingehalten, um dich zu ernähren, und jetzt bin ich krank und dem Tode nahe; wird Zeit, daß du selbst was beisteuerst. Sie hätte einen höheren Preis für sie rausschlagen können, wenn einige der Männer, solche mit besonderen Vorlieben, geglaubt hätten, daß sie noch so jung war. Aber da Sadie gut entwickelt war und sich so würdevoll und ruhig benahm, schätzten sie ihr Alter auf zwanzig oder so. Und da die Mama sagte, es sei ihre Tochter, und sie selbst so verlebt und abgehärmt aussah, dachten sie, Sadie würde lügen, als sie ihnen sagte, daß sie gerade dreizehn geworden war. Ja, ich mag es, wenn du schreist, flüsterte der erste und küßte ihren Hals, während er ihren starren Kopf mit beiden Händen festhielt. Ich mag es, wenn du schreist. Dann, als er seine Hose anzog, entdeckte er, daß die Feuchtigkeit auf seinen Lenden und seinem Bauch kein Schweiß war. Seine dunklen Hände sanken schlaff zwischen die Knie, und Tränen standen ihm in den Augen, als er das nackte Mädchen anblickte, das sich auf der Liege vor Schmerzen krümmte. Er blieb lange Zeit sitzen, jetzt konnte er die an die Wand gepinnten Fotografien ausmachen, die Stoffpuppe, die in der Ecke lehnte. Sein Kopf bewegte sich hin und her zwischen Sadie und dem Laken, das zwischen den beiden Liegen im Zimmer aufgehängt war, und er bemühte sich, gegen das Aufsteigen der Galle in seiner Kehle anzukämpfen. Schon fertig? hörte er von der anderen Seite des Lakens. Er hinterließ einen blutigen Daumenabdruck darauf, als er es runterriß und ihre Mutter packte und sie schüttelte, bis ihr die Zähne klapperten:

– *Was bist du bloß für eine Frau?*

Die gleichen Worte sagte ein anderer Mann sechs Monate später, aber dieses Mal einer mit wäßrigblauen Augen, in einem Hinterzimmer, nicht größer als ihres, das aber ein ganzes Stück schmutziger war und nach Hunden und Katzen roch. Und dieses Mal hatte sie eine Antwort parat, weil sie ein ganzes Stück betrunkener war: Eine, die Sie zweifach bezahlt. Ein paar zusammengelegte Handtücher und ein bißchen Peroxyd auf einer Zange. Dann Äther in Sadies Nase, und mit einem Skalpell drang er erneut in das Mädchen ein, um sich das Extrahonorar zu verdienen. Ich hab das für dich getan, sagte sie Sadie später. Dein Leben wär die reine Hölle gewesen mit einem Kind, für das du hättest sorgen müssen.

Aber dieses letzte Jahr, das sie mit ihrer Mama verbrachte, stellte sich als das beste heraus. Sie verbrachten jetzt viel mehr Zeit miteinander, schliefen zu denselben Tageszeiten, und Sadie sah sie sogar lächeln. Sie war ein aufgewecktes Kind und lernte schnell: die untrüglichen Zeichen an einem Mann, der eine Krankheit oder einen Groll auf Straßenmädchen hatte. Die Anzüge, die verrieten, daß sie bezahlen konnten, was sie anboten. Die Schuhe, die verrieten, daß sie verdeckt für die Sitte arbeiteten. Und als sie erkannte, daß ihre Schnelligkeit ihrer Mama gefiel, gab sie sich noch mehr Mühe. Und diese vierzehn Jahre alte Welt, in der sie sich nun befand, hielt neue Träume für sie bereit.

Da war noch immer dieselbe Zimmerflucht mit Blick auf den Lake Shore Drive, denn Sadie hatte sich einen Freier angelacht, der alt und sehr häßlich war. Vielleicht sogar verunstaltet. Dieser Typ war der dankbarste. Aber er war außerdem sehr reich. Und er nahm sie zu dieser Party mit, und da waren andere alte Männer, genauso verunstaltet. Einen nach dem anderen nahm sie, den ganzen Tag und die ganze Nacht, ohne Pause, einen nach dem anderen. Zu zweit. Zu dritt. Und als sie wieder ging, konnte sie beim Blumenladen einen Strauß Orchideen kaufen, beim Fischhändler Austern und Krabben, nur von den Trinkgeldern. Und sie bereitete ihrer Mutter das beste aller Mittagessen: die Orchideen in einer Kristallvase; das echte Geld aufgestapelt vor dem Teller, genug für sechs Monatsmieten für ihre Wohnung. Genug für die Ärzte und die Medizin, die ihre Mutter brauchte, um das Zittern zu bekämpfen. Und sie würde sagen: Mama, ich habe das dort so gut gemacht. Die Sachen, die mich immer geekelt haben, ich hab mir große Mühe gegeben und hab mich nicht geekelt. Ich hab sie glauben lassen, daß es mir gefällt. Ich hab's mir sogar hintenrein machen lassen, Mama. Und ich hab mich gar nicht schmutzig dabei gefühlt, wirklich nicht. Und Mama würde eine der Orchideen nehmen und ihr an den Kragen stecken und sagen: Ich wußte, du würdest es schaffen. Ich bin stolz auf dich. Du bist ein braves Mädchen, Sadie.

Träume, die das Heulen und Schreien ihrer Mama übertönten, wenn sie den Kampf gegen unsichtbare Ungeheuer, die aus der Absinthflasche krochen, verlor. Den bellenden Husten. Den eitrigen Urin, der an die Nachttopfwände schlug. Den Geruch von Lakritze und Fieber, der mit dem Nachtschweiß ausströmte. Sieh, was aus mir geworden ist, bloß weil ich dich durchgefüttert hab. Sieh nur, was aus mir geworden ist.

Sie begruben sie in Potter's Field, zwei ihrer Zechkumpaninnen, die alte Frau aus dem Erdgeschoß, deren Steckenpferd Beerdigungen waren, und Sadie. Die Totengräber machten sich die Arbeit leicht bei dem schweren Regen. Als der billige Fichtensarg in die Grube voller Schmutzwasser hinuntergelassen wurde, schwang im Gebet des Geistlichen seine Verstimmung darüber mit, daß er hier in der Kälte und Nässe stehen mußte. Er erledigte die Sache mit drei Sätzen: Herr, wir übergeben diese Seele Deiner Obhut. Asche zu Asche. Staub zu Staub. Und er warf eine Handvoll nasser Erde hinunter ins Grab. Während er seinen Kragen gegen den eisigen Regen hochstellte, wies er die anderen mit einer Kopfbewegung an, es ihm nachzutun. Jede der Frauen eilte nach vorn, um ihre Handvoll Erde hineinzuwerfen. Sadie stand nur da. Ihr Gesicht war ausdruckslos, während sie beobachtete, wie der Regen Erdklumpen von den Seiten der schlammigen Grube hinunterspülte. Der Geistliche stupste sie vorwärts. Sie machte einen Schritt und blieb wieder stehen, ganz vertieft in die Erde, die an den Seiten des Grabes hinabrutschte. Die alte Frau, deren Steckenpferd Beerdigungen waren, verstand das als Zeichen, daß es schließlich doch noch interessant werden würde, und fing an zu weinen. Das brachte auch die beiden anderen Frauen zum Weinen, und sie versuchten, sich gegenseitig auszustechen. Sadies Augen waren trocken und starrten ins Leere. Der Geistliche trat von einem Bein aufs andere; er hatte die Nase voll. Er nahm eine Handvoll Erde, drückte sie Sadie in die Hand und schubste sie an den Rand des Grabes. Sie stolperte und fiel auf die Knie. Herr, wir übergeben diese Seele Deiner Obhut. Er erhob die Stimme. Asche zu Asche. Staub zu Staub.

Sadie öffnete die Hand und ließ die feuchte Erde in das Grab fallen. Noch immer auf den Knien, sah sie zu, wie sie auf den Deckel des Fichtensargs fiel. Ja, es war kaum ein Flüstern. Sie beugte sich über den Grubenrand, um besser sehen zu können, nahm noch eine Handvoll Erde und warf sie auf den Sargdeckel. Ja, noch eine und noch eine. Mit starrem Blick, wie ein Roboter, versuchte sie, den Sargdeckel zu bedecken. Ja. Ja. Nie mehr als ein Flüstern. Schneller und schneller. Ja. Ja. Ja. Schlamm und Wasser spritzten ihr ins Gesicht und auf die Jacke, als sie eine Handvoll Erde nach der anderen aufschaufelte, um sie in das Grab zu schleudern. Sie wehrte sich, als man versuchte, sie davon abzuhalten. Biß und kratzte mit ihren schmutzigen Fingernägeln, benutzte ihre Stiefelabsätze, um Erde ins Grab zu scharren, als sie sie wegzerrten. Ja – jetzt weinte sie, Tränen zogen Spuren durch ihr schlammverkrustetes Gesicht. Sie weinte noch immer, als sie wieder vor den Eingangsstufen der Pension stand. Aber sie wußte aus Erfahrung, daß die Schluchzer aufhören würden, wenn sie die Zähne so lange in die Unterlippe grub, bis sie Blut schmeckte. Sie setzte sich draußen vor ihrem Zimmer hin, um die verdreckten Stiefel auszuziehen, ängstlich darauf bedacht, sie nicht zu laut fallen zu lassen. Kein Schmutzkrümelchen war mehr zu sehen, als sie sie wieder anzog und es wagte, die Tür aufzumachen.

Es gab keine fünfzehn und sechzehn Jahre alte Welt. Sich alleine durchschlagen. Essen kaufen. Abgetragene Sachen ersetzen. Zimmermiete bezahlen. Aber die Nacht wurde weiterhin zum Tag und der Tag zur Nacht, bei der Arbeit, die die Freundinnen ihrer Mutter ihr besorgten. Du bist zu gut für diesen Schmutz auf der South Side, Sadie. Und so fing sie an, die goldenen Spucknäpfe in einem der feinsten Bordelle im Geschäftsviertel in der South Dearborn Street zu reinigen. Sie sagten ihr, sie habe großes Glück, diese Arbeit zu kriegen. Die beiden Schwestern, die das Etablissement führten, kamen aus einer alten Familie in Kentucky, und sie hätten niemals ein farbiges Dienstmädchen eingestellt, von dem sie annahmen, es wäre vielleicht mal auf den Strich gegangen. Und als Sadie die dicken Perserteppiche sah, die Samtvorhänge und goldenen Spiegel, fand sie auch, daß sie großes Glück hatte. Peinlich sauber, wie sie mit ihrer Kleidung und ihrer Arbeit war, stieg sie schnell auf. Innerhalb eines Jahres gehörte sie dem im Haus wohnenden Personal an, und sie durfte die geklöppelte Spitze an den Batistlaken ausbessern und die Negligés mit der Hand waschen. Dann durfte sie den Brandy und den Whiskey zu den Mädchen aufs Zimmer bringen, wenn ein Gast etwas bestellt hatte, weil sie nichts von dem, was sie hinter diesen verschlossenen Türen sah, aus der Fassung zu bringen schien. Sie konnte die schweren Silbertabletts ohne Gläserklirren balancieren, mit abgewendetem Blick und sicherer Hand, während sie sie bediente, sogar in der Nacht, als sie hinaufgerufen wurde, um einem Stadtrat und seinem Schäferhund einzuschenken.

Sie wurde schließlich die persönliche Zofe eines der beliebtesten Mädchen im Haus. Das brachte mehr Lohn, aber auch eine längere Arbeitszeit. Eine große, grünäugige Blondine, die darauf bestand, daß Sadie ihr nach jedem Kunden eine völlig neue Frisur legte. Und da sie besonders gut darin war, Betrunkenen zu einem Steifen zu verhelfen, gab es mehr Tabletts im Laufe der Nacht nach oben zu tragen, mehr zerrissene und whiskeyverkleckerte Kleider in Ordnung zu bringen, bevor sie selbst am Morgen zu Bett gehen konnte. Ein Jammer, daß du eine Niggerin bist, Sadie, teilte die Blondine ihr an einem Abend mit, als das Geschäft ruhiger ging als üblich, sonst könntest du es hier wirklich zu was bringen. Aber Sadie träumte nicht davon, im Haus als Hure aufgenommen zu werden; sie stand jeden Samstagmorgen am hinteren Tor und wartete darauf, daß der Wagen mit dem Brennholz kam.

Er hatte dieselbe Farbe wie sein Pferd, ein mattes Kastanienbraun. Und wenn er die schweren Bündel Feuerholz aufhob, dann wölbten sich seine Muskeln und spielten unter dem Hemd. Ein starker Mann, obwohl sein Haar graue Strähnen hatte. Eine Zeitlang sprachen sie nicht miteinander, wünschten sich nur einen guten Morgen. Er schien nicht weiter neugierig, warum sie jedesmal da draußen stand. Wenn man mit einem Laden wie diesem Geschäfte machte, war es das beste, keine Fragen zu stellen. Außerdem wußte jede Angestellte, daß sie besser keine beantwortete, wenn sie ihre Arbeit behalten wollte. Sadie gab vor, ihn nicht zu beobachten, wie er das Feuerholz im Schuppen aufschichtete, an der Hintertür läutete, um sein Geld zu kassieren, und weiterzog. Sie drehte den Kopf weg, als würde etwas weit hinten am Ende der Straße ihre Aufmerksamkeit fesseln. In diese Richtung schaute sie auch, als er eines Morgens wegging und sie sagte: Ich heiße Sadie. Seine einzige Antwort war, an ihren Nacken gerichtet: Nun, dann einen schönen Tag noch, Sadie. Als sich sein Wagen durch das Tor entfernte, blickte er schnell zurück auf das Gesicht hinter den schmiedeeisernen Stangen. Das Mädel hat seltsame Augen, dachte er. Aber jeden Samstag danach hieß es: Guten Morgen, Sadie. Und die ganzen Nächte der Woche hindurch lebte sie nur für den Klang ihres Namens aus seinem Mund.

Sie raffte die Locken der Blondine oben auf dem Kopf zu einem Knoten zusammen, steckte ihn fest und sah dabei einen schmucken weißen Bungalow mit einem grünen Lattenzaun, gestärkten Vorhängen am Fenster, hinter dem sie darauf wartete, daß sein Wagen vorfuhr, wenn sein Arbeitstag zu Ende war. Sie überpuderte Sommersprossen auf entblößtem Dekolleté und nackten Schultern und pflückte dabei verwelkte Blüten aus einem Garten voller Rosen. Sie buk Brot für ihn und grillte Hähnchen, während sie verschüttetes Parfüm aufwischte und Rougetiegel zuschraubte. Die vermischten Gerüche von erloschenen Zigarren, tagealtem Schweiß und erregten Lenden wurden zur Frische von Sonnenschein und Wind auf ihrer Wäscheleine im Garten, wenn sie im Spiegelzimmer die Laken wechselte. Wenn ich nicht hier drin arbeiten würde, dachte sie, würde er mich für gut genug halten, um mir seinen Namen zu sagen. Immerhin waren es schon drei Jahre. Und sie lebte in der Furcht, er könnte aufhören, Holz zu bringen, bevor sie ihn erfahren hatte.

Aber tatsächlich kam er wie üblich zum Liefern an genau dem Tag, als die Bundespolizei das Haus schloß. Ein tugendhafter Wind war aufgekommen und blies durch das ganze Land. Und mit dem Ersten Weltkrieg, der in vollem Gang war, fielen überall in den großen Städten die schicken Bordelle wie Dominosteine.

– Verdammte Narren, sagte die Blondine zu Sadie, sie können unmöglich ein Schild mit der Aufschrift »Geschlossen« an die Mösen sämtlicher Frauen nageln.

Aber als das Schild unter dem Messingklopfer am Vordereingang angenagelt wurde, packten die Küchen- und Stubenmädchen schon ihre Koffer. Die Kentucky-Schwestern versuchten ihnen klarzumachen, daß es beim Räumen noch für zwei Wochen Arbeit gab. Aber Schwarze hatten gelernt, sobald das Gesetz am Vordereingang war, sich so schnell wie möglich durch den Hinterausgang zu verdrücken. Blieb man zu lange, konnte einem womöglich noch die Schuld an der Erfindung dieser Art Einrichtung zugeschoben werden.

Als sein Wagen an diesem Samstag morgen vorfuhr, war Sadie wie üblich draußen, nur daß sie diesmal ihre gemusterte

Stofftasche bei sich hatte. Sie brachte den Mut auf, ihm nach drei Jahren zum erstenmal voll ins Gesicht zu sehen: Ich wollte nicht fortgehen, ohne Ihren Namen zu kennen. Und dann ließ sie den Kopf sinken, was ihn erleichterte, weil er ihre Augen nie gemocht hatte. Er nahm jedoch alles übrige von ihr wahr: das adrett geflochtene Haar, den schlanken Hals, den vollen Busen, die schmale Taille, diese feingliedrigen Hände, die sie vor der Brust zusammengepreßt hielt. Hast du Verwandte? fragte er. Sie schüttelte den Kopf. Er sagte nichts weiter zu ihr, bis er das Holz abgeladen und an der Tür geklingelt hatte, um sich seinen letzten Lohn zu holen. Ich könnte eine Frau gebrauchen, sagte er schließlich. Ich kann keine Kinder kriegen, antwortete sie. Er forderte sie mit einer Geste auf, neben ihn auf den Wagen zu klettern. In meinem Alter könnte ich dir wahrscheinlich keine mehr machen. Sie setzte sich neben ihn, ihre Tasche auf dem Schoß. Und dein Name? fragte Sadie. Daniel, sagte er, als sie zusammen mit dem Wagen losfuhren. Die ganze Unterhaltung dauerte fünf Minuten, aber es war die längste, die sie während ihrer gesamten Ehe führen sollten. Sie ging mit einem Mann weg, der so viel älter war, daß er ihr Vater hätte sein können, und lebte schließlich für die nächsten fünfundzwanzig Jahre wieder mit ihrer Mutter zusammen.

Daniel war jedoch ein stiller Säufer. Alles an dem Mann war still, und so war Sadie für ihn genau richtig. Sie verstand es, nicht dazusein. Und sein Haus war so sauber, daß es unheimlich war. Kein schmucker kleiner Bungalow mit grünem Lattenzaun, sondern eine Dreizimmerhütte, eingezwängt zwischen anderen Dreizimmerhütten an den Eisenbahngleisen. Im Garten wuchs nicht einmal Unkraut. Was für Erde es dort auch einmal gegeben haben mochte, sie lag begraben unter Schichten von Ruß, vermischt mit dem Kies und den Steinen, die von dem Schienendamm rieselten. Und jedesmal rieselte ein bißchen mehr runter, wenn um 7 Uhr 20, 11 Uhr 35, 15 Uhr 12 die ostwärts fahrenden Züge vorbeidonnerten und um 5 Uhr 15, 8 Uhr 40 die westwärts fahrenden. Die Bodendielen fingen dann an zu vibrieren, und das Geschirr klapperte auf den Regalen und kündigte das Herannahen der Züge an, bevor das durchdringende Pfeifen und die schwarzen Rauchwolken in jede Ecke des Hauses drangen. Die Rauchwolken hinterließen einen schwarzen Regen aus Asche und Ruß, den sie einatmeten und der sich in ihren Lungen absetzte. Der Rest legte sich überall nieder, wo er konnte: auf dem Blechdach, den Fensterbänken, der Vordertreppe, den Wäscheleinen.

Sadie konnte nichts tun, um das Dach sauberzumachen, aber an den Stellen, an die sie herankam, focht sie einen erbitterten Kampf gegen den Zug um 5 Uhr 15, den um 7 Uhr 20, 11 Uhr 35 und den um 15 Uhr 12. Mit dem Gleichmaß einer Uhr: Daniel bekommt sein Frühstück, seine Brotbüchse wird gepackt, und er geht aus dem Haus. Der 5 Uhr 15. Die Vorderveranda und das Geländer wischen. Das Feuer für den Wäschekessel aufsetzen, sich vergewissern, daß der Deckel fest draufsitzt. Der 7 Uhr 20. Die Bettwäsche, Kissenbezüge, Hemden, Hosen und Gamaschen kochen und umrühren. Die Fenster von außen putzen. Das Frühstücksgeschirr abwaschen. Die Laken, Kissenbezüge, Hemden, Hosen und Gamaschen auswringen. Den Eisenkessel ausleeren. Die ausgewrungenen Sachen wieder hineintun, sich vergewissern, daß der Deckel fest draufsitzt. Der 11 Uhr 35. Die Wäscheleine abwischen. Die saubere Wäsche aufhängen, beten, daß kein zu starker Wind aufkommt. Die Küche aufräumen. Die Betten machen. Die Fußböden scheuern. Die feuchte Wäsche von der Leine nehmen. Der 15 Uhr 12. Die Wäscheleine erneut abwischen. Einige Stücke wieder aufhängen, die noch zu naß sind. Das Plätteisen anheizen, um die anderen Sachen zu bügeln. Ein Stück bügeln. Das Kohlgemüse kleinschneiden. Ein Stück bügeln. Den Teig zum Aufgehen ansetzen. Ein Stück bügeln. Die übrigen Wäschestücke reinholen. Die Wäsche zusammenlegen und wegräumen. Das Huhn rupfen. Das Essen zubereiten. Im Außenklo Kalk streuen. Schnell noch einmal über die Vordertreppe fegen. Schnell noch einmal die Fenster von außen abwischen. Daniel kommt nach Hause. An den Tagen ohne Waschen zwischen den Zügen um 5 Uhr 15, 7 Uhr 20, 11 Uhr 35 und 15 Uhr 12 war es Nähen. Und an den Tagen ohne Nähen war es Kleinholz hacken und Sauberkratzen der gußeisernen Töpfe. Und an den Tagen ohne das war es die Arbeit in ihrem *Garten*. Aber alle Geschäftigkeit hörte auf, sobald Daniel nach Hause kam.

Er fand, Sadie putzte zuviel; die Nachbarn fingen schon an, sie für sonderbar zu halten. Man erzählte sich, seine neue Frau würde vornehm tun. Sie alle konnten mit den verschmierten Fenstern leben, die vielleicht einmal im Frühjahr geputzt wurden. Mit Küchenvorhängen, die von den schwarzen Rußwolken schmuddelig und grau wurden. Mit dem Schotter, der sich vor den verrosteten Blechdosen und Schrotteilen in ihren Gärten anhäufte. Es war ja nicht so, daß sie nicht mal gelegentlich saubermachten. Es war ja nicht so, daß sie ein Haufen Schweine waren, denen alles egal war. Wenn sie mit all dem leben konnten, was wollte sie eigentlich beweisen? Sadie verehrte den Mann, der ihr das gegeben hatte, was ihren Träumen jemals am nächsten kommen würde. Und sie wollte beweisen, daß sie es verdient hatte.

Also biß sie die Zähne zusammen, wenn der 20-Uhr-40-Zug vorbeidonnerte, und sprang nicht auf, um ihre Geranien hereinzuholen, bevor der Ruß sich in den Blüten festsetzte. Aber sobald Daniel sich in den Schlaf getrunken hatte, schlüpfte sie mit einer Kerosinlampe hinaus, um sachte die samtigen Blätter abzuwischen. Wenn er trank, mußte sie drinnen sein, weil das die einzige Gelegenheit war, herauszukriegen, was wirklich in seinem Kopf vorging. Er brachte sechs Tage in der Woche damit zu, dieses und jenes zu transportieren. Möbel, Alteisen, Lumpen, Feuerholz. Ein Packesel des weißen Mannes, sagte er zu Sadie. Er haßte die Arbeit, die er machte, und er haßte es noch mehr, darüber zu reden. Sie nahmen ihr Abendessen in absolutem Schweigen ein, außer bei den seltenen Malen, wenn er ihr eine Frage stellen oder etwas für sie reparieren mußte. Sie wußte, ob er einen besonders anstrengenden Tag gehabt hatte, wenn sie mit Geschirrspülen fertig war. Er bohrte dann mit seinem Zahnstocher im Mund herum und verkündete der Luft: Ich glaub, ich brauch 'nen kleinen Schluck. Dann wußte sie, sie sollte die neue Whiskeyflasche aus dem Küchenschrank holen und sie mit einem sauberen Glas vor ihn hinstellen. Es war immer eine neue Flasche. Er hörte erst auf, wenn sie leer war.

Sadie machte sich dann in einer Ecke unsichtbar, während er trank und ins Leere starrte. Zuerst hatte sie es mit Lesen versucht; sie mochte Bilderbücher, weil es bei ihr mit dem Lesen nicht allzuweit her war, und so konnte sie die fehlende Geschichte selbst ergänzen. Aber das Haus war so still, daß er noch immer ihr Umblättern hören konnte. Lärm – das war alles, was er sagen mußte. Sie klappte das Buch in ihrem Schoß zu. Aber sie fand heraus, daß Nähen ging, und auf diese Weise konnte sie die übriggebliebenen Stopfarbeiten erledigen. Sie konnte den Faden zum Klirren des Flaschenhalses am Glasrand abbeißen. Die Stille im Raum wurde immer vom Rattern des vorbeifahrenden 20-Uhr-40-Zugs erschüttert, und wenn er dann genug geschluckt hatte, erfuhr sie alles, was sie wissen mußte. Wenn das vibrierende Haus wieder zur Ruhe gekommen war, folgte vielleicht ein Satz, manchmal zwei, selten mehr als drei. Und er sprach immer zur Luft: Mein Name ist nicht *Nigger*. Also hatte er seinen Wagen an diesem Tag für einen Polizisten nicht schnell genug zur Seite gefahren. In meine Hosen gepißt. Blut läuft den San Juan Hill runter. Flammen. Also war er im Spanisch-Amerikanischen Krieg ausgezeichnet worden. Die Neunte Kavallerie griff mit Teddy Roosevelt an. Und später war sein Kamerad in North Carolina von einem Truppenzug gezerrt und gelyncht worden. Ein Satz, manchmal zwei. Sie nähte die Bruchstücke über fünfundzwanzig Jahre hinweg zu einer Geschichte über einen verbitterten Mann zusammen, der einst wie ein Gott zu Pferd gesessen hatte und dann ein Packesel werden mußte, um seine Familie vor dem Verhungern zu bewahren. Da war die erste Frau, die starb. Die zweite, die mit seinem Vetter weglief. Und die beiden Töchter, die nie schrieben.

Seine Trinkerei verriet Sadie auch, was er von ihr hielt. Und sie erfuhr, daß das nicht viel war. Er mißtraute ihr. Da war etwas, irgend etwas, das in ihren Augenwinkeln lauerte und aus dem er nicht schlau wurde. Ihre Putzerei reizte ihn – ihre Art, ihm zu sagen, daß der Ort nicht gut genug war, wohin er sie gebracht hatte. Die gezierte Art zu essen. Die gezierte Art, sich den Mund abzuwischen. Alles das gab kund, daß *nichts* um sie herum gut genug war. Und er argwöhnte, daß sie keine Kinder kriegen konnte, weil sie sich in diesem weißen Hurenhaus eine Krankheit von irgendeinem weißen Mann geholt hatte. Und wenn er je feststellen sollte, daß das der Fall war, daß sie ihm die Krankheit von irgendeinem weißen Mann ins Bett schleppte, würde er sie windelweich schlagen. Wenn Sadie alle diese Informationsbrocken zusammengefügt hatte, hielt sie ihm nichts entgegen, leugnete nichts und erklärte nichts. Er erinnerte sich am nächsten Morgen ohnehin nicht mehr an das, was er gesagt hatte. Und bestimmt konnte er sich nach Jahren solcher Morgen an nichts mehr erinnern.

Der Schmerz, den sie empfand, als sie von seinen Gefühlen erfuhr, war harmlos im Vergleich zu einigen anderen Kränkungen, die sie erlebt hatte. Sie konnte ihn ertragen, solange er sie bleiben ließ. Und sie machte ihm das Leben zu bequem, als daß er das nicht getan hätte. Das entdeckten sie beide in der Woche, als sie krank war, der Woche, in der es zu ihrem einzigen Streit kam. Die Verletzungen, die das Skalpell in ihr in jenem nach Hunden und Katzen riechenden Zimmer hinterlassen hatte, schmerzten hin und wieder sehr heftig. Je älter sie wurde, desto schlimmer wurden die Beschwerden. Diesmal blieb sie den ganzen Tag und die Nacht im Bett, den Kopf abgewandt von dem Schmutzfilm, der sich auf dem Schlafzimmerfenster gebildet hatte. Daniel mußte weiterarbeiten, während er für sich und sie das Essen machte. Er mußte ihren Nachttopf ausleeren und ihn sogar selbst benutzen, weil er nicht ertragen konnte, wie es im Außenklo allmählich stank. Von der Vorderveranda schleppte er Schlacketeilchen rein, die unter seinen Füßen knirschten, daß es ihm durch Mark und Bein ging. Fliegen wurden von dem schmutzigen Geschirr angezogen, das sich im Ausguß häufte, ließen sich auf seinem Essen nieder und schwirrten um seinen Kopf herum. Und wenn er nach dem Trinken aufwachte, fand er die umgekippte Flasche und das Glas auf dem klebrigen Tisch vor. Er überlegte, ob er vielleicht aufhören sollte. Das Haus begann, ihn anzuekeln. Er legte Sadie nasse, kalte Tücher auf die Stirn, fragte sie, ob sie sich heute gesund genug fühlte, um aufzustehen. Schließlich war es eines Tages soweit. Und sie sah, daß ihre Geranien dabei waren, einzugehen.

Sie pflanzte die roten Geranien auf der hinteren Veranda in jede Art Behälter, die sie dafür verwerten konnte: Steinguttöpfe, zerbeulte Blecheimer, Obstkisten, ein paar echte Tontöpfe, die sie sich vom Haushaltsgeld abgespart hatte. Sie waren die rötesten Blumen, die sie finden konnte, robust genug, um trotz des Rußes und der Erschütterungen zu gedeihen. Sie benutzte Gemüseabfälle und Pferdedung, um die Erde anzureichern, die sie sich von öffentlichen Anlagen auf der anderen Seite der Stadt besorgte. Und sie goß die frischen Blüten mit Wasser, in dem sie Eierschalen eingeweicht hatte. Die Blumen, die nicht auf die Veranda paßten, standen auf dem Geländer, hingen an Seilen vom Dachgesims und säumten die Hintertreppe. Jedes Frühjahr, wenn sie ihre volle Farbenpracht entfalteten, hatte Sadie den Garten, den sie brauchte, um ihren Traum abzurunden. Aber an dem Tag, als sie das Bett verließ, waren sie alle braungefleckt und vertrocknet.

Ihre Stimme versetzte ihm einen Schrecken: Ich hab dich gebeten, sie zu gießen. Sie richtete diese seltsamen Augen auf ihn, und er wollte schon eine Erklärung vorbringen, als er sich wieder fing. Diese Frau mußte an ihren Platz verwiesen werden.

– Ich bin nicht dein Knecht. Und ich wollte sie sowieso los sein.

Und um seiner Drohung Nachdruck zu verleihen, beugte er sich runter und hob einen Topf auf. Später sollte er sagen, sie hätte ihn gestoßen, aber es war die Überraschung darüber, daß sie ihm tatsächlich die Hand auf die Schulter legte, um ihn zurückzuhalten, die ihn zum Stolpern brachte. Er landete mit dem Hintern auf der Veranda und starrte zu ihr hoch, wobei sein Mund ein großes O formte.

– Wenn sie gehn, geh ich auch, sagte sie.

Er sprang auf, nahm einen Topf und zertrümmerte ihn auf dem Hof.

– Frau, das ist *mein* verdammtes Haus.

– Wenn sie gehn, geh ich auch, sagte sie.

Sie ging hinein und knallte die Fliegentür hinter sich zu. Das Geräusch ließ ihn zusammenfahren. Ich sollte reinkommen und dich krumm und dumm schlagen, brüllte er, während er völlig verwirrt dastand. Dann hob er einen der Steingutkrüge auf und warf ihn gegen das Haus, um sicherzugehen, daß sie es auch hörte. Er schlich auf Zehenspitzen zum Fenster, um hineinzuspähen und zu sehen, ob sie packte. Er sah durch die verschmierte Fensterscheibe, daß sie ebendas tat. Er machte einen ungeschickten Versuch, eilig ins Haus zu gelangen, ohne daß es so aussah, als habe er es eilig. Er nahm Sadie die abgenutzte Stofftasche weg.

– Sie bleiben, sagte er.

Ohne ein Wort verließ sie das Schlafzimmer und fing an, das Geschirr von einer Woche abzuwaschen. Als sie damit fertig war, ging sie nach draußen, um ihre Geranien zu gießen.

Nach diesem Streit wußte sie, daß sie nichts zu befürchten hatte, wenn sie von ein paar übrigen Cents richtige Küchenvorhänge kaufte, anstatt wie bisher alte Laken dafür einzusäumen. Ein Flickenteppich kam auf den Fußboden. Ein Chintzbezug wurde über den Sessel gezogen. Sie überreichte ihm die Rechnungen und tischte ihm sein Essen auf. Er betrank sich an diesen Abenden und redete von überspanntem Feine-Leute-Getue. Trotzdem warteten jedes Frühjahr Eimer mit weißer Farbe und eine geliehene Leiter draußen auf ihn. Er weigerte sich rundweg, einen Lattenzaun zu bauen, der nichts als Schotter einzäunte, aber er nahm das Holz und zimmerte ihr ein paar riesige Blumenkästen zusammen, so daß jetzt in jeder Ecke des Hofs Geranien blühten. Sie ging selber hin und strich die Kästen grün an.

Das Gesetz der Natur machte sie schließlich zur Witwe; der Mann war dreißig Jahre älter als sie. Aber es war die menschliche Natur, die drohte, ihr das Zuhause wegzunehmen. Die zwei Töchter, die nie geschrieben hatten, brachten es fertig, nach der Beerdigung mit der Übertragungsurkunde für die Hütte bei ihr aufzukreuzen. Sie hätten sich sehr anstrengen müssen, um einen anderen Interessenten dafür zu finden, und sie hätten sie Sadie vermieten können, wie sie sie gebeten hatte. Ihr nur vermieten zu jedem Preis, den sie festsetzten, bis sie genug Geld verdient hatte, um sie zu kaufen. Nein, sie wollten nicht vermieten; sie wollten *verkaufen*. Sie sahen keine Veranlassung, Rücksicht auf die junge Frau dieses alten Trunkenboldes zu nehmen. Hatte sich nicht geschämt, eine Frau zu heiraten, die jünger war als seine Töchter, nachdem er ihre Mutter ins Grab gebracht hatte. Und wer konnte wissen, wieviel Geld sie dem vergreisten Trottel schon abgeluchst hatte. Kauf oder verschwinde.

Das Gesetz der Menschen griff ein und sagte, ganz egal was, sie müßten ihr dreißig Tage Zeit geben. Doch nirgendwo wirkte das Gesetz Gottes dabei mit, sonst hätten Blitze um die Gleise herum getanzt, als Sadie alles verkaufte, was die beiden Töchter nicht beanspruchen konnten: seinen altersschwachen Klepper und den Wagen, alle seine Kleider, alle von ihren entbehrlichen Kleidern, die Töpfe und Pfannen, die Möbel. Sie räumte das Haus leer, um es zu retten. Sie brauchte zehn Tage, um alles loszuwerden, was in fünfundzwanzig Jahren zusammengetragen worden war, und es brachte alles in allem 97,50 Dollar ein. Aber sie verlangten 200 Dollar für das Haus. Und nur noch zwanzig Tage, um das restliche Geld aufzutreiben. Sadie schwirrte der Kopf, als sie das Haus nach weiteren Sachen durchsuchte, die sich noch verkaufen ließen. Sie konnte das Bett hergeben und auf dem Fußboden schlafen, aber da schon alle Decken weg waren, konnte sie sich keine Schlafstelle mehr herrichten. Und der eine Stuhl und der ramponierte Küchentisch würden, selbst wenn sie Glück hatte, nicht mehr als einen Dollar bringen. Hinten im Küchenschrank fand sie die zersprungene Zuckerdose, die sie die Jahre über als Sparbüchse benutzt hatte. Sie schüttete eine Handvoll Pennys aus, und egal, wie oft sie sie zählte, es wurden nie mehr als fünfundzwanzig. Nun, sie würde sich Arbeit suchen. Das war alles, was sie tun konnte. Sie würde sich die Seele aus dem Leib schuften, bis sie hatte, was sie brauchte, um am Stichtag das Haus bezahlen zu können. Aber sie blickte auf und sah voller Panik, daß die Sonne schon fast untergegangen war am ersten der zwanzig Tage.

Sie versuchte es zuerst bei ihren Nachbarn, klopfte an jede Tür. Ein bißchen Arbeit im Hof? Töpfe scheuern? Wäsche waschen? Könnte sie auf ihre Kinder aufpassen? Es war Freitag abend, und sie wußte, daß sie gerne ausgingen. Manche freuten sich über ihre mißliche Lage: Mußte das arrogante Ding endlich zu Kreuze kriechen. Sie ließen sich ihre Macht auf der Zunge zergehen, während Sadie ängstlich darauf wartete, daß sie die Arbeit, die sie für ein paar Pennys angeboten hatte, übernehmen durfte, und kosteten es weidlich aus. Der Geschmack war frisch und neu, und da sie ihn nicht gleich wieder mit einem *Nein* verlieren wollten, sagten sie nach einer langen Wartezeit: Versuchen Sie's später noch mal. Morgen? Ja, kommen Sie morgen noch mal. Und sie setzten sich zum Abendessen hin und genossen die Vorfreude auf morgen. Aber manche bedauerten, daß sie nicht helfen konnten: Wenn sie sich jemand leisten könnten, der für sie arbeitete, würden sie dann an einem solchen Ort leben? Und sie beschrieben ihr den Weg zu Häusern, in denen sie selbst putzen gingen, Häuser auf der anderen Seite der Stadt.

Das Herbstlicht wich schnell der Dämmerung, als sie sich an diesem Freitag abend auf den Weg durch die Stadt machte. Und es war schon dunkel, als sie die Straßen erreichte, wo alle möglichen Zäune die grünen Rasen und Blumenbeete einsäumten. Die Luft wurde kühl, und sie war ohne die eine Jacke, die sie nicht verkauft hatte, losgerannt. Jedesmal, wenn eine Tür mit neugierigen oder argwöhnischen Blicken geöffnet wurde, ließ sie die Wärme aus dem Haus erzittern, und ihr Magen knurrte, wenn sie die Düfte von den Braten und Backkartoffeln einsog. Manche glaubten, sie sei nicht richtig im Kopf, und schlugen die Tür sofort zu. Einige sagten ihr, sie solle am Montag zu einer anständigen Zeit wiederkommen – mit Empfehlungen. Aber es reichte schon einer, der die Polizei rief, und sie wurde ermahnt, aus dieser Gegend zu verschwinden und dahin zurückzugehen, wo sie hingehörte.

Sie verirrte sich auf dem Rückweg zu den Eisenbahngleisen und landete in Straßen, wo die Rasen noch grüner und größer waren, wo die schmiedeeisernen Zäune hoch über ihrem Kopf aufragten. Die erleuchteten Fenster der Steinvillen beobachteten sie mit ungerührtem Blick, als sie den Kopf einzog und ihren Schritt beschleunigte. Sadie wußte, daß sie sich die Mühe sparen konnte, an diese Türen zu klopfen. Sie kämpfte gegen die Verzweiflung an, versuchte zu rechnen, während sie dahineilte: Sie würde ihre Anstrengungen morgen verdoppeln müssen, um den vergeudeten Tag aufzuholen. Oder vielleicht könnte sie ihn über die nächsten neunzehn Tage gutmachen. Neunzehn Tage, um über 100 Dollar zu verdienen. Wieviel am Tag? Aber diese Rechenaufgabe war zu schwierig ohne Papier. Sie würde die ganze Nacht aufbleiben, falls nötig, und die Zahlen ausrechnen, wenn sie nach Hause kam.

Sie war so in ihre Gedanken vertieft, daß sie beinahe mit den zwei Frauen zusammengestoßen wäre, die durch eins der schmiedeeisernen Tore kamen. Erst als sie ihnen auswich und eine Entschuldigung murmelte, bemerkte sie die schwarze Limousine, die im Leerlauf am Bordstein stand. Aber es war das Lachen der einen Frau, das sie plötzlich stehenbleiben ließ. *Verdammte Narren*, vernahm sie das Echo, *sie können unmöglich ein Schild mit der Aufschrift »Geschlossen« an jede* ... Das blonde Haar war von Silbersträhnen durchzogen und mit perlenbesetzten Kämmen aufgesteckt, und obenauf saß ein schwarzer Glockenhut. Die Perlen waren echt und die Nerzstola auch. Der Ehering war aus Platin. Und die grünen Augen waren noch immer schön, das Make-up geschickt genug aufgetragen, um die zahlreicher gewordenen Krähenfüße zu verbergen. Diese Augen blickten verwundert, als Sadie die Hand ausstreckte, um nach dem Arm unter dem Nerz-ärmel zu fassen.

– Ich bin Sadie, sagte sie.

Der Blick war völlig leer und wurde ängstlich, und der rot geschminkte Mund wollte sich zum Protest öffnen ...

– Ich bin Sadie, wiederholte sie. Wer frisiert jetzt Ihr Haar?

Es dauerte weniger als eine Sekunde, das Wiedererkennen, der Mund bog sich zu einem Lächeln nach oben, die Augen forderten Beifall heraus für die erleuchteten Villenfenster, für die Tochter, die einmal auf die Universität gehen würde, die leise surrende schwarze Limousine, den Ehemann hinterm Steuer. Unmittelbar nach dieser Sekunde fragte die Tochter: Mutter, wer ...? Niemand, sagte die blonde Frau, als sie Sadies Hand abschüttelte und das Mädchen zum Auto trieb.

– Ich brauche Arbeit, rief Sadie ihr hinterher.

Ohne den Kopf umzudrehen, antwortete sie: Es tut mir leid, mein Personal ist vollzählig. Die schwere Tür ging auf, und die langen Beine glitten hinein. Sadie machte einen Schritt vorwärts, ihre Stimme wurde lauter, ihre Absicht war deutlich:

– Ich komme morgen trotzdem. Ich brauche die Arbeit.

Aber der letzte Blick, den sie aus diesen grünen Augen erhaschte, als der Wagen losfuhr, verriet ihr, daß ihre Drohung keine Gefahr barg. Er war ein alter Freier, Sadie, sagten die Augen. Ein kluger Freier, der wußte, daß wir die besten Ehefrauen abgeben. Sadie blieb stehen und sah hinterher, bis der Wagen das Ende des langen Blocks erreicht hatte. Sie zitterte und klatschte in die Hände, damit sie warm wurden, klatschte, bis die Rücklichter der Limousine verschwunden waren.

Es war längst nach Mitternacht, als sie schließlich zu Hause ankam. Und sie war am Morgen des neunzehnten Tages schon weg, als der 5.15 vorbeiraste. Sie bekam den vorläufigen Lohn von 2 Dollar an diesem Sonnabend für das Putzen eines Hauses. Sie würde ihn auf 2,50 Dollar erhöhen, nachdem sie Referenzen gebracht hätte, sagte ihr die Frau, denn immerhin gehe sie ein Risiko ein. Und die Frau war so angetan von ihrer Gründlichkeit, daß sie nichts für das Mittagessen abzog, das sie ihr gab. Sadie steckte die verkrumpelte Dollarnote und die vier Vierteldollarstücke in ihre Stoffbörse. Brauchte noch jemand in der Nachbarschaft heute Hilfe? Ja, sie wußte, daß es schon fast dunkel war, aber sie brauchte die Arbeit heute abend. Nun, vielleicht die alte Frau an der Ecke mit den vielen Katzen. Weiß Gott, dieses übelriechende Haus konnte jederzeit eine gründliche Reinigung gebrauchen. Sadie bekam weitere 1,50 Dollar dafür. Und keine Sorge wegen der Abzüge; sie hatte Angst, das Essen anzurühren, das ihr dort angeboten wurde. Wieder war es längst nach Mitternacht, als sie sich nach Hause schleppte und das Portemonnaie auf dem Tisch ausleerte. Zwei verkrumpelte Dollarnoten, vier Vierteldollar, vier Zehncent- und zwei Fünfcentstücke. Sie war zu müde, um auszurechnen, wieviel ihr noch fehlte. Und sie hatte sowieso vergessen, den Sonntag abzuziehen. Niemand arbeitete am Sonntag – außer in den Rüstungsfabriken. Ja, dort würde sie es versuchen.

Sicher, sie könnten sie gebrauchen, sagte man ihr am nächsten Tag. Sie sollte den Antrag ausfüllen, ihnen eine Woche oder so Zeit geben für eine Überprüfung, und am Ende des Monats würde sie an einer Maschine stehen. Nein, früher ging es nicht. Diese Dinge brauchen Zeit, aber sie würde gut verdienen, sobald sie einmal dabei war – über 30 Dollar in der Woche. Einen Vorschuß? Hatte sie den Verstand verloren? Erst mußte sie den Job haben, bevor sie überlegte, wie sie das Geld ausgeben konnte. Sadie füllte die Bewerbung nach bestem Vermögen in der Hoffnung aus, daß irgendwas geschehen würde und sie die Sache beschleunigten.

Sie verdiente trotzdem 25 Cents am Sonntag, indem sie herumliegenden Abfall für eine ihrer Nachbarinnen aufsammelte, die ihre Fragerei leid geworden war, und sie tat sie zu einem Zehncentstück dazu, das sie im Rinnstein gefunden hatte. Wieder zwei Münzen für den wachsenden Haufen. Sie trank ihr Abendessen aus heißem Wasser und Zucker, während sie Bleistift und Papier holte, um auszurechnen, wieviel sie noch verdienen mußte. Sie hatte noch siebzehn Tage, um 98,40 Dollar zu verdienen. Bei 5,79 am Tag hätte sie am Schluß 3 Cents übrig, also rundete sie die Summe auf 5,80 Dollar am Tag auf. Nach dem ersten Tag hätte sie vier Cents über. Und dann hätte sie jeden Tag zusätzlich einen Penny über, um noch ein bißchen Zucker zum Auflösen in heißem Wasser zu kaufen. Und nach diesem ersten Tag, wenn sie keinen Extrapenny verdienen konnte, brauchte sie sich keine Sorgen zu machen. Nach dem ersten Tag waren es wirklich nur 5,79 Dollar am Tag. Sie prüfte und rechnete noch mal nach. Ja, 5,79 Dollar am Tag. Sie sagte diese Zahlen immer wieder leise vor sich hin. Sie wiederholte diese Zahlen so, wie manche Menschen beten.

Am Montag, als sie ihre 2 Dollar für einen weiteren Tag Putzen einsteckte, hörte sie von einer Wäscherei in der South Side, die mit Abendschicht arbeitete. Der Besitzer war damit einverstanden, sie in bar nach jeder Schicht auszubezahlen, da sie bereit war, die Dampfmangel für den halben Lohn zu bedienen. Kriege keine gute Mangelhilfe, sagte er, weil die chinesischen Wäschereien groß genug geworden sind, um ihre eigenen Leute zu beschäftigen. Passen Sie nur auf Ihre Finger auf, sagte er zu ihr. Sie verbrannte sie sich trotzdem. Aber sie machte die Schicht zu Ende und versicherte ihm, nein, die Verbrennungen würden nicht schmerzen. Sie würde am nächsten Abend pünktlich wieder da sein. Weitere 1,75 Dollar kamen in das zuschnappende Portemonnaie. Sadie wußte, daß sie für diesen Tag noch im Rückstand war, und es war schon kurz vor Mitternacht. Die anderen Arbeiter fuhren mit der letzten Straßenbahn nach Hause, während sie auf der Bank saß und so tat, als würde sie darauf warten, abgeholt zu werden, damit sie nachdenken konnte.

Sie glaubte nicht, daß sie den langen Weg zurück zu den Eisenbahngleisen schaffen würde. Und wenn sie auf der Bank schlief, hätte sie morgen vielleicht mehr Kraft, um schneller zu arbeiten – zwei Häuser zu putzen –, bevor sie zur Wäscherei ging. Das würde genau hinkommen – zwei Häuser und die Wäscherei. Aber sie mochten es nicht, wenn man die Hausarbeit zu schnell erledigte. Sie würden vielleicht nicht für einen ganzen Tag bezahlen. Sie sah nicht ein, warum – eine Tagesarbeit war eine Tagesarbeit. Es war ihre Sache, wie schnell sie arbeitete; das Haus würde sauber sein. Sie konnten mit weißen Handschuhen überall nachprüfen, wenn sie fertig war. Aber sie war noch immer im Rückstand für heute. Heute brauchte sie noch … Sadies Gedanken wurden unterbrochen, als der Mann sich räusperte. Sie erschrak, als sie merkte, daß sich eine dunkle Gestalt von hinten über sie beugte.

– Ein bißchen spät noch draußen, Zuckerpüppchen, wie?

Ihre Hände umklammerten das Portemonnaie in ihrer Jackentasche, als sie von der Bank aufsprang. Mit pochendem Herzen konnte sie schließlich die glänzenden Knöpfe und den Schnitt der Soldatenuniform ausmachen. Er stand lächelnd da, seine Zähne in scharfem Kontrast zu seinem ebenholzschwarzen Gesicht. Aber sie hielt noch immer die Faust fest um das Portemonnaie geballt und wich ein Stück zurück.

– He, ich werd dir nichts tun. Hast du deine Bahn verpaßt?

Sie schüttelte verneinend den Kopf, während sie noch ein Stück weiter zurückwich. Der Soldat sah an ihrem Körper runter, und sein Blick blieb auf ihrem vollen Busen haften.

– Das hab ich auch nicht angenommen.

Sadie fing an, die Straße hinunterzulaufen. Er ging im gleichen Schritt neben ihr her. Sie beachtete ihn nicht, aber sie sagte ihm auch nicht, er solle weggehen.

– Mein Schiff läuft morgen aus. Und heute nacht will ich mich noch ein bißchen amüsieren.

Sie kamen unter eine Straßenlaterne, und als sie endlich sein Gesicht bei vollem Licht sah, sprach sie das aus, was ihr als erstes durch den Kopf ging: Du bist jung genug, um mein Sohn zu sein. Er brach wieder in dieses breite Grinsen aus.

– Ja, aber ich mag es, wenn sie Erfahrung haben.

Sie schüttelte ihn ab, indem sie flink in eine dunkle Gasse einbog, die zu einem anderen verlassenen Häuserblock führte. *Keine Angst, er wird dir nicht folgen.* Sie erinnerte sich an diese Worte. *Sie folgen dir niemals in eine dunkle Gasse, es sei denn, sie sind zu zweit. Sie denken, dein Lude wartet.* Aber sie werden nicht mehr Lude genannt, Mama, dachte sie; jetzt nennt man sie Strizzis. Eine zweite Gasse zwischen den Lagerhäusern mit verschlossenen Rolläden führte sie ins Herz der South Side. Die Brandwunden an ihrer Hand schmerzten, als sie hastig durch die Straßen lief, die sich trotz aller Veränderungen nicht verändert hatten. Die Musik, die aus den Saloons drang, war eine andere, und es waren auch keine Saloons mehr. Linoleum hatte die Holzdielen und die Sägespäne ersetzt; hohe Glaskrüge statt Bierhumpen wurden über die fleckigen Eichentresen gereicht. Der Geist der über ihre Klaviertasten gebeugten Ragtimemusiker lebte weiter in den roten und blauen Jukeboxlichtern, die die Wände sprenkelten, aber der Rhythmus war schnell, sehr schnell, mit

Trompeten, die genauso kreischten wie der 5 Uhr 15. Es kam ihr vor wie Samstag nacht, wegen der Soldaten. Hunderte von ihnen liefen am nächsten Morgen aus und veranstalteten auf den Bürgersteigen der South Side eine einzige große Party. Die Uniformen hatten die Farbe gewechselt: von getrocknetem Dung zu der von alten Oliven, aber die Körper darin waren noch immer dunkel und jung. Sadie stieß andauernd mit Gruppen von ihnen zusammen, eine Ecke – He, Süße, wo bleibt dein Pep? – nach der anderen – Wenn du ein bißchen langsamer gehst, spendiert Papa dir einen Drink –. *Eine Frau ist eine Frau* – erinnerte sich auch an diese Worte –, *und eine Frau ist eine Hure, wenn sie nicht weiß, wo sie nach Mitternacht langläuft.*

Sie blieb an einer Ampel stehen, um wieder zu Atem zu kommen. Sie lehnte sich an den Eisenpfahl und fühlte, wie ihr schwindelig und schwarz vor Augen wurde, und sie fürchtete, ohnmächtig zu werden. Ihr Kopf war leer, während sie zusah, wie die Ampel von Rot auf Grün und wieder auf Rot umsprang. Sie wußte nicht, wie oft sie umgesprungen war, bevor er auf sie zutrat. Er war kein Soldat. Und er war nicht jung. Der einfache Straßenanzug war ein wenig verschlissen am Revers. Und sein Filzhut war reif für die Mülltonne. Er stand mit den Händen in den Taschen neben dem Pfahl und sah mit Sadie dem Umspringen der Ampel zu. Von Rot auf Grün und wieder auf Rot. Sadie zählte zusammen, was sie heute verdient hatte: 3,75 Dollar.

Von Rot auf Grün, wieder auf Rot. Aus dem Augenwinkel sah sie, daß er zappelig war, ein nervöses Lächeln spielte um seine Lippen. Einer von den schüchternen Weißen, dachte sie. Er wartet nur darauf, die Straße überqueren zu können, kümmert sich um nichts weiter, bis ich mich ihm an den Hals werfe. Wenn er die Hände aus den Taschen zieht, wird er einen Ehering tragen. Und er wird mir danach die Fotos von seinen Kindern zeigen. Er *muß* mir diese Fotos danach zeigen. Ja, manche Dinge auf der South Side würden sich niemals ändern. Von Rot auf Grün und wieder auf Rot.

– Schon was vor heut nacht? fragte sie, ohne ihn anzusehen.

– Nein, sagte er. Wieviel?

Sadie schloß die Hand um ihr Portemonnaie in der Tasche, dachte an das vollgekritzelte Papier auf ihrem Küchentisch.

– Zwei Dollar und vier Cents.

Sie schrak zusammen, als er plötzlich loslachte. Du nimmst mich auf den Arm, Schwester, sagte er. Und einen Moment lang glaubte sie, er würde ihr sagen, sie habe sich verrechnet, sie wolle ihm zuviel abknöpfen. Aber nein, es stimmte: siebzehn Tage geteilt durch ...

– Zwei Dollar und vier Cents, wiederholte sie bestimmt. Und bezahl mich im voraus.

Er schüttelte den Kopf, während er drei Dollarnoten aus der Brieftasche nahm: Du liegst weit unter dem derzeitigen Preis. Da war ein Ehering, und da waren Fotos. Nimm drei, sagte er. Aber sie bestand darauf, ihm das Wechselgeld zu geben, und zählte es bis auf den Penny genau ab. Er steckte die Münzen ein, bevor er seine Jacke zurückschlug und ihr die Dienstmarke zeigte. Und dann nahm er sie fest.

Zwei Wochen im Frauengefängnis. Und nur noch zwei Tage übrig, als sie in die ungepflasterte Straße einbog, die zu der Hüttensiedlung führte. Alles Rechnen hatte für Sadie aufgehört. Sie fiel in einer Ecke des Hofs auf die Knie und legte ihre Stirn auf die trockene Erde im Blumenkasten. Die Blütezeit war vorbei, und die samtigen Blätter der Geranien waren verdorrt und mit einer dicken, schwarzen Ruß- und

Ascheschicht bedeckt. Die unverriegelte Fliegentür hatte so lange im Wind geschlagen, daß sie nun aus den Angeln hing. Die Fenster waren von Staub und Ruß verschleiert. Die vorbeidonnernden Züge verschmolzen zu einem einzigen Zug. Die Nachbarn, die versuchten, sie vom Boden aufzuheben, wurden zu einem einzigen Paar Arme. Als sie sahen, daß sie in Ruhe gelassen werden wollte, ließen sie sie allein. Sie blieb die ganze Nacht über so liegen.

Mein Vater hat mir immer erzählt, daß jedesmal, wenn einem Menschen ein Traum entrissen wird, ein Stern am Himmel stirbt. Träume waren für Sadie ihr ganzes Leben lang zerronnen. Und der letzte Stern für sie verglühte schnell. Der letzte, der sie davon abgehalten hatte, sich selbst auszulöschen, ein endloser Sturz durch die endlose Weite des schwarzen Lochs, das darauf wartete, sich in ihrem Herzen aufzutun. Es gab keine Träume mehr. So kniete sie die lange Nacht hindurch mit dem Kopf in dem vertrockneten Blumenbeet und betete, daß ein Wunder geschehe. Laß es mich behalten, flehte sie; laß es mich behalten.

Die Schritte knirschten laut auf dem trockenen Schotter in der Stille der Nacht. Sie kamen langsam vom Rand der Siedlung näher. Ein Paar Knie streiften ihre gebeugten Schultern, und eine Hand faßte hinunter, um ihr Haar zu streicheln. Die Handfläche war breit wie die eines Mannes, die Berührung sanft wie die einer Frau. Eine zerschlissene Decke wurde ihr über den Rücken gelegt und eine zerknitterte Papiertüte neben sie gestellt. Als Sadie schließlich aufblickte, war sie allein, die Schritte nur noch ein entferntes Echo.

Sie wickelte die Decke um sich und griff nach der Papiertüte. Der verschmutzte weiße Anstrich ihres Hauses leuchtete in der Dunkelheit, als ihre vor Müdigkeit verschleierten Augen einen Heiligenschein darum formten. Regenbögen zogen Streifen über das Dach und füllten den Hof mit Grün und Blau, sprenkelten die Geranienblätter mit hellroten Flecken. Das erste, was ihre Finger ergriffen, war ein Stück Bratfisch zwischen gebutterten Maisbrotscheiben. Sie aß die Brot- und Fischgabe in kleinen Bissen, während die Dämmerung durchzubrechen und die Visionen der Nacht zu zerstören drohte. Aber dann griff sie erneut in die zerknitterte Tüte und zog die Sterne daraus hervor. Fünf Stück zierten das Etikett, das röter war als ihre Geranien. Und die fünf Sterne wurden die einzigen, die sie noch brauchte, als sie den Deckel von der flachen Halbliterflasche schraubte und den süßen Wein trank.

Die Dämmerung brachte keine Veränderung. Das Haus war noch immer schön, und es gehörte noch immer ihr. Sie erhob sich von ihren wunden Knien, taumelte zum Spirituosenladen und kam mit einem Vorrat an Sternen zurück, um ihr Haus in Ordnung zu bringen. An diesem Tag schaffte sie es, zwischen dem 11 Uhr 35, 15 Uhr 12 und 20 Uhr 40 die Veranda zu fegen, die Fußböden zu wischen, die Fenster zu putzen, die Wäsche zu waschen, die Töpfe zu schrubben, die Fliegentür einzuhängen, das Dach zu reparieren, das ganze Haus zu streichen, den Hof umzugraben und mit Rasen zu bepflanzen, einen Lattenzaun zu bauen, den Gehweg mit Backsteinen auszulegen, alle Blumen neu zu pflanzen und zum Blühen zu bringen. Sie war so müde, daß sie gleich am Tisch einschlief. Ihr Kopf dröhnte, ihre Kehle war trocken, und ihr Atem roch nach faulem Obst, aber das Haus sah endlich hübsch aus. Sie wußte, sie hatte eine zweite Chance bekommen, und sie würde keine Fehler mehr machen. Sie würde dafür sorgen, daß sie immer genug Geld hatte, um ihr Heim zu behalten.

Es war nicht leicht, aber sie schaffte es, so gut es ging. Sie hatte nur die kleine Witwenrente von ihrem Mann, der Kriegsveteran gewesen war, und das, was sie tagsüber gelegentlich mit Putzen verdienen konnte. Bald wurden die Jobs weniger, weil sie das Zittern ihrer Hände nicht mehr verbergen konnte, und die hämmernden Kopfschmerzen ließen ihre Augen tränen. Essen war kein großes Problem, weil sie nie viel Appetit hatte. Ein Riegel Schokolade oder eine Handvoll Nüsse reichten ihr für den Tag, und hin und wieder ergatterte sie eine Scheibe Käse. Die größte Ausgabe ging für ein Zimmer weg. Selbst die billigsten Absteigen in den übelsten Ecken der South Side verlangten jetzt hohe Mieten. Dieses Stadtviertel platzte aus allen Nähten wegen der Farmpächterfamilien, die nach Norden zogen, um neue Jobs in den Rüstungsfabriken zu übernehmen oder irgendwo anders, wo gerade eine Stelle frei geworden war, weil einer zur Armee ging. Die Leute benutzten dasselbe Bett in Schichten: Ein Mann stand auf und ging zur Fabrik, während sich der nächste hinlegte.

Aber Sadie brauchte nichts, was viel größer als ein Schrank war: eine Klappliege, Tisch und Stuhl, eine Heizplatte für ihren Tee. Und als die Miete dafür erhöht wurde, fand sie ein Feldbett, das in einem Korridor vermietet wurde. Sie konnte darauf sitzen, wenn sie nicht schlief, und sich ihren Tee im Drugstore an der Ecke besorgen. Die Leute, die im Vorbeigehen über ihre Beine hinwegsteigen mußten, störten sie nicht, auch nicht der Gestank verbrannten Kohls und überlaufender Toiletten, die lärmenden Kinder, die die Treppe rauf- und runtersprangen. Denn nachts kamen die Sterne raus, und im Lauf der Jahre nahm sie einige Verbesserungen an ihrem Haus vor. Ein neues Nähzimmer, um das Südlicht einzufangen. Nichts Großartiges, nur bei dem Doppelfenster sparte sie nicht mit den Kosten, damit sie das Zimmer auch im Winter gemütlich nutzen konnte. Die imitierten Tiffany-Lampenschirme, die sie bei Montgomery Ward's auf Raten gekauft hatte, verbreiteten am Abend ein wunderschönes Licht im Wohnzimmer. Und endlich konnte sie sich ein Radio kaufen, jetzt, wo Daniel nicht mehr da war.

Sie erinnerte sich nicht mehr, wann die Stadt Chicago dieses Haus für abbruchreif erklärte. Oder seit welchem Monat genau die Witwenrente nicht mehr an das leerstehende Haus geschickt wurde. Oder wann die Stofftasche mit ihren Anziehsachen ein neues Lager unter einer Liege im Obdachlosenheim für Frauen fand. Aber sie erinnerte sich noch an den Abend, als sie die Münzen in ihrem Stoffportemonnaie zählte und feststellte, daß ihr 10 Cents zu den Sternen fehlten. Sie zählte noch mal nach, um ganz sicher zu sein, und dann ging sie ohne zu zögern um die Ecke in die Seitengasse, wo die Stadtstreicher ihre Wurst über einem Mülltonnenfeuer brieten. Der zweite, den sie ansprach, ging auf ihr Angebot ein. Und in einer entlegenen Ecke der Gasse, wo das Licht von den Flammen nicht hinfiel, verdiente sie die 10 Cents. Die Beamten im Heim sagten ihr, es würde ein paar Wochen dauern, bis das Problem mit ihrer Rente geklärt sei, und so mußte ihr Preis am nächsten Abend auf 25 Cents steigen, und sie mußte sich eine neue Männergruppe suchen, weil die hinter dem Heim schon wußte, daß sie für ein Zehncentstück zu haben gewesen war.

Die paar Wochen, um das Problem mit ihrer Rente zu klären, dehnten sich zu Monaten. Und sie verlor ihr Bett im Heim, weil sie sich weigerte, auf Sozialhilfe zu gehen. Sie wollte von niemand etwas haben, nur das, was man ihr schuldete. Parkbänke, Bahnhöfe, Kirchenbänke. Tagsüber saß sie überall herum und döste, wo es warm oder ungefährlich war; wenn sie Glück hatte, beides. Sie hielt sich so sauber, wie das in öffentlichen Bädern möglich war, und jede Woche ging sie zurück zum Heim, um zu fragen, ob ihr Rentenscheck gekommen war. Jeder verlorene Penny oder Cent, den sie auf der Straße fand, wanderte für die Sterne in ihre Stoffbörse. An manchen Abenden brauchte sie sich nur für 15 Cents zu verkaufen, an manchen für 23. Und die seltenen Male, die sie einen Silberdollar fand, bedeuteten für sie vier Abende hintereinander, an denen sie keinen Mann aufgabeln mußte.

Sie gab auch nicht einen einzigen Penny von dem Geld, das sie auf der Straße fand, für Essen aus. Die anderen menschlichen Wracks, die sich in dieser Welt bewegten, retteten sie vor dem Verhungern. Sie mochten Sadie. Etwas an ihr machte sie anders als die übrigen Frauen, die mit ihnen herumzogen, und es waren nicht nur diese seltsamen Augen. Wenn es nicht so undenkbar gewesen wäre, hätten sie vielleicht das richtige Wort für sie gefunden und gesagt, es sei deshalb, weil sie *Klasse* hatte. Sie gebrauchte keine schmutzigen Ausdrücke, auch nicht, wenn sie betrunken war, und sie war ständig entweder betrunken oder hatte einen Kater. Und sie ertappten sich dabei, eine Entschuldigung zu murmeln, wenn ihren eigenen Lippen ein *Miststück* oder *Scheiße* entschlüpft war. Und sie waren nicht beleidigt, wenn sie es still ablehnte, sich zu ihnen zu setzen und mit ihnen eine gute Flasche Whiskey zu teilen. Sie trank nie etwas anderes als Fünf-Sterne-Wein, und sie war immer nur für den genauen Betrag zu haben. Manchen kam das nicht ganz geheuer vor, und sie wiesen sie ab, wenn sie nur zwei oder drei Cents wollte, wohingegen sie sie mit Freuden genommen hätten, wenn sie einen höheren Preis verlangt hätte.

Irgendwo da draußen warteten eine Menge Rentenschecks auf Sadie, aber auf jeden Fall waren sie noch nicht zu ihr gelangt, als sie zu diesem Café gelangte. Sie kam hier von den Straßen Chicagos herein, wie andere von Detroit, Saint Paul, Memphis oder New York hereinkommen. Für manche ist es die letzte Haltestelle vor dem Ende der Welt, und da es sich schnell herumspricht, daß Nadine bestimmt, was einem Gast berechnet wird, wußte Sadie, es war kein Almosen, wenn meine Frau beschloß, daß ihre Tasse Tee oder eine Pastete hin und wieder aufs Haus ging. Sadie bezahlte mehr als genug mit dem, dessen es bedurfte, um unsere plumpen Becher in edles Porzellan zu verwandeln.

Und trotz allem, was vorher passiert ist, hier wird die Geschichte wirklich traurig: Auftritt Eismann Jones.

Ein Bär von einem Mann, obwohl er nicht besonders groß ist: breite Schultern und ein mächtiger Brustkorb, dicke, runde Arme und Beine. Und er hat so ein vierschrötiges Gesicht, das immer mit einem Bartschatten zu kämpfen hat. Ob Winter oder Sommer, dauernd steckt er in diesem schweren grauen Tweedjackett, aber trotz des Polsters aus Sackleinwand, das er auf der linken Schulter benutzt, hat sich die Arthritis nach dreißigjährigem Schleppen von Eisblöcken in seinen Gelenken eingenistet. Eiiismann, Eiiismann, ruft er vom Sitz seines Wagens. Er läßt sein Pferd in der Mitte der Straße anhalten, um allen, die ihn brauchen, Gelegenheit zu geben, ihren Kopf aus den Fenstern der Mietshäuser zu strecken. Unweigerlich, sagt er, sind es immer die Frauen im obersten Stockwerk, die den größten Block wollen.

Er hat soviel Erfahrung über die Jahre gesammelt, daß er mit bloßem Auge erkennen kann, wo er einen Fünfzigcent-Block oder einen Sechzigcent-Block abschlagen muß. Der scharfe Pickel wird genau an der richtigen Stelle angesetzt; ein Schlag mit dem Hammer, und der exakt abgemessene Brocken bricht sauber und glatt ab. Das ist für ihn der beste Teil der Arbeit, die Geschicklichkeit, die seine Stummelfinger entfalten können, um genau das richtige Stück abzuspalten. Es ist wie das Schneiden von Diamanten, und so wie das Eis an den Kanten funkeln kann, wenn es die Sonne einfängt, konnte er manchmal glauben, er würde mit Juwelen handeln. Aber es ist eine Illusion, die nicht lange anhält, sagt er. Denn dann zieht man das Schulterpolster über, nimmt die Zange und schleppt das Mistding die Treppe rauf. Es dauert nicht lange, bis das Eiswasser in deine Schulterknochen einsickert. Und hat man's nicht geahnt? Genau die im obersten Stockwerk, die den größten Block verlangt, möchte auch, daß du wartest, während sie ihre Abtropfpfanne ausleert. In der ganzen Zeit, die ich gebraucht habe, um die sechs Stockwerke raufzugehen, konnte sie nicht unter die Eiskiste fassen und die Pfanne ausleeren? Und dann lächelt er und schüttelt den Bärenkopf und bringt einen auf den Gedanken, daß er selbst ein bißchen schuld an dem schmelzenden Eis sein könnte. Es ist ein warmes Lächeln.

Eismann Jones wurde hier ein abendlicher Stammgast, nachdem seine Frau gestorben war. Er sagt, meine Musik würde ihm gefallen, nicht dieses Bebop-dedop, bei dem der Magen so ins Hüpfen kommt, daß er das Essen nicht mehr verdauen kann. Das ist Musik, bei der man sich unterhalten kann, und Jones redet ebensoviel, wie er gerne zuhört. Er amüsiert sich prächtig auf dem Hocker an der Theke, wenn ein unglücklicher Zufall Eve und Schwester Carrie hier am selben Tag hereinführt. Und Carrie, die weiß, daß er ein regelmäßiger Kirchgänger ist, versucht dann, ihn auf ihre Seite zu kriegen.

– Und es steht in der Bibel, oder nicht, Bruder Jones?

– Ja, es steht in der Bibel, Schwester Carrie.

Und dann zwinkert er Eve zu. Bei seiner Arbeit hat er es gelernt, gut mit den Menschen auszukommen, und durch den Vorzug, Einblick in so viele Eiskisten gehabt zu haben, die eine ganze Geschichte über das Leben der Leute erzählen, hat er auch gelernt, daß die meisten Dinge nicht das sind, was sie zu sein scheinen.

Es war Frühjahr, als er Sadie kennenlernte. Wie alle anderen hatte er sie schon zuvor an ihrem Einzeltisch an der hinteren Wand gesehen. Und wie alle anderen hatte er das Gerede darüber gehört, was sie war, und hatte seine eigene Meinung dazu: Ein wirkliches Pech, sie muß eine prima aussehende Frau gewesen sein. Und dann eines Tages im letzten Frühjahr fiel ihr der Teelöffel runter, als Jones auf dem Weg zur Theke vorbeiging. Er blieb stehen, um ihn aufzuheben, und als sie mit ihrer zitternden Hand danach griff, sah er ihr direkt ins Gesicht. Er begegnete den Augen einer Vierjährigen, die vom Überleben träumten. Sie sagte ein leises Dankeschön, und seine eigenen Hände zitterten auch ein bißchen, als er auf seinem Hocker Platz nahm, um sein Abendessen zu bestellen. Er war an diesem Tag nicht besonders gesprächig und stocherte in seinem Essen herum.

Jones war ein Mann mit einem denkbar unkomplizierten Leben: eine Mama und ein Papa, drei Brüder, zwei Schwestern. Sie waren arm, aber hatten zu essen. Sie standen sich nahe, aber sie stritten auch. Er brach die Schule ab. Stieß sich ein bißchen die Hörner ab. Und mit Zwanzig übernahm er einen Job auf einem Eiswagen, der schlimmer als manch einer, besser als manch anderer war. Später gab es eine Frau, einen Sohn und eine Tochter. Sie waren noch immer arm, aber hatten zu essen. Sie standen sich nahe, aber sie stritten auch. Die Kinder wurden größer, besuchten die High-School, zogen weg. Die Frau starb. Er trauerte. Und der letzte Brief enthielt die Neuigkeit, daß er bald Großvater würde. Er hatte sein Häuschen, seine Kirche und eine Handvoll Freunde. Und an den zwei Abenden in der Woche, an denen er nicht im Café aß, improvisierte er in seiner Küche gerne irgendwelche Fleischeintöpfe oder Bohnengerichte. Jones konnte sich nicht vorstellen, *wollte* sich nicht vorstellen, was für eines Lebens es bedurft hatte, um diesen Blick in die Augen einer erwachsenen Frau zu bannen.

Ohne es sich anmerken zu lassen, fing er an, die Frau zu studieren. Das stahlgraue Haar war krisselig, weil es nicht geölt und glattgezogen worden war, aber sie hatte es säuberlich gescheitelt und geflochten. Ohne Frage war es das Gesicht einer Trinkerin: die geschwollenen Augenlider, die schlaffen Lippen. Aber ihre Haut war trocken und spröde, was bedeutete, daß ihr Wasser nicht fremd war, auch wenn sie sich keine Creme leisten konnte. Die zwei Kleider, die sie täglich wechselte, waren grob und zerknittert, aber sauber; ein Paar Männersocken; Halbschuhe mit Gummisohle. Er fragte sich, wie sie es schaffte, daß ihre Schuhe immer glänzten. Da mußte ein Döschen Schuhcreme unten in der Stofftasche sein, ebenso wie ein Stück Seife, denn der einzige Körpergeruch war der von gegorenem Obst. Er war schon in vornehmen Wohnungen gewesen, wo die Frauen nicht so auf sich gehalten hatten, und diese hier lebte auf der Straße.

Sie wußte, daß er ein Eismann war. Er wußte, daß sie eine Fünfundzwanzigcent-Hure war. Das betraf die Art und Weise, wie sie ihr Geld verdienten, aber keiner von beiden kannte den Namen des anderen. Also stellte Jones sich in der nächsten Woche vor. Sadie hatte nur selten Gelegenheit, irgend jemandem ihren Namen zu sagen, und wenn sie es tat, drehte sie immer den Kopf zur Seite, als erwartete sie einen Schlag. Eine alte Gewohnheit, die darauf zurückging, wie sie ihren Namen erfahren hatte. Sie hielt ihn nicht ab, als er einen Stuhl an ihren Tisch zog, aber sie hatte auch nicht viel zu sagen, und aus heiterem Himmel fing er an, ihr von seinem Tagesablauf zu erzählen.

Er begann damit, wie die Sonne ausgesehen hatte, als sie überm East River aufging, wo er sein Eis im Lagerhaus kaufte. Er kaufte pfundweise, verkaufte stückweise. Und irgendwie schaffte er es, in der Zeit, bevor es schmolz, einen Schnitt zu machen. Er beschrieb das Geräusch der Pferdehufe auf Kopfsteinpflaster und asphaltierten Straßen. Das Rumpeln der Wagenräder. Es gab nicht mehr viele Pferde und Wagen. Wenn er in diesem Geschäft blieb, würde er sich wahrscheinlich einen Lieferwagen besorgen, aber er hatte den heimlichen Verdacht, daß es dann, wenn die Pferde verschwunden wären, auch keine Eiskisten mehr gäbe. Er hatte etliche Geschichten über die Menschen parat, denen er begegnete: den Geizkragen, der ihm erzählte, es sei eine Sünde, so viel zu verlangen, da es schließlich nur gefrorenes Wasser sei, und Wasser gebe es umsonst; die alte Jungfer, die jeden Tag nur einen Splitter wollte, um einen Lieblingssittich auf Eis zu bewahren. Er beschrieb Sadie die Anblicke und Klänge und Gerüche seines Tages, unterhielt sie, wie man ein Kind unterhalten würde. Und brachte sie beinahe, beinahe dazu, zu lächeln. Als sie sich zum Gehen anschickte, stand er auf und zog ihren Stuhl weg.

Sadie erlaubte Eismann Jones an diesem Abend, bis an den Lattenzaun zu kommen. Sie stand unter den Sternen, die

Hand diskret am Riegel der Gartentür, damit er verstand, daß dies der Ort war, an dem sie plaudern wollte. Ein sanfter Wind ließ die Tüllvorhänge im erleuchteten Küchenfenster flattern und wehte den Duft ihres geschmorten Hühnchens herüber. Es war noch zu früh dieses Jahr für die Geranienblüte, aber sie zeigte auf die mit Stroh bedeckten Beete, aus denen bald ihre Martha Washingtons und die Kriechpflanzen sprießen würden. Sie hatte zunächst an Rosen gedacht, erzählte sie ihm, aber ob er es glaubte oder nicht, nicht mal die American Beauties wurden so rot wie Geranien, und Rosen waren empfindlich, sie würden den Zügen nicht standhalten. Und wußte er, daß die Pflanzen entlang des Zauns Blätter hatten, die nach Minze und Zitronen dufteten? O ja, wenn er im Sommer zu einem Besuch wiederkam, würde sie es ihm zeigen. Das heißt, falls *er im Sommer wiederkam. Sie spürte ihr Gesicht rot werden, dachte, sie sei vielleicht zu direkt gewesen, und war froh, daß die Dunkelheit ihre Verlegenheit verbarg. Nun, sie mußte jetzt reingehen. Aber es war sehr nett von ihm gewesen, vorbeizukommen.*

Jedesmal, wenn Jones Sadie sah, zog er einen Stuhl an ihren Tisch und erzählte ihr von seinem Tageslauf. Er brachte sie schließlich soweit, daß sie lächelte, und ihre rechte Hand flatterte hoch, um den Mund zu verdecken. Sadies Zähne waren in schlechtem Zustand; der süße Wein hatte einige völlig zerfressen, und mangels Zahnarzt hatte sie auch die übrigen eingebüßt. Sie vergaß ihre Zähne allerdings ganz an jenem Abend, als er mit der Geschichte über den einzigen Verkauf an diesem Tag daherkam. Das war vielleicht eine Geschichte, bewegte sich haarscharf am Rande einer Lüge. Nur eine Stunde heute gearbeitet, altes Mädchen. Er hatte sich angewöhnt, sie so zu nennen, und ließ es wie eine Zärtlichkeit klingen, was es auch sein sollte. Und es wär nicht mal

’ne ganze Stunde geworden, nur daß ich in die Lenox einbog, statt direkt zur Amsterdam zu fahren. Ja, weißt du, die Feuerwehrautos blockierten den größten Teil der Amsterdam zwischen 123ster und 125ster, und ich konnte den Rauch sehen, aber Nell hatte ihn schon gerochen und fing an zu scheuen. Ich bezweifle, daß sie noch genug Saft hat, um durchzugehen, aber ich wollt kein Risiko eingehn. Und weißt du was? Die Hydranten warn kaputt, und sie kriegten nicht mehr als ’n paar Tröpfchen aus ihnen raus, und das Gebäude brannte lichterloh. Sie hatten zwar alle Leute in Sicherheit gebracht, aber sie wollten nicht, daß sich das Feuer ausbreitete. Und da rast der Brandmeister in seinem Automobil die Straßen rauf und runter und schreit: Wasser! Wir brauchen Wasser!, als er mich in meinem Wagen erspäht. Ich bin ein ebenso guter Bürger wie jeder andere auch, aber ich hab ihm gesagt, Nell würd das nicht schaffen. Also haben wir sie losgebunden, meinen Wagen an sein Automobil gehängt und ihn zum Feuer gezogen.

Sadies Hand flatterte zu ihrem Mund. Und ich rief hinter der Theke hervor: Jones, ich dachte, du wärst ein Christ, und dann solche Lügen. Bailey, ich will verdammt sein, wenn ich lüge, sagte er. Dann schaute er Sadie an und zwinkerte. Also gut, ich hatte nicht genug Eis in meinem Wagen, um alle Flammen zu löschen. Und so stellten sich die Feuerwehrmänner und ich um das Gebäude und spuckten den Rest aus.

Ihr Lachen war wie Musik. Und das ganze Café verstummte. In Gegenwart von etwas so Schönem und Seltenem hat man Angst, sich zu bewegen, sogar Angst, zu atmen. Aber als sie sah, daß sie zum Mittelpunkt der Aufmerksamkeit geworden war, unterdrückte sie das Lachen ebenso schnell, wie es ausgebrochen war. Die Gespräche an den anderen Tischen wurden wieder aufgenommen, Teller fingen an zu klappern, aber keiner von uns, insbesondere Jones, würde je wieder derselbe sein. Er saß da und starrte Sadie an, und da sie gelernt hatte, Schweigen immer nur als Mißbilligung zu deuten, zog sie den Kopf ein und murmelte in ihren Tee: Es tut mir leid, ich fand die Geschichte nur so lustig. Das sollte sie auch sein, sagte er. Jones kam die ganze nächste Woche nicht ins Café. Und die übernächste auch nicht.

Sadie stellte die beiden Schaukelstühle raus auf die Veranda. Das Wetter war warm genug geworden, so daß man draußen unter den Sternen sitzen konnte. Sie hoffte, es machte ihm nichts aus, daß sie ihn noch nicht ins Haus eingeladen hatte, aber dank der gepolsterten Kissen, die sie selber genäht hatte, waren die hölzernen Sitzflächen so bequem, daß sie sich stundenlang unterhielten. Und wie dieser Mann reden konnte. Die Tiefe seiner Stimme erfüllte sie innerlich mit Frieden, und er war so freundlich, die Veränderungen zu erwähnen, die sie vorgenommen hatte, Dinge, von denen man nicht erwartete, daß ein Mann sie bemerkte. Ja, sie frisierte ihr Haar jetzt ein wenig anders. Hatte gedacht, sie wollte mal den Pony zur Seite kämmen. Ihre Stirn war viel zu hoch, als daß sie ihn ganz aus dem Gesicht nehmen konnte, aber manche ältere Frauen sahen hübsch aus mit diesen neuen französischen Innenrollen. Was meinte er damit: Sie sei doch noch nicht so alt? Sehen Sie nur das graue Haar da oben. Sie war so alt wie Methusalems Mama. Es war kein sehr guter Scherz; sie hatte nicht viel Übung. Aber es erklang ein Lachen auf ihrer Veranda. Zum erstenmal war da ein Lachen.

Jones kam am Ende der dritten Woche wieder, nahm seinen Stammplatz an der Theke ein und sah ganz so aus, als wäre ihm jemand auf alle seine Bärenzehen getreten. Sadie war nicht da an diesem Abend, was ihn noch mehr zu irritieren schien. Er ruckte mit dem Kopf in Richtung ihres leeren Tisches. Nehm an, sie ist draußen, um ihre fünfundzwanzig Cents zu verdienen.

– Nicht immer, Jones, sagte ich. Wir beide wissen, daß es manchmal nur zehn sind.

Er starrte mich wütend an, und ich starrte zurück. Er blinzelte zuerst. Seine Stimme war weich, als er die Augen niederschlug. Ist sie mal hier gewesen in den letzten Wochen?

– Sie ist hier gewesen, sagte ich.

Er drehte das Wasserglas zwischen seinen riesigen Handflächen hin und her. Man macht sich halt Sorgen und so, wie sie in diesen schmutzigen Gassen und weiß Gott wo lebt. Ist ziemlich gefährlich da draußen für jemand wie sie; die Welt ist nicht mehr, was sie mal war.

– Aber sie ist hier gewesen, sagte ich.

Schließlich hob er den Kopf: Hat sie nach mir gefragt?

– Nein, hat sie nicht.

Es sollte ein besonderer Abend werden, und Sadie war nervös. Vielleicht gefiel ihm das Haus nicht. Vielleicht dachte er, sie wollte angeben. Aber man sollte sein gutes Kristall benutzen, wenn Besuch kam, und es war ja nicht so, daß sie den ganzen Satz auf einmal gekauft hätte. Sie hatte sich im Laufe der Jahre ein Stück nach dem anderen angeschafft: die Saftgläser, die Wassergläser, die Weinkelche, immer in der Angst, die Firma könnte das Muster wechseln, bevor sie alles beisammenhatte. Und die Kerzen auf dem Eßtisch waren eine hübsche Note, weil sie die Ränder der Kelche wie Diamanten funkeln ließen. Und das würde ihm gefallen, denn er hatte ihr mal erzählt, daß er sich wie ein Diamantschleifer vorkam mit seinem Eis. Und der Raum war ja nicht völlig dunkel bis auf die Kerzen; sie hatte alle Lichter an, hatte die imitierten Tiffany-Lampenschirme immer wieder poliert, um dem Raum eine wirklich gemütliche Stimmung zu geben und ihn nicht auf komische Ideen kommen zu lassen. Wenn ein Mann zum erstenmal bei einem zu Hause ist, will man nicht, daß er einen gleich für willig hält. Nein, ihr gutes Porzellan, ihre guten Gläser und eine sehr einfache Mahlzeit: Brathühnchen, Spinat, gekochte Kartoffeln und ein Kuchen aus dem Geschäft zum Nachtisch. Sie kannte Männer – fängt man zu früh mit selbstgebackenem Kuchen an, dann fangen sie *an, nervös zu werden. Ein Klopfen an der Tür. Sie warf einen kurzen, prüfenden Blick in den Spiegel und eilte zur Tür, um ihn einzulassen.*

Sie setzte sich an ihren Stammtisch, und es war einer ihrer schlechten Tage. Die Hände erlaubten ihr nicht, die Teetasse hochzuheben, damit sie die Serviette drunterlegen konnte, so daß das heiße Wasser aufgesaugt wurde, das sie verschüttet hatte. Und an ihrer Schläfe hatte sie einen Bluterguß. Sie sagte Jones, sie sei ausgerutscht und hingefallen. Er wollte sie zu einem Arzt bringen, aber sie sagte, es sei nicht schlimm; es sei aber nett von ihm, ihr das anzubieten.

– Die Straßen sind kein Ort für dich, Sadie.

– Ich lebe nicht auf der Straße, sagte sie.

Er glaubte, die fünf Sterne würden sie bald verrückt machen. Und als sie sich zum Gehen anschickte, nahm er ihre Hand: Geh heute nacht nicht da raus. Jetzt sah sie ihn an, als sei *er* verrückt.

– Aber es ist Zeit zu gehen, sagte sie.

– Geh heute nacht nicht da raus. Hier, ich geb dir den Vierteldollar.

Sie riß ihre Hand weg und hob die Stofftasche auf.

– Ich nehme keine Almosen.

Jones war verblüfft und sagte ihr ärgerlich, daß manche Frauen lieber betteln würden – oder sogar stehlen. Es war eine Königin, die sich an der Stuhllehne festhielt und zornig auf ihn hinunterblickte.

– Diese Frauen sind nicht ich.

Als er sah, daß sie sich wegdrehte, nahm er wieder ihre Hand.

– Na gut, mein Geld ist so gut wie das von jedem anderen. Einen Vierteldollar für deine Zeit.

Sie wich vor der Münze zurück, die er ihr vors Gesicht hielt: Ich dachte, wir wären Freunde.

– Das sind wir auch, sagte er.

Jones nahm ihre winzigen Finger und legte sie um das Geldstück.

– Ich kaufe nicht deinen Körper, ich kaufe deine Zeit.

Und noch immer ihre Hand haltend, führte er sie zur Hintertür des Cafés.

Hinter diesem Café ist nichts. Da das Haus direkt auf der Grenze zwischen dem Ende der Welt und unendlichen Möglichkeiten steht, öffnet sich die Hintertür zu völliger Leere. Es erfordert Mut, den Knauf herumzudrehen, und Unerschrockenheit, über die Schwelle zu treten. Jones öffnete die Tür, wobei sein massiger Körper Sadie gegen den Anblick dieser endlosen Weite abschirmte, und dann drehte er sich zu ihr, um ihr in die Augen zu blicken.

– Altes Mädchen, ich wollte dich da drin nicht verletzen.

– Ich weiß, Jones, flüsterte sie.

Er hielt ihr Gesicht zwischen seinen breiten, schwieligen Handflächen und fuhr mit dem Daumen über ihre Lider. Sie schloß sie, und er beugte sich runter, um seine Lippen auf ihre zu pressen. Sadie bekam ihren ersten richtigen Kuß. Wenn sie jetzt lächelt, können wir es schaffen, dachte er. Sie öffnete die Augen und lächelte. Und so erschien ein silberner

Vollmond mit königsblauen Wolkenstreifen davor, der plätschernde Fluß, der gegen einen Kai schwappte, und das Gefühl von feuchtem Holz unter ihren Füßen, als er sie von der Hintertreppe wegführte. Dann legte er ihre rechte Hand auf seine Schulter, seine Linke um ihre Taille, und der Eismann und die Groschenhure begannen zu tanzen.

Sie hatte sich ohne Grund wegen des Essens Sorge gemacht; er war sehr angetan von dem Haus. Er sagte ihr, wie glücklich er sei, daß sie ihn endlich eingeladen hatte. Er habe schon angefangen zu glauben, sie möge ihn vielleicht nicht. Oder sie könnte vielleicht nicht kochen. Nun, wenn du erst mein Essen probiert hast, wirst du das vielleicht immer noch denken. Es wurde immer leichter, sich mit diesem Mann wie zu Hause zu fühlen. Mochte er einen Schluck Apfelmost, bevor sie sich zum Essen hinsetzten?

Er führte sie sanft durch den Twostep, hielt den Takt nach dem Rhythmus der Wellen. Nur das Geräusch ihrer Füße, die über die Holzplanken glitten. Und der Klang seiner Stimme. Altes Mädchen, ich sag dir, nicht mehr und nicht weniger, als was du hier siehst, hab ich dir zu bieten. Ich gehe auf die Sechzig zu, kämpfe gegen die Arthritis, aber meine Rente reicht für zwei.

Er zerlegte das Hühnchen; sie mochten beide besonders die Flügel, und so blinzelte er ihr zu und sagte, wie gut, daß Gott sie paarweise verteilt hat.

Das Gleiten auf den Planken. Der Klang seiner Stimme. Was ich habe, gehört auch dir. Was ich esse, wirst auch du essen. Wo immer ich meinen Kopf hinlege, ist auch Platz für dich.

Er half ihr, den Tisch abzuräumen und das Geschirr abzuwaschen. Bestand darauf, das Kristall zu polieren, bis es funkelte. Die Nacht war warm genug, daß sie hinaus auf die Veranda gehen und in den Schaukelstühlen sitzen konnten. In der Stille der Nacht konnten sie das neue Radio hören, das im Wohnzimmer spielte.

– Und du sollst wissen, daß ich keine unschicklichen Absichten habe. Du kriegst meinen Namen, wie er nun mal ist, das gehört zu dem Angebot dazu.

Ja, so leicht, sich mit diesem Mann zu Hause zu fühlen. Und sie würde ihn bei sich zu Hause behalten, da es schien, als wolle er bleiben. Nächte wie diese, auf der Veranda sitzen bis in alle Ewigkeit. Nächte voller Musik. Nächte voller Frieden …

– Also, was sagst du dazu, altes Mädchen? Gilt die Abmachung?

Gott sei Dank wußte sie, wie man ihm das Haus führte. Und Gott sei Dank würde es immer so bleiben.

Sadie schüttelte verneinend den Kopf. Es war eine Abmachung, mit der sie nicht leben konnte. Sie löste sich aus seinen Armen und ließ ihn mitten auf dem Pier stehen. Auf der Hintertreppe hob sie ihre Tasche auf. Ihre Finger schlossen sich fest um den Vierteldollar in ihrer Tasche, als sie hoch zu Jones' Himmel schaute. Sie wußte, dieser liebe Mann bot ihr den Mond an, aber sie konnte ihm die Sterne geben.

Eves Lied

In diesem Sommer wurde nur von Deweys bevorstehender Wahl geredet – und von Eve. Den Indians, die sich an den ersten Platz heranarbeiteten – und von Eve. Der ersten neuen Chevy-Serie seit dem Krieg – und von Eve.

Aber schön der Reihe nach, entsprechend der Rangordnung des Kochs: Die Cleveland Indians befinden sich auf Erfolgskurs, nachdem sie Larry Dobb von der Negro League und den unsterblichen Wurfarm von Satchel Paige bekommen haben. Und jetzt räumen die Indians in der American League auf. So 'ne Überraschung.

Als nächstes –

Ich wußte, die Kupplung würde auf Dauer nicht in den Autos drinbleiben. Jetzt fahren auch Frauen. Als wir nach Übersee gingen, übernahmen sie unsere Jobs und fingen an, ihr eigenes Geld zu verdienen. Ein großer Fehler. Sie widersprachen ohnehin schon genug, und weil jetzt so viele von ihnen noch immer gutes Geld verdienen, haben sie sogar die Autohersteller dazu gekriegt, auf sie zu hören. Es ist zu schwierig für sie, mit den hohen Hacken und den engen Röcken die Gänge einzulegen. Und raten Sie, was? Keine Kupplung mehr.

Als nächstes –

Jedermann weiß, daß ich nicht mehr viel von Truman halte,

seit er die Atombombe abgeworfen hat. Wie ich schon sagte, ich verstehe, worum es dabei ging, aber es ist trotzdem schwer zu vergeben. Und obwohl es eigentlich bedeutet, den Boten für die Botschaft verantwortlich zu machen, würde ich seine Wahlniederlage ohne großes Bedauern zur Kenntnis nehmen. Wenn er meine Stimme trotzdem bekommt, dann deshalb, weil ich nur die Wahl habe zwischen einem Mann, den ich nicht mag, und einem Mann, dem ich nicht traue. Nach dem, was ich in der Zeitung lese, bin ich auch damit in der Minderheit. Aber mit dieser Situation zu leben bin ich gewohnt. Ich kann ja auch nichts Schlimmes an dem finden, was bei Eve abläuft.

Eve war mein erster Gast. Wir machten an einem Dienstag auf, und ohne ein Wort akzeptierte sie den zu lang gebratenen Hamburger, den ich vor sie hinstellte. Nicht, daß sie mehr als einen kleinen Bissen von dem Brötchen gegessen hätte; sie ist Vegetarierin. Aber ich mußte ihr den Speiseplan nicht erklären, wie ihn auch mir niemand hatte erklären müssen. Ihre Pension, sagte sie, sei schon immer ein Stückchen weiter im selben Block wie dieses Café gewesen.

Zu schade, daß Sadie dieses Sandsteinhaus nicht gefunden hat, so wie sie uns gefunden hat. Und ich wußte, es hatte keinen Zweck, sie dorthin zu schicken. Eine Frau ist entweder bereit für Eves Etablissement oder nicht. Und wenn sie bereit ist, wird sie von selber nach dem Weg dorthin fragen. Nicht, daß das Finden des Hauses auch die Garantie dafür wäre, dort ein Zimmer zu bekommen. Eve ist wählerisch.

– Wählerisch? Herr Jesus. Das sind doch alles Schlampen und Huren und Flittchen.

– Komm, gib's zu, Bailey. Ihr Laden läuft toll, und sie

hat noch den Nerv, über mich herzuziehn! Ein Zuhälter muß nicht unbedingt Hosen anhaben.

– Ein Haus voll mit nichts als Schlampen und Huren und Flittchen.

Eve vermietet Zimmer in ihrem Haus an alleinstehende Frauen. Manchmal bezahlen sie, manchmal nicht. Ich weiß nicht, wonach sie entscheidet, ob sie etwas verlangt und ob nicht. Ich schätze, es geht mich nichts an, da ich keine Frau bin und keinen Grund hätte, dort eine Unterkunft zu suchen. Ich weiß, daß Barmherzigkeit nichts damit zu tun hat. Eve ist keine barmherzige Person. Das kann man sehen, wenn man ihr in die Augen schaut. Sie trägt eine kleine, randlose Brille, die ihre tiefbraunen Augen vergrößert. Und sie hat ein unscheinbares braunes Gesicht, das nicht gerade finster, aber auch nicht freundlich wirkt. Es ist, na ja, einfach da. Unveränderlich. Ich hab sie nie lachen hören, hab sie nicht mal innerlich lachen *sehen* so wie Nadine. Ich würde sogar so weit gehen zu sagen, daß sie eine Frau ohne jeglichen Humor ist. Sie ist allerdings eine elegante Frau. Maßgeschneiderte Seidenkostüme, Schnürschuhe mit hohen Absätzen. Aber wenn man ganz genau hinsieht, entdeckt man immer eine schwache Schmutzspur unter ihren manikürten Fingernägeln.

– Sie führt ein Bordell. Nichts weiter als ein Bordell.
– Ein Zuhälter muß nicht unbedingt Hosen tragen.
– Sie würde ihre eigene Mama für 'nen Groschen verkaufen.

Eve weiß genau, was manche Leute von ihr denken. Und es kümmert sie nicht im geringsten. Und ich kann nur ehrlich sagen, daß die Frauen, die sich hier hinein verirren und nach Eves Pension fragen, genauso aussehen wie alle anderen Frauen in dem Café. Manche sind älter als andere. Manche tragen Make-up, manche nicht. Manche sind sehr hübsch, manche ganz unscheinbar. Das einzige, was sie gemeinsam haben, ist, daß sie eine Unterkunft suchen. Und das einzige, was ich ihnen sagen kann, ist: Gehen Sie zur Tür raus, dann nach rechts, und wenn Sie den Garten sehen – falls Sie den Garten sehen –, sind Sie da.

☆ ☆ ☆

Aber hat sie eine Ahnung vom Deltastaub? Das frage ich jedesmal, wenn ich versucht bin, eine Frau bei mir wohnen zu lassen, weil ihre Geschichte so traurig ist: Papa hat sie geschlagen. Mama hat sie geschlagen. Und jede Menschenseele, die sie danach kennengelernt hat. Aber hat sie eine Ahnung vom Deltastaub? Im letzten Frühsommer kam eine hierher, der mit einer brennenden Zigarette Lucky Strike auf die Innenseite ihres Schenkels eingraviert worden war. Zur Erinnerung, damit sie das nächstemal die richtige Marke mitbrachte, wenn sie in den Laden geschickt wurde. Ich nehme an, der Typ muß eine gute Stunde gebraucht haben, um den Namen dieser Zigarette auszuschreiben, weil die Buchstaben ganz gleichmäßig waren, und sie hatte volle, irgendwie glockenförmige Schenkel. Und sie hätte auch eine Unterkunft nötig gehabt. Hatte Mr. Lucky Strike wegen einem anderen Mann verlassen, der sie schwängerte, bevor er wieder zu seiner Frau zurückging. Von da an glitt ihre Geschichte in die vertraute Niemand-liebt-dich-wenn-du-am-Boden-bist-Tonart über, so daß meine Gedanken abschweiften: Mein Springkraut mußte zurückgeschnitten werden. Es drohte schon, die Hintertreppe zu überwuchern, und wenn man es zu lange vor sich hin wachsen ließ, würde es alle Blumen im Garten verdrängen. Aber ich ließ sie trotzdem ihre Geschichte zu Ende erzählen – sie müssen immer ihre Geschichten zu Ende erzählen –, obwohl ich wußte, während ich das Fleisch ansah, das in tiefen Kratern unter einem schuppenartigen Hautfilm verheilt war, daß ich sie nicht aufnehmen würde. Obwohl ihre Geschichte die schlimmste war, die ich je gehört hatte, außer wahrscheinlich der von Esther, und Esther hatte ich aus anderen Gründen dabehalten. Diese Art Frauen haßte Männer. Und für diese Art war kein Platz mehr in meiner Pension. Esther war genug. Außerdem, trotz allem, was diese Frau durchgestanden hatte und weiter durchstehen würde – sie schaffen es immer, es weiter durchzustehen –, hatte sie keine, nicht die geringste Ahnung vom Deltastaub.

Eintausend Jahre her, und ich kann ihn nicht runterwaschen; ich finde noch immer einige Körner auf dem Badewannenboden, nachdem ich das Wasser abgelassen habe. Ich weiß nicht, warum ich weiterhin glaube, ich könnte ihn loswerden; das ist genauso unmöglich, wie meine Fingerabdrücke oder meine Hautfarbe runterzuwaschen. Vermutlich, weil es nur Schmutz ist, und aus irgendeinem Grund glaubt man, man könnte Schmutz abwaschen. Aber er ist nicht nur ein Teil von mir – er ist ich. Ich wurde dazu auf diesem langen Marsch von Pilottown nach Arabi. Der Marsch, der eintausend Jahre dauerte. Wenn Leute mich fragen, wie alt ich bin, und ich sage: ungefähr eintausend Jahre, dann halten sie mich für kokett. Aber es ist die reine Wahrheit.

Ich hatte kein Alter, als ich in Pilottown lebte. Mein Pate sagte mir immer, da ich weder eine richtige Mutter noch einen Vater gehabt und es nur ihm zu verdanken hätte, daß ich am Leben sei, würde *er* entscheiden, wann ich geboren war. Und vermutlich deshalb, weil er seinem Standpunkt Nachdruck verleihen wollte, änderte er, sobald ich nach dem Datum meines Geburtstags fragte, jedesmal den Tag, das Jahr, den Monat. Und sooft ich fragte, sooft änderte er ihn. Er war sehr geduldig, wenn es darum ging, mir eine Lektion zu erteilen. Eines Abends ging ich aus Trotz mehr als zwanzigmal im Verlauf einer Stunde zu ihm, um ihn nach meinem Geburtstag zu fragen. Und ich suchte mir die Stunde aus, nachdem er das Abendessen gekocht und das Geschirr abgewaschen hatte, wohl wissend, daß ihm diese Zeit kostbar war für seine Bibellektüre. Mehr als zwanzigmal, weil ich immer wieder zurückging in mein Zimmer und das Datum auf meiner Schiefertafel notierte – und jedesmal war es ein anderes. Er vertat sich niemals und nannte nie zweimal dasselbe Datum. Ich hätte das als Hinweis auf den tatsächlichen Tag meiner Geburt verstanden. An diesem Tag erzählte er auch, er habe mich in einer Matte aus Jakobskraut gefunden, gerade geboren, so daß ich noch mit dem Mutterkuchen verbunden war und er die Nabelschnur mit den Zähnen durchbeißen und ausspucken mußte, damit ich nicht vergiftet würde: Und da ich das alles für ein weibliches Wesen auf mich genommen habe, steht mir das Recht zu, darüber zu entscheiden, wann es geboren wurde.

Bis sich meine Brüste zeigten und der Pate aufhörte, meine Unterhosen auf die Wäscheleine im Garten zu hängen wegen der Flecken, die sich nicht rauswaschen ließen, hatte er mir ein Geburtsdatum für jeden Tag im Kalender der Sinai-Kirche gegeben. Und in dieser Zeit hörte ich auf, mich dafür zu interessieren, denn egal, wie alt ich war, ich war alt genug, um die Männer – und Frauen – in Pilottown nicht gleichgültig zu lassen. In den Blicken der Männer lag nur eine einzige Frage, wenn sie mich damals ansahen, und in meinem nur eine einzige Antwort: Er würde uns beide mit bloßen

Händen umbringen. Aber in den Blicken der Frauen, die uns hinterhersahen, wenn wir im Wagen vorbeifuhren, lagen andere Fragen, abscheuliche Fragen. Wieso kochte und putzte er noch immer für mich? Wieso hatte er nie geheiratet? Wieso durfte mich kein einziger Junge besuchen? Oder mich auch nur von der Kirche nach Hause begleiten? Doch der Pate warf ihnen vernichtende Blicke zu und murmelte leise: Es geht sie einen Dreck an, was in meinem Haus vorgeht. Aber er hörte auf, mich Samstag abends in der alten Zinkwanne zu baden, und die Kleider aus dem dunkelbraunen groben Tuch, die er für mich nähte, waren von den Schultern bis zur Hüfte weit und lose geschnitten. Sie hingen wie häßliche braune Säcke an mir. Verstanden diese Frauen, was sie mit ihren mißtrauischen Blicken und bösen Fragen angerichtet hatten? Ich war nun gezwungen, Monat um Monat durchzustehen, ohne daß mich irgendein Mensch, irgend etwas angerührt hätte.

Es war ohnehin immer ein stilles Haus, außer wenn er verärgert war. Der Pate hatte eine brummelnde Art zu sprechen, und wenn er auf der Kanzel stand, wurde dies Gebrummel nur schneller und lauter, so daß die Worte einem Donnergrollen ähnelten. Das verschaffte ihm den Ruf eines guten Predigers, denn es klang sehr eindrucksvoll, wenn von so einem stattlichen Mann derartige Laute kamen. Der breite Brustkasten, die spillerigen Arme, das melierte, schweißbeperlte Haar. Aber zu Hause überwog sein drohendes Schweigen, und ich wuchs mit der Erfahrung auf, daß gegen zu vieles Reden – was für ein Kind kaum mehr als eine Aneinanderreihung von Fragen ist – mit einem harschen »Schweig still mit deinem Geplapper« eingeschritten wurde und daß ein Überstrapazieren seiner Geduld ihn zornig machte.

Und sein Zorn war weitaus schlimmer als die Stille – der Pate lachte, wenn er zornig war. Ganz plötzlich. Unerwartet. Schnell und scharf ausgestoßene Fistellaute, die wie zersplitterndes Glas in meinen Ohren klangen. Jede Salve ein bißchen höher im Ton als die vorige, jede neue Salve nach einer abrupten Pause. Und so wartet man, gefangen in einer entsetzlichen bleiernen Stille, die so lastend ist, daß das Herz unter dem Gewicht zu stöhnen scheint, und dann das blitzschnelle Geschepper dieses ohrenbetäubenden Gelächters, das aus dem Nichts kommt und einem das Herz hämmern und in tausend Stücke zerspringen läßt. Er schlug mich nie mit seinen Händen; das brauchte er nicht mit einem solchen Lachen. Ich tat alles, um das nicht hören zu müssen.

Aber als die Samstagabend-Bäder aufhörten, war der Zorn das einzige, was mich noch in meinem Zuhause berührte. Kein Grund mehr für seine schwieligen Hände, auf meiner Schulter zu liegen, wenn er mir das Wasser über den Rücken schüttete. Mit grimmigem Gesicht und ganz konzentriert, während er mir die Haut in abwärts wandernden Kreisbewegungen mit Kernseife abschrubbte, bis sie brannte. Meine Ohren und Fingernägel – ein finsterer Blick, wenn er den rauhen Waschlappen um seinen kleinen Finger wickelte, um irgendwelche verborgenen Schmutzkrümel ans Tageslicht zu fördern. Und ich hatte nun keinen Grund mehr, nach ihm zu greifen, um nicht in der glatten Badewanne das Gleichgewicht zu verlieren, wobei ich manchmal nur so tat, als würde ich ausrutschen, um nach seinem Arm fassen zu dürfen. Wissend, daß er es mir nur dieses eine Mal erlauben würde.

Ja, ich gebe ihnen die Schuld – nicht ihm – an dem, was später geschah. Und ich dachte jedesmal, wenn meine nackten Füße auf dem Marsch aus Pilottown wund wurden und wieder zu bluten anfingen, an diese ach so selbstgerechten Frauen. Sie waren so besorgt wegen meines Alters, und als ich schließlich Arabi erreichte, gab es keinen Zweifel mehr, wie viele Jahre ich gelebt hatte: annähernd eintausend. Und ich verschwende nicht viele Gedanken darauf, wie recht oder unrecht ich habe, wie gut oder schlecht ich bin – ich bin einfach. Aber ich hätte nicht das östliche Delta verlassen müssen, wenn der Pate mich nicht aus der Kirche geworfen hätte. Aus einer Kirche geworfen werden hieß, aus der Welt geworfen zu werden. Die Stadt hatte nur drei Gebäude, die diese Bezeichnung verdienten: die Schule, die Baumwollbörse und die Kirche. Er war der Prediger am einen Ort, der Eichmeister und Buchhalter am andern, und niemand besuchte diese zugige Schule länger als bis zur neunten Klasse. Und da *er* mich rausgeworfen hatte, gab es niemand, der es gewagt hätte, mich bei sich aufzunehmen.

Es war zunächst nicht weiter aufregend, als er mich das erstemal entdeckte, wie ich flach auf dem Boden gepreßt dalag, die Nase in der Pfefferminze vergraben. Ein Saum aus wilder Minze wuchs entlang dem Weg zur hinteren Verandatreppe. Ein seltsames Zeug, dieses Kraut, wie es sich ungebändigt mit dem Gewirr aus Unkraut und Löwenzahn mischte, die als Rasen hinterm Haus herhalten mußten, während es entlang dem staubigen Gehweg ganz ordentlich und sauber wuchs. Dort war es am dichtesten und duftete am stärksten, und ich hatte mir diese Stelle ausgesucht und mich auf dem Bauch ausgestreckt, damit ich meine Nase darin vergraben konnte. Verstehen Sie, Billy Boy verströmte einen gräßlichen Schweißgeruch. Schon immer, sagte seine Mama, sogar als Baby. Seit damals haftete ihm auch sein Spitzname an, und es machte ihm nichts aus, daß die Leute ihn bei diesem Namen riefen, weil er noch immer den Verstand eines Babys hatte. Und beim Stampfen kam er nur noch mehr ins Schwitzen, und auch etwas an unserem Spiel erregte ihn. Vielleicht konnte er spüren, auf seine eigene beschränkte Art, was es bei mir bewirkte. Die Vibrationen der Erde. *Stampf, Billy, stampf.* Ich weiß nicht mehr, wann das Spiel begann. Es könnte mit Verstecken oder Fangen angefangen haben. Oder es könnte nur irgend so ein alberner Unsinn gewesen sein, den Kinder erfinden, um sich die Zeit zu vertreiben. Das beste Spielzeug ist die Phantasie, und für uns war sie das einzige Spielzeug. Nein, es konnte nicht Fangen gewesen sein, weil man sich dabei berührt hätte. Ja, es war wahrscheinlich Verstecken, weil ich mich dann auf die Erde pressen mußte, um mich unter einem Busch oder einer Felsplatte zu verstecken. Und Billy muß drangewesen sein, weil Kinder wie er immer dran sind – so dankbar, daß sie mitspielen dürfen, und zu begriffsstutzig, um aufzugeben, wenn die Regeln ständig geändert werden, um sie vom Gewinnen abzuhalten. Und beim Versteckenspielen muß man nur rufen: Ich sehe dich – es gibt keine Berührung –, und ich hätte keine allzu große Angst gehabt, das Spiel zu spielen.

Also war es Verstecken, und ich lag flach unter einem Wacholderbusch. Fest an den Boden geschmiegt in dem Bemühen, damit zu verschmelzen mit meinem braunen Haar, der braunen Haut und dem braunen Sackkleid. Und es muß früher Abend gewesen sein, weil der Pate gerade eine Gebetsstunde in der Kirche leitete, und wenn er zu Hause gewesen wäre, hätte er eine Ausrede gefunden, um mich von den anderen Kindern fernzuhalten. Und es konnte nicht zu kurz vor der Abendbrotzeit gewesen sein, sonst hätte ich wohlweislich auf der Vorderveranda gesessen und darauf gewartet, daß er nach Hause kam und mich fragte, was er uns heute abend zu essen kochen solle.

Das Spiel begann am frühen Abend. Im Sommer. In der Nähe des Louisiana-Deltas bedeutet das, die Luft ist samtweich, und die Sonnenhitze pulsiert unter dem fruchtbaren Erdboden. Und ich fühlte die warme Erde an meinem warmen Fleisch, das so fest gegen den Boden gedrückt war, daß ich mein Herz in den Ohren schlagen hören konnte – im gleichen Rhythmus wie die letzte pulsierende Sonnenwärme in der festgebackenen Erde unter meinem Bauch und meinen Schenkeln. Und dann die Erschütterungen, die Billy Boy hervorrief, wenn er stampfend und polternd durch die niedrigen Büsche näher kam. So nah: die Erschütterungen; das Pochen meines Herzens; mein hastiger heißer Atem auf meinem Arm. Und unter allem – durch alles hindurch – ein Beben. Ein leichtes Beben des erschütterten Erdbodens. Und seine schwerfällige Gestalt zeichnet sich im Zwielicht ab. Männerfüße, die diesen Kinderverstand tragen. Aber das Beben hört auf, als er auf der Lichtung stehenbleibt, um nach uns zu suchen. Und das Ausbleiben dieser Wahrnehmung geht mir durch Mark und Bein, ein dumpfer, anhaltender Schmerz. Ich muß mich aufrichten, erhitzt, die Arme um die Taille gelegt – hier, Billy –, und sein Gesicht ist ein einziges Lächeln: Er hat jemand gefunden. Aber ich muß schnell sein: *Stampf, Billy, stampf.* Sein Lächeln verschwindet. Verständnislosigkeit. Verwirrtheit. *Ja, stampf.* Er ist so eifrig bemüht, es recht zu machen – ja, ein neues Spiel. Und er hebt das Knie ganz hoch und stampft mit dem männergroßen Fuß auf den Boden, läßt den anderen folgen. Erst einer – dann der andere. Einer – dann der andere. Und ich werfe mich wieder auf den Bauch, um ihn so fest, wie ich nur kann, gegen den Boden und das Beben zu pressen, das Beben an meinen Armen, Beinen, Schenkeln. Ich spreize meine Schenkel ganz leicht und drücke den Unterleib heftig in die Erde – da, ja, jetzt kann ich es sogar dort unten spüren. So dicht am Boden – das Beben. *Stampf, Billy.*

Ein neues Spiel, das keins der Kinder außer uns spielen wollte. Am Rand des Baumwollfeldes. In den Myrtenhainen. Im Garten der blinden Miss Lemon. *Stampf, Billy.* Und nachdem meine Brüste das Oberteil der braunen Sackkleider auszuwölben begannen, ließ das Beben das rauhe Tuch an meinen kleinen, empfindlichen Brustwarzen scheuern, an dem harten Pochen zwischen meinen gespreizten Beinen. Die Erde zeigte mir, wozu mein Körper bestimmt war. Manchmal brach ich mir die Fingernägel ab, wenn ich sie in den Boden krallte, oder biß mir in den Arm, um einen Schrei zu ersticken. Und Billy Boy stampfte den Staub auf, während ich mich in den Boden bohrte – er schwitzte und bellte die Wolken an.

Es wurde ein altes Spiel, dessen sogar Billy überdrüssig wurde, wenn ich ihn nicht mit einem glänzenden Penny oder einem mit Marmelade bestrichenen Keks bestach. Ich suchte nach ihm und dem Fleckchen Erde, immer wenn ich Erlösung von der erdrückenden Stille zu Hause brauchte, die immer bedrohlicher wurde, je mehr ich zur Frau heranwuchs. Oder wenn der Frühling eine Gelöstheit und ein neues Erblühen mit sich brachte, die ebenso bedrohlich waren. Und ich fing an, gefährlichere Stellen auszusuchen, Stellen, die diese Art der Berührung noch um so reizvoller machten: die gepflasterte Straße, die zur Baumwollbörse führte, den Eichenhain in Hörweite der Loblieder, die während der Abendandacht von der Kirche herüberschallten. Niemals zu nah, aber auch nie zu weit entfernt. Am Abend verschmolzen mein braunes Haar, meine braune Haut und das braune Sackkleid mit der Erde. Also konnten sie nur Billy sehen, dessen Silhouette sich gegen die untergehende Sonne abzeichnete; Billy Boy, der unentwegt im Kreis marschierte, mit hüpfendem Adamsapfel, den Kopf zurückgeworfen, das Gesicht zum Himmel erhoben. Kein Mensch dachte sich dabei etwas, auch nicht später, wenn er sich so hineinsteigerte, daß er meinen Namen laut hinausrufen mußte. Aus seiner stammelnden Kehle klang es wie: Iiiii ... Ein verrückter Kindmann, der wie eine Ziege roch, Staub aufwirbelte und in die Dämmerung jaulte.

Ich fing an, mein Kleid zentimeterweise hochzuziehen. Zuerst nur über die Wade, ich wollte nichts zwischen meiner Haut und den Vibrationen spüren. Und zu dem Zeitpunkt, als der Pate uns erwischte, war es erst über dem Knie, der nackte Ansatz meiner Schenkel eins mit der Erde. Billy Boy stampfte den festgetretenen Gehweg auf und ab; er hatte inzwischen gelernt, über meine gespreizten Beine hinwegzusteigen. Und es war das süßeste Mal von allen; vielleicht nur in der Erinnerung, weil es das letzte Mal war. Und ich wollte schreien, als meine Finger sich in die Minze gruben und sie mit den Wurzeln herausrissen. Duftende Wurzeln, in die ich meine Nase grub. Die Kehle fast zu sehr zugeschnürt, um ihn anzutreiben – *stampf, Billy, stampf.* Und mehr gab es für den Paten nicht zu sehen: Billy Boy, der hinten auf dem Gehweg auf und ab paradierte. Mich, ausgebreitet auf dem Bauch und Minzebüschel an die Nase gedrückt. Aber als er dort unbeweglich am hinteren Zaun stand und die Abendluft ihm den Duft der Erde und den Duft von mir zutrug – war das alles, was er brauchte. Er wußte Bescheid. Und er fing an zu lachen.

Er sagte, ich würde ihn genauso verlassen, wie er mich gefunden hatte, nackt und hungrig. Und er gehörte nicht zu diesen Predigern, die sich in bildhafter Sprache ergehen – er meinte, was er sagte. Die ersten Arbeiten, die ich je in diesem Haus erledigte, waren das Herbeischleppen des Holzes und das Aufbauen des Gartenfeuers, in dem er jedes einzelne der braunen Sackkleider verbrannte, die er für mich genäht hatte. Und er ließ mich das ausziehen, das ich gerade anhatte – und er verbrannte auch das, zusammen mit den baumwollenen Unterhosen und den Baumwollbinden, mit denen ich mir meine Brüste einschnürte. Die Unterhose wäre ohnehin ruiniert gewesen, denn er reinigte mich innerlich, indem er mir krügeweise warmes Wasser und Epsomer Bittersalz verabreichte. Um, wie er sagte, jedes Gramm Nahrung, das durch seine harte Arbeit in meinen Magen gelangt war, zu entfernen.

Ich hatte mich manchmal gefragt, so wie Kinder sich gerne etwas ganz Unheimliches vorstellen, wie sein Lachen wohl klingen mochte, wenn sich sein Zorn je ungebändigt entladen sollte? Wenn diese schrillen Ausbrüche höher und höher würden, bis die Welt in tausend Stücke zerspränge? Und ich stellte mir vor, wie die Fensterscheiben zerbarsten und das Dach einstürzte – wie ganz Pilottown Stück für Stück zu Staub bröckelte, wenn ich wirklich, *wirklich* in sein Arbeitszimmer gehen und Melasse auf die Seiten seiner Bibel schmieren würde. Aber die Vorstellung kommt an die Realität nicht heran. Wie ein solches Lachen klingen würde, fand ich an diesem Abend heraus, als die Feuerglut herunterbrannte und ich in einer Lache aus Kotze und Scheiße kniete, während sich sein Essen aus mir entleerte, denn sein Gelächter schnitt hoch über meinem brechreizgeschüttelten Körper durch die Luft, jagte hinauf und stürzte hinab, umschwirrte die Wolken – ein kreischender Schwarm verwundeter Tauben.

Ich brach vom östlichen Delta auf und folgte dem Flußbett nach Norden. Splitternackt und so beschämt darüber zu stehlen, daß ich den einen unvermeidlichen Diebstahl zu zweierlei Zwecken nutzte. Ein großer Sack King-Biskuit-Mehl. Ich benutzte einen spitzen Stock, um eine Öffnung für den Kopf und zwei Armlöcher in das Sackleinen zu reißen, und ich mischte eine Handvoll Mehl, die noch auf dem Boden übriggeblieben war, zu einem Teig, um meinen Durchfall zu lindern. Und dennoch, wenn ich daran denke, was er mich in der Nacht, bevor er mich hinauswarf, hatte durchmachen lassen, verblaßt das alles im Vergleich zu meiner Reise von Pilottown nach Arabi. Zuerst Venice. Boothville. Olga. Cajun-Land. Ein langer Fußmarsch in einem trockenen Winter durch die übelsten Gegenden von Louisiana. Die Cajuns waren noch ärmer als wir. Und wenn man von Weißen spricht, die in den *besten* Zeiten ärmer sind als Schwarze – und dies war eine der schlimmsten Zeiten –, dann hat man ungefähr eine Vorstellung.

Arbeit zu finden bei Menschen, die selbst verzweifelt danach suchten, war unmöglich. Und die, die bereit waren, das wenige, das sie besaßen, zu teilen, merkten, daß es dafür nicht reichte. Und ich konnte den starken Unmut darüber spüren, daß meine Not ihnen das vor Augen führte. Und die, die nicht dazu bereit waren, waren froh über die Gelegenheit, mir das zu geben, was sie selber vom Leben bekommen hatten – einen Tritt in den Arsch. Triumph. Überlegenheit. Bajou-Land. Nur trockener Schlamm in diesen Sümpfen, aufgesprungen und nässend wie meine Fußsohlen. Die Alligatoren zu müde, um sich mit mir abzugeben. Mokassinschlangen, aufgerollt und verendend. Und der Staub, der Staub. Homeplace. Happy Jack. Diamond. Eine Staubschicht; ich lief weiter. Um Gefahr zu vermeiden, vermied ich es, hungrig und müde auszusehen, wenn ich in Sichtweite von Fallenstellern und Jägern vorbeiging. Das hieß, ich mußte verrückt sein, und selbst die Bösartigsten lassen verrückte Leute in Ruhe. Ich lernte zu essen, was die Bisamratten fraßen – Hoffnung. Und ich segnete den Paten mit jedem Schritt auf meinem Weg. Hätte er mich mit Zärtlichkeit großgezogen, hätte ich nicht die Kraft gefunden, dies durchzustehen.

Der Deltastaub ist da, um naß zu sein. Und der Deltastaub ist da, damit Dinge wachsen, alles, und so fruchtbar ist seine Erde, daß seine Tomaten, Bohnen und Baumwolle fast unanständig in ihrer Fülle sind. Und da dies einer der trockensten Winter seit Menschengedenken war, suchte sich der Staub jede Feuchtigkeit, die er finden konnte, und setzte sich an den winzigen Schweißtropfen in meinen Poren fest. Er benutzte diesen hauchdünnen Feuchtigkeitsfilm, um bis zum Speichel in meinem Mund hinaufzukriechen, bis zum Schleim in meiner Nase. Staub sammelte sich in meinen Augen, verkrustete um die Tränenkanäle und verklebte meine Wimpern. Es war sogar genug Feuchtigkeit innen in meinem Ohrenschmalz, um ihn anzuziehen; er verstopfte meinen ganzen Kopf und machte aus allen Geräuschen ein tiefes Summen. Er fand die verborgene Feuchtigkeit unter meinen Fingernägeln, zwischen meinen Zehen. Die Feuchtigkeit zwischen meinen Hinterbacken war leicht zu finden, aber dann kroch er in die Falten um meinen After, zog weiter an den Darmwänden hoch, an meinen Schenkeln hinauf bis tief in meine Vagina, so viel Staub, daß er schließlich meine Monatsblutungen stillte. Schicht um Schicht bildete sich, immer dicker, und er tat das, wozu er da war, ließ das einzige wachsen, was er in einem der trockensten Winter seit Menschengedenken finden konnte. Der Pate sagte immer, er habe mich erschaffen, aber ich bin aus dem Delta geboren worden.

Und als ich schließlich Arabi erreichte, tote Läuse und Mücken in meinem verfilzten Haar, der Mehlsack ein dreckiger Überrest aus Fäden und Zweigen, Nesseln im verkrusteten Schmutz an meinen Knöcheln festgebacken, sank ich auf die Knie, um nachzudenken. Zehn Meilen außerhalb von New Orleans. Inzwischen einhundert Jahre gelebt, zehnmal hintereinander, so daß es eine Menge zum Nachdenken gab. Ich hatte während dieses Martyriums einen guten Teil meiner Sehkraft und meinen Sinn für Humor eingebüßt. Ich betrachtete keinen der Verluste als fatal; ich hatte klaren Blickes schon genug von der Welt gesehen, um zu wissen, daß es wenig gab, über das ich lachen mußte. Und der einzige Weg, den ich beschreiten konnte, lag vor mir, und die einzige Möglichkeit, ihn zu beschreiten, war so, wie ich war. Mir blieb nichts anderes übrig, als nach New Orleans weder als Mann noch als Frau zu gehen – sondern als Schmutz. Aber ich konnte in diesem Moment wählen, als was ich die Stadt wieder verlassen wollte.

Es war das Jahr 1913, und ich kam mit geschwächter Sehkraft, ohne jeden Humor und mit einer Masse Dreck in New Orleans an. Zehn Jahre später verließ ich es mit drei Überseekoffern voll importierter Seidenkostüme, nicht eins davon braun; siebenundfünfzigtausendsechshundertundeinundvierzig Dollar – nicht einen davon auf dem Rücken verdient – und einer Liebe für gut gepflegte Gärten. Für manche Menschen gleicht das, was ich an diesem Ort vollbracht habe, meinem gefährlichen Marsch entlang dem Delta. Ich sage es Ihnen rundheraus, New Orleans war ein Kinderspiel. Aber es war meine erste richtige Stadt, und sie lehrte mich alles über sämtliche Städte der Welt. Ich wollte raus, weil ich mich langweilte. Wenn ich all das durchstehen konnte, was ich durchgestanden hatte, dann war ich viel zu überqualifiziert, um Bürgermeisterin von New Orleans zu werden. Und viel zu überqualifiziert, um Gouverneurin von Louisiana zu werden. Und wenn ich es mir recht überlegte, waren diese Vergleiche absolut lächerlich.

Und wenn ich es mir recht überlegte, dann war ich am Ende dessen angelangt, was ich mit meinen Fähigkeiten tun konnte. Es schien nirgendwo auf der Erde einen Ort für eine Frau wie mich zu geben. So landete ich hier, übernahm dieses Sandsteinhaus und legte meinen Garten an. Und während der letzten fünfundzwanzig Jahre hat der einzige Nachteil darin gelegen, daß man in diesem Geschäft manchmal ein bißchen Humor gebrauchen könnte.

☆☆☆

Sogar die Steinmauer um Eves Garten herum blüht. Und es gibt keine Jahreszeit ohne Blumen. Die zwischen die Steine gepflanzte Frühlingsaubrietie und der Ackersenf weichen Sommernelken, die eine Art Kleeduft in die Luft verströmen, bevor der Herbst sich in Form von Mohn und Akelei breitmacht. Nadine kennt all die Namen, und sie verriet mir noch etwas anderes über die Mauer: Es sind alles wilde Blumen, sagte sie.

Und dann sind da noch die Blumen um die eigentliche Gartengrenze herum, die Eve bei kalter Witterung zum Blühen bringt: Kamelien, Huflattich, Winterjasmin, Silberimmortelle.

Sie geht dabei nach irgendeiner Art Plan vor. Wenn man auf die Mitte des Gartens zugeht, wo der breite Baumstumpf ist, findet man im Frühling, Sommer und Herbst Beete über Beete aus Lilien, Taglilien, Tigerlilien, Madonnenlilien: Cannalilien, Callalilien. Maiglöckchen. Sie wachsen in niedrigen

Büscheln und an schlanken Stielen; sie ranken am Stumpf ihres einzigen Baumes hoch. Sumpflilien. Inkalilien. Casablancas. Hexenkraut. Rosa. Weiß. Gelb. Braun. Gestreift. Schmucklilien. Sterne von Bethlehem. Nerinen. Keine davon hat einen Preis. Aber all ihre Blumen kann man kaufen.

– *Alles* in diesem Haus kann man kaufen.
– Wenn man ein Haus voller alleinstehender Frauen hat, gibt es schon mal Herrenbesuch.
– Herrenbesuch? Herr Jesus.
– Und ich habe gelernt, daß ein Herr einer Dame Blumen mitbringt.
– Damen? Herr ...

So wie ich es sehe, verhält es sich mit ihren Blumen wie mit meinen Speisen. Sie bittet keinen Mann, welche zu kaufen. Aber wenn sie dorthin kommen – und sie kommen nur, weil dort eine bestimmte Frau wohnt, die sie besuchen möchten –, halten sie sich entweder an die übliche Prozedur oder nicht. Wenn ihnen die Hausregeln nicht gefallen, können sie wieder gehen. Aber sie sitzt nicht zu Gericht über das Verhalten dieser Frauen, sobald sie sie einmal aufgenommen hat, und sie sitzt nicht zu Gericht über ihre Besucher.

Doch besteht Eve darauf, daß ihre Pensionsgäste nur Männer empfangen, die bereit sind, ihnen Blumen mitzubringen. Wenn er nicht mal soviel für dich tun kann, braucht er deine Zeit nicht zu verschwenden. Wenn er mit leeren Händen erscheint, hält sie einen eigenen Strauß bereit. Ich nehme an, diese Burschen denken, es ist billiger, sie von Eve als bei einem anderen Blumenladen zu kaufen. Die Frauen, die bei ihr wohnen, haben eigenwillige Geschmäcker. Ich weiß das, weil ich sie hier immer nur am Wochenende zu sehen kriege, wenn sie genau das bekommen, was sie essen wollen. Die Mahlzeiten, die sie im Lauf der letzten Jahre verlangt haben, lesen sich wie eine Weltkarte, besonders wie eine Karte der Vereinigten Staaten; alles von Cincinnati-Chili übers Westküsten-Omelett bis zum Neuengland-Fischchowder. Die einzige, die jetzt dort wohnt und nie hier gegessen hat, ist Esther. Und weiß Gott, wo dieses Mädchen hergekommen ist.

Süße Esther

Es ist mitten im Hochsommer, und ich kriege immer noch Gänsehaut, wenn ich an das erste – und einzige – Mal denke, als ich Esther gesehen habe. Tiefster Winter. Ich arbeitete allein in der Mitternachtsschicht, und als ich aufblickte, stand sie drüben bei der Tür und versteckte sich im Schatten. Jagte mir einen Heidenschrecken ein. Ein kleines Ding wie sie. Die Ecke des Raums hatte sich in einen Eisblock verwandelt. Es war kaum zu glauben, daß der Haß eines Menschen die Atmosphäre derart verändern konnte. Der Schatten sprach ein Wort: Eve. Aber es war mir unmöglich, ihr den Weg zu beschreiben; ich wußte, sobald ich meinen Mund aufmachte – egal, was ich sagte –, würde sie auf mich losgehen wie eine giftige Spinne. Verstehen Sie, ich war ein Mann. Und ich war ein Mann, der es wagte, sich voll ins Licht zu stellen. Nadine hatte mir gesagt, sie habe so ein Gefühl, sie sollte die Mitternachtsschicht übernehmen und ich mal eine Pause einlegen. Und eines Tages, lieber Gott, eines Tages werde ich noch mal auf meine Frau hören.

Ein ausgeleiertes Türschloß und ein kalter Luftzug bewahrten mich davor, Esther abwehren zu müssen. Der Winterwind drückte mit eisigem Stoß die Tür auf und wehte den Duft der Christrosen herein, die in Eves Garten wuchsen. Sie schlüpfte aus der Tür und folgte dem Duft nach Hause.

Zu dieser Jahreszeit ist es unmöglich, irgendwo Christrosen zu finden, außer bei Eve. Sie bringt sie in jeder Jahreszeit für Esthers Herrenbesuche zum Blühen. Und es gibt einen gewissen Schlag Männer, der sie tatsächlich besuchen kommt. Der mit Freude dem entgegensieht, was ihn dort unten im dunklen Keller erwartet. Wie man so sagt: Auf dieser Welt gibt es nichts, was es nicht gibt. Aber manchmal wünschte man sich, es wäre nicht so.

☆☆☆

Ich mag die weißen Rosen, weil sie sich in der Dunkelheit abheben.
Ich heb mich nicht davon ab.
Das schwarze Mädchen. Affengesicht. Teer. Kohle. Häßlich. Ruß. Abstoßend. Pech. Kohle. Häßlich. Ruß. Abstoßend.

Wir werden nicht darüber sprechen, Esther.

Ich heb mich nicht davon ab. Ich bin zwölf Jahre alt und froh, daß es dunkel ist. Er kann mein Gesicht nicht sehen, wenn er mich in den Keller hinunterruft. Ich komme immer, wenn er ruft. Das ist dein Mann, sagte mein Bruder. Tu alles, was er dir sagt, dann wirst du nicht wie die anderen weggeschickt. Kann man ohne ein Hochzeitskleid verheiratet sein? Ohne die schönen weißen Blumen und den Schleier, der über den Boden der Kirche schleift? Ohne Liebe? Selbst mit zwölf Jahren bezweifle ich das, aber ich glaube an meinen älteren Bruder. Er ist freundlich zu mir und nennt mich nur *kleine Schwester*. Und es gibt hier viel mehr zu essen als zu Hause. Mein Bruder muß die dicke Frau und acht Kinder ernähren. Mein neuer Mann hat einhundertachtzig Hektar und sechs Männer, zusammen mit meinem Bruder, die ihm bei der Bewirtschaftung helfen. Es gibt Gläser über Gläser mit eingelegten roten Beten, Stangenbohnen, Kohl, Melasse und ganzen Pflaumen im Keller. Dicke

Jutesäcke mit Mehl, Kartoffeln – und Maismehl, die sich hoch über meinem Kopf auftürmen, wenn ich niederknie, nachdem er mich gerufen hat. Alles hergerichtet von dem Mistweib, flüstert er.

Ich möchte nicht so sein wie sie. Ich möchte nicht weggeschickt werden. Also werde ich niemand erzählen, was in dem Keller passiert. Das Flüstern; Spinnen rascheln und weben im Dunkeln. Das Mistweib erzählt in der ganzen Gegend Lügen über ihn. Erzählt sie dem Pfarrer. Dem Sheriff. Seinen eigenen Feldarbeitern. Das Mistweib war nicht Frau genug, um ihm Kinder zu gebären, und so lügt sie aus reiner Gehässigkeit. Aus Rache. Lügt, daß er kein Mann sei. Lügt, daß er mehr wollte, als ihm zustand, wenn er sie rief. Ich möchte nicht weggeschickt werden. Also gehe ich hinunter, wenn er ruft. Und bin sehr froh, daß es dunkel ist.

Wir werden nicht darüber sprechen, Esther.

Mein neues Zuhause ist sehr hübsch. Und so groß. Ein Zimmer nur zum Essen mit nichts darin außer einem langen Tisch und einer Vitrine voll glänzender Gläser und Teller. Und ein ganzes Schlafzimmer nur für mich. Die erste Nacht fürchte ich mich allein in dem Zimmer. Aber die Matratze ist so dick und weich. Gänsefedern. Ich kann so tun, als wäre ich eine Prinzessin. Nur Prinzessinnen haben ein solches Bett. Dunkelrosa und mit Spitze besetzt. Die schwarzen Mädchen. Die Affengesichter. Sie dürfen nur auf den alten, muffigen Matratzen schlafen, die die dicke Frau wegwirft. Zu muffig für ihre Babys, sagt sie. Ich bin froh, daß er mich nicht ansieht, sonst würde er mir nicht so ein Bett geben. Waschkrug und Waschschüssel wären nicht aus Porzellan mit winzigen rosa Rosen; der Spiegel wäre nicht so groß.

Der Spiegel würde nicht mein Gesicht zeigen. Ich liege dort in der ersten Nacht und bete inständig zu Gott, daß er mich nie ansehen möge.

Gott erhört meine Gebete.

Es ist die Hexe, die mich am nächsten Morgen wecken kommt. Sie gießt warmes Wasser in die Porzellanschüssel und wäscht mich mit Seife. Es ist eine rosa Seife, und sie riecht nach Blumen. Ich frage sie, warum sie mich mit Schweinefett einreibt. Dummer Bauerntrampel, murmelt sie. Diese Creme kostet mehr als die erbärmliche Hütte deines Bruders. Es macht mir angst, wie sie das Kinn reckt und die langen grauen Haare darauf zittern. Ich habe noch nie eine Frau mit einem Bart gesehen. Es ist die Hexe, die mich jeden Morgen weckt, um mich zu baden und mit der Creme einzureiben. Sie ist es, die die Mahlzeiten kocht, das Haus putzt und unsere Kleider wäscht.

Ich arbeite mit ihr. Sie unterrichtet mich. Eine vergrämte, schweigsame alte Frau. Aber sie sieht mich an. Wenn auch nur, um mir zu sagen, daß ich ungeschickt und dumm bin. Um mich zu warnen, daß sie mich den Preis eines zerbrochenen Tellers auf meiner häßlichen schwarzen Haut spüren lassen wird. Nachts, wenn mein Mann vom Feld nach Hause kommt, weichen seine Augen den meinen aus. Er schaut in seinen Teller, oder er sieht die Hexe an. Er redet mit ihr über seinen Tag. Er fragt die Hexe, wie schnell ich lerne. Wann ich soweit sein werde. Bald, sagt sie. Und bald entfernt sie sich. Das ist der Zeitpunkt, als er mich zum erstenmal in den Keller ruft.

Wir werden nicht darüber sprechen, Esther.

Er sagt, es sei Spielzeug. Ich hatte niemals Spielzeug. Bei meinem Bruder bastelte ich mir Puppen aus Stoffetzen und Stroh vom Boden des Hühnerstalls. Aber ich habe Spielzeug in dem Weihnachtskatalog gesehen, den das Kaufhaus immer verschickt, und es ist auch in so einer großen Holztruhe wie dieser. Dein Spielzeug, flüstert er. Keine Puppenkleider. Keine Rollschuhe. Keine Hüpfstecken. Keine Schaukelpferde. Spiel mit deinen Spielsachen, flüstert er, während die Spinnen in der Dunkelheit rascheln und ihre Netze weben. Meine Hand greift in die Holztruhe und fühlt die Leder- und Metallgegenstände. Keine Springseile. Keine Gummibälle. Die Kanten der Metallgegenstände sind schmal und scharf. Die Ledergegenstände winden sich wie Schlangen um meine Finger. Sie sind schmierig und riechen komisch. Nein, das sind keine Spielsachen. Ich weiß nicht, was sie sind, aber ich werde bald erfahren, welchen Zweck sie haben. Und ich werde lernen, daß in der Dunkelheit Wörter eine andere Bedeutung haben. Sich amüsieren. Spielen. Ein braves Mädchen sein.

Ich versuche immer wieder, ein Wort für das zu finden, was zwischen uns im Keller passiert. Die dicke Frau hat immer gesagt: Jedesmal, wenn er mich anfaßt, kriege ich einen dicken Bauch. Aber mein Mann faßt mich an, und es kommen keine Babys. Gibt es eine andere Art der Berührung? Sollte er mich berühren, wenn ich im Bett liege und nicht im Keller auf dem Boden knie? Würde ich davon Babys bekommen? Ich habe niemand, den ich fragen kann. Ich schäme mich meiner Unwissenheit. Ich darf keine Freunde haben. Und die einzige Frau, die mich besucht, ist die Hexe. Sie kommt etwa einmal im Monat, und dann sitzen sie die ganze Nacht zusammen und betrinken sich. Inzwischen weiß ich, daß ich ihnen besser aus dem Weg gehe. Das Radio ist meine einzige Gesellschaft. Er hat ein wunderschönes Radio: Es ist groß und aus Mahagoni mit glänzenden Messingknöpfen. Die Lieder erzählen von Küssen. Stundenlang stelle ich mir vor, wie es ist, von einem Mann geküßt zu werden. Die Lieder erzählen von körperlicher Liebe. Ich kann mir nicht vorstellen, was das ist, und die Lieder irritieren mich. Die Musik läßt mich einen Schmerz empfinden, den ich nicht verstehen kann.

Ich drehe an den Einstellknöpfen, bis ich den »Schatten« reinkriege. Das wird mein Lieblingsprogramm. Es wird mehr. Es wird mein Freund, weil es mir endlich die Wörter gibt, nach denen ich gesucht habe. Was wir im Keller tun, ist eine Sünde. Ich komme trotzdem, wenn er ruft. Aber jetzt weiß ich, daß seine Berührung keine Babys bringt. Und während ich vor ihm knie, träume ich, daß der Schatten kommt, um der Sünde Einhalt zu gebieten. Ich lausche angespannt auf etwas hinter dem Flüstern und dem Rascheln und Weben der Spinnen. Ich lausche auf die Schritte des Schattens. Auf sein Lachen. Ich träume davon, daß der Schatten die Spielsachen nimmt und meinem Mann das antut, was er mir antut. Ich träume viele Jahre davon. Und dann werde ich erwachsen. Ich glaube noch immer, daß es einen Schatten gibt. Aber ich glaube inzwischen, daß es ihm Spaß macht, dabeizustehen und zuzusehen.

Wir werden nicht darüber sprechen, Esther.

Ich bleibe zwölf Jahre bei diesem Mann, weil ich eine brave Schwester bin. Mein älterer Bruder bekommt jedes Jahr eine Lohnerhöhung. Ich bleibe, obwohl ich allmählich begreife, daß ich nicht verheiratet bin. Das ist nicht, was verheiratete Menschen tun. Mein älterer Bruder hat zu Hause seine Ruhe, wenn er der dicken Frau eine Waschmaschine kauft. Ich bleibe ein Jahr für jedes Jahr, das mein älterer Bruder gegen den heftigen Protest der dicken Frau für mich gesorgt hat. Und jedesmal, wenn ich in den Keller gerufen werde, um mich zwischen den Kartoffel- und Mehlsäcken hinzuknien, zähle ich die Tage, die ich meine Schuld noch abbezahlen muß. Ich zähle die vielen Arten, wie man einen Mann hassen kann. Mein Bruder hat es gewußt. Er hat es gewußt.

Ich habe daran gedacht, diesen Mann umzubringen, als ich nur noch Stunden davon entfernt war, das nächste verlogene Mistweib zu werden, das wegging. Ich habe daran gedacht, den anderen jungen Mädchen das Schlangestehen dafür zu ersparen, daß sie allein in seinem rosa Spitzenbett schlafen dürften. Den anderen Zwölfjährigen mit Brüdern. Aber ich hatte richtig vermutet. Es gibt zu viele von ihnen, als daß man sie alle umbringen könnte. Und es gibt zu viele Zwölfjährige.

Wir werden nicht darüber sprechen, Esther.

Das tu ich bis zum heutigen Tag nicht. Der einzige Mensch, dem ich es je erzählt habe, ist Eve. Und das auch nur, weil sie ohnehin Bescheid wußte. Das erste, was sie mir anbot, war dieser Kellerraum. Und sie hat die Glühbirnen selbst entfernt. Was sie von dir brauchen, brauchen sie im Dunkeln, ob sie es wissen oder nicht, sagte sie. Selbst diese Sorte würde es nicht über sich bringen, wiederzukommen, wenn sie deine Augen sähen. Du hast das ehrlichste Gesicht von allen Frauen, die ich kenne, süße Esther.

Und so sehen sie mein Gesicht nicht. Und ich sehe nie ihres. Aber ich mag es, wie sich die weißen Rosen in der Dunkelheit abheben. Ich kann sie deutlich sehen, ganz deutlich, wie sie verwelken und eingehen. Ich verlasse diesen Keller selten. Und ich öffne die Rolläden nur, wenn es Zeit wird, sauberzumachen. Ich lasse Miss Maple nicht hier herunter. Er besteht darauf, daß er helles Licht braucht, um die Arbeit ordentlich machen zu können, aber er ist schließlich ein Mann, trotz allem. Nein, Männer dürfen nur im Dunkeln hier rein. Und sie müssen mir die weißen Rosen mitbringen. Und sie müssen mich *kleine Schwester* nennen. Oder ich komme nicht.

Mary
(Erste Einspielung)

Er ist hier reingekommen, um nach seiner Tochter zu suchen. Aber niemand kennt sie unter diesem Namen. Sein Overall ist mit getrocknetem Zement gesprenkelt, der Schnürsenkel an einem seiner Arbeitsstiefel schleift lose auf dem Boden. Er geht von Tisch zu Tisch, fragt jeden Mann nach seiner Tochter. Er legt hundert Meilen zwischen den einzelnen Tischen zurück, die Knie eingeknickt, der Rücken gekrümmt von der Anstrengung. Wenn er hier rüber zum Tresen kommt, sage ich ihm, daß sie unter diesem Namen niemand kennt.

Er macht einen Fehler, wenn er versucht, sie zu beschreiben: groß und hübsch, hellhäutig. Seine Tochter ist mehr als hübsch. Sie ist eine dieser Frauen, bei denen man, wenn man sie sieht, seinen Augen nicht traut. Eine, die jedermanns Phantasien übertrifft. Und ich gehöre kaum zu den Leuten, die finden, hellhäutig sei das einzig Wahre. Meine Philosophie ist immer gewesen: Je schwärzer die Beere, um so süßer der Saft; aber dieses Mädchen kommt aus Tausendundeiner Nacht.

Als Sugar Man sie das erstemal sah, verlor er beinahe den Verstand. Sie tänzelte auf diesen hohen Stöckelschuhen herein, stellte ihren Koffer neben der Theke ab, schlang beim Hinsetzen diese langen, perfekten Beine um den Hocker ganz am Ende des Tresens und verschränkte diese perfekten Arme vor der Brust. Ein Traum aus Kakaobutter. Kurven gingen in Kurven in Kurven über. Es war ein Werktag, und daher hoffte ich, sie würde bereit sein, das einzige Gericht auf der Karte zu essen, denn wenn sie etwas anderes wollte – und man gibt so einer Frau alles, was sie will –, müßte ich die Hausregel brechen, um sie zu bedienen. Und das würde bedeuten, ich müßte es über Nadines Leiche tun. Und da ich meine Frau liebe, betete ich inbrünstig, daß mein neuer Gast mich nicht dazu zwingen würde, sie umzubringen. Es stellte sich heraus, daß sie nur Kaffee wollte. Zwei Stück Zucker. Keine Sahne.

– Du hast nach mir gerufen? sagte Sugar Man und schob seinen kleinen Körper auf den Hocker daneben. Wenn dieser Koffer bedeutet, daß du was zum Bleiben suchst, Baby, hab ich genau das richtige. Wir können gleich rübergehn. Und hör nicht auf meine Mama; ich wollte sie sowieso ins Altersheim stecken. Und wenn dir die Wohnung nicht gefällt, dann *baue* ich dir eine. Ich werde dir sogar zwei bauen, damit du eine in Reserve hast.

Sie belohnte ihn mit einem Lächeln. Weiche rote Lippen, geschaffen, um in deinem Mund zu schmelzen. Ein tiefes Grübchen. Sie fuhr sich mit dem Finger an der Wange entlang, um eine Locke wieder zurück unter den Schleier zu stecken. Einen dieser halbdurchsichtigen, am Hutrand befestigten Schleier, die einem gerade so einen Blick auf ein braunes Auge gestatten. Schlafzimmeraugen. Einladend und schläfrig.

Sugar Man war am Boden zerstört, als er feststellte, daß sie nach Eve suchte. Eine Frau wie die konnte ihm ein kleines Vermögen einbringen. Er versuchte, es ihr auszureden. Das Haus sei voller Verrückter. Und sie sei viel zu gut – sie möge seine Sprache entschuldigen – für einen Puff. Sie sagte, sie habe gehört, es sei nur eine Pension. Er sagte, sie habe Lügen gehört. Dann fragte sie mich, was *ich* gehört hätte. Ich sagte, der Garten sei richtig hübsch. Und ich wollte mich gerade über die Theke beugen, um ausführlicher zu werden, als Nadine mir zuschrie, daß meine Koteletts verbrannten. Ich rannte nach hinten, um sie vom Grill zu nehmen, aber Sugar Man beharrte weiter darauf, daß sie, ganz egal, was Eves Laden auch sein mochte, nicht der Typ sei, um dort zu wohnen. Und sie sagte ihm mit dieser unglaublich lieblichen Stimme, daß er wirklich gar nichts über sie wüßte. Das stimmte, räumte er ein, aber er war bereit, all die Zeit aufzubringen, die nötig war, um sie kennenzulernen. Sie könnten jetzt gleich mit einer kleinen Spritztour um den Block anfangen. Hatte sie seinen Duesenberg bemerkt, der vor dem Café parkte? Den Fünfzehntausenddollar-Duesenberg? Er sei schwer zu übersehen, sagte sie. Nun, sie könnten sofort reinspringen und bei ihm zu Hause vorbeifahren, um seinen *guten* Wagen abzuholen.

Sugar Man hat wirklich eine überzeugende Art mit Frauen, aber diese hier sprang nicht darauf an. Sie glitt vom Hocker herunter und hob ihren Koffer auf. Es ist kein Geheimnis, daß ich auf Hinterteile stehe, und als ich ihr so zusah, wie sie zur Tür ging, wußte ich auch, warum. Es ist eine Sünde von einem Frauenkörper, das einem Stück Stoff anzutun. Nicht, daß ich mich genau erinnern könnte, was sie angehabt hat. Als die Tür hinter ihr zufiel, schüttelte Sugar Man den Kopf und hatte den Mut, das zu flüstern, was sämtliche Männer hier drin dachten: geboren, um gebumst zu werden.

Und als er also hierherkam, um nach seiner Tochter zu suchen, und jeden Mann anflehte, ihm zu helfen, den Tränen nahe – kannte niemand sie unter diesem Namen. Er sagt ihnen, daß er sämtliche Straßen von Kansas City abgelaufen sei. Er sagt ihnen, daß er seit Monaten Anzeigen in die Zeitung gesetzt habe. Er sagt ihnen, egal, was sie getan habe, er liebe sein Baby und möchte nur, daß sie wieder nach Hause komme. Seine Tochter sei groß und hübsch, hellhäutig. Aber seine Tochter ist mehr als hübsch. Und seine Tochter lebt jetzt bei Eve, wo niemand sie bei diesem Namen nennt.

☆ ☆ ☆

Es war Papa Jim, der anfing, mich Peaches zu nennen. Prall und süß wie ein Pfirsich. Gelb und süß. Papas Baby. Papas wunderschönes Baby.

– Hochmut kommt vor dem Fall, warnt Mama.

Sein siebtes Kind. Die einzige Tochter. Das letzte ist des Vaters Goldschatz. Pures Gold steckt in diesem kleinen Mädchen, in meiner Peaches; er knetete meine Wangen sanft zwischen seinen Fingern, bis sie rot wurden.

– Auf die Hautfarbe fixiert: Mama schüttelt den Kopf.

Er kleidete mich in Himmelblau. Hängte sich ein Baumwolltuch vor die Brust und nahm mich überallhin mit. Meine Brüder erzählten mir das. Ich hab keine Erinnerung daran.

Ich erinnere mich an breite, dunkle Hände, die Knöchel aschfarben und aufgesprungen. Reste von Granit und Staub unter den abgebrochenen Fingernägeln. Maurerhände. Ich erinnere mich an die Mauer, die er anfing, um das Haus herum zu bauen, als ich neun Jahre alt war. Und ich erinnere mich, daß es schon zu spät war.

Doch während meiner Teenagerzeit hielt die Mauer die Jungs draußen. Die meisten von ihnen hatten nicht genug Mut, die

Eisenglocke an dem verschlossenen Tor zu läuten. Und den wenigen, die sich trauten, wurden die Knie schwach beim Warten, während er sich genüßlich Zeit ließ, bis er von der Verandaschaukel aufstand und hinter die Fliegentür griff, um sein Schrotgewehr deutlich ins Blickfeld zu rücken, bevor er den Gehweg runterkam, um zu fragen, was sie wollten. Und von den wenigen, die bis dahin durchhielten, schafften es noch weniger, flüsternd hervorzuwürgen, daß sie Peaches besuchen wollten.

– *Wen?* fragte er dann, als würden sie chinesisch reden.
– Ich möchte zu Peaches, Sir.

Er wartete eine Ewigkeit, Papa Jim, ließ sie zappeln und schwitzen, an ihren gestärkten Kragen zupfen, die Hände in die Hosentaschen stecken und wieder rausziehen, in die Tasche und wieder raus. Und wenn er sie damit mürbe gekriegt hatte, feuerte er die letzte Frage ab, scharf und laut:

– *Warum?*

Dann nahmen sie Reißaus und rannten wie verrückt davon. Denn eigentlich sagte er: Ich weiß schon, warum du meine Tochter sehen willst, und du weißt, daß ich weiß, warum, also laß mal sehen, ob du den Mumm hast, es mir zu sagen. Und ich beobachtete den Feigling lachend von meinem Schlafzimmerfenster aus. Papa Jim war schon etwas Besonderes.

– Ein Hund erkennt den anderen, sagt Mama.

Aber er hätte sich nicht wegen der Jungs Sorgen machen sollen. Er hätte sich wegen der Spiegel Sorgen machen sollen.

Ich hatte ein ganzes Schlafzimmer voll davon: einen auf der großen Eichenkommode; zwei in den Türen vom Kleiderschrank; einen Drehspiegel, den Papa Jim aus Belgien importiert hatte; einen schweren silbernen Handspiegel, der zu einem passenden Toilettenset mit silberner Bürste und Kamm gehörte, in die Purpurwinden und Ranken eingraviert waren; der Spiegel in meiner Spieldose, in der die winzige Ballerina tanzte, wenn man den Samtdeckel aufklappte; die in Schubladen weggepackten Spiegel von Weihnachten, Valentinstagen, all meinen Geburtstagen – rosa getönt im einen Jahr, in Blütenblattform im nächsten. Überall, wohin ich mich wandte, konnte ich sie sehen. Aber was machte sie in meinem Zimmer? Sie war eine Hure, und ich war Papas Baby.

Sämtliche Spiegel draußen hatten mir gezeigt, was sie war: die dunkelbraunen Spiegel, die haselnußbraunen Spiegel, die blauen, die ovalen, die runden, die wimpernumrandeten Spiegel ihrer aller Augen, wenn sie mich ansahen. Alte Augen, junge Augen, das machte keinen Unterschied, wenn die Spiegel Männern gehörten: Darin sah ich sie entblößt stehen, beim leisen Getuschel meiner Brüder, bei ihrem schmutzigen Gelächter über das Sofa hinten im Block, auf dem sie immer willkommen waren. Aber es war anders, wenn es sich um Frauen handelte: Die jungen und unverheirateten spiegelten sie mit einem leidenschaftlichen Neid wider, der an Haß grenzte; die älteren und verheirateten mit hilfloser Angst. Ja, sie alle sahen mich an und wußten Bescheid, wußten einfach, was sie war. Man muß glauben, was man im Spiegel sieht, oder? Sind Spiegel nicht dazu da?

Bevor ich neun war, nahmen die Freunde meines Vaters sie auf ihren Schoß, berührten die weichen Locken auf ihrem Kopf, hoben ihre Arme mit den Grübchen. Das Mädchen ist vielversprechend, Jim. Und er nickte dann stolz. So was von stolz. Und oben in meinen Spiegeln versuchte ich zu sehen, was sie versprochen hatte, was diese Hitze hervorrief, die durch den groben Stoff ihrer Hosenbeine hinaufwallte und in ihren Mundwinkeln schmolz.

– Was hast du ihnen versprochen? flüsterte ich ihr zu.

– Dich. Dich. Dich.

Ich zertrümmerte den schwanenförmigen Spiegel, das Geschenk zu meinem zehnten Geburtstag, nachdem der Chorleiter mir die Hand unter die Bluse gesteckt hatte. Ich zertrümmerte ihn mit der Metallkante meines Rollschuhs, weil ich sehen konnte, wie ihre kleinen braunen Brustwarzen steif wurden, als ich mich an das Gefühl erinnerte, das mich überkam, als ich in die dunkle Ecke des Hochaltars gedrängt wurde, und an seine weichen, pressenden und streichelnden Hände, seinen warmen Atem auf meinem Kopf.

– Was hast du ihnen versprochen?

– Dich. Dich. Dich.

Ich hatte keine Worte, um meine Furcht vor ihr zu erklären, und so verprügelte mich Papa Jim, weil ich den Spiegel zerbrochen hatte. Er hatte ihn von weit her, aus San Francisco, schicken lassen. Ich zerbrach nie wieder einen.

Mit Entsetzen sah ich zu, wie sie heranwuchs, und ich lernte, sie dafür zu hassen, daß sie meinem Vater das Herz brach. Nichts stellte sie zufrieden, nichts. Und ich unternahm alles, um sie zu vertreiben. Ich erzielte glatte Einser in der Schule. Ich arbeitete halbtags in einem Drugstore. Ich schloß mich den Pfadfinderinnen an. Ich trat in den Missionszirkel ein. Ich wickelte Verbände auf für die Widerstandskämpfer in Spanien. Ich sang im Gesangsverein. Sang für den Kriegsfonds, sang im Kirchenchor. Aber sie war immer da, spiegelte sich in der Feuchtigkeit der Männeraugen. Quälte mich. Ich trug hochgeschlossene Hemdblusen und weite Röcke, dicke Wollstrümpfe, sogar im Sommer, die kratzten und

Streifen auf meinen Beinen hinterließen. Aber ich konnte spüren, wie ihre Augen mich entkleideten: Sie wußten, da war ihr Versprechen. Dich. Dich. Nein, nicht mich – ich war nicht so. Nein, niemals ich. Also gab ich ihnen *sie*. Süße, wonnevolle Erleichterung. Ihre Augen trübten sich, die Pupillen wurden zu winzigen Pünktchen, die schließlich nichts mehr reflektierten – nicht sie und am allerwenigsten mich –, während sie stöhnten und saugten und eintauchten und schwitzten. Frei, endlich war *ich* frei, indem ich ihnen sie gab. In den Garderobenräumen nach der Schule, hinter dem Altar, unter dem Getränkeausschank des Drugstores, am Kohleofen im Pfadfinderinnen-Klubhaus, hinten im Milchwagen, in verlassenen Straßenbahnen, unbeleuchteten Hauseingängen. Jeder Lehrer, jeder Hausmeister. Jeder Geistliche. Jeder Portier. Jeder Ladeninhaber. Jede Rasse, jedes Alter, jede Größe – jeder Sohn eines jeden Mannes – hatte die Macht, diesen Dämon aus dem Spiegel zu vertreiben. Wieder und wieder wurden sie meine Erlöser von *ihr*.

Warum, Baby, warum? Und ich versuchte, Papa zu erklären, warum ich ihnen überallhin in Kansas City folgte. Alles tat, was sie wollten. Beim einen oder anderen Mann fand er es heraus und raste vor Wut, wollte ihn verprügeln. Aber es war nicht *dieser* Mann; ich interessierte mich nicht im geringsten für einen bestimmten Mann – und habe mir kaum je einen Namen gemerkt. Jeder Sohn eines jeden Mannes war mein Erlöser. Schließ mich nicht in mein Zimmer ein, nicht dort, flehte ich; ich muß einen Weg finden, wieder hinauszukommen. Ich versuchte, ihn davon abzuhalten, sein Geld für Ärzte rauszuwerfen. Ich versuchte, ihn davon abzuhalten, sich selbst weh zu tun, wenn er mich mit Streichriemen schlug, Lederschuhen, seinen Fäusten. Ich versuchte, ihn vom Weinen abzuhalten. Ich wollte mein Zuhause nicht verlassen, aber ich hatte keine Wahl. Ich konnte es nicht ertragen, meinen Vater so zu sehen.

– Gottes Strafe für ihn, sagt Mama.

Obwohl es schwer für mich war, einen Job für längere Zeit zu behalten, dachte ich nie daran, nach Hause zurückzukehren. Es waren nicht viele Geschäfte bereit, ein farbiges Mädchen einzustellen, auch nicht eins mit höherer Schulbildung, auch nicht eins mit heller Haut. Unter denen, die es dennoch taten, traf ich meine Wahl und arbeitete hart. Aber die Kunde verbreitete sich schnell unter den Ehefrauen der Ladenbesitzer, und ich war draußen. Wenn sie nur gewußt hätten, daß ich und das, was ich tat, für ihre Ehen weit weniger gefährlich war als die meisten anderen Mädchen. Die anderen Ladenmädchen heckten immer Pläne aus, um sich einen Ehemann – einen eigenen oder den einer anderen – zu angeln, der sie dann aushalten würde. Und *ein* Mann in meinem Leben war das letzte, was ich gebrauchen konnte. Von den Läden zu den Fabriken zu gelegentlichen Putzarbeiten, die Geschichte war stets dieselbe. Ich hatte immer gerade genug, um meine Zimmermiete zu bezahlen. Ernährte mich wochenlang nur von Haferschleim, Erdnußbutter und Keksen. Dasselbe lose sitzende Wollkleid, zu jeder Jahreszeit. Und ich nehme an, ich wurde den Versuch, anständig zu leben, einfach leid. So fingen die Lügen an, und sie waren der erste Schritt nach unten.

Es war eine Gegend, deren bloße Erwähnung für Papa Jim Grund genug gewesen wäre, mich grün und blau zu schlagen. Zwölfte und Highland. Achtzehnte und Vine. Eine Gegend, in der es hoch herging. Flotte Musik. Flotte Frauen. Diese Klubs waren wirklich nicht so schlimm, wie ich dauernd gehört hatte, als ich noch klein war: Weder Alkohol noch Opium überflutete die Straßen. Eigentlich sahen sie eher schäbig und trist aus, vor allem tagsüber. Aber ich fand Arbeit, wenn sie abends zum Leben erwachten: Jeder Geschäftsführer sagte, er könne jemand wie mich nicht hinten in der Küche verstecken. Ob ich Drinks mixen konnte? Nein. Konnte ich tanzen? Nein. Konnte ich singen? Ja, ich konnte singen, aber nicht die Lieder, die sie spielten. Er musterte mich noch mal und sagte, das könne er mir beibringen. Also war meine erste Lüge gegenüber jedem von ihnen, daß ich es lernen wollte.

Manche dieser Männer nahmen sich meiner länger an als andere. Das hing davon ab, wie lange einer brauchte, um meine zweite Lüge zu entdecken: daß er der einzige sei, der mir etwas bedeute. Keiner bedeutete etwas. Die Streite waren schrecklich, aber die Streite waren der Preis, den ich für eine anständige Wohnung und warme Kleider im Winter bezahlte. Der Preis für das heruntergekommene Leben, das ich führte. Krank: So nannten sie mich oft, wenn sie es herausfanden. Ein krankes Miststück. Aber das wußte ich längst. Ich mußte ja krank sein, denn mit der Zeit, mit der Zeit mußte ich allmählich zugeben, daß ich die Umarmungen und Berührungen einiger Männer, mit denen ich zusammenlebte, genoß. Ich fing sogar an, mich auf den Moment zu freuen, wenn sie ins Bett kommen würden. Es gibt keine Worte, um zu beschreiben, wie entsetzlich diese Erkenntnis war. Ich wußte, *sie* war eine Hure. War immer eine Hure gewesen. War wahrscheinlich als Hure geboren worden. Solange ich mich erinnern konnte, hatte ich sie in ihrer aller Augen gesehen. Aber wenn ich jetzt in den Spiegel schaute – und daran dachte, wie mein eigener Körper mich mit dem Mann betrogen hatte –, konnte ich sie auch in meinen eigenen Augen sehen.

Vorher hatte ich nur sie gehaßt. Jetzt wollte ich mich selbst hassen. Und mir kam der Gedanke, daß ich mich schon immer hätte hassen müssen, daß ich wahrscheinlich schon immer diese Hinterzimmer und Hintertreppen genossen hatte. Wahrscheinlich hatte ich den Chorleiter immer in Versuchung geführt. Wahrscheinlich hatte ich die Männer auf der Straße immer dazu aufgefordert, mich so anzusehen, die Freunde meines Vaters ermuntert, mich so anzusehen. Wahrscheinlich hatte ich es schon immer darauf angelegt, direkt darauf angelegt. Ich war wahrscheinlich immer ein Miststück gewesen. Ja, ich war krank. Kränker, als der wütende Mann vor mir ahnen konnte. Letzte Nacht war mir innerlich ganz warm geworden, als er meinen Hals liebkoste und mich streichelte.

Aber es dauerte eine lange Zeit, bis ich mich so inbrünstig haßte, wie ich mich hassen wollte. Es dauerte eine lange Zeit und erforderte viel Mühe. Viele weitere Lügen und noch einen Schritt weiter nach unten. Ich wechselte von den Männern, die nur für mich gesorgt hatten, zu den Männern, bei denen ich gerade so lange blieb, bis sie den Fehler machten, mich gerne zu haben. Ich hatte kein schlechtes Gewissen dabei, ihnen etwas vorzumachen. Immerhin logen sie ja auch, oder? Es gab nichts Gutes in mir zu sehen. Sie logen über meine Gedichtbände, über die Art, wie ich in der Badewanne Kirchenlieder sang, über mein Lachen und die Grübchen in meinen Wangen, über meine Art, den Kopf zurückzuwerfen. Natürlich hatten wir viel Spaß miteinander im Bett, ich *liebte* es geradezu, mit ihnen im Bett zu sein, aber schließlich war ich ja eine Hure. Und es war ihre eigene Schuld, wenn sie verletzt wurden.

Für einen oder zwei von ihnen hätte ich damit aufgehört,

wenn ich nur gewußt hätte, wie. Für die ein oder zwei, denen ich beinahe glaubte, daß sie mich wirklich gerne hatten, und bei denen ich vielleicht die Chance auf ein richtiges Zuhause gehabt hätte, wenn ich in eine Welt ohne Spiegel hineingeboren worden wäre. Aber inzwischen war alles so verwickelt. Manchmal brach ich aus, weil ich mich zu behaglich fühlte und es Zeit wurde, ihnen die Lügen heimzuzahlen und weiterzuziehen, manchmal, um mich dafür zu bestrafen, daß ich so ein Stück Dreck war, und manchmal, manchmal ... Wenn es dunkel und abgeschieden genug war bei unserer zufälligen Begegnung; wenn es ohne viel Reden, ohne Fragen und also ohne Lügen abging; wenn er verstand, daß er mir kein Geld anbieten durfte; und verstand, daß es gleich hier geschehen mußte, schnell geschehen mußte, jetzt gleich – manchmal waren solche Momente die größte Wonne, die ich je erlebt hatte.

Abgesehen von den ein oder zwei anderen hätte ich sicher für den Krüppel damit aufgehört, wenn ich gekonnt hätte. Der Mann betete mich an. Ich hätte ahnen müssen, daß solche Gefühle wie seine gefährlich waren, und vielleicht habe ich es geahnt und gehofft, er würde mich umbringen und mir den Ärger ersparen. Er trug ein ausklappbares Rasiermesser mit Perlmuttgriff bei sich; er brauchte das als Spieler und weil er so klein war. Er war von ebenso zierlicher Statur wie Sugar Man, aber obwohl er beträchtliche Summen für seine Kleidung ausgab, war er dennoch nie geschmacklos angezogen. Das Rasiermesser war das erste, was mir an ihm auffiel, als er ins Piney Brown's kam. Nein, das stimmt nicht ganz, das erste, was mir auffiel, war sein Klumpfuß – er fiel jedermann auf –, aber das erste, was er mir zeigte, war sein Rasiermesser mit dem Perlmuttgriff. Seine Art, sich vorzustellen. Er streichelte es wie ein Baby, während er mich fragte, ob an meinem Tisch noch Platz sei. Alle Stammgäste im Piney Brown's wußten, daß an meinem Tisch immer Platz war. Und sie wußten auch, daß ich weder trank noch rauchte. So verrieten mir seine zweite und dritte Frage sofort, daß er fremd in der Stadt war. Aber es war die vierte Frage, die ihn in mein Leben einführte: Bevor wir irgendwie anfangen, sag mir deinen richtigen Namen.

Ich sollte ihn fortan jede Nacht geflüstert hören, wenn er mich fürs Bett anzog. Mary. Immer ein frisches Nachthemd. Immer weiß. Er fing bei meinen Haarklemmen an, entfernte jede einzelne so sachte, daß ich nicht ein einziges Haar dabei verlor. Seine kleinen Finger waren der Kamm, seine gewölbte Handfläche die Bürste, wenn die gelösten Locken auf meine Schultern fielen. Bei jedem Knopf an meiner Bluse: Mary. Er hob meinen rechten Arm und streifte den Ärmel ab, führte die Bluse um den Rücken herum, hob meinen linken Arm und streifte sie ganz ab. Mein heruntergezogener Rock wurde zu einer hellen Baumwollpfütze um meine Knöchel herum. Der Saum meines Nylonunterkleids wurde hoch über meinen Kopf gehoben. Die Metallhäkchen an meinem Büstenhalter, einer nach dem anderen: Mary. Das Gummiband meines Schlüpfers glitt über meine Taille und Hüfte hinunter. Er setzte mich aufs Bett, bevor er den Strumpfhalter löste. Meine Strümpfe kamen als nächstes. Das ausgestreckte rechte Bein, dann das linke Bein, gestützt zwischen seinen Achselhöhlen, während er vor mir kniete, bis die Nylons perfekte Röllchen aus braunem Maschenwerk über dem Rand meiner Schuhe bildeten. Er bettete die beiden Füße in seine Hände, musterte die Rundung der aufgerollten Nylons, betastete die Lederriemen meiner Stöckelschuhe. Ich konnte seinen warmen Atem auf meinen Füßen spüren, das tiefe Schaudern. Er wartete eine Ewigkeit, bevor er sie schließlich entblößte. Seine Finger glitten unter die aufgerollten Nylons, er umfaßte die Höhlung meines Spanns und streifte langsam die Nylons und die Schuhe über die Ferse, langsam über die Zehen, sein Atem ging immer schneller, seine Hände wurden feucht, als er die zarten Knochen meiner Füße umfaßte und streichelte, bis Strümpfe und Schuhe in seinen Schoß fielen.

Und er nannte mich nie anders als Mary. Niemals. Auch nicht, als aus Kansas City Saint Louis werden mußte und aus Saint Louis Chicago und aus Chicago South Bend und aus South Bend – Cincinnati. Er machte denselben Fehler wie Papa Jim. Der eine dachte, eine Mauer wäre die Lösung; der andere dachte, Entfernung. Noch immer nannte er mich nie anders als Mary. Niemals. Aber als er das mit den Gepäckträgern in den Zügen rausfand, wußte er, daß es keinen Sinn hatte, von Cincinnati aus noch weiter zu fahren. Ja, ich vermute, ich hätte gefaßt sein müssen auf das, was dann kam. Die Wohnung, in der er mich untergebracht hatte, war zu elegant: ein Marmorvestibül mit Portiers und teppichbelegten Gängen. Die Stunden, die er arbeitete, waren zu lang: spielte die ganze Nacht hindurch bis in den späten Nachmittag hinein, bis seine Hände so zitterten, daß er die Karten nicht mehr halten konnte. Die Kleider, die er mich kaufen ließ, waren zu teuer; die Möbel waren zu groß für die Räume. Entweder Importware oder gar nichts. Monate und Monate ging das so. Er arbeitete bis zur Erschöpfung, er kaufte und kaufte und kaufte. Er fragte nie, wo ich gewesen war. Er fluchte nicht. Er flehte nicht. Er nahm nur eines Morgens beim Frühstück sein Rasiermesser raus, drückte es mir an die Kehle und sagte mir ganz ruhig, daß ich dem nächsten Mann, mit dem ich zusammensein würde, beim Sterben zusehen müßte. Er hätte es getan, hätte mich zusehen lassen, wie er starb. Und beim nächsten auch. Und beim übernächsten.

Eine ganze Woche lang verließ ich die Wohnung nicht. Ich traute mich nicht mal, Pakete vom Portier entgegenzunehmen. Ich saß auf den mit dickem Brokat bezogenen Sofas. Ich ballte die Hände zu Fäusten und öffnete sie wieder. Ich hörte Radio. Ich sah fern mit meinem neuen Fernsehgerät. Ich ging auf den blau-goldenen Perserteppichen auf und ab. Ich las die ledergebundenen Bücher aus den Mahagoniregalen. Ich ordnete die Seiden-, Kaschmir- und Angorasachen in meinen Schränken und ordnete sie wieder um. Bis mir aufging, daß alles dorthin geschafft worden war, um mich zu warnen: Es gab für mich auf Erden kein Zuhause. Wenn ich eine Möglichkeit gesehen hätte zu bleiben, wäre ich geblieben. Verstand er das denn nicht? Ich öffnete und schloß Wäscheschränke. Küchenschränke. Den Speiseaufzug.

Sein Schrank war ebenso groß wie meiner. Alles maßgeschneiderte Anzüge mit passenden Westen. Nadelstreifen. Kammgarn. Die Hemden aus feinster Makobaumwolle. Die Samtkästchen mit juwelenbesetzten Manschettenknöpfen und Krawattennadeln. Aber mein Blick verweilte auf den Reihen über Reihen handgefertigter Stiefel für seinen verkümmerten, entstellten Fuß. Stiefel im Wert von Tausenden von Dollar: die aus Kalbsleder fast nicht zu zählen, Krokodilleder, Aalhaut, Wildleder, alle in makellosem Zustand. Ich hatte erlebt, wie er ein neues Paar aus Maroquinleder wegwarf, weil er einen Wasserfleck vorn an der Spitze nicht entfernen konnte. Ich betrachtete seine Stiefel, und ich betrachtete meine Füße. Das war alles, was ich während einer ganzen weiteren Woche in der Wohnung tat. Sobald er weg war, öffnete ich den Schrank, um diese Stiefel zu betrachten und um meine Füße zu betrachten. Aber am Ende der zweiten Woche, als ich den Büchsenöffner aus der Schublade der Anrichte holte und ins Badezimmer ging, starrte ich nur noch mein Gesicht an.

Die Polizei dachte, er hätte es getan. Da ich mich aber weigerte, meine Geschichte zu ändern, konnten sie nichts tun und mußten ihn aus dem Gefängnis entlassen. Niemand glaubte, daß eine Frau sich das selbst antun würde. Niemand glaubte, daß sein Kummer nicht in Wahrheit Schuldgefühl war. Aber sein Kummer über das, was er verloren hatte, war echt. Zuerst nahm ich die Spitze des Öffners, lächelte in den Spiegel und zeichnete den Weg vor, den ich gehen würde: unter dem rechten Wangenknochen – ja, es mußte der rechte sein –, dann eine gerade Diagonale über das Grübchen, die ganze Wange entlang bis hinüber zur linken Kinnseite. Eine dünne rote Linie blieb auf meiner Haut, der ich folgen konnte, so daß ich nicht wieder zu lächeln brauchte, als ich den Öffner fest mit beiden Händen faßte und ihn hineingrub. Aber ich war nicht vorbereitet auf den ersten, rasenden Schmerz; ich brauchte kostbare Sekunden, um wieder zu Atem zu kommen. Und jetzt war der in meiner aufgerissenen Wange hängende Öffner durch das herausströmende Blut zu glitschig, als daß ich ihn festhalten konnte. Ich machte das ziemlich stümperhaft. Ich mußte schließlich die Wange hinuntersägen, wobei Fleischfetzen zwischen den beiden Dornen des Öffners hängenblieben. Das dauerte so lange, daß ich erst beim unteren Kieferknochen angekommen war, als der Schmerz zu unerträglich wurde und ich die Besinnung verlor. Ich kam wieder zu mir, als er jammernd meinen Namen rief und der Krankenwagen draußen heulte. Und nachdem die Sirene verstummt war, erschallte das Echo meines Namens wieder und immer wieder. Es war das einzige Wort, das dieser Mann in meiner Gegenwart noch auszusprechen vermochte.

Ich verließ das Krankenhaus und war frei zu tun, was ich wollte. Und da er mit mir immer Richtung Osten gefahren war, fuhr ich weiter nach Osten. Es machte mir Freude, auf der rechten Seite des Zuggangs zu sitzen und in der Fensterspiegelung zu beobachten, wie einer von ihnen sich hoffnungsvoll zu dem leeren Platz neben mir begab. Ich zeigte mein unversehrtes linkes Grübchen, wenn er mich fragte, ob der Platz frei sei.

– Ja, antwortete ich, und ich bin es auch.

Er brach sich beinahe die Kniescheibe, wenn er auf den Sitz zustürzte. Und wohin fahren Sie? Ich wußte eigentlich nicht, wohin ich fuhr. Und hatte keine Ahnung, was ich tun wollte, sobald ich angekommen war. Alles war so verschwommen. So durcheinander. Aber ich sagte jedesmal die Wahrheit, so gut ich konnte: Dahin, wohin Frauen wie ich fahren – und ich drehte ihm mein ganzes Gesicht zu und hob den Schleier. Manchmal reagierten sie mit Verlegenheit. Manchmal mit Ekel. Und viele, viele Male mit Mitleid. Aber jedesmal stellten sie *die* Frage.

Ich sammelte eine Menge Visitenkarten in diesen Zügen. Männer, die versprachen, mir den Namen des richtigen Arztes zu sagen. Einer war sogar selbst Schönheitschirurg. Und ich erwarte nichts als Gegenleistung, mein Kind, sagte er, absolut nichts. Aber wie hätte ich diesem netten alten Mann beibringen sollen, daß ich mein Gesicht nicht repariert haben wollte? Ich hätte womöglich am Ende alles noch einmal machen müssen.

Als den Eisenbahngleisen das Land in Richtung Osten ausging, stieg ich um und fuhr nach Süden, stieg wieder um und fuhr nach Westen, dann nach Norden. Ich fuhr im Kreis wieder zurück nach Osten und merkte, daß ich an der Endstation angekommen war. Da hörte ich von einem Ort, wohin Frauen wie ich gehen konnten. Steigen Sie einfach an der nächsten Station aus, sagte man mir; Sie finden Baileys Café in jeder Stadt. Es stellte sich heraus, daß sie recht hatten. Und Eve stellte nie *die* Frage. Sachte entfernte sie meinen Schleier und nahm mein Kinn zwischen ihre Finger, um mit dem Daumen den Pfad entlangzuspüren, den ich vorm Spiegel gegangen war. Ich sah nur die Narbe, von ihrer randlosen Brille widergespiegelt, als sie jede gezackte Ausbuchtung entlangtastete, jeden Abschnitt verunstalteten Fleisches. Und nur die Narbe spiegelte sich in ihren Augen, als sie murmelte: Wunderschön.

☆☆☆

Sugar Man zeigt ihrem Vater schließlich den Weg zu Eve. Er hofft, daß es zum Krawall kommt, aus purem Groll. Sugar Man kann nicht recht beschreiben, was in diesem Sandsteinhaus vor sich geht, denn er ist nie drin gewesen, aber das hält ihn nicht davon ab, Geschichten zu erfinden. Er redet ihrem Vater ein, daß *Hunderte* von Männern dorthin gingen, um Peaches zu kaufen. Sie hat viele Besucher, aber keine Hunderte. Und das einzige, was sie kaufen, sind Osterglocken. Natürlich läßt er aus, daß zuallererst er selbst versucht hat, sie auf die Straße zu schicken. Und es auch dann noch weiter versucht hat, nachdem er das mit der Narbe rausgefunden hatte. Ist noch ziemlich viel Brauchbares unterhalb vom Hals an ihr dran, sagt er.

Er bedrängt Peaches jedesmal, wenn sie hier hereinkommt, aber das ist nicht allzuoft. Sie scheint gerne in der Nähe des Hauses zu bleiben. Und trotz der vielen Besucher, die zu ihr kommen, ist Sugar Man nie einer von ihnen gewesen. Er würde Eve den Triumph nicht gönnen, noch weniger die fünfzig Dollar, die sie für die Osterglocken verlangt.

– Und du bist keine Zuhälterin? fauchte er sie an.
– Das Mädchen wählt die Blumen, sagte Eve. Und versuch du mal, Osterglocken im Herbst zu ziehen.

Eve läßt weder Sugar Man noch den Vater hinter die Eingangstür. Über die Schulter hinweg sind die Männer zu sehen, die begierig darauf warten, Pfirsichbäckchen zu besuchen. Sie sitzen Knie an Knie im Empfangssalon. Diese Seite des Raums leuchtet gelb von den Blumensträußen. Die Nachricht hatte sich schnell verbreitet. Die Klassefrau, die im ersten Stock eingezogen ist, empfängt alle Besucher. Aber es warten jetzt weniger Männer als die Woche davor, und da waren es schon weniger als noch eine Woche vorher.

– Lassen Sie Ihre Tochter hier, sagt Eve, und ich gebe sie Ihnen heil zurück.

Draußen bläst kalt der Herbstwind, und die empfindlichen Osterglocken welken schnell in der Hitze des Empfangssalons. Und wenn sie mit einem Strauß nach oben gehen, der nicht mehr ganz frisch ist, soll sie sie wieder runterschicken, hat Eve ihr aufgetragen. Schau gut in den Spiegel und akzeptiere nicht weniger als das, was du verdienst. Je länger die Schlange, desto länger die Wartezeit; je später im Jahr, desto wärmer im Haus. Und ein frischer Strauß kostet fünfzig Dollar.

– Ich weiß nicht, was sie dort oben in dem Zimmer macht, sagt Eve, und um Ihnen die Wahrheit zu sagen, es interessiert mich auch nicht.

Sie verbringt jetzt viel mehr Zeit mit jedem einzelnen Besucher als noch vor einer Woche. Und wenn es zur Sperrstunde läutet, warten noch immer einige. Aber wenn sie am nächsten Abend wiederkommen wollen, müssen sie wieder fünfzig Dollar für einen frischen Strauß bezahlen. Immer weniger Männer, im länger die Wartezeit.

– Aber was sie dort oben in dem Zimmer auch tun mag, sie fühlt sich dabei schön.

Der Winter zieht bald ein, und Peaches verlangt noch immer Osterglocken. Immer wieder makellose Osterglocken. Man bekommt sie bei keinem Blumenhändler mehr, egal, für welchen Preis. Und es wird ein ungewöhnlicher Mann kommen müssen, um Eve das zu geben, was sie für ihre Blumen verlangen wird. Ein Mann, der ungewöhnlich genug ist, um zu verstehen, was die Frau dort oben wirklich wert ist. Das Haus wird noch wärmer werden, aber bald wird er nur noch einen Strauß jeweils kaufen müssen. Es wird niemand anders mehr warten.

– Gehen Sie nach Hause, mein Freund, sagt Eve, und ich gebe Ihnen Ihre Tochter heil zurück.

Der Mann, der vor Eve steht, weint und ruft unentwegt nach Peaches, sie soll zu ihm herunterkommen. Er bekommt keine Antwort aus dem erleuchteten Zimmer im ersten Stock. Er ruft lauter, bekommt noch immer keine Antwort. Eve macht ihm die Tür vor der Nase zu. Er hört den Riegel ins Schloß gleiten, und der Herbstwind bläst kalt.

– Gehen Sie nach Hause, mein Freund. Ich gebe Ihnen Ihre Tochter heil zurück.

Jesse Bell

Was für den einen Unkraut ist, sind für den anderen Blumen. Es würde mir hier ziemlich einsam werden nach Mitternacht, wenn Jesse nicht wäre. Die wenigen Gäste, die sich hier reinverirren, sind von der Sorte, die möglichst einen Tisch in der hintersten Ecke wollen, oder sie setzen sich ans Fenster und starren in die Dunkelheit hinaus. Sie kommen zu dieser Stunde mit der ausdrücklichen Absicht, in Ruhe gelassen zu werden, und ich tu ihnen den Gefallen. Aber um diese Jahreszeit ist das Café ziemlich verlassen und wird es auch bleiben, bis dann die Feiertage kommen. Heiligabend wird es proppenvoll hier drin sein, Silvester auch. Bis dahin bedeuten vierundzwanzig Stunden Öffnungszeit eine lange Zeitspanne zwischen Abendessen und Frühstück, und ich lese meistens ein bißchen, räume den Vorratsraum auf oder überlege, ob ich meine Werkzeugkiste holen und die Kaffeemühle reparieren soll. Nadine sitzt mir schon seit Monaten im Nacken, ich soll die Maschine auseinandernehmen. Ich vermute, sie braucht irgendwas zum Rummeckern, da ich in jeder anderen Hinsicht fehlerlos bin. Jeden Morgen, wenn sie reinkommt, sage ich ihr das, und was sie mir antwortet, läßt sich unmöglich hier wiedergeben. Sie sollte sich lieber in acht nehmen; es ist noch nicht zu spät in der Saison, um sie gegen ein neueres Modell einzutauschen.

Aber heute nacht habe ich wirklich ganz ernsthaft daran gedacht, sie zu reparieren, als Jesse reinkam. Ich schulde ihr fünf Dollar wegen der Wette, die wir über Truman abgeschlossen haben. Bailey, hast du immer noch nicht gelernt, sagt sie, nichts von dem zu glauben, was du in der Zeitung liest? Doch, hab ich, aber ein Teil von mir wollte nicht, daß Truman gewinnt, und jetzt bin ich um einen Fünfer ärmer, es sei denn, ich kann ihn mir wieder beim Gin Rommé holen. Jesse hat mir so manche Nacht verkürzt. Wir sind beide gebürtige New Yorker und aus den einzigen beiden Stadtteilen, die von Bedeutung sind; Jesse zu kennen hat mir geholfen, meinen Horizont zu erweitern und zuzugeben, daß auch aus Manhattan was Gutes kommen kann. Sie ist eins dieser Big-Apple-Mädchen, die nie ein Blatt vor den Mund nehmen. Wie ich, spricht sie das aus, was sie denkt, egal, ob sie sich damit Freunde macht oder nicht. Sie kommt hier mit einer Tasche voller Fünfcentstücke für die Jukebox rein, während ich ihre Halbliterflasche Jack Daniel's, die ich versteckt halte, hervorhole und uns beiden ein Schlückchen einschenke. Die Sperrstunde bei Eve fängt um Mitternacht an: Keine Besucher oder Musik mehr, und ihre Pensionsgäste dürfen zu keiner Zeit Alkohol bei sich haben. Ein Klosterbordell, nennt Jesse Eves Etablissement. Richtig oder falsch, Jesse bringt einen zum Lachen, und sie spielt eine zünftige Partie Rommé.

– Wie hast du dich heute nacht rausgeschlichen, Jesse?
– Ihr Wachhund, diese Schwuchtel, ist eingeschlafen.
– Ach komm, Miss Maple ist keine Tunte.
– Würdest du wollen, daß er deine Tochter heiratet?
– Ich hab keine Tochter.
– Dann adoptier Maple doch; du würdest zwei für den Preis von einem kriegen.

Jesse und Miss Maple haben wenig füreinander übrig. Er hat sich hier auch schon mehrfach über sie beklagt. Sie lasse ihn nicht die Bettwäsche wechseln, und ihr Zimmer sei eine Katastrophe zum Saubermachen, weil der Teppich mit zertretenem Löwenzahn übersät sei. Die Männer, die sie besuchen wollten, kriegten ihre Blumen noch an der Tür ins Gesicht geschleudert.

– Sie kommen nur wegen dieser Lügen in der Zeitung zu mir, sagt sie.

Der King-Skandal hat großes Aufsehen erregt, liegt aber schon eine Weile zurück. Ich versuche ihr zu sagen, daß manche von ihnen vielleicht nur ihre Gesellschaft suchen. Nur plaudern wollen wie wir; eine Partie Karten spielen.

– Nicht in so 'nem Mösenpalast, sagt sie.

Aber wenn sie da wohnt und nichts weiter tut, als ihrem Herrenbesuch eine ordentliche Portion verbaler und physischer Mißhandlungen zuteil werden zu lassen, tun die anderen vielleicht auch nichts anderes.

– Bailey, du redest hier nicht mit Shirley Temple, also gib mir mein Blatt. Mein Zimmer ist direkt neben dem von Peaches, klar?

– Na ja, Peaches ist ein Sonderfall.

– Und dann stolpert jeder perverse Schweinehund aus dem Umkreis von fünfzig Meilen runter in den Keller.

– Esther ist eine Art Sonderfall.

– Verdammt, was macht Eve eigentlich? Zahlt sie dir 'ne Provision?

– Für deine Blumen würd ich nicht viel kriegen, Jesse.

Ihr Lachen ist gutmütig und kommt von tief drinnen. Das Schöne an Jesse ist, daß sie genausogut einstecken wie austeilen kann. Sie hat Eve gesagt, sie wolle Löwenzahn, und ich bin sicher, daß Jesse das nur gesagt hat, um sie zu ärgern. Das sind Pflanzen, die Eve normalerweise als Unkraut rauszupft. Aber schließlich, wie Eve oft sagt, ist Jesse ein besonderer Fall.

☆☆☆

Ich muß rauskriegen, ob die Klapsmühle Geldprämien vergibt. Dann würde mich ein Anruf zwecks Räumung des Hauses fürs ganze Leben sanieren. Manchmal amüsiere ich mich damit zu überlegen, wer ihnen am meisten wert wäre: Ich gebe zu, ich würde auch ein paar Dollar einbringen, wenn ich mich selbst ausliefern würde, aber das ist nur Kleckerkram verglichen mit dem, was ich für Esther kriegen würde, die sich unten im Keller in Schränken versteckt. Für die Nymphomanin im Zimmer neben mir. Oder diese Schwuchtel mit ihrem schlabbrigen Unterrock, die mich noch mal dazu bringt, sie krumm und bucklig zu prügeln, wenn sie nicht aufhört, meine Bettwäsche zu stärken. Bettwäsche in einem Bordell zu stärken und zu bügeln. Wer würde je …? Ist mir egal, was Eve sagt, es ist ein Bordell, und auch wenn sie sämtliche Zinnien der Welt anpflanzt, ändert sich daran nichts.

O Mann, das ist vielleicht ein eiskaltes Biest. Ich weiß, ich schulde ihr was, aber dankbar bin ich ihr nicht. Und das hat sie mir auch gesagt, nachdem ich aus der Haftanstalt raus war und sie mich von der Nadel weggebracht hatte. Hat mir gesagt, ich brauche ihr für nichts zu danken, als alles vorbei war. So schlimm es war, wie sie das gemacht hat, ich werd nie vergessen, wie sie die ganze Zeit geguckt hat, als ich mir die Seele aus dem Leib gewürgt hab. Als wär das keine Qual. Als wär das gar nicht echt. Als wär ich ein Kind oder so, das über einen Kratzer am Knie jammert. Ein eiskaltes Biest. Die einzige Frau, die ich kenne, die Onkel Eli ebenbürtig wäre. Ich war das nicht, weiß Gott. Und ich bin eine ganz beachtliche Frau. War schon eine Frau, bevor ich ein Mädchen war. Aber dieser gräßliche alte Mann, möge er in der Hölle verrotten, hörte nicht auf, bis er mich umgebracht hatte. Er war ein Mörder – ein kaltblütiger Mörder.

Ein Mörder ist jemand, der darauf aus ist, jemandem das Leben zu nehmen, oder? Nun, er hat mir meinen Mann und meinen Sohn genommen. Und sie waren alles, wofür ich gelebt hab. Noch immer nicht zufrieden, hat er mir meinen guten Namen genommen. Hoffe, der Teufel tritt ihn gerade in den Arsch – von der Osthölle zur Westhölle und wieder zurück. Ihn und den ganzen Clan – hochanständige Neger, Lehrer, Büroangestellte, Ärzte: gebildete Leute. Ist inzwischen so, wenn mein Name oben auf Sugar Hill fällt, rümpfen sie die Nase, als würden sie irgendein verwesendes Zeug riechen. O ja, Jesse Bell. Das Flittchen von den Docks. Die Schlampe, die in die Familie King eingeheiratet hat. Kind, hast du nicht gelesen, was passiert ist? Sie ist schnurstracks in der Gosse gelandet. Ich hab 'nen guten Namen getragen. Und ich war 'ne gute Ehefrau. Eine wirklich gute Ehefrau. Aber ich hatte keine Freunde, die die *Herald Tribune* rausbrachten. Und nur darauf kommt's an, wer bestimmt, was geschrieben wird, oder?

Ja, ich bin von den Docks. Meine Leute haben ihren Lebensunterhalt schon immer am Wasser um die Manhattaninsel herum verdient. Und es war ein ehrliches Leben. Ich wuchs unter rauhen Männern auf, die ebenso schwer arbeiteten wie sie fluchten und tranken. Wissen Sie, was es bedeutet, im Winter Hafenarbeiter zu sein? Es bedeutet, daß meinen Onkeln und Brüdern von der Kälte die Haut zwischen den Fingern aufspringt. Denn nach 'ner Weile ist es sicherer, wenn man die Handschuhe auszieht – sie frieren an einem fest, so wie der Schweiß in Schnurrbart und Augenbrauen gefriert, und wenn einem der Führungshaken aus der Hand rutscht, dann hat es die gesamte Mannschaft mit einem Jojo aus zwei Tonnen Alteisen zu tun, das aus dem Frachtraum des Schiffs geschwungen kommt. Ein Cousin von mir ist auf die Weise zum Krüppel geworden. Muß in dem Dezember damals am Wasser 25 Grad unter Null gehabt haben. Und der Boß hat sie zu mehr Tempo angetrieben, und so entladen sie mehr, als der gesunde Menschenverstand eigentlich erlaubt, und arbeiten schneller, als was einer vernünftig-gesund nennen würde. 'ne kleine Winde schnappt raus, und das ist auch schon alles, was es braucht, damit 'ne Ladung aus dem Gleichgewicht kommt und 'ne Kiste Granitblöcke auf deinen Kopf zusaust. Er macht sich also dran, sie von seiner Mannschaft wegzudirigieren, und der Haken flutscht durch seine vereisten Handschuhe wie 'n Stück Butter. Die Kante von der Kiste trennt seinen Arm sauber von der Schulter ab. Und es heißt, Winter ist noch die beste Zeit. Weil im Sommer muß man zu allem anderen noch den Gestank aushalten. Drück mal die Nase an 'nen Gummireifen oder schnüffel kurz an Benzin. So, und wie wär's jetzt mit 'nem Berg Rohgummi oder mit 'nem Ozean aus Rohbenzin? Wie wär's mit zehn Stunden am Tag? Bis dein Schweiß nach Öl stinkt? Und dein Wurstbrot nach Öl schmeckt? Und du dich über die Brise von der Hafenbrühe her freust, weil sie nur verfaulende Algen und toten Fisch ranweht.

Klar kippten sie 'n paar steife Drinks runter nach so 'ner Arbeit. Das nahm ihnen den Geschmack der Docks aus dem Mund und ließ sie den Boß verfluchen, damit sie am nächsten Tag wieder hingehen und wieder dasselbe machen konnten. Froh, daß sie Arbeit hatten, im Gegensatz zu vielen andern, und froh, daß sie wie Männer arbeiteten. Es wie Männer nahmen. Wenn meine Leute was andres hätten machen können, ich glaub, sie hätten's nicht gemacht. Niemand legte sich mit farbigen Hafenarbeitern an. Nicht mal der übelste Iren-Cop mischte sich ein, wenn er in eine ihrer Kneipen gerufen wurde, um 'ne Schlägerei zu beenden. Wenn sie wirklich richtig betrunken waren und 'ne Menge Blut floß, konnte der Cop es sich erlauben, sie *Jungs* zu nennen: Ist gut, Jungs. Laßt den Quatsch, Jungs. Ihr landet sonst vorm Richter. Aber wenn's nur 'n normaler Rabatz war und sie noch halb nüchtern waren, nannte der Typ sie *Männer*: Also, Männer, ihr wißt, daß ich diesen Scheiß in meinem Revier nicht haben kann. Ich werd eure schwarzen Ärsche einbuchten, ist das klar? Seine Sprache mußte gröber werden, um die Anrede als *Männer* wiedergutzumachen. Denn dieser Cop wußte, weder er noch ein ganzer Polizeitrupp würde diese Kneipe so wieder verlassen, wie er sie betreten hatte, wenn er sie irgendwie anders nannte. Als ich aufwuchs, hörte ich die Männer in meiner Familie immer *Nigger* sagen, wenn sie miteinander redeten. Niemand hat sich was dabei gedacht, weil es eine besondere Bedeutung hatte, wenn sie es selber sagten. Und sie fanden nun mal, wer die Mitgliedsgebühr nicht bezahlt hat, gehört nicht zum Verein.

Man muß eine wirklich starke Frau sein, um solchen Männern ein Zuhause zu geben, oder man hat kein Zuhause. Sie darf sich nicht die Butter vom Brot nehmen lassen und muß in gleicher Münze zurückgeben können. Und darf sich keinen Mist auftischen lassen, wenn sie zuwenig Geld für die Miete gekriegt hat; denn Bell-Männer verdienen 'ne Menge und geben 'ne Menge aus – allzuoft für die falschen Sachen, vor allem für die falschen Frauen. Wie für die mit 'ner anderen Adresse als der, wofür er seine Stromrechnung kriegt. Sie waren Männer mit großem Appetit. Und ihre Frauen mußten wissen, wie man sie satt bekam. Ein reich gedeckter Tisch und eine ordentliche Portion Liebe nach Sonnenuntergang. Oder eine bereitgestellte Kanne mit Lauge und Zuckerwasser, wenn er bis Sonnenaufgang nicht nach Hause gekommen war. Aber Mutter hat's ihnen immer gesagt. Seid anständig zu der Frau, wo die Mutter von euren Kindern ist. Ist egal, was ihr von ihr denkt, die Kinder sind *eure*. Also, ich kann nicht sagen, daß die Bell-Männer immer mit der Mutter ihrer Kinder verheiratet waren, aber für die Kinder haben sie gesorgt. Jeden Zahltag gingen sie vorbei und ließen was da für Windeln und Milch, für 'n Paar Schuhe. Halfen ihr, die Gasrechnung zu bezahlen, wenn sie knapp dran war. Auch wenn sie dabei für ihre Mühe verflucht wurden. Auch wenn sie 'nen neuen Mann hatte, schickten sie Geld durch mich oder Mutter. Sie wurden in dem Glauben aufgezogen, kein andrer Mann sollte darum gebeten werden, für ihre Kinder zu sorgen. Mutter trichterte ihnen das ein, schätze, weil sie es selber so schwer hatte, uns alle ohne einen Papa – besser gesagt, ohne Papas – durchzubringen.

Ich hab keine Ahnung, wie die alte Frau das geschafft hat. Die Leute meinen, die Docks sind jetzt schlimm, aber sie sind 'n Zuckerschlecken, verglichen mit ihrer Zeit. Immer wenn meine Brüder anfingen, sich danebenzubenehmen und meinten, ihr frech kommen zu können und den Schnaps als Ausrede benutzten, zeigte sie ihnen die große Narbe, die sich über ihren ganzen Bauch zog – schob den Rockbund runter und zeigte sie ihnen: Das hab ich, weil ich mir kein Scheiß nicht von 'nem Mann gefallen lassen wollte; denkt ihr, ich laß mir das von 'nem *Jungen* gefallen? Das sagt sie zu einem, der über einsachtzig groß und nah dreißig Jahre alt ist und vollgetankt genug, um Eisen zu fressen. Und Mutter konnte *Junge* so sagen, daß es schlimmer klang als *Nigger*, daß es klang wie was Krankes. Sie guckten ihr in die Augen, und sie sahen das Meer. Sahen die Dockbaracken von früher und was sie hatte schaffen müssen, um zu überleben – und sie entschuldigten sich in Windeseile. Nicht etwa aus Mitleid oder so was. Stärke erkennt Stärke. Frauen wie sie ziehen genau solche Töchter groß, und die Docks waren voll von denen für die Bell-Männer zum Heiraten. Meine Brüder respektierten jede Frau, mit der sie sich einließen – irgendwelche anderen hätten es da unten nicht lang gemacht.

Es war ein großer Schock, als ich bei den Kings einheiratete und nach Sugar Hill ging. Denen ihre Frauen wurden auf die alte Weise behandelt und ließen es sich gefallen. Ich meine keine Schläge ins Gesicht oder so was; sie glaubten, das wäre die Behandlung, die dort üblich war, wo ich herkam. Na ja, kam zwar schon mal vor, aber es gibt Schlimmeres, als eine Frau zu schlagen. Zum Beispiel, wenn ein Mann seine Frau vor versammelter Mannschaft dumm und faul nennt, während sie dasteht und unentwegt lächelt. Nein, der Mann benutzte nicht direkt die Wörter *dumm* oder *faul*, aber es kam aufs selbe raus. Und wenn sogar ich mit meiner mangelnden Bildung das kapierte, kapierte sie das bestimmt auch, und trotzdem lächelte sie und lächelte und lächelte. Ja, es gibt Schlimmeres. Zum Beispiel, wenn die Freundin und die Frau am selben Eßtisch sitzen. Wenn die Frau die ganze Zeit davon weiß, und der Mann weiß, daß sie es weiß und das erst recht aufregend findet. Denn die Frau wird keinen Ton verlieren. Denn dieses Dreckschwein ist ein Doktor Sowieso oder ein Rechtsanwalt Sowieso – oder vielleicht einfach nur ein Mister Sowieso, ohne den sie meint, nichts zu sein. Die Frauen da oben betrachten andere Frauen als ein Nichts, wenn ihnen nicht der Name von 'nem Mann anhängt. Und hängenbleiben tun sie, egal, was er tut. Und ich persönlich kenne einige von ihnen, denen der Hintern übler versohlt wurde als manchen Frauen unten auf den Docks. Aber sie wurden von stocknüchternen Männern hinter Buntglasfenstern verprügelt. Und trotz ihrem ganzen Geld konnten sie es sich nicht leisten zu weinen.

Um es gleich zu sagen, das war *nicht* der Fall in unserem Haus. Und ich hatte das größte Sandsteinhaus dort oben und war verheiratet mit einem King. Jawohl, ich war die Hauptfrau, weil den Kings der größte Teil von Sugar Hill gehörte. Für wen sie nicht Vermieter waren, für den waren sie *Sir*, denn sie machten nebenbei auch in Politik; und wie ich gehört hatte, wußten sie, wer welche Leichen im Keller begraben hatte, auch in dem von Tammany Hall. Das war ich gewohnt, farbige Männer, die von anderen Männern respektiert wurden. Und deshalb hab ich überhaupt dran gedacht, meinen Mann zu heiraten. Aber die Leute fragten sich – und sie fragten es sich laut –, warum er überhaupt mich geheiratet hatte. Und dieser Typ, der den Weißen in den Arsch kroch, Onkel Eli, führte die Meute dabei an. Behauptete sogar, ich hätte meinem Mann an dem Abend, als ich ihn im Savoy kennenlernte, heimlich 'nen geheimnisvollen Trank in den Drink geschüttet. Wo zum Teufel kriegt man 'nen Zaubertrank her, der neunzehn Jahre hält? Neunzehn gute Jahre.

Gab gar nichts Geheimnisvolles an meiner Ehe. Hab ihn genau so gekriegt, wie ich ihn behalten habe – mit der besten Spieldose östlich des Mississippi. Und bloß weil es 1924 war, heißt das noch lang nicht, daß anständige Mädchen so was *nicht getan* hätten. Sie haben's damals getan, sie tun's heute noch – und ich wette um die Unterhose von meiner Oma, daß sie es auch weiterhin tun werden. Aber nur die schlauen Mädchen – anständig oder nicht – begreifen, daß Männer in der Hinsicht ein kurzes Gedächtnis haben. Also muß man ein Mittel finden, sie daran zu erinnern, wie gut es war, während man ihnen verspricht, daß es noch besser wird. Und das Schwerste dabei ist, sie daran zu erinnern, ohne ein Wort zu sagen. Wenn man laut über solche Sachen redete, war man unanständig. Verstehen Sie, das eigentliche Geheimnis liegt darin, daß Männer nicht das geringste dabei finden, Mädchen zu heiraten, die es *tun*, solange sie Damen bleiben.

Ich kann nicht behaupten, daß ich das war, was man ein anständiges Mädchen nennt, als er mich kennenlernte. Er war nicht mein erster Mann, aber er war auch nicht mein fünfzigster. Er war mein letzter, darauf können Sie Gift nehmen. Und glauben Sie nicht, daß manche von seinen Freunden es nicht versucht hätten. Ich meine, manche seiner sogenannten besten Freunde. Und *ich* war diejenige, die immer drohte zu gehen. Ihre Verlogenheit und Scheiße oben auf Sugar Hill. Ihre Lästerei über mich fast vom ersten Tag an. Aber ich blieb, weil ich meinen Mann liebte, und von Anfang an hat er das mit *ihr* verstanden.

Was in unserem Haus vorgeht, geht in unserem Haus vor, sagte er; ich hab hier das Sagen. Wenn das nur wahr gewesen wäre. Wie der Rest der Kings hatte er Angst vor Onkel Eli. Und ich konnte ums Verrecken nicht rausfinden, warum. Nur ein müder alter Mann und ein Onkel Tom noch dazu. Ich glaub nicht mal, daß er ein echter Onkel von meinem Mann war. Ich glaub nicht, daß er überhaupt von irgend jemand der Onkel war, weil das bedeutet hätte, daß er von einer Mutter das Kind gewesen sein mußte. Eine Frau hätte den nicht zur Welt gebracht. Eine Frau hätte den Haß auf uns in seinen Augen gesehen, noch im selben Moment, als er aus ihr rausschlüpfte, und sie hätte seinen mickrigen kleinen Kopf zwischen ihren Knien zerquetscht. Es überraschte mich nicht, zu erfahren, daß er nie geheiratet hatte, bei den Sachen, die er über Frauen von sich gab. Und wenn man ihn dabei ertappte, wie er sie ansah, konnte das einem einen kalten Schauer über den Rücken jagen. Der gleiche Blick, den einem die Männer zuwerfen, die weiße Rosen für Esther kaufen.

Mein Mann war anders. Vollkommen anders. Er liebte alles an Frauen. Ich meine, auch kleine Dinge, etwa, wie es mir gelang, die Strumpfnaht glattzukriegen, oder wie ich mir das Schönheitsmal über meiner rechten Oberlippe aufmalte. Er sah mir zu, wie ich über eine Stunde lang versuchte, meine Augenbrauen zu einem Bogen zu formen, einfach nur fasziniert, verstehen Sie? Nicht so sehr davon, daß ich das machte, sondern daß so was überhaupt gemacht wurde – diese Dinge, die Frauen eben machen. Man muß die Zügel bei so einem fest im Griff haben, denn Maybelline stellte eine Riesenmenge solcher Augenbrauenstifte her. Also ging Mama überall mit hin, wo Papa hinging, ober Papa ging an dem Abend gar nicht aus. Er fühlte sich geschmeichelt, weil ich so 'n bißchen eifersüchtig veranlagt war, und ehrlich gesagt, ich hab ein bißchen mehr davon rausgekehrt, als eigentlich da war. Gibt 'nem Mann das Gefühl, daß er was Besondres ist. Und wenn ich es mir recht überlege, er *war* was Besondres, weil ich nie mit *ihr* ein Problem hatte.

Mein größtes Problem waren die Mahlzeiten. Eine frischgebackene Ehefrau, wohlgemerkt, also legte ich mich ins Zeug. Briet Katzenfisch. Putzte und hackte Kohl klein. Buk Kuchen. Garnierte Schweinekoteletts, bis sie um Gnade schrien. Makkaronisalat mit *selbstgemachter* Mayonnaise. Und er stocherte immer nur in seinem Essen rum. Er lächelte die ganze Zeit, aber ich konnte sehen, daß er Schwierigkeiten hatte, etwas runterzukriegen. Na, wenn ich was konnte, dann konnte ich kochen. Also versuche ich, der Sache auf den Grund zu kommen, bis ich eines Abends einen Teller mit gebuttertem Maisbrot und eine dampfende Schüssel mit Ochsenschwanzsuppe vor ihn hinstelle. Er rührt eine Weile mit dem Löffel in der Suppe rum, holt die Ochsenschwanzstücke raus und fragt mich schüchtern: Frau, was für Fleisch ist das? Ich wär beinah vom Stuhl gekippt. Ein farbiger Mann, in Harlem aufgewachsen, der nicht wußte, was Ochsenschwanzsuppe ist? Dann kam alles raus. Onkel Eli ließ die Kings nie so was essen. Er nannte es Sklavenfraß – ausgerechnet dieser Onkel Tom. Ach du Heilige Jungfrau, da sah ich die traurige Bescherung, mit der ich es zu tun hatte. Also machte ich mich schleunigst an seine Erziehung.

Am nächsten Abend buk ich drei Pasteten aus Süßkartoffeln. Ich meine die deftigen, die mit Schweineschmalz im Teig und getränkt mit Sirup. Und während meine Pasteten abkühlten und er im Schlafzimmer seine Zeitung las, ließ ich mir ein heißes Bad einlaufen und schüttete eine ganze Flasche Vanilleextrakt ins Wasser. Und so weichte ich mich in Vanille ein, die Pasteten kühlten aus, und wir sind alle zur selben Zeit fertig geworden. Ich ging in unser Schlafzimmer, nahm eine meiner Pasteten mit, war genauso angezogen, wie ich aus dem Bad gestiegen war. Ich hatte sie ganz sauber in Scheiben geschnitten – sechs gleich große Stücke. Und er sah mich an, als hätte ich den Verstand verloren, aber ich ließ mir trotzdem Zeit. Ich legte mich auf die Kissen. Nahm eine Scheibe, ohne ein Krümelchen zu verlieren, wohlgemerkt. Und klemmte sie mir genau zwischen die Beine. Es war Zeit für die erste Lektion. Mann, sagte ich und zeigte darauf, das ist deine Süßkartoffelpastete. Hatte nicht die geringsten Probleme mehr danach. Außer daß das alles war, was der Mann den ganzen nächsten Monat essen wollte.

Über die Jahre gab's 'ne Menge guter Zeiten. Und wir hätten auch unsere Familie zusammengehalten, wenn es uns gelungen wäre, Onkel Eli aus unseren Angelegenheiten rauszuhalten. Ja, ich stand bald in dem Ruf, ein wirklich gemeines Biest zu sein. Und nein, ich machte die Tür nicht auf, wenn ich wußte, daß er es war, der davorstand und klopfte. Aber ich wußte, was auf dem Spiel stand: Ließ ich ihn auch nur einen Zentimeter weit hineinwieseln, würde er in jede Ecke kriechen und nach jeder Art von Schmutz suchen. Es war ausgeschlossen, daß Onkel Eli – oder auch die anderen Nachbarn – das mit ihr verstanden hätten. Aber mein Mann wußte es sofort, gleich von Anfang an. Sie war bei mir an jenem Abend im Savoy. Wenn man Frauen so sehr mag wie er, dann versteht man wohl, daß jemand anders für sie das gleiche empfindet. Und ich respektiere mein Zuhause; ich nahm sie niemals mit dorthin, obwohl er mir gesagt hatte, ich könnte das ruhig. Deine Freunde sind hier willkommen, Jesse, sagte er – auch deine spezielle Freundin. Aber das ließ ich schön bleiben. Auch die beste Ehe kann man nur bis zu einem gewissen Grad strapazieren. Meine Bedürfnisse waren meine Sache. Aber das war mein Zuhause auch.

Doch Onkel Eli brauchte von ihr gar nichts zu wissen, um mich zu hassen. Er tat das aus Prinzip. Er nannte die anderen Ehefrauen *Mrs. King*, aber jedesmal wenn mein Mann mich überredete, mit zu einer der Familienfeiern zu gehen, hieß es immer nur: Na so was, guten Abend, Jesse Bell. Nicht, daß es mir was ausgemacht hätte; ich war stolz darauf, eine Bell zu sein. Er hatte nur diese ekelhafte Angewohnheit, den Namen über die Zunge rollen zu lassen, als wäre er getrocknete Spucke. Und ich schoß sofort zurück: Na so was, guten Abend, Onkel Eli. *Mister Bell* und ich freuen uns sehr, heute abend hier zu sein. Und mein Mann brach in Lachen aus, bis Onkel Eli ihm einen seiner irren, bösen Blicke zuwarf – dann verstummte er auf der Stelle. So war mein Mann nun mal. Er redete immer davon, seinen Mann zu stehen, aber er tat's nicht. Sicher, er rebellierte gelegentlich. Ich nehme an, mich zu heiraten gehörte auch dazu. Dennoch glaubte ein Teil von ihm an das, was Onkel Eli sagte. Diesen ganzen Kram von wegen Emporhebung-der-Rasse-dies und Emporhebung-der-Rasse-das. Wenn man was emporheben will, muß man erst mal der Ansicht sein, daß es unten am Boden liegt. Und ich konnte nichts Schlimmes darin sehen, farbig zu sein. Und wohin wollte Onkel Eli uns emporheben? Zu den Weißen natürlich. Aber nicht etwa zu den redlichen Exemplaren, die mit meinen Onkeln und Brüdern auf den Docks arbeiteten. Zu den echten Weißen. Nicht die Spur – er meinte die aufgeblasenen Weißen. Die mit dem Geld. Sie machten mich krank, seine Salbadereien. Weiße Menschen sehen auf uns. Weiße Menschen beurteilen uns. Die waren Onkel Elis Gott. Und das war ein Gott, an den ich nicht glaubte. Aber er hockte mir dauernd im Genick, dachte, er könnte mir erzählen, wie ich mich benehmen und anziehen muß. Wie ich mein Haus einrichten muß. Ich ließ es in ein Ohr rein und zum anderen wieder raus und machte, was ich wollte. Aber die Kings hatten immer auf ihn gehört. Und ich muß zugeben, daß sie es weit gebracht hatten mit ihrem Glauben an seinen Gott.

Wenn ich zu seinen Feiern gehen mußte, ging ich. Aber ich weigerte mich strikt, dort zu essen; es war mir egal, wie beleidigt er sich dadurch fühlte. Und er fühlte sich außerordentlich beleidigt, aber ich traute dem nicht, was auf seinen Tisch kam. Es sah nichts von dem ähnlich, was ich von zu Hause kannte. Wenn die Kings sich mal was Gutes antun wollten, kamen sie heimlich zu uns. Und ich tischte ein Festmahl auf. Onkel Eli kriegte einen ausgewachsenen Anfall, als er hörte, daß ein paar von ihnen das machten. Außer der Tatsache, daß sie Sklavenfraß aßen, bedeutete das auch, daß sie mit anderen Mitgliedern der Familie Bell verkehrten. Ich lud ständig meine Leute ein. Bei dem großen Haus nur für mich und meinen Mann. Klar, ich war gern in Gesellschaft und lud häufig Leute ein. Und Mutter war immer willkommen in meinem Haus. Wir setzten sie ans Kopfende vom Tisch, wo sie hingehörte, und hatten immer einen Heidenspaß.

Und es waren Partys, hören Sie, nichts weiter als Partys, *keine* Orgien. Ich glaube, diese Lüge hat mich von allem am meisten verletzt. Wie würde ich wohl aussehen, wenn ich mit Mutter im Haus – meiner eigenen Mutter – die Leute splitternackt und betrunken herumlaufen und sich gegenseitig mit Messern und Eispickeln hätte aufschlitzen lassen? Und dann behaupteten die, Mutter hat das gefallen, genau so hat sie die Bells erzogen. Jedesmal, wenn ich daran denke, auch jetzt noch, sehe ich rot. Bitte, Teufel, bitte, tritt Onkel Eli noch mal in den Arsch. Ja, wir spielten Jazz, und wir spielten ihn laut, so wie man ihn hören muß. Und die, wo tanzen wollten, tanzten. Genaugenommen tummelten sich hauptsächlich die Kings da auf dem Tanzboden und baten uns, ihnen die neuen Schritte für den Jitterbug oder Foxtrott beizubringen. Nachdem das Geschirr abgeräumt war, waren die Bells genauso damit zufrieden, 'ne Flasche Jack Daniel's auf den Tisch zu stellen und 'ne Runde Whist zu spielen. Und es ist unmöglich – völlig unmöglich –, daß eine Gruppe Schwarzer mit 'nem Kartenspiel und bei 'ner Runde Whist (uptown, kein Trumpf) zusammensitzt, ohne in Streit zu geraten. Jemand muß angeschrien werden, weil er die Karten nicht gründlich genug gemischt hat. Jemand muß damit drohen, einem andern die verdammte Kehle durchzuschneiden, weil er die falsche Karte gegeben oder zu hoch auf ein Buch gesetzt hat. Und jemand muß beschuldigt werden, beim Zusammenzählen der Punkte beschissen zu haben. Wozu spielt man denn sonst? Ich veranstaltete meine Partys oft, und es ging lautstark her. Aber das ist etwas völlig anderes als ein lockerer Lebenswandel.

Und nachdem mein Sohn geboren war, lud ich nur einmal im Monat oder so 'n paar Leute ein, und ich ließ sie auch nicht mehr bis zwei oder drei Uhr morgens bei mir rumhocken. Ich war sonst am nächsten Tag zu erledigt, um mich richtig um ihn zu kümmern. Ja, nachdem mein Sohn geboren war, änderte sich 'ne ganze Reihe von Dingen. Onkel Eli sah mich beinahe an, als wär ich ein menschliches Wesen, als wir mit ihm aus dem Krankenhaus heimkamen. Alle Kings warteten im Salon, und ich war zu glücklich an diesem Tag, um zu protestieren, als er mir das Baby praktisch wegriß und überall herumzeigte. Seht, was Jesse Bell uns geschenkt hat. Der alte Mann war dermaßen stolz. Ein neuer King. Und ich war auch stolz. Und im tiefsten Inneren dachte ich, vielleicht werden sie mich jetzt akzeptieren. Im tiefsten Inneren war ich es leid zu kämpfen. Ich wußte, mein Sohn konnte ein großartiger Mann werden, denn in ihm floß das Blut von zwei guten Familien. Mit dem Verstand der Kings und dem Lebensmut der Bells würde dieser Junge nicht aufzuhalten sein. Ich hätte besser hinhören sollen, was Onkel Eli sagte: Seht, was Jesse Bell *uns* geschenkt hat.

Es fing erst ganz langsam an, wissen Sie. Auf diese leise, hinterhältige Tour, die solche Leute so gut beherrschen. Ich wollte, daß Mutter hier einzog und uns beim Hüten des Babys half. Sie wurde nicht jünger, und ich dachte, es wär eine Möglichkeit, sie aus dem schäbigen alten Haus bei den Docks rauszuholen. Onkel Eli wollte ein Kindermädchen. Ich wollte, daß er mit den anderen Kindern aus der Nachbarschaft in die Schule ging, damit er Ball spielen und ordentlich rumtollen konnte, wie Jungs das so tun, und damit er lernte, was einzustecken. Onkel Eli wollte einen Privatlehrer. Nun, wir kriegten das Kindermädchen – sorgfältig ausgesucht von ihm, natürlich. Und wir kriegten den Privatlehrer nach demselben Auswahlverfahren. Und Onkel Eli benutzte meinen Mann, damit der die Schmutzarbeit für ihn machte – wollte schließlich nicht jeder Vater das Beste für seinen Sohn? Und das Beste hieß bald, er durfte die Wochenenden nicht mit Mutter und seinen anderen Cousins unten bei den Docks verbringen. Er durfte nicht angeln gehen mit meinen Brüdern während der Sommerferien. Verstehen Sie, das Beste hieß bald alles, was nichts mit den Bells zu tun hatte, und am Schluß alles, was nichts mit *mir* zu tun hatte. Ich war nicht geeignet zu entscheiden, welche Freunde zu seinen Geburtstagsfeiern kommen sollten, was für Kleidung er zum Zelten tragen, welche Bücher er lesen sollte.

Na ja, ich ließ das nicht einfach tatenlos geschehen, aber es passierte nicht so in einem Stück, wie ich das hier erzähle; es kam in kleinen Portionen, ein Häppchen dieses Jahr, noch eins im nächsten. Ich kann noch immer meinen Mann hören: Na, na, Jesse. Also hör doch mal, Jesse. Wollte mir einreden, daß ich mir das alles nur einbildete. Daß ich nur – was waren seine Worte? – Wahnvorstellungen hatte. Ja, es waren wohl Wahnvorstellungen, als mein sechzehn Jahre alter Sohn sich weigerte, zur Feier von Mutters neunzigstem Geburtstag zu gehen, weil er mit *diesen* Leuten nichts gemeinsam hätte. Und wie konnte sie überhaupt Geburtstag feiern, wo sie nicht mal genau wußte, wann sie geboren war? Das war das erstemal in meinem Leben, daß ich ihm eine gelangt habe. Direkt ins Gesicht. Es war der Geburtstag ihres Lebens! Und wenn sie nicht mit ihrem Leben verheiratet gewesen wäre, dann wäre sein mieser kleiner Hintern nicht auf dieser Welt. Es hätte genausogut eine tote Frau sein können, die da gegen ihn geiferte. Ich sah dem Jungen in die Augen und erkannte, daß meine Worte vergebens waren, völlig vergebens.

Um die Zeit fing ich an, wirklich schwer zu trinken, versuchte dahinterzukommen, wie das alles passiert war – wann war es passiert? Und es war sinnlos, zu meinem Mann zu gehen. Wenn es um seinen Sohn ging, war er durch und durch ein King. Also ging ich zu ... ihr. Und ich weinte in ihren Armen, redete sinnloses Zeug und trank die meiste Zeit. Sie war wirklich, wie mein Mann sie nannte, diese spezielle Freundin geworden. Und zumindest sie verstand, wieso es für mich ein Grund zum Weinen war, daß er in Harvard akzeptiert wurde. Niemand anders hätte das kapiert. Nicht mal meine eigene Familie. Sie waren darüber genauso glücklich wie die Kings. Und so fielen sie auch prompt auf dieses Gartenfest rein, das Onkel Eli veranstaltete. Ich warnte sie, sie sollten nicht hingehen. Ich hatte ein ganz ungutes Gefühl bei der Sache. Wieso sollte Onkel Eli die Bells einladen, mit den Kings zu feiern?

Klar, um das zu tun, was er dann tat. Um sie vor ganz Sugar Hill zu demütigen. Um dem Jungen einen tollen Abschied zu bereiten, indem er das letzte bißchen Respekt, das er vielleicht noch für meine Seite der Familie gehabt haben mochte, kaputtmachte. Das Radio hatte schon seit Tagen Regen für dieses Wochenende angekündigt, und rückblickend muß ich erkennen, daß das zu seinem Plan gehört hatte. Er lud meine Leute zwei Stunden später ein als alle anderen – und sagte ihnen, sie sollten alles zum Essen und Trinken mitbringen, was sie wollten. Aber sehen Sie, er hatte bereits dieses riesige gestreife Zelt gemietet und in meinem Garten aufgestellt und Kellner und eine Köchin engagiert. Sie brachten einen dieser Propanherde mit, obwohl ich einen extra angefertigten Barbecue-Grillplatz in der Ecke vom Garten hatte. Er hätte einfach das Zelt über dem Grill aufstellen können. Aber dann hätte er, als meine Leute schließlich kamen, nicht das tun können, was er getan hat. Denn es regnete an dem Tag tatsächlich.

Und ganz Sugar Hill ist in schicken Kleidern unter seinem schicken Zelt versammelt und plaudert und plauscht mit Champagnergläsern in der Hand. Seine unterwürfigen Kellner laufen mit kleinen Häppchen gegrillter Pilze, geräuchertem Käse und solchem Schnickschnack auf Silbertabletts herum. Hört sich das für Sie wie ein Picknick an? Und hier kommen meine Leute mit den Sachen, die sie hatten mitbringen sollen: eine Kiste mit Rippchen und etwa dreißig Hühnchen, die Mutter kleingeschnitten und über Nacht in ihrer Spezialsauce mariniert hat, Schüsseln mit Kartoffel- und Kohlsalat, kistenweise Bier. Sie stellen alles in einer Ecke vom Garten ab, weil unter Onkel Elis Zelt kein Platz mehr war. Und sie wollen anfangen zu grillen – na ja, sich unter die Leute zu mischen. Aber sie brauchen nicht lang, um mitzukriegen, was hier gespielt wurde. Seine Aushilfsköchin hatte den kleinen Propangrill ganz mit ihrem Zeug in Beschlag, also konnten sie entweder raus in den Regen oder sich verziehn.

Wie ich schon sagte, ich stamme aus einer stolzen Familie. Und sie würden auf keinen Fall mit eingeklemmtem Schwanz nach Hause gehen, bloß weil sie reingelegt worden waren. Sie waren zu einem Picknick gekommen, und ein Picknick würden sie machen. Ich half ihnen, so gut ich konnte, sämtliche Schirme im Haus aufzutreiben. Aber es war irgendwie traurig mit anzusehen, wie sie versuchten, die Holzkohle auf meinem offenen Grill im Regen anzuzünden. Und die Pappkartons fingen an, am Boden durchzuweichen und sich aufzulösen. Wasser lief unter das Wachspapier in den Kartoffelsalat und ruinierte ihn. Und die Meute unter dem gestreiften Zelt sah ihnen draußen zu, als wären sie ein Haufen dressierter Affen aus dem Zirkus. Mein Mann sagte zu mir, ich soll nicht dauernd raus zu ihnen in den Regen laufen; sie könnten gerne unters Zelt kommen. Und ich sagte zu ihm, er soll zum Teufel gehen. Konnte er nicht sehen, was hier vor sich ging?

Sie kriegten das Feuer nicht an. Aber wenigstens, sagte mein Bruder scherzhaft, haben wir dran gedacht, unsere eigenen Flaschenöffner mitzubringen. Und so standen sie da draußen und aßen ihren nassen Kartoffelsalat und betranken sich mit ihrem warmen Bier. Mutter holte sich eine Erkältung in dem Regen. In der nächsten Woche wurde daraus eine Lungenentzündung. Einen Monat später war sie tot. Mein Mann sagte, es sei völlig abwegig, Onkel Eli für ihren Tod verantwortlich zu machen. Immerhin sei sie schon über neunzig gewesen. Und diese ganze Geschichte mit dem Picknick, nun, die ganze Geschichte war nur ein Mißverständnis gewesen. Ich blickte dem Mann in die Augen und sah, daß er tatsächlich glaubte, was er sagte. Und es hätte ebensogut eine tote Frau sein können, die ihn da angeiferte. Meine Worte waren vergebens, völlig vergebens.

Alkohol war danach nicht mehr genug. Nicht genug, um die Frage zu beantworten, die mich unentwegt quälte – wann hatte Onkel Eli mich in meinem eigenen Haus umgebracht? Wann? Und was hatte er dazu benutzt? Ich konnte es danach nicht mehr ertragen, daß mein Mann mich berührte. Ich suchte die Antwort in ihren Armen, doch jetzt war selbst sie nicht mehr genug. Aber es gab verborgene Orte, verräucherte Hinterzimmer, mit anderen wie sie. Nein, das stimmt nicht, sie waren nicht wie sie. Diese anderen waren beinharte Lesben. Sie versuchten, sich wie Männer zu kleiden. Sie versuchten, sich wie Männer aufzuspielen. Und sie machten mir eine Heidenangst. Wenn ich einen Mann gewollt hätte, hätte ich gewußt, wo ich einen finde – und auch gewußt, was ich mit ihm mache. Ich war in diese Klubs gegangen, um nach Frauen zu suchen. Um nach Antworten zu suchen. Und dann schob mir eines Nachts jemand ein kleines Papiertütchen mit weißem Pulver in die Hand, und ich fand, was ich brauchte.

Ich werde Ihnen sagen, warum Leute high sein wollen; wenn man nämlich so hoch oben schwebt, wird alles ganz klar. Ich lüge nicht, kristallklar. Ich meine, man kann *alles* über sein Leben sehen, alles auf einmal. Jedes Gesicht. Jeden Namen. Jeden Ort, an dem man gewesen ist. Die Fragen, die man gestellt hat, warum man sie gestellt hat, wie die Antworten lauten, was man unternehmen muß – alles auf einmal. Weil man hoch oben ist, wissen Sie, ganz weit oben, und so liegt alles unter einem ausgebreitet. Der ganze Kram, den ich Ihnen erzähle – es war nicht so 'n wirres Durcheinander wie jetzt, es war klar, sonnenklar, und alles auf einmal. Außer daß es mehr braucht als eine Reise, um sich an den ganzen Kram zu erinnern, wenn man wieder runterkommt. Also fliegt man wieder hoch, um sich an ein bißchen mehr zu erinnern. Und wieder rauf. Verstehen Sie, es passiert 'n ganzer Haufen Dinge auch im allersimpelsten Leben, 'n ganze Menge, was man auf die Reihe bringen muß. Und dann fängt man an zu glauben, wenn man vielleicht noch 'n bißchen höher kommt als das letztemal, hat man mehr Antworten im Gepäck, wenn die Reise vorbei ist. Also schnupft man den Schnee. Dann schluckt man den Schnee. Und nach einer Weile führt eine richtige Reise nur noch durch die Hauptleitung.

Ich will mich nicht dafür entschuldigen, daß ich ein Junkie geworden bin. Ehrlich gesagt war ich froh, daß ich das Heroin entdeckt hatte. Ja, ich war froh – hören Sie? –, froh. Denn dann wurde dieser Lesbenklub hopsgenommen, und Onkel Eli setzte jedes bißchen Einfluß, das er besaß, dafür ein, daß mein Name in die Zeitung kam und in der Zeitung blieb und daß alles in meinem Leben mit Dreck beworfen wurde, daß gegraben und noch tiefer gegraben wurde, bis sie meine spezielle Freundin ausgegraben hatten und mein Mann sagen mußte, sagen *mußte*, er hätte nichts davon gewußt, denn schließlich war er ein Mann und ein King, und er mußte auf seinen Sohn Rücksicht nehmen, und so bin ich jetzt allein hier draußen, wie eine Schaufensterpuppe den Blicken preisgegeben, und der Name Jesse Bell bedeutet nur noch: diese nichtsnutzige Schlampe von den Docks, und die neunzehn Jahre, die ich in meine Ehe gesteckt hatte, waren nichts weiter als ein Haufen Hundescheiße; die Liebe, die ich meinem Sohn gegeben hatte – Hundescheiße; die Kleider, die ich getragen, die Musik, die ich gemocht hatte, die Schule, in die ich gegangen war, die Familie, aus der ich stammte, alles, was mich zu *mir* gemacht hatte – Hundescheiße; denn niemand war an meiner Seite der Geschichte interessiert, nicht die Reporter, nicht die Nachbarn, nicht das Scheidungsgericht, niemand. Alle standen nur wie die Geier herum und sahen zu, wie ich fiel, immer tiefer fiel, und warteten darauf, daß mein Kopf auf dem Pflaster zerschmetterte, ja, warteten darauf, daß ich den Verstand verlor; und ganz kurz vor dem Aufprall, kurz bevor mein Schädel aufplatzte und mein Hirn rausquoll, nahm Jesse Bell die Zügel von dem weißen Pferd in die Hand und ließ sie alle die ausgebreiteten Flügel sehen, während sie hoch hinaufflog.

☆ ☆ ☆

Es ist Zeit für mich und Jesse Bell, die Karten wegzulegen; die Sonne wird bald aufgehen. Sie steckt noch ihre letzten Münzen in die Jukebox. Sie sollte lieber in die Pension zurückgehen, bevor sie dort vermißt wird, obwohl ich das Gefühl habe, daß Eve von ihren nächtlichen Besuchen bei mir weiß. Ihr entgeht nur wenig.

Wenn ich Jesse so ansehe im blauen und gelben Licht der Jukebox, das über die gesunden Farben ihrer Haut flackert, kann ich nur schwer glauben, daß das dieselbe Frau ist, die hier vor einem Jahr mit Eves Visitenkarte reinkam. Die Karte war zerknittert und schmuddelig, gewellt und ausgefranst an den Rändern. Sie sah aus, als hätte sie fünfzig Kriege miterlebt – einen weniger als die Frau, die sie bei sich hatte.

– Es gibt im ganzen Block keine so 'ne Scheißadresse. Sie stand dort herausfordernd in einem Paar abgetragener italienischer Pumps. Aber keiner der Gäste widersprach ihr, weil es diese Adresse im Block *tatsächlich* nicht gab. Sie war nur eine Frau, die das Selbstverständliche aussprach, also aßen alle weiter und ignorierten sie.

– Was suchen Sie? fragte ich.

– Die Adresse auf dieser Karte, verdammt noch mal. Sie schwitzte stark in einer zerknitterten Seidenbluse, und es war nicht warm. Ihre Nase lief, ihre Augen waren müde und tränten. Ein gut angezogener Junkie.

– Was suchen Sie? fragte ich erneut.

– *Diese Adresse*, verdammt noch mal.

Mit kurzen, abgehackten Bewegungen schob sie die Karte

über den Tresen; ihre Fingernägel waren abgebrochen und schmutzig. Ich brauchte sie nicht zu lesen. Die finden Sie nie, war alles, was ich sagte, bevor ich mich wieder umdrehte und den Grill weiter abkratzte.

Eve hatte Jesse die Karte in der Frauenstrafanstalt gegeben. Eine Drehtür für mindere Vergehen: Landstreicherei, Ladendiebstahl, Prostitution, Belästigung. Sie geht einmal im Monat dorthin im Rahmen eines Programms, das der Gefängnisbeauftragte eingerichtet hat. Das ist so eine typische Wohltätigkeitsarbeit für gelangweilte reiche Frauen. Die Begüterten spazieren hinein und geben sich eine Weile mit den Armen ab. Sie bringen ihnen Lippenstifte, Kämme, Zahnpasta, Zigaretten, und sie hören sich ihre Probleme an. Freundschaftsbesuch, so was in der Art. Eve hat sich der Gruppe angeschlossen, weil das die einzige Möglichkeit ist, runter zu den Einzelzellen zu kommen. Aber für gewöhnlich ist sie die einzige, die dort Freundschaftsbesuche abstattet. Der Gestank ist grauenhaft. Alkoholikerinnen. Junkies. Hysterikerinnen. Die Problembevölkerung. Die Frauen kauern in Maschendrahtkäfigen inmitten von wäßrigem Kot aus den überlaufenden Toiletten. Wenn sie nicht zu krank sind, um sich überhaupt darum zu kümmern, schieben sie ihre Matratzen aus den Ecken weg, wo sie sich übergeben. Denn wenn sie nicht zu krank sind, um sich darum zu kümmern, versuchen sie, das einzige Waschbecken sauber genug zu halten, um vom Wasserhahn trinken zu können.

Das einzige, was Eve mit ins Gefängnis bringt, sind ihre Visitenkarten. Sie geht langsam den Gang zwischen den Einzelzellen entlang, sieht jede der Frauen an. Und oft geht sie den Gang wieder zurück, ohne mit einer von ihnen gesprochen oder auch nur eine einzige Karte ausgeteilt zu haben. Diese Besuche sind auf einen praktischen Zweck ausgerichtet, und es besteht keine Notwendigkeit, Wegbeschreibungen an jemand zu vergeuden, der den Rest seines Lebens in die Irre laufen wird. Aus irgendeinem Grund blieb sie bei Jesses Zelle stehen. Nein, sie sei nicht gerührt von ihrer Geschichte. Aber wenn Jesse es leid sei, sich in der eigenen Scheiße zu wälzen, solle sie zu ihr kommen.

Und das tat Jesse schließlich. Sie stolperte hier drei- oder viermal rein, schimpfte lautstark über die falsche Adresse, bis es ihr endlich dämmerte und sie einfach fragte: Wie komme ich zu Eve? Ich sagte es ihr nur allzugerne. Sie hatte ein ziemlich unverschämtes Mundwerk, und eine Menge Gäste beschwerten sich. Nein, nur Schwester Carrie beschwerte sich. Aber wenn Carrie mal loslegt, kann das wie eine Tausendschaft klingen. Und sie war diejenige, die sich schließlich an Jesses Bild aus den alten Zeitungsartikeln erinnerte und den Leuten hier damit so lange zusetzte, bis auch sie sich an die Geschichte erinnerten – oder zumindest sagten, daß sie es taten, damit sie den Mund hielt. Jesse reagiert in der Sache noch immer sehr, sehr sensibel, und Carrie, die hier Blut riecht, geht jedesmal aufs Ganze, wenn sie sie sieht. Sie läßt sich von ihrer Tochter Angel die eselsohrige Bibel aus dem Leinenbeutel geben und spürt den Drang, laut daraus vorzulesen, und ich meine laut:

– Das ist dem Herrn ein Greuel: eine Ehebrecherin, die anstatt ihres Mannes andere zuläßt!

Jesse schmeißt dann ihre Gabel auf den Tisch und fängt wild an zu fluchen, was Carrie nur noch weiter antreibt. Und ich habe den Verdacht, daß Carrie sich ein paar dichterische Freiheiten herausnimmt bei einigen der Verse:

– Und also spricht der Herr: Jawohl, du sollst brennen und schmoren um deines verruchten Wesens willen: denn sogar ihre Eheweiber verkehrten den natürlichen Zweck wider die Natur.

Ein- oder zweimal mußte ich Jesse davon abhalten, auf Carrie loszugehen. Ich bin nicht gerade ein Kirchgänger und möchte nicht den Glauben von jemand anders kritisieren. Aber mir wurde allmählich klar, daß Jesses Erlösung nicht Carries vordringlichstes Ziel ist. Es ist, als wollte sie, daß Jesse sie schlägt, als würde das etwas beweisen.

Eve läßt sich das nicht gefallen, und sie kann Carrie dort treffen, wo es wirklich weh tut. Carrie hat eine Schwäche für Bibelstellen über Huren. Wenn man sie lesen hört, könnte man denken, Frauen mit lockerem Lebenswandel wären das einzige gewesen, was Gott je im Kopf gehabt hat. Eve steht an der Theke, kümmert sich nur um ihre eigenen Angelegenheiten, wenn Carrie plötzlich loslegt. Sie hat eine hohe Stimme, und sie sorgt dafür, daß sie auch von den Tischen am Fenster gehört wird. Sie leckt den Daumen und fängt an, die Seiten ihrer Bibel durchzublättern:

– Und vorn an auf allen Straßen bauetest du deine Bergaltäre, und machtest deine Schöne zu eitel Greuel; du gretetest mit deinen Beinen gegen alle, so vorüber gingen, und triebest große Hurerei.

Ohne sich umzudrehen, erhebt Eve dann ihre eigene Stimme und spricht über die Theke hinweg zu den Schmalzdosen oben auf dem Regal: Jemand hier drin mag Hesekiel. Jemand mag sogar das *sechzehnte Kapitel* Hesekiel.

Carrie klappt das Kinn runter. Sie sieht auf die Seite vor sich und sieht zu Eves Rücken hin. Dann sieht sie wieder auf die Seite und hofft, daß durch irgendein Wunder was anderes darauf steht. Aber da ihrer Auffassung nach laut gleich rechtschaffen ist, liest sie noch lauter:

– Wie schwach ist doch dein Herz, spricht der Herr, weil du solche Werke tust einer großen Erzhure!

Eve führt ihre Unterhaltung mit dem Schmalz weiter: Jemand mag sogar den *dreißigsten* Vers des sechzehnten Kapitels aus Hesekiel. Und vielleicht sollte jemand ja mal den *zweiundfünfzigsten* Vers ausprobieren, ob er paßt. Und bevor Carrie den Daumen anfeuchten und die Seite umblättern kann, zitiert Eve auswendig:

– So trage auch nun deine Schande, die du deiner Schwester zuerkannt hast. Durch deine Sünden, in welchen du größere Greuel denn sie getan hast, machst du sie frömmer denn du bist. So sei nun auch du schamrot, und trage deine Schande, daß du deine Schwestern fromm gemacht hast.

Carries Brust hebt und senkt sich immer schneller, und sie leckt den Daumen und blättert durch die Seiten, bis sie vor ihren Augen verschwimmen. Sie blättert bis zur Offenbarung. Dieses Buch der Bibel strotzt von Huren.

– Und jemand sollte es noch mit was anderem versuchen, ruft Eve, jemand sollte es mit Jesaja versuchen, Kapitel zwölf ...

Jetzt muß ich dazwischengehen, damit Eve aufhört. Denn Carrie steigert sich in wilde Besessenheit hinein. Als nächstes wird sie hinüber zum Tempel laufen und mit Verstärkung zurückkommen, und meine Nerven halten diese ganzen Tamburine und Trommeln nicht aus.

Das wiederholt sich Mal für Mal; Schwester Carrie scheint zu vergessen, daß Eve von einem Priester aufgezogen wurde. Nein, ich glaube, sie *muß* vergessen, daß Eve von einem Priester aufgezogen wurde, weil diese Tatsache ihre eigene Welt ganz durcheinanderbringt. Aber ich weiß nicht, für mich gibt es viele Arten, ein Christ zu sein; die Bibel ist ein schrecklich dickes Buch. Und wenn man es mal sachlich betrachtet, war die ganze Sache ein Geschenk der Juden an die Christen. Sicher, Eve ist ein komischer Vogel, und diese Einrichtung in ihrem Sandsteinhaus ist eine heikle Sache, aber Carrie wird es schwer haben, sie mit der Bibel zu verdammen. Man sehe sich nur an, was Eve für Jesse getan hat. Sie hat es durchgehalten und sie geheilt – ich meine, hat sie wirklich geheilt – in weniger als einem Monat.

> *Ich aber ging vor dir über und sahe dich in deinem Blut liegen, und sprach zu dir, da du so in deinem Blut lagest: Du sollst leben! Ja, zu dir sprach ich, da du so in deinem Blut lagest: Du sollst leben!*

Also, Jesses Auffassung davon, wie Eve ihr geholfen hat, von der Sucht loszukommen, ist eine ziemlich andere. Sie schwört, es sei Eve völlig egal gewesen, ob sie dabei draufgeht. Das Komische ist, daß Jesse wahrscheinlich recht hat. *Aber zu dir sprach ich, da du so in deinem Blut lagest: Du sollst leben!*

Nachdem Jesse Eve endlich gefunden hatte, kamen sie hierher auf eine Tasse Kaffee und eine sehr lange Unterhaltung. Jesse bestritt den größten Teil der Unterhaltung, und sie bestellte auch die Pfirsichpastete und kippte löffelweise Zucker drauf. Ich verstand das nicht als Kommentar zu der Spezialität meiner Frau; sie war nicht der erste Junkie, den wir im Café hatten. Jesse redete in einem fort, schwor hoch und heilig, daß sie aufhören wolle. Sie sei auf den Stoff gekommen, weil es für sie mal das Beste in einer schlimmen Situation gewesen sei, aber der Schnee habe angefangen, sie jetzt ebenso tief runterzuziehen, wie er sie hochgezogen hatte, und ja, sie wolle aufhören. Sie qualmte wie ein Schornstein, trank eine Tasse sirupartigen Kaffee nach der anderen und versuchte dahinterzukommen, was die Frau ihr gegenüber, die keine Miene verzog, dachte. Sie wußte, sie hatte das wahrscheinlich alles schon mal gehört …

– Ja, sagte Eve, das hab ich.

Aber dieses Mal war es ihr wirklich ernst; sie hatte die letzte Reise gemacht.

– Wie lange her? fragte Eve sie.
– Nicht mehr seit dem frühen Morgen.
– Wie lange her? fragte Eve sie erneut.
– Na gut, eher so seit vier Stunden.
– Du bist zu ruhig; eher so seit drei.

Na schön, dann eben drei, kurz bevor sie bei ihr an die Tür geklopft hatte. Aber das war die letzte Reise, und sie würde aufhören.

Jesse gefiel die Art nicht, wie Eve sie anschaute. Nicht, daß Eve sie so angesehen hätte, als würde sie ihr nicht glauben oder als würde sie Mitleid oder Abneigung empfinden. Eve schaute nur ungehalten, so als hätte sie fünf Minuten zu lang an einer Bushaltestelle gewartet, und diese fünf Minuten seien Jesse.

– Es gibt etwas überaus Wichtiges, das du über mich wissen mußt, sagte Eve. Ich vergeude nie meine Zeit.

Niemals. Und wenn du von dem Stoff nicht runterkommst, dann habe ich über eine Stunde damit vergeudet, deiner Beteuerung zuzuhören, daß du aufhören willst. Verstehst du, was das bedeutet, Jesse?

Jesse wußte nicht genau, was das bedeutete, aber das unheimliche Gewäsch fing an, ihr wirklich angst zu machen.

– Es bedeutet, fuhr Eve fort, daß du mich nun in die Lage gebracht hast, dafür zu sorgen, daß ich diese Stunde nicht vergeudet habe.

Dann führte Eve sie geradewegs nach hinten ins Café. Sie riß die Tür auf und ließ sie diesen unendlichen, leeren schwarzen Raum sehen. Jesse grub ihre Fingernägel wie eine Katze in den Türrahmen, denn sie dachte, diese verrückte Hexe würde sie hinaus in die totale Vergessenheit stoßen. Ein toter Junkie würde auf jeden Fall keine Pflege mehr brauchen, und ein toter Junkie würde Eve ihre kostbare Stunde retten.

– Was siehst du? fragte Eve.

O Heilige Jungfrau, schaff mich hier raus. Sie würde einfach versuchen, die Kur in der Lexington-Street noch mal zu machen. Sie würde gleich zurückfahren und sich dieses Mal anständig benehmen. Keine Nadeln mehr stehlen. Nicht mehr die Ärzte beschimpfen und die Pfleger bestechen.

– Weißt du, ich sehe nicht das beschissenste bißchen.

– Dann weiß ich, daß du gelogen hast. Du hast keinerlei Absicht aufzuhören.

– Ich *will* aufhören, verdammt noch mal.

– Also, was siehst du?

Und da war es: das einfache Schlafzimmer, das sie als junges Mädchen gehabt hatte. Die kahlen Bodendielen. Das eine Fenster mit Blick auf andere Teerpappe-Baracken im Hafenviertel. Ihr Bett mit der Tagesdecke aus Chenille. Ihre

Kommode, die vom Trödler stammte. Ihre Filmstarplakate, die sie aus *Moderne Leinwand* rausgerissen und an die schimmelige Wand geheftet hatte: Bette Davis. Irene Dunn. Clark Gable. Joan Crawford. Sie konnte sogar Mutter hören, die mit dem alten Holzherd in der Küche rang, konnte den gebratenen Butterfisch und die Rüben riechen. Ein Kloß bildete sich in ihrer Kehle. Aber es war nicht wirklich; es konnte nicht wirklich sein. Sie war dabei überzuschnappen und zu halluzinieren. Gott, wie nötig brauchte sie einen Schuß.

– Die Handtücher und die Bettwäsche sind mein Beitrag, sagte Eve.

In dem Moment sah sie den Schaukelstuhl aus Rosenholz und die passende Truhe in der Ecke. Sie verließ die Hintertreppe, um das alles zu berühren, weil es nicht wirklich sein konnte. Aber der Schnappriegel an der Truhe fühlte sich massiv an in ihrer Hand, der Deckel ließ sich öffnen und enthüllte saubere Stapel dicker Baumwollhandtücher und beigefarbener Bettwäsche. Eine kleine Tür führte in ein Badezimmer: eine Badewanne mit Klauenfüßen und glänzenden Wasserhähnen in Schwanenform, kühle blaue Kacheln auf dem Boden, lieblich duftende französische Seife in Porzellanschalen, Kristallgefäße mit Badesalz, die auf dem Fenstersims glitzerten.

– Ich habe als kleines Mädchen von einem solchen Badezimmer geträumt.

– Ich auch, sagte Eve.

– Das kann alles nicht wirklich sein. Wo bin ich?

– In der Hölle.

Jesse versuchte, mir zu beschreiben, was es hieß, auf kalten Entzug zu gehen. Stell dir vor, sagte sie, daß du mit, sagen wir, hundertzwanzig Stundenkilometern dahinbraust. Kein Wagen, gar nichts, nur dein Körper, hundertzwanzig Stundenkilometer. Und plötzlich knallt dein ganzer Körper gegen eine riesige Steinmauer. Aber du wirst nicht bewußtlos, du spürst zertrümmerte Splitter deiner Schädeldecke in dein Gehirn dringen. Deine Lungen kollabieren, sämtliche Knochen brechen und splittern, deine Eingeweide platzen auf, und deine Gedärme reißen auseinander. So weh tut das. Und stell dir vor, sagte sie, daß dein Körper immer und immer wieder gegen dieselbe Mauer knallt. Glühend heiße Backsteine das eine Mal. Eisblöcke das nächste Mal. Stell dir vor, daß das vier Tage hintereinander so geht. Und stell dir vor, als es vorbei war, hat das Miststück mich alles noch mal durchmachen lassen.

Der Raum sah aus, als hätte ein Hurrikan darin getobt. Und Jesse sah aus, als wäre sie an der vordersten Front des Sturms gewesen. Eve hatte ihn innerhalb des ruhigeren Zentrums heil überstanden, aber sie war noch immer ausgelaugt und müde. Jesse hatte sie bekämpft und gekratzt, sie hatte den Kopf gegen die Wand gehauen, die Fensterscheibe bei dem Versuch zertrümmert, sich hinauszustürzen. Eve hatte schweißdurchnäßte Handtücher ausgewrungen, die verschmutzten Bettlaken gewechselt und ihr Pappe zwischen die Zähne geschoben, um sie davor zu bewahren, sich die Zunge abzubeißen. Wenn Jesse in tiefen, unruhigen Schlaf fiel, döste Eve in dem Rosenholzschaukelstuhl. Sie war gerade eingenickt, als Jesse aufwachte, diesmal endlich befreit.

– Ich kann es nicht glauben, daß ich noch lebe.

Ihre Stimme war schwach, die Zunge geschwollen.

– Es stand eine Weile auf der Kippe. Möchtest du einen Schluck Wasser?

Nachdem sie sie mit einem Schwamm gebadet hatte, puderte Eve sie ein und kämmte ihr das Haar. Sie sagte Jesse immer wieder, sie schulde ihr keinen Dank. Jesse dachte, sie sei eben großzügig. Sie hätte es besser wissen müssen.

– Ich habe ein Geschenk für dich, sagte Eve.

Sie legte das Samtkästchen neben sie aufs Bett. Es war mit himmelblauer Seide ausgelegt. Die Pipette war aus Kristall, der Teelöffel und die Spritze reines Silber, das Streichholzbriefchen verziert.

– Was ist das? Soll das ein Scherz sein?

Aber die Frau, die auf der Bettkante saß, lachte keineswegs.

– Glaubst du, ich würde diesen Scheiß noch anrühren nach dem, was ich durchgemacht habe?

– Ja, sagte Eve, das glaube ich. Aber wenn du dir das nächstemal einen Schuß setzt, wirst du es mit mehr Stil tun.

Sie verließ Jesse und ging ins Badezimmer, um die schmutzigen Handtücher und Laken zu waschen. Jesse hob das Kästchen auf und schüttelte den Kopf. Sobald sie kräftig genug wäre, würde sie hier verschwinden, wo immer »hier« sein mochte. Sie ließ das Kästchen aufschnappen und betrachtete die hübschen Fächer. Sie hatte noch nie etwas so fein Gearbeitetes gesehen. Und um Ihnen zu zeigen, wie anständig das Weibsbild war: Sie hatte den Stoff nicht mal dazugelegt. Jesse sah unter dem Streichholzbrief und der Spritze nach, nur um sicher zu sein. Nein, nicht mal ein halber Schuß.

– Es ist in der untersten Schublade deiner Kommode, rief Eve aus dem Badezimmer.

– Geh doch zum Teufel, schrie Jesse, so laut sie konnte. Aber ihre Kehle war wie Sandpapier, und ihre Worte klangen heiser. Du kannst geradewegs zum Teufel gehn.

Auf wackeligen Beinen schleppte sie sich rüber zur Kommode und riß die unterste Schublade auf.

– Geradewegs zum Teufel, sagte sie, während sie Pullover und Blusen durchwühlte.

Sie wollte nur sehen, ob die Hexe so grausam sein konnte. Ob sie so gottverdammt grausam sein konnte. Die weichen weißen Päckchen waren in die Ecken gezwängt. Du lieber Gott, es waren lauter Viertelunzenpäckchen, und es mußten mindestens ein Dutzend sein. Ja, ein Dutzend Päckchen Puderzucker. Sie ließ sich nicht für dumm verkaufen. Sie riß eins auf, nur um nachzusehen. Stippte ein bißchen mit der Zungenspitze dran – nur um sich zu vergewissern. Der Stoff war so rein, daß ihr der Kopf explodierte. Wenn sie sich das in die Venen schoß, würde es sie nach Walhalla katapultieren. Nein, so was mußte man verschneiden. Draußen auf der Straße wäre das leicht. Jeder Drogist konnte einem Milchpulver oder etwas Chinin verkaufen.

– Sieh in der obersten Schublade nach, rief Eve, lauter als das Rauschen des laufenden Wassers.

– Hast du nicht gehört, du Sadistin ...? Ich sagte, geh zum ...

Jesse zog die oberste Schublade auf und fand darin eine unangebrochene Schachtel Milchpulver. Eine hinterhältige Falle, das war es. Nichts weiter als eine Falle. Eve wollte ihr gar nicht helfen. Hatte ihr nie helfen wollen. Sie sackte gegen die offene Schublade, legte den Kopf oben auf die Kommode. Sie konnte noch immer ihre Mutter in der Küche arbeiten hören, das Scharren der Töpfe auf dem Eisenherd. Aber Mutter war nicht mehr da; wenn Mutter noch lebte, würde sie das alles nicht durchmachen müssen. Sie hatten ihr die Mutter genommen, hatten ihr alles genommen. Konnte das kaltblütige Ungeheuer das nicht verstehen?

Nein, das konnte sie nicht. Zum Teufel mit ihr. Zum Teufel mit allen. Sie stolperte zurück zum Bett und zu dem Samtkästchen.

Jesse konnte Eve im Türrahmen zum Badezimmer stehen sehen, als sie den sanften Aufstieg begann, höher und höher. Eves Gesicht war verschwommen, aber war es möglich, daß sie lächelte?

– Du kannst zum Teufel gehn, murmelte Jesse mit einem Gefühl köstlicher Erleichterung.

– Ich glaube, du hast vergessen, daß wir bereits dort sind.

Eve ließ sie sich vier weitere Tage mit der silbernen Nadel Schüsse setzen. Sie stimmte zu, daß es ihre Schuld war. Sie stimmte zu, daß das Leben eine einzige stinkende Kloake war. Sie stimmte zu, daß eine Frau keine Chance hatte, auch nur einen Moment fair behandelt zu werden. Und dann wurde die Welt blutrot, als der Stoff plötzlich verschwand. Jesse flehte Eve an, sie nicht noch einmal durch diese Hölle zu schicken. Es war viel zu früh. Es würde sie wahrscheinlich umbringen. Und Eve stimmte zu.

Jesse hat nie versucht, mir zu beschreiben, wie es beim zweitenmal war. Sie sagt, es gebe keine Worte für diese Erfahrung. Ich kann dir nur soviel sagen, Bailey, ich habe aufrichtig darum gebetet, sterben zu dürfen.

Und es war nur etwas Halblebendiges, das Eve am Ende der nächsten vier Tage badete und puderte. Büschel von Jesses Haar fielen aus, als Eve es kämmte. Es dauerte vier weitere Tage, bis sie genug Kraft hatte, sich im Bett aufzurichten. Und diesmal lag ein anderes Samtkästchen dort.

Jesse legte ihre geschwollene, von Blutergüssen überzogene Hand darauf und drehte den Kopf, um sich in dem Raum ohne Türen umzusehen.

– Diesmal ist die Nadel aus Gold, stimmt's?

– Sie ist aus Gold, sagte Eve.

– Und wenn ich das überlebte, würde ich wohl Platin kriegen. Wäre das die Endstation?

– Denk daran, wo wir sind; das ist nur der Anfang von dem, was hier zu kriegen ist.

Mary
(Zweite Einspielung)

Sie wissen bereits, daß ich Nadine heiße, und mein Mann hat Ihnen erzählt, daß ich nicht gerne rede. Ich hab mich nur bereit erklärt, davon zu berichten, weil es hier drin nicht einen einzigen Mann gibt, der willens wäre, das zu tun. Wieso bin ich so großzügig zu diesen Feiglingen? Die Wahrheit ist, es gibt in diesem Moment überhaupt keinen Mann in dem Laden hier. Sie haben sich alle verdrückt, als sie erfuhren, daß wir zu dem kleinen Judenmädchen kommen würden, das gerade bei Eve eingezogen ist. Auf einmal geriet die Kaffeemühle, auf deren Reparatur ich seit Monaten gedrängt hatte, ganz oben auf die Dringlichkeitsliste des Maestros, und so schnell wie der Blitz auf Rädern war er hier verschwunden mit allem im Gefolge, was Hosen anhatte. Vielleicht bin ich zu streng. Das ist keine Geschichte, die ein Mann erzählen kann. Und das Mädchen selbst kann sie auch nicht erzählen; sie ist nicht ganz richtig im Kopf.

Kein Mann hat mich je berührt.

Sie ist vierzehn. Sie ist schwanger. Und ich glaube ihr tatsächlich. Weil ich endlich Eve habe weinen sehen.

Kein Mann hat mich je berührt.

☆ ☆ ☆

Ich war draußen in meinem Garten und schnitt die letzten Knospen von den Kamelien ab. Und ich dachte, wie schade, daß ich keinen Pensionsgast hatte, der sie haben wollte. Kamelien lassen sich leicht bis in den Spätherbst hinein ziehen. Ich schaute hoch, und da stand sie ausgerechnet mit Gabriel, der über die Mauer auf mich zeigte. Sie hatte einen leeren Ausdruck im Gesicht; sie wirkte zunächst nicht zurückgeblieben, nur wie betäubt. Ich war mehr überrascht, ihn zu sehen als das Mädchen; er verläßt nur sehr selten das Geschäft.

Kein Mann hat mich je berührt.

☆ ☆ ☆

Dieses Café liegt zwischen zwei anderen Läden auf der Straße. Eve hat die Pension, und Gabe hat die Pfandleihe. Ich wette, Sie haben von meinem Mann nichts über ihn gehört, denn bei den Streitgesprächen mit dem alten Mann zieht er immer den kürzeren. Sie reden stundenlang über Politik, den Krieg und das Blutbad drüben in Europa. Ich selber neige dazu, für Gabe Partei zu ergreifen, da er bei dieser Katastrophe einen Platz in der ersten Reihe gehabt hat. Mein Mann hat nicht in jenem Teil der Welt gedient – und er ist kein Jude. Aber das hält ihn nicht davon ab, seine Ansicht in der Sache für die richtige zu halten. Ich nehme an, Sie haben inzwischen mitgekriegt, daß er jede Menge Meinungen hat. Meinungen, nach denen ihn keiner gefragt hat. Aber der größte Zankapfel für ihn ist die Tatsache, daß Gabe hier nie ißt, obwohl wir am Wochenende koschere Gerichte servieren können und das auch gemacht haben für die, die danach gefragt haben. Ich habe ihm gesagt, daß sich dieser Mann nicht zum Narren halten läßt; das Angebot, koscher zu kochen, verbessert seine Kochkünste nicht. Aber Gabe sagt, er sei wirklich zu alt und zu allein, um den Sabbat im hinteren Winkel eines Cafés zu begehen. Ein richtiges Sabbatmahl bedeutet

Familie, und das hieße, Geister wachzurufen; und die Versuchung wäre einfach zu groß, für immer dort hinten zu bleiben. Und wer würde dann seine Welt in unserer Zwischenstation für zerbrochene Träume repräsentieren?

Viele Gäste werden von seiner Pfandleihe aus hierher dirigiert, wenn sie schlau genug sind, das Zeichen zu verstehen. Eine Seite des Pappschildes, das an seiner Eingangstür hängt, zeigt eine aufgemalte Uhr mit verstellbaren Zeigern. Da steht: Wieder zurück um – – – –, und jede Stunde bewegt er die Zeiger eine Stunde vor. Und unter der Uhr zeigt ein rotgoldener Pfeil die Straße hinunter zu uns. Nach zwei oder drei Stunden, falls die Person immer wiederkommt, ohne die Nachricht zu kapieren, und er meint, sie sei es dennoch wert, dreht er das Schild herum, und da steht dann: Geschlossen; und der gleiche Pfeil zeigt die Straße hinunter zu uns. Gabe hat nie geöffnet – wir schließen nie.

Kein Mann hat mich je berührt.

Ich hätte ahnen müssen, daß mit dem Mädchen irgendwas Besonderes war, weil Gabriel entgegen seiner Gewohnheit gehandelt hatte. Eine bestimmte Art Leute schickt er ins Café; eine bestimmte Art Frauen schickt Bailey zu mir. Es war klar, daß sie Ausländerin war, aber er sagte mir, außerdem sei sie Jüdin. Eine von uns, die sich an die alten Bräuche hält. Und es war schwer, sich vorzustellen, was er mit *alt* meinen könnte. Seine Herkunft steht ihm im Gesicht geschrieben. Gabe ist von jeder Felsspalte und jedem Bergkamm des Kaukasus gezeichnet. Ein winziges Dorf, versteckt in der Nahtstelle, die zwei Kontinente und zwei Meere zusammenhält. Sein Rückgrat ist gekrümmt von der jahrelangen Anstrengung, so viel von der Welt zueinanderzurücken, und seine Augen tränen permanent von dem vielen Leid, das er gesehen hat. Du mußt sie aufnehmen, sagte er. Ich sagte Gabriel, daß ich diejenige bin, die entscheidet, wen ich bei mir aufnehme und wen nicht. Er führt sein Geschäft und ich meins. Und wieso hatte er gegen die Regel verstoßen? Wenn sie mich nicht von selbst finden konnte, sollte sie überhaupt nicht in meinem Garten stehen. Ohne ein weiteres Wort ließ er das Mädchen da und ging weg. Dann reichte sie mir die Pflaume.

Kein Mann hat mich je berührt.

☆ ☆ ☆

Eve kam mit dieser Pflaume hier herein und legte sie mitten auf den Tresen. Ich habe eine neue Mieterin, sagte sie. Die Frucht sah mürbe und weich aus. Die violettschwarze Haut war so dünn, daß man schon riechen konnte, wie süß das Fleisch sein würde. Nadine, bitte bring mir ein Messer. Ich rührte mich nicht von der Stelle. Ich wollte nichts mit dem zu tun haben, was passieren würde. Gott ist mein Zeuge, das wollte ich nicht. Und es war nicht ein einziger Mann im Lokal, nicht ein einziger weit und breit. Das war Frauensache. Nadine, bitte bring mir ein Messer.

Kein Mann hat mich je berührt.

☆ ☆ ☆

Sie war nicht das erste schwangere Mädchen, das auf meiner Türschwelle auftauchte. Aber sie war das erste, das so etwas behauptete. Es war unmöglich, daß das Mädchen log; sonst hätte das ganze Dorf seine Schreie gehört. Das Echo trägt weit in den grünen Hügeln Äthiopiens …

Elell, elell ... neun Freudenschreie aus der Hütte weit weg von der Siedlung. Ein Mädchen ist geboren. Ja, der Klang wird klar und laut durch den Eukalyptushain getragen, während alle innehalten, um zu zählen. Zwölf Rufe für ein männliches Kind. Neun für ein weibliches. Sogar unten an den Ausläufern der Hochebene werden die Rinder in den Gerstenfeldern zum Verstummen gebracht. *Elell, elell* ... eine neue Tochter. Neues Leben für den Stamm Beta Israel.

> *Höre, Israel, der Herr, unser Gott, ist ein einiger Herr. Und du sollst den Herrn, deinen Gott, liebhaben von ganzem Herzen, von ganzer Seele, von ganzem Vermögen.*

Sie sind von ihrem eigenen Volk ausgestoßen und dürfen auf dem Land nur Pächter sein. Alle Gebete werden in Richtung Jerusalem verrichtet, während sie Leinen weben, Eisen schmieden und vor ihren armseligen Hütten Töpfe brennen. Bewahrer der Gebote. Gebote für ehemalige Sklaven. Für Enteignete. Es ist der Glaube des armen Mannes, und so ist er unter ihnen gut gediehen. Ein Glaube, errichtet auf dem, was für die Armen stets erreichbar ist: Gebete, Kinder und Erinnerungen. In einem Land, von der Zeit vergessen, einem Land, von Bergen umringt, eingeschlossen von gewaltigen Kirchen aus Stein, halten sie fest am Gott Abrahams und am Gesetz Moses. Sie glauben, daß sie die letzten Juden auf Erden sind. Und gewiß sind sie die letzten, die Heiligtümer errichten und einen Hohenpriester salben.

> *Und diese Worte, die ich dir heute gebiete, sollst du zu Herzen nehmen: Und du sollst sie deinen Kindern einschärfen, und davon reden, wenn du in deinem Hause*

sitzest, oder auf dem Wege gehest, wenn du dich niederlegst oder aufstehest.

So ist jedes Kind willkommen. Jedes Kind bedeutet Überleben. Aber es ist das Mädchen, dem die besondere Ehre zuteil werden wird, über das Heim zu wachen und Söhne zu gebären. *Elell, elell* … neun Freudenschreie aus der Hütte des Blutes.

☆☆☆

Ich stand wie angewurzelt, als Eve die Pflaume vom Tresen nahm und sie sanft in eine Hand bettete. Eine so zarte Frucht bekommt leicht Druckstellen. Mit der Spitze ihres Fingernagels fuhr sie die feine Naht entlang, ausgehend von der kleinen runden Delle oben in der Mitte, die wie ein Bauchnabel aussah. Eine vollkommene und makellose Pflaume, die von der Naht auf der Vorderseite in zwei pralle Rundungen geteilt wurde. Ohne Warnung drückte sie plötzlich zu, und die Naht platzte. Ich hatte recht gehabt: Die Frucht war sehr süß. Es war nur eine kleine Öffnung, aber von tief drinnen perlte schon klarer Saft hervor. Und dort unten zwischen den fleischigen Wänden schimmerte ein harter kleiner Stein. Eve hielt die geteilte Frucht zwischen ihren Fingerspitzen, und dieses Mal verlangte sie das Messer.

Und Gott sprach zu Abraham: So halte nun meinen Bund, du und dein Same nach dir, bei ihren Nachkommen. Das ist aber mein Bund, den ihr halten sollt zwischen mir und euch und deinem Samen nach dir: Alles, was männlich ist unter euch, soll beschnitten werden. Ihr sollt aber die Vorhaut an eurem Fleisch beschneiden. Dasselbe soll ein Zeichen sein des Bundes zwischen mir und dir.

Es ist heiß und stickig in der Hütte des Blutes. Aber die Mutter des neugeborenen Mädchens weiß, daß sie vierzehn Tage dableiben muß. Von hier wird sie zur Hütte der Frauen im Kindbett ziehen, wo sie weiter für unrein erklärt bleibt bis zum Sonnenuntergang des sechsundsechzigsten Tages. Wenn sie sich gebadet, ihre Kleider gewaschen und ihren Kopf geschoren hat, wird ihr schließlich erlaubt, ins Dorf zurückzukehren. Es hat keine Notwendigkeit bestanden, dieses Kind in den Bund Abrahams aufzunehmen oder dieses Erstgeborene von den Pflichten der Priesterschaft zu entbinden. Die Jubelgongs und Trommeln des Heiligtums im Herzen des Dorfes schwiegen beim ersten Erklingen ihres Namens. In aller Stille wird bekannt, daß sie Mariam heißen wird.

☆☆☆

Eve hielt meinen Blick fest, während sie die offene Pflaume nahm und erneut zudrückte. Die fleischigen Wände spalteten sich noch weiter, und ihr Saft begann, auf den Tresen zu tropfen. Im Innern war sie dunkel bernsteinfarben und rot; von Zucker geschwollene Adern durchzogen das weiche Fleisch. Eine feste Spitze schob sich durch die Mitte nach oben, feucht und zerbrechlich.

Ihre Mutter erzählt niemand, wie sehr sie Adonai um ein Mädchen als Erstgeborenes angefleht hatte. Sie wußte, sie würde damit sehr viel länger unrein bleiben als mit einem männlichen Kind, so daß sie mehr Zeit hatte, zuzuheilen vor der Rückkehr zu ihrem Mann. Auch in der Kindbett-Hütte hat es so viel Blut gegeben. Und heimlich hofft sie, daß das Zweitgeborene auch ein Mädchen sein wird. Zwei Mädchen, bevor sie die Söhne austrägt. Sie weiß, daß die Nachbarn über zwei nicht flüstern würden, solange sie fruchtbar bleibt und Söhne nachfolgen. Aber die Töchter könnten sich um ihren Mann kümmern, solange sie in der Kindbett-Hütte eingeschlossen ist. Mit fünf Jahren würden ihre Mädchen bereits Getreide rösten und die *injerra* backen können. Es bereitet ihr Freude, daran zu denken, wie sie an ihrer Stelle mit Brot und Bier als Sabbatgaben in das Heiligtum gehen würden. Und im Gegensatz zu ihr würde es ihnen erlaubt sein, die Schwelle zu überschreiten. Sie würde ihnen sagen, was ihre Mutter ihr gesagt hat: Solange ihr noch jung und unverheiratet seid, stellt euch so nah wie möglich hin, um jedes Wort der Thora zu vernehmen. Lauscht aufmerksam den Gebeten und merkt sie euch gut. Laßt eure Rufe laut erschallen und beugt euch tief, tief hinunter, so daß eure Brüste diesen heiligen Boden berühren, während ihr gen Osten zu unserem geliebten Jerusalem blickt. Du wirst eine alte Frau sein, bevor dir ein solches Privileg wieder zuteil werden wird.

Ja, es macht ihr große Freude, dieses Mädchen, ihre Mariam, aufwachsen zu sehen. Und sie hofft, daß ihr die Lüge vergeben wird, als die Glückwünsche kommen: Eine prächtige Tochter für Beta Israel, aber ein Sohn das nächstemal. Ja, antwortet sie, ein Sohn das nächstemal. Es macht ihr Sorge, daß ihr Kind so begriffsstutzig zu sein scheint. Man muß aufpassen, daß sie nicht ins Feuer stolpert; trotz vieler Warnungen hat sie noch immer keine Angst vor der Hitze, und sie hat sich schon oft die Finger verbrannt. Wenn sie zum Dienstagsmarkt reisen, um ihre Töpferarbeiten zu verkaufen, muß sie eine Leinenschnur um Mariams Taille befestigen, damit sie nicht loswandert und Ungläubige berührt. Dann müßte sie sie, zu allem anderen, was nach so einem langen Tag zu tun ist, erst reinigen, bevor sie wieder ihr Dorf betreten dürften. Da Mariam so in ihrer Nähe bleibt, wissen die Ungläubigen, daß das Kind zu ihrem Volk gehört, und werden ihm nicht über den Kopf streichen oder es in den Arm nehmen. Die Beta Israel haben einen bestimmten Platz auf dem Markt, und daß sie zahlreich sind, gibt ihnen Sicherheit. Manche Ungläubige spucken im Vorübergehen, *Buda*, Dämon. Aber die, welche kaufen wollen, wissen, daß sie den Taler in den Sand legen müssen. Wenn das Kind so zutraulich bleibt, wie soll sie ihm dann je beibringen, den Tontopf zu übergeben, ohne fremde Hände zu berühren?

Aber sie macht ihr viel Freude, diese Tochter, ihre Mariam. Sie merkt, sie muß dem Kind alles oft wiederholen – und sehr langsam sprechen. Aber mit Geduld und viel Unterricht lernt es doch noch, die *injerra* zu backen, ohne sich die Finger zu verbrennen, und den *wat* mit genau der richtigen Menge Pfeffer zu würzen. Es gibt immer großes Gelächter, wenn Mariams Vater mit schräggeneigtem Kopf den Eintopf anschaut, den Mariam vor ihn hinstellt. Kann ich das essen, ohne mir den Mund zu verbrennen, Kleines? Ja, denkt die Mutter mit Stolz, jetzt kann er das. Aber eine Zeitlang war sie *sehr* besorgt. Das Kind war beinahe sechs Jahre alt, und noch immer war seine Reinigung nicht erfolgt. Ihre eigene Zeremonie hatte stattgefunden, als sie drei war. Sie hatte die Hebammen um Mariams Zeremonie angefleht, aber die sagten, sie solle noch warten. Wenn das Mädchen irgendein Gebrechen habe, würde ohnehin kein Mann seinen Sohn mit ihm verloben. Sie hatte Verwünschungen auf sie niedergehen lassen. Ein Gebrechen bei einem so schönen Wesen? Seht das Leuchten ihrer Augen. Die Kraft ihrer Beine. Sie wird dem Haus eines jeden Mannes zur Ehre gereichen, der das Glück hat, sie zur Frau zu bekommen. Und wenn sie bei ihrem Vater um sie anhalten, werden sie mehr mitbringen als nur einen jämmerlichen Taler. Eintausend Taler können nicht die

Verlobung mit einem so kostbaren Wesen besiegeln. Aber sie hatte gegen die alten Frauen vergebens geschimpft. Über Monate hinweg weinte sie sich in den Schlaf, voller Angst, sie würden ihr Erstgeborenes, ihre Freude und Wonne, unrein lassen und ihr damit verwehren, eine wahre Tochter Beta Israels zu werden. Sie erinnert sich an ein Mädchen aus ihrem eigenen Dorf, ein Mädchen, das sabberte und sich an den Haaren zog. Und diese unwissenden Hebammen hatten sie verdammt. Sie hatten sie schmutzig und versehrt gelassen.

☆ ☆ ☆

Eves Gesicht war zu Stein geworden, als sie die offene Frucht in ihrer Hand hielt. Du verstehst, flüsterte sie, daß ich ihn zur Not mit den Fingernägeln herausbrechen werde. Sie brauchte nicht noch mal zu bitten. Ich brachte ihr das Messer. Die scharfe Klinge fing das Deckenlicht ein, und das grelle Funkeln blendete meine Augen. Ich kenne meine Bibel gut, sagte ich, und das *ist nicht* das Gesetz Moses. Sie legte die Frucht zurecht, setzte die Spitze der Klinge am sichtbaren Ende des Steins an. Nein, sagte sie, das ist es nicht. Es ist älter als das. Es ist das Gesetz des Blauen Nils. Und entlang seiner Ufer gibt es nicht eine Frau, die bei Verstand ist – Jüdin oder Muslimin – und die möchte, daß ihre Tochter als Hure aufwächst.

Die Vorbereitung dauert Wochen. Und die Mutter singt bei der Arbeit, wenn sie neues Leinen webt für die Gewänder des Mädchens und zusätzlichen Weizen, Krüge mit Oliven und Honig für das Fest einlagert. Sie kann ihren Kopf wieder oben tragen, weil sie die Zunge ihrer Schwiegermutter zum Schweigen gebracht hat. Nein, sie würde keine Schande über ihre Enkelin bringen. Sie schickt eine Botschaft zu ihrer eigenen

Mutter jenseits der Berge, damit sie kommt. Und die Botschaft wird erwidert: Und wenn ich kriechen muß, ich werde da sein. Die Frauen aus dem Dorf bringen Geschenke für das Kind. Sie geben bereitwillig von dem wenigen, das sie besitzen, und nennen die Mutter eine Gesegnete: frische Eier, glänzende Blechtassen, Süßigkeiten aus Gerste, und die junge Frau des Hohenpriesters schickt einen neuen *samye*-Halsschmuck mit echtem Bernstein. Sie erzählt ihrer Mariam, daß sie sich glücklich preisen kann, die Gunst einer so gebildeten Frau zu genießen. Die Frau des Hohenpriesters ist den ganzen Weg von Addis Abeba gekommen, wo man den Beta-Israel-Mädchen das Lesen und Schreiben beibringt. Und alle diese Frauen werden kommen, um zu tanzen und zu singen, wenn die Hebammen das nackte Mädchen über das Loch legen, das in der Hütte des Blutes gegraben worden ist.

> *Wir haben eine kleine Schwester, und sie hat keine Brüste: Was sollen wir für unsere Schwester tun am Tage, da sie verlobt werden soll? Wäre sie eine Mauer, würden wir einen Turm aus Silber auf ihr errichten; und wäre sie eine Tür, würden wir einen Rahmen aus Zedernholz um sie bauen.*

☆ ☆ ☆

Eve tauchte das Messer schnell in die Mitte der gespaltenen Frucht. Mit einer Drehung des Handgelenks schnitt sie den großen Stein heraus. Es hingen noch zerfetzte Stücke dunkel bernsteinfarbenen Fleisches daran, als er auf den Tresen fiel.

Es ist eine weißglühende Welt des Schmerzes. Eine Welt, erfüllt von grellen Schreien, von dem Gesang der Frauen, von dem leisen Stöhnen ihrer Mutter und Großmütter, von dem

Pressen weicher Brüste und weicher Arme gegen ihren sich aufbäumenden Körper. Es ist eine Welt, die kein Ende nehmen will.

☆ ☆ ☆

Saft tropfte von der funkelnden Klinge, und kleine Stückchen der Pflaume blieben an Eves feuchten Fingern hängen, als sie das Fruchtfleisch ausschabte, das noch in den Hälften der offenen Frucht geblieben war. Sie konzentrierte sich so sehr darauf, gründlich und schnell zu sein, daß sie nicht die Stücke an ihrem gesenkten Kinn und die nassen Flecken auf den Ärmeln ihrer Bluse bemerkte. Kleine Klumpen fielen in rascher Folge klatschend auf den Tresen. Die Pflaume war von allem gesäubert, außer ihrer zarten Außenhaut. Eve hielt das, was übrig war, in ihrer klebrigen Handfläche, und es fing bereits an, sich wie ein Blütenblatt nach innen zu wellen.

Die herunterhängende Haut des Kindes wird mit Akaziendornen und abgekochtem Faden zusammengehalten. Ein sauberer Strohhalm wird eingesetzt, damit eine kleine Öffnung bleibt, nachdem der Körper zugeheilt ist. Sie wird diese Öffnung brauchen, sobald sie in der Lage ist, Urin abzulassen. Ihre Mutter wird bei ihr sein, um sie zu trösten, denn zuerst wird es ein seltsames Gefühl sein. Das Mädchen darf weinen, wenn es an der Zeit ist, sich zu erleichtern. Tropfen für Tropfen. Aber es wird diese Hütte wiedersehen. Und es wird nie eine andere Art kennenlernen, sein gestautes Menstruationsblut auszuscheiden. Tropfen für Tropfen.

Die Worte von König Lemuel, die Weissagung, die seine Mutter ihn gelehrt hatte. Wer vermag eine tugendhafte Frau zu finden? Denn ihr Wert übersteigt den von

Rubinen. Das Herz ihres Ehemannes ist voll des Vertrauens in sie, so daß er kein Bedürfnis nach anderen Schätzen haben wird. Sie wird ihm an allen Tagen ihres Lebens Gutes und keinerlei Böses tun.

☆☆☆

Ich war so wütend, daß ich etwas kaputtmachen wollte. Jemand die Schuld geben. Ich sagte Eve, daß sie den Mund halten soll. Bitte, halt jetzt den Mund. Aber sie sagte nichts mehr; sie starrte nur auf die Blütenblätter der Pflaume, die sich über der eigenen Leere zusammenkräuselten. Und sie weinte ganz leise. Ihr Gesicht war unverändert, ihr Atem so gleichmäßig, daß ich mich fragte, wie lange sie wohl schon weinte. Du verstehst, sagte Eve, wie sehr sie ihre Tochter geliebt hat. Und sie konnte in ihrem Herzen nicht verleugnen, daß das Mädchen immer schwer von Begriff bleiben würde. Einen ordentlichen Ehemann für sie zu finden würde nicht leicht sein bei so vielen anderen zur Auswahl stehenden Jungfrauen, und deshalb ließ sie sie von den Hebammen so fest zunähen. Das steigert den Wert einer Frau.

Du siehst also, wenn es Vergewaltigung gewesen wäre, hätte das ganze Dorf ihre Schreie gehört. Sogar in der Hochzeitsnacht, der *ensaslaye*, hört das Dorf, trotz williger Braut und behutsamem Ehemann, die Schreie. Manchmal braucht es Monate und viele Gänge zur Hütte des Blutes, bevor die Wunde, die er macht, ihm langsam erlaubt, in sie einzudringen, ohne daß sie dabei Schmerzen empfindet. Und manchmal ist sie nicht völlig geöffnet bis zu ihrem ersten Kind. Nadine, ich möchte weder mit dir noch mit irgend jemand anderem über Definitionen in Streit geraten, aber je nachdem, wie man es betrachtet, ist es entlang dem Blauen Nil nicht ungewöhnlich für Jungfrauen, zu gebären. Aber ich habe dieses Mädchen gebadet und ihren Körper gesehen; kein Mann hat es auch nur versucht.

☆ ☆ ☆

Es war so still im Café geworden, daß ich das Summen des Kühlschranks hören konnte, die Leuchtstoffröhre an der Decke mit ihrem leisen Surren und Brummen. So still, daß ich vergaß, daß noch einige andere Gäste da waren – alles Frauen –, die unbeweglich an der Theke und an Tischen saßen. Sämtliche Gesichter waren Eve zugewandt, und ich schwöre, da ich in jedes einzelne dieser Gesichter schaute, sie wollten alle glauben.

– Du willst mir also weismachen, wir hätten es hier mit einem Wunder zu tun?

– Nun, Nadine, es wäre nicht das erste.

– Ja, wenn wir von dem kleinen Mädchen in Galiläa reden …

– Auch sie war nicht die erste.

– Aber du mußt zugeben, ihr hat man es eher geglaubt.

– Und ich sage, mehr Macht für sie.

☆ ☆ ☆

Ich fürchtete, daß Eve lachen würde. Für mich hatte es an diesem Morgen genug erste Male von irgendwas gegeben. Mein Mann macht immer Bemerkungen darüber, daß Eve nicht lacht. Er sollte sich glücklich schätzen. Ich glaube, er vergißt gerne, wer sie wirklich ist, was sie gesehen hat. Sollte diese Frau jemals anfangen zu lachen, dann könnte das Lachen, im Gegensatz zu ihren Tränen, nie mehr aufhören. Ich fragte, wo das Mädchen Gabes Pfandleihe gefunden hatte.

In einer Gasse in Addis Abeba. Und das eigentliche Wunder ist, daß sie bis so weit südlich der Berge gelangen konnte. Es sind beinahe achthundert Kilometer durch steil abschüssige Cañons und Schluchten. Nachdem sie sie aus dem Dorf verstoßen hatten, war die einzige Stadt, die sie kannte, der Dienstagsmarkt, aus dem nur eine kurze Autostraße hinausführte. Der Rest des Weges besteht nur aus den alten Karawanenrouten, die sich über die Hochplateaus an den vereinzelten Dörfern entlangschlängeln. Auf diesen Wegen reist zumeist die Landbevölkerung mit ihren Maultieren und Packeseln. Und in der Nacht finden sie eine Ecke in irgend jemandes *tukal*-Hütte, wo sie geschützt vor den schneidenden Winden und den fürchterlichen *shifta*, die in den Hügeln rauben und morden, schlafen können.

Als eine Beta Israel würde sie diesen Schutz nicht bekommen. Die meisten Siedlungen südlich ihres Dorfes gehören den Ungläubigen. Sie ist aus einem frommen Haus und dazu erzogen, deren Essen zu verweigern; die Tiere, die sie schlachten, entsprechen nicht dem Gesetz. Unreine Frauen dürfen Brot backen. Und sobald die Dorfbewohner begreifen, daß das hungrige Mädchen bei dem Bamboulabaum nur eine Handvoll Erbsen annehmen will, wird sie ein *buda*. Einer der Dämonen, die sich nachts in Hyänen verwandeln und Krankheit über ihre Kinder bringen. Eine dieser Mörderinnen Christi. Trotz der Blasen an ihren Füßen muß sie jetzt schleunigst aus der Gegend verschwinden. Für ein solches Mädchen kommt die Verstoßung aus ihrem Heimatdorf einem Todesurteil gleich, und das kreischt die Mutter dem Hohenpriester entgegen.

Dann soll sie sich zu dem Vater ihres Kindes bekennen. Sie soll den Schuldigen vor die *kahens* bringen, damit sie entsprechend dem Gesetz mit ihm verfahren können. Er hat eine Jungfrau geschändet, und er muß sie heiraten und ihrem Vater Wiedergutmachung bezahlen. Die Mutter versucht noch einmal, Mariam das verständlich zu machen: Dieser Mann hat etwas Böses getan. Wenn sie sich zu sehr schämt, seinen Namen auszusprechen, soll sie sie einfach zu der *tukal* führen, wo er wohnt, und auf ihn zeigen. Sie wird alles übrige erledigen. Aber Mariam besteht darauf, daß kein Mann sie je berührt hat. Das schlichte Gesicht des Mädchens ist wie ein klarer Strom. Es birgt keine Furcht, keine List. Kann es sein, daß das Geisteslicht ihrer Tochter schwächer leuchtet, als sie gedacht hat?

Sie hebt den Rock des Mädchens hoch und tastet mit zwei Fingern entlang der geschlossenen Naht zwischen seinen Beinen. Hier, sagt sie, wer ist hier gewesen? Und hier? Hier? Die einzige Öffnung dort unten ist kleiner als eine ihrer Fingerspitzen. Sie tastet wieder und wieder. Hier, sage ich, welcher Mann hat dich hier berührt? Und das Mädchen wiederholt, daß keiner es je berührt hat. Aber ein Kind wächst in ihrem Bauch, also muß irgendein Mann das getan haben; irgendein Mann *muß* es getan haben. Sie sagt Mariam, daß sie mit der Lügerei aufhören muß; ihre Geduld ist erschöpft. Gestehe den Namen dieses Ungeheuers und laß sie retten, was zu retten ist. Und als das Mädchen erneut seine Unschuld beteuert, hebt die Frau ihre Faust und schlägt zu. Sie schlägt zu, bis es sich frei macht und aus der *tukal* läuft; sie rennt hinter Mariam her, bewirft ihren Rücken mit Erdbrocken. Die *kahens* werden sie aus dem Dorf verstoßen! Weiß sie, was das bedeutet?

Am Vorabend des Versöhnungstags brennen keine Kochfeuer. Die ganze Nacht und der ganze nächste Tag werden mit strengem Fasten und Gebeten zugebracht. Bei Sonnenuntergang fängt die Siedlung an, sich beim Heiligtum zu versammeln, um den Segen der Priester zu empfangen. Die Nacht ist sternenlos und kalt, als Mariams Mutter sich dem heiligen Ort nähert. Ihre drei Söhne werden ihrem Mann zu dem geweihten Boden folgen, um mit den anderen Männern auf der Nordseite zu beten; die ganz jungen Mädchen und die alten Frauen beten auf der Südseite. Heute abend versucht sie nicht, durch geschicktes Manövrieren einen Platz zwischen den anderen verheirateten Frauen so nahe wie möglich an der Schwelle zu ergattern; sie hüllt sich in ihren Schal und läßt sich, mit dem Rücken gegen einen Wacholderbusch, auf den Boden sinken. Sie spürt diesmal nicht die vertraute Regung des Stolzes, als sie ihren Mann und ihre Söhne in den erleuchteten Hof treten sieht, wissend, daß sie so nahe dem Allerheiligsten beten werden. So nahe der gesegneten Thora. Sie sitzt heute abend allein. Die einzige Tochter wird nach dem Sühnefasten fortgehen. Und Adonai hat es nicht für angebracht gehalten, ihre Gebete für die zweite Tochter zu erhören. Und dabei hatte sie doch um so wenig gebeten.

Die frische Luft trägt den Weihrauchduft und die Stimmen der Priester zu ihr, als sie ihren Gesang beginnen. Ihre eigenen Lippen formen die Erwiderung in lautloser Pantomime. Die Nacht läßt ihr viel Zeit zum Nachdenken. Die *kahens* hatten so lange gewartet, wie sie konnten. Wenn das Mädchen bis zum Vorabend des Versöhnungstags gebeichtet hätte, hätte das ganze Dorf sich ihrer Vergebung anschließen müssen. Sie wußte, daß die Frau des Hohenpriesters bei dieser ausgedehnten Schonzeit ihre Hand im Spiel gehabt hatte. Eine gute Frau. Aber ist dies nicht die Nacht für *Gottes* Vergebung? Es bang ihr vor dem Moment, da sie diese Nachbarn küssen muß, während sie sich tuschelnd einander zuwenden – vergib mir, vergib mir. Denn in ihrem Herzen muß sie aufrichtig verzeihen – das schmutzige Geflüster, die bösartigen Lügen –, wenn sie den Mut aufbringen soll, in das Heiligtum hineinzugehen und vor den ewigen Gott zu treten.

Sie denkt an all die Opfergaben, die sie zu dieser Schwelle gebracht hat. Ihre Körbe mit Gerste und Weizen waren bis obenhin gefüllt und immer vom ersten Dreschen. Im Gegensatz zu manch anderen versteckte sie nicht die besten Laibe Brot, und wenn sie ihr Bier in die Gefäße für die Priester goß, dann war es immer vom ersten Gebräu. Und als ihre Ziege Zwillinge warf, hatte sie da nicht darauf bestanden, daß ihr Mann beide zur Opferung brachte? Sie kennt viele unter denen, die hier sitzen, die nur eine gegeben hätten – wenn überhaupt. Nein, sie muß aufhören, so zu denken. Adonai, vergib ihr den falschen Stolz. Sie würde nicht dort hineingehen, um mit Gott zu feilschen und ihre guten Taten ins Feld zu führen. Sie würde nur einfach Gerechtigkeit fordern.

Die Gemeinde wacht die ganze Nacht hindurch. Und kurz vor dem ersten Dämmern, als viele einschlafen oder gegen den Schlaf kämpfen, erhebt sie sich und bahnt sich ihren Weg durch die gebeugten Körper der vor dem Heiligtum liegenden Frauen. Angst schnürt ihr die Kehle zu und nimmt ihr fast den Atem, als sie nur wenige Zentimeter vor der Schwelle steht. Es gibt ein Gebet, das zu dieser Morgenstunde gesprochen werden muß. *Kalhu.* Es wird vor der Dämmerung gesprochen, wenn die Hähne krähen. Und dann gibt es ein Gebet zur Stunde der Dämmerung: O Herr, rief ich. Es gibt allein zehn Gebete nur für die Stunden am Tag. Die Beta Israel segnen den Regen, den Blitz und Donner, den Sonnenschein, die Olivenernte, den Weizen. Sie segnen jede Mahlzeit, bevor und nachdem sie eingenommen wird. Sie segnen neue Kleider, neue Lämmer, neue Straßen, auf denen sie reisen. Bei diesem althergebrachten Glauben gibt es für alles einen Segen – außer für ihren Körper. Sie ist Mutter von vier Kindern und hat daher einen großen Teil ihres Lebens unrein verbracht.

Beim ersten Schritt, mit dem sie jenseits der Schwelle den Boden berührt, brennt der Fuß wie Feuer. Aber es ist getan. Sie hat gesündigt. Und es gibt ein Gebet dafür.

> Gott wird mir helfen, denn Er ist groß, Gott, mein Herr. Laß keine Schande kommen über mich, mein Herr, Gott, unser Richter, Gott, unser Herr, Gott, Herr über Israel, unser König, denn ich habe gegen die Opfergesetze verstoßen. Vor Dir ist niemand rein, ist niemand ohne Makel, o Herr, der Du auch das Verborgene siehest, der Du das Herz und den Geist versuchest, laß keine Strafe über mich kommen, sondern gedenke des Bundes mit Abraham, Isaak und Jakob, Deinen Dienern.

Aber auch ich bin Seine Dienerin, flüstert sie, als sie weiter den heiligen Boden entlangschreitet zum Allerheiligsten. Auch ich bin Seine Dienerin, und Er ist auch mein Gott.

Die Luft in der heiligen Stätte ist diesig von den Sesamöllampen. Im Dämmerlicht glauben sie, daß sich ein Geist zwischen ihren knienden Körpern bewegt. Der Saum ihres Kleides berührt die Schulter eines betenden Mädchens, und als das Mädchen aufblickt und entdeckt, daß es Mariams Mutter ist, die die heilige Stätte entweiht, schreit sie auf. Es folgt ein vielfaches Echo. Chaos bricht aus. Die Frau fängt an, im Kreis herumzulaufen. Sie weiß, daß das Allerheiligste irgendwo in der Mitte sein muß, aber es rufen jetzt so viele

Menschen, Hände werden ausgestreckt, um nach ihr zu schlagen, sie wird gegen eine Wand gestoßen und bespuckt.

Sie versucht nicht, sich zu wehren; sie muß ihnen weiterhin vergeben, wenn sie Gott bitten möchte, Mariam zu retten. In dem Gedränge der Leiber wird sie in den östlichen Abschnitt des Hofes geschubst. Die Menge wird totenstill. Niemand – nicht Mann, nicht Frau – wagt es, ihr zu folgen. Das Gesetz ist eindeutig. Wenn diese innere Schwelle überschritten ist, gibt es keine Umkehr mehr. Mit den Beinen stößt sie an die scharfen Kanten des Opferaltars, und sie verliert das Gleichgewicht. Ihre Hand stößt ein Tongefäß zum Auffangen des Blutes um. Es zerschellt auf dem Boden. Während sie sich wankend wieder aufrichtet, sieht sie die zweischneidigen Messer an der Seite des Altars hängen. Es wird nur eine Art von Gebet hier drin gesprochen. Sie wird zu Stein. Und bevor die Welt sich in nichts auflöst, hört sie das Heulen ihres jüngsten Sohnes, während sich die schweigende Menge langsam teilt, um den Hohenpriester durchzulassen.

☆ ☆ ☆

An irgendeinem Punkt hatte ich vergessen weiterzuatmen. Und als meine Worte rauskamen, klangen sie abgewürgt und sonderbar. Aber dies ist 1948. Sie konnten doch unmöglich ... Eve warf mir einen Blick zu, der mich sofort verstummen ließ. Es ist außerdem Äthiopien, sagte sie. Das Bergland von Äthiopien.

Mariams lange Reise durch diese Berge wird auch eine Reise durch die Zeit. Die Frau des Hohenpriesters versteckt sich und wartet am Dorfrand auf das Mädchen. Sie legt ihr ein

Amulett um den Hals mit einer Nachricht darin, die sie einem alten Freund in Addis Abeba geben soll. Lauf in Richtung der aufgehenden Sonne, sagt sie zu Mariam. Und möge Gott mit dir sein, damit du die Stadt erreichst, die so aussieht und riecht wie der Dienstagsmarkt. Dann folge der Autostraße nach Süden, bis du den Ort siehst, wo die Menschen ihre Häuser auf Felsvorsprüngen bauen wie die Tauben. Zeige jemand diese Nachricht; sie werden dir sagen, wohin du gehen mußt. Sie wiederholt das mehrere Male, bis sie glaubt, daß das Mädchen verstanden hat: Laufe der aufgehenden Sonne entgegen.

Aber das Addis Abeba, das diese Frau kannte, gab es nicht mehr. Sie war eine der wenigen Beta Israel, die andere Juden aus der Welt draußen kennengelernt hatte. Vor Jahren war einmal ein Franzose gekommen, der ihnen erklärte, daß sie wohlhabende Brüder und Schwestern in seinem Land und anderen Ländern hätten. Es gebe neue und wundervolle Dinge, die man ihnen beibringen würde, und ihr Leiden würde bald ein Ende haben. Als diese Brüder und Schwestern nicht erschienen, sagte ihr Vater ihr, daß der Franzose gelogen habe. Er sei alleine dort draußen hinter jenen Bergen. Aber sie wollte Mariam zu einem Cousin schicken, der in einem Jungeninternat, das von diesem Mann eingerichtet worden war, unterrichtete. Er könnte sie zu Frauen bringen, die ihr helfen würden. Doch Mussolini war durch Addis Abeba gekommen, seit sie von dort weggegangen war. Alle jüdischen Schulen, die die Faschisten nicht schlossen, brannten sie nieder. Und als die rechtmäßige Regierung wieder an die Macht kam, beschlossen sie, alles so zu belassen, wie es war. Das jüdische Internat, das Mariam suchte, war ein Trümmerhaufen. Und die Namen, die auf ihrer Nachricht standen, waren die Namen von Toten.

Mariam ist verängstigt durch den vielen Verkehr, die lauten Geräusche, die Menschen, die schieben und schubsen. Vogelmonster fliegen über ihrem Kopf mit dem Geräusch von tausend Wespen. Sie rennt in einen Türeingang und bedeckt ihren Kopf, wenn sie sie am Himmel sieht, damit sie nicht von ihnen hochgerissen und verschlungen wird. Und die Frau des Hohenpriesters hat sich geirrt. Hier gibt es niemand, der ihr zeigen wird, wohin sie gehen muß. Sie lesen ihre Nachricht und sehen sie an wie eine Aussätzige. Sie wissen wohl, daß sie die Aussätzigen berührt hat, denn die sind überall in den Straßen, sprechen alle in sehr seltsamen Zungen. Aber sie weiß, daß sie unrein ist, und wenn sie ihr nur den Weg zeigen würden, könnte sie ihre Leute finden, und die würden ihr zeigen, wo sie sich waschen kann. Da ist wieder ein Vogelmonster, vor dem sie wegläuft und sich in einen Eingang in einer Gasse kauert. Und sie sieht schon wieder einen Aussätzigen, der sie durch die Schaufensterscheibe anstarrt. Wieso hat die Frau des Hohenpriesters das getan? Wieso hat sie sie in eine solche Welt geschickt?

Mariam rollt sich zu einer Kugel zusammen, als Gabriel die Tür öffnet. Sie ist zu müde, um noch einmal fortzulaufen. Sie kann es nicht glauben, als der alte Mann sie in ihrer eigenen Sprache anredet. Er sagt ihr, sie brauche keine Angst zu haben; er sei nicht krank. Es sei nur die Farbe seiner Haut. Er streckt seine faltigen Hände aus und dreht sie um, damit sie sie sehen kann. Ich bin im Exil wie du, sagt er; ich bin ein weißer Falascha. Und ich werde dich an einen Ort führen, wo du dich ausruhen kannst.

☆ ☆ ☆

Eve nahm eine Papierserviette und wischte die Schweinerei

auf dem Tresen weg. Ich war erleichtert, als sie das tat, denn ich hatte keinerlei Absicht, das anzurühren. Ich hob mit spitzen Fingern das Messer auf und warf es in den Müll.

– Was mit diesem Mädchen auch passiert sein mag, sagte Eve, sie ist schwanger. Und ich habe es hier mit einer völlig neuen Lage zu tun. Mein Haus ist eine Übergangsstation, genau wie dein Café. Und für dieses Mädchen gibt es keine Welt, in die es zurückkehren kann.

Aber ich hatte meinen Mann und Gabe darüber reden hören, daß die Juden endlich ein eigenes Land bekämen, so daß sie sich nicht mehr wie Dreck behandeln lassen müßten. Vielleicht konnte sie dort ein Zuhause finden. Aber Eve hatte nicht viel Hoffnung.

– Sie haben eben erst angefangen, in Israel eine Regierung zu bilden. Und selbst wenn sie bereit wären, sie als ihresgleichen aufzunehmen, würde es lange dauern, bis sie die entsprechenden Vorkehrungen getroffen hätten. Ob es dir gefällt oder nicht, sie gehört fürs erste uns. Und ich vermute, daß das Kind nächsten Sommer kommt. Ich gebe ohne weiteres zu, daß mir das Sorgen bereitet, Nadine.

Ich wußte, was sie meinte. Es war in dieser Straße noch nie ein Kind geboren worden. Und was bei uns dem am nächsten kommt, was man eine Jugendliche nennen könnte, ist Carries Tochter. Aber Angel ist eine komische Dreizehnjährige, mit diesen langen Röcken und den vornübergebeugten Schultern. Ihr Mißtrauen gegen alles Natürliche und Freie. Ihr Geist ist schon vor langer Zeit gealtert. Und es ist eine Schande, daß Carrie nicht merkt, wie sie das Mädchen kaputtmacht. Hat sie sich nie gefragt, wie Angel ihr überhaupt in dieses Café folgen kann? Völlig zwecklos jedoch, sie darauf hinzuweisen; man kann Carrie nichts sagen. Einmal hatte Eve nur im Vorbeigehen bemerkt, daß *Angel* ein seltsamer Name für das Mädchen sei. Und Carrie ging sofort hoch, redete davon, wie süß und unschuldig sie sei, und hatte gar nicht verstanden, was Eve meinte: Alle Engel in der Bibel sind Männer.

Ich hoffe, die kleine Mariam findet einen Ort, an den sie gehen kann, bevor das Baby kommt. Ein Kind *soll* einfach nicht in dieser Straße geboren werden. Es ist mir egal, aus was für Welten wir alle hierhergekommen sind; es gibt keine große Chance für das Leben, wenn ein Baby hier geboren werden muß. Aber vielleicht ist es diesem Baby bestimmt, ein ganz neues Zeitalter einzuleiten. Und wenn es kommt, wird es vielleicht wie eine Explosion von neuer Hoffnung oder so etwas sein, und wir werden uns einfach auflösen. Und vielleicht sollte ich einfach aufhören zu reden und abwarten, was passiert.

Miss Maples Blues

Sie sollen gleich wissen, daß Nadine Sie belogen hat. Ich bin nicht davongelaufen, weil ich wußte, daß sie und Eve hier dieses Duett abziehen würden. Wenn Sie die bösen Blicke gesehen hätten, die sie mir vorher zugeworfen hat – als wäre ich irgendwie für das verantwortlich, was dem kleinen Mädchen passiert ist. Als wäre es irgendwie meine Schuld, nur weil ich ein Mann bin. Und ich hab nur die Reparatur der Kaffeemühle als Ausrede benutzt, um heimlich entwischen und ihr ein Weihnachtsgeschenk kaufen zu können. Es wird das erstemal sein, seit wir verheiratet sind. Jedes Jahr sagt sie mir, ich soll mir die Mühe sparen, und ich halte mich dran. Aber ich spürte den dringenden Wunsch, etwas Nettes für meine Frau zu tun. Um sie wissen zu lassen, wie sehr ich sie schätze. Und darüber hinaus hoffte ich, sie würde verstehen, daß ich damit außerdem zeigen wollte, wie nahe Mariams Geschichte auch mir gegangen war.

Wir hängen hier keine Weihnachtsdekoration auf. Es marschieren zu viele unterschiedliche Leute rein und raus, und das Café festlich herrichten in der Tradition des einen hieße, die eines anderen zu vernachlässigen. Nicht jeder auf dieser Erde ist ein Christ. Genaugenommen sind die meisten Menschen auf dieser Erde keine Christen. Nadine sagt, ich hätte die allergrößte Berechtigung, über diesen Klub zu reden, weil ich ihm schon vor langer Zeit beigetreten bin. Aber ich lasse mir von ihr in dieser Festzeit meinen guten Willen nicht verderben.

Sogar Gabe und ich vertragen uns während der Feiertage. Ich habe ihn bisher nicht erwähnt, weil er mir auf die Nerven geht. Wenn er mit einer besonders ausgefallenen Behauptung daherkommt und ich ihn in die Enge getrieben habe, versucht er immer Punkte gutzumachen, indem er sich mit seinem Alter aufspielt.

Ich bin ein alter Hund, sagt Gabe, und habe keine Geduld für das Gewinsel eines Welpen. Er denkt, er wüßte alles. Es stimmt, er ist alt genug, um so ziemlich alles *gesehen* zu haben, aber aus dem einen folgt nicht notwendigerweise das andere. Also, es ging auf sein Chanukka zu, wohlgemerkt, und ich machte ihm Latkes. Und er sieht sie einmal scharf an, wie sie aufgehäuft auf dem Teller liegen: Mein Hündchen, du willst doch sicher nicht, daß dies mein letztes Chanukka wird? Ein Mann gewinnt nichts, wenn er die Ruhe verliert. Ich hätte ihm sagen können, wie mich diese Kommentare anstinken nach der ganzen Mühe, die ich mir gemacht habe, aber daraufhin hätte er mir bloß gesagt, daß ihn das einen feuchten Kehricht interessiert, und das hätte bedeutet, daß wir uns gewaltig in die Haare kriegen, und da mein Heiligabend bevorstand, wollte ich nicht Gefahr laufen, daß er womöglich nicht vorbeikam, um mir wie üblich mein Geschenk zu bringen. Eine Halbliterflasche russischen Wodka, so mild, daß er wie Samt die Kehle runterrinnt. Zwischen seinem Neujahr und meinem versuchen wir, unseren Waffenstillstand einzuhalten: keine Diskussionen über Politik, Religion – oder Essen.

Diese Weihnachtszeit geht mir immer an die Nieren. Es ist schlimm genug, daß wir offenbleiben müssen. Ein Urlaub wäre mal schön – Winter oder Sommer –, aber das gehört zu den beruflichen Nachteilen, wenn man einen solchen Laden betreibt. Ein anderer sind die Selbstmorde. Sie übersteigen in dieser Zeit unsere normale Rate: Menschen, die durch die Vordertür reinkommen und schnurstracks zur Rückseite des Cafés durchmarschieren – und nicht mehr wiederkommen. Ich versuche, mich um meinen Grill zu kümmern und mich nicht von der Stelle zu rühren, obwohl man manchmal die allerherrlichste Musik hört. Einen Chor mit Weihnachtsliedern. Das Blasen eines Schofars. Ghantãglocken. Chinesische Gongs. Glockenspiele. Oder den silberhellen Klang tunesischer Fingerzimbeln. Ich spähe dann schon mal durch die Hintertür und sehe kleine Partys oder auch riesige Partys. Manchmal fällt weiches Kerzenlicht über die Eßtische, oder Kristallkandelaber funkeln hinunter auf eine tanzende Menschenmenge, zwischen deren Füßen Kinder umherlaufen. Es gibt nicht jedesmal einen Weihnachtsbaum, aber immer ist Lachen zu hören. Ich kann sehen, ob es ein Selbstmord wird, wenn alles so grell zu leuchten anfängt, daß es in den Augen weh tut, und die schöne Musik wird so gedämpft, daß einem vor Anstrengung der Kopf weh tut, wenn man sie noch hören will. Ich geh wieder zurück ins Café, aber ich weiß, was dieser spezielle Gast vorhat: Sie werden da hinten so lange draußen bleiben, bis eine bestimmte Erinnerung einfach zu unerträglich wird.

In dieser Hinsicht kann die dürftige Einrichtung dieses Lokals in den Feiertagen eine Erleichterung sein. Es erinnert niemand an irgend etwas, außer an das letztemal, als jemand eine Verdauungsstörung hatte, oder an das letztemal, als Nadine jemand womöglich angefahren hat, weil er von ihr erwartete, daß sie ihre Kasse verließ, um an seinem Tisch zu bedienen. Keine ungewöhnlichen Vorkommnisse im Café. Sugar Man sagt mir, daß ich am heutigen Abend auf keinen Fall Miss Maple ins Café lassen darf: Es bringe Unglück, das neue Jahr mit einer Schwuchtel neben einem Salzstreuer einzuleiten. Na ja, ich vermute, dieser Aberglaube ist seiner Phantasie entsprungen. Und es hat keinen Sinn, ihm zum tausendsten Mal zu sagen, daß Miss Maple kein Homosexueller ist. Sugar Man muß daran einfach festhalten, sonst würde er den Verstand verlieren, wenn Miss Maple hier ist.

Miss Maple trägt Kleider. Leichte, baumwollene Hauskleider zumeist, weil er Eves Haushälter ist. Aber im Sommer, wenn er einen Tag frei nimmt, kann er hier schon mal in einem rückenfreien Sommerkleid oder einem kleinen Einteiler mit Pumphose auftauchen. Keine Spur von Perücken. Keine Spur von Make-up. Keine gepolsterten Einlagen. Keine Verkleidung. Und wenn es auf den Abend zugeht, hat er einen Stoppelbart, über den er mit der Hand streicht wie jeder andere müde Mann nach einer harten Tagesarbeit auch. Tatsächlich ist es unmöglich, in Miss Maple, wenn er hier hereinkommt, nicht einen ziemlich großen, ziemlich dünnen, rötlichbraunen Mann in einem leichten, baumwollenen Hauskleid zu sehen. Und damit hat es sich, abgesehen von einem Paar flacher Leinensandalen, um die Aufmachung zu vervollständigen. Er setzt sich rittlings auf den Tresenhocker wie ein Mann, bestellt mit tiefer Stimme und ißt seine Mahlzeit in unaffektierter Manier. Und wenn man auf eine Unterhaltung aus ist – obwohl das die meisten Leute nicht sind –, führt er sie auf völlig normale Art.

Ich gebe zu, zuerst fand ich es ein bißchen ungewöhnlich – wenn nicht geradezu sonderbar. Aber Sugar Man kann es nicht ertragen, kann es einfach nicht ertragen. Er fängt an zu vibrieren wie ein Preßlufthammer, seine Augenlider flattern mit affenartiger Geschwindigkeit, und *Schwuchtel* ist noch das Netteste, was er Miss Maple je genannt hat. Aber er sagt lieber nichts Gemeines in seiner Hörweite; einmal diesen Fehler zu machen hatte gereicht. Er fand heraus, warum Miss Maple nachts als Eves Rausschmeißer einspringt. Wenn Miss Maple den Herren sagt, daß es Zeit ist, nach Haus zu gehen, Kleid hin, Kleid her, dann gehen sie. Aber sobald er den Mund aufmacht, hört man, daß er nicht aus dem heruntergekommenen Teil der Stadt kommt. Vielmehr ist es eine kultivierte Stimme, und es ist offensichtlich, daß er eine gute Bildung genossen hat. Trotzdem, die schlanken Arme sind muskulös und die Fäuste ziemlich mächtig, und wenn er dazu genötigt wird, benutzt er sie auch.

Er findet allerdings nichts dabei, auf *Miss Maple* zu reagieren, denn ich glaube, es war Eve, die angefangen hat, ihn so zu nennen. Ja, es muß Eve gewesen sein, weil sie die erste war, die ihm hier begegnet ist. Sugar Man schwört, er hätte einen Petticoat und Stöckelschuhe getragen, als er das erstemal hier hereinmarschierte und laut verkündete, daß sein Name Miss Maple ist. Das hätte Sugar Man so entsetzt, daß ihm beinahe das Essen wieder hochgekommen wäre. Das ist eine glatte Lüge. Zunächst mal besitzt der Mann überhaupt keinen Petticoat oder Stöckelschuhe. Und zweitens stand ich genau da, wo ich jetzt stehe, als er das erstemal reinkam. Gekleidet wie ein Wall-Street-Bankier. Das einzig Merkwürdige an seiner Kleidung war damals, daß sein Hemd aufgeknöpft war und er die Jacke seines grauen Flanellanzuges über dem Arm trug. Ich hatte keine Zeit, ein Gespräch mit ihm anzuknüpfen; es ging zu wie in einem Taubenschlag an diesem Tag. Aber ich glaube, Sugar Man war überhaupt nicht hier gewesen. Und falls doch, wäre er nirgendwo in Eves Nähe gewesen. Und es war Eve, die zuerst den Namen benutzt hatte. Muß Eve gewesen sein, weil ich mich erinnere, daß sie mich vom Grill wegrief. Hier, ich habe endlich den richtigen Haushälter gefunden. Bailey, darf ich dir Miss Maple vorstellen? Und Eve nimmt nichts auf die leichte Schulter – gar nichts. Also muß er ihr während der langen Unterhaltung, die sie am Ende des Tresens hatten, erzählt haben, daß das sein Name war. Oder daß er beschlossen hatte, sich von den Leuten damit anreden zu lassen. Oder was auch immer.

Ich kann mich in eine Menge Köpfe hineinversetzen, wenn ich Zeit oder Lust habe. Aber wie Miss Maple an diesen Namen geraten ist, steht nicht gerade oben auf meiner Dringlichkeitsliste. Und es bereitet ihm nicht das geringste Problem, für sich selbst zu sprechen; wenn er es den Leuten erklären wollte, würde er es sicher tun. Was ich *wirklich* interessant finde, ist, daß er hier vor zwei Jahren mit einem abgenutzten Aktenkoffer und einem verknitterten grauen Flanellanzug reinkam und entschlossen war, von dem letzten Geld in seiner Tasche einen Revolver aus dem Pfandhaus zu kaufen – mit nur einer Kugel –, während er jetzt das neue Jahr im Wert von fünfzigtausend einläutet, Tendenz steigend. Nicht schlecht für einen Haushälter.

☆☆☆

Ich heiße Stanley. Meine anderen Vornamen sind Beckwourth Booker T. Washington Carver. Das T steht für Taliaferro. Die meisten Leute wissen nicht, daß dafür auch das T in Booker T. Washingtons Name steht, und sie wissen nicht, daß James P. Beckwourth ein Kundschafter war, der die niedrigste Stelle entdeckte, an der Planwagentrecks die Sierras überqueren konnten, woraufhin er für seine Mühe mit dem Beckwourth-Paß und der Stadt Beckwourth, Kalifornien, belohnt wurde. Jemand wie Sugar Man, der glaubt, das Recht zu haben, mich wegen meiner Kleiderwahl lächerlich zu machen, weiß nicht einmal, wo die Sierras sind, oder daß farbige Pioniere wie Beckwourth überhaupt existiert haben oder daß George Washington Carver sehr viel mehr für die Welt getan hat, als nur Erdnußbutter zu veredeln. Immer wenn er in diesen Weihnachtstagen eine Briefmarke ableckt, um seine von Rechtschreibfehlern wimmernden Weihnachtskarten an alle jene zu verschicken, die das Pech haben, daß er ihre Adresse besitzt, dankt er Carver nicht einmal dafür, daß sie nicht vom Briefumschlag fällt. Das kommt daher, daß man ihm nur das beigebracht hat, was wir amerikanische Geschichte nennen.

Papa hat mich nach bedeutenden Männern benannt, weil er von mir dasselbe erwartete. Ich möchte gerne glauben, daß ich ihn nicht enttäuscht habe. Allerdings wünschte ich, er hätte mehr als nur einen Sohn gehabt, damit ich alle diese Namen nicht allein hätte tragen müssen. Weil auf den Stellenbewerbungen nie genug Platz war, kürzte ich sie einfach zu Stanley B. B. T. W. C. und meinem Nachnamen ab. Sicher, ich hätte das B. B. T. W. C. weglassen können, aber es gab mir immer die Gelegenheit zu einer kleinen Lektion in Geschichte, zwar kurz, doch, wie ich hoffe, denkwürdig für all die ungebildeten Individuen, die hinter den Schreibtischen saßen und darüber entschieden, ob ich einen anständigen Lebensunterhalt verdienen durfte oder nicht. Wenn ich daran zurückdenke, so bin ich sicher, daß sie alles für erlogen hielten und daß der Rest meiner Bewerbung ebenfalls ihren Bildungshorizont überstieg.

Farbige wurden nicht in Kalifornien geboren – nicht mal in der zweiten Generation. Und Farbige hatten keinen Doktortitel. Einigen wurde es wohler zumute, wenn ich behauptete, daß ich aus *Süd*kalifornien stammte und daß wir auf unserer Farm Baumwolle anbauten. Ich nehme an, das, zusammen mit dem teuren Schnitt meines Dreiteilers, beruhigte sie immerhin soweit, daß sie es riskierten, mir den Posten des Oberwachmanns in einer Firma anzubieten, bei der ich mich als Fachmann für analytische Statistik beworben hatte. B. B. T. W. C. Die Geschichtsstunde mußte dann ein wenig prägnanter wiederholt werden, komprimiert in einer Sprache, die auch sie verstehen konnten. Meine Ausbildung hatte sich *nicht* mit der Anwendung von Mop und Besen befaßt, sondern mit der von Varianzen, Quadratwurzeln und Glockenkurven. Nun, es bestehe kein Grund, eingeschnappt zu sein – das Angebot laute *Ober*wachmann. Aha, jetzt war die Sache schon klarer: Der Posten umfaßte auch die verantwortungsvolle Aufgabe, die Mops und Besen zu *zählen*. Und so lief das in Los Angeles. San Francisco. Sacramento.

Und später, als ich mit dem Bus auf dem Highway weiterreiste, der jetzt über den Beckwourth-Paß führt, lief das auch so in Denver, Kansas City, Chicago, Philadelphia. Ich reiste nicht unterhalb der Mason-Dixon-Grenze, die einst die Sklavenstaaten von den Nordstaaten getrennt hatte, aus, wie ich damals dachte, einleuchtenden Gründen. Ein Opfer meiner eigenen Dummheit – alle achtundvierzig Staaten, in die der Bus mich bringen konnte, lagen *südlich* der kanadischen Grenze. Die Angebote häuften sich: Page, Postsortierer, Schlafwagenschaffner, Fahrstuhlführer. Und wer war ich schließlich, daß ich eine ehrliche Arbeit ablehnte? Es gab andere Neger mit akademischem Titel, die solche Arbeit machten. Wirklich, wer war ich denn schon?

Mein Großvater gelangte 1849 durch die Wüste von Arizona nach Kalifornien. Und wo er vorher hergekommen war, ist irgendwie unklar. Ich weiß, daß er kein Sklave war, denn so pflegte sich Tante Hazel immer auszudrücken: Mein Papa war kein Sklave. Es gab damals nur zwei Arten Neger, sagte sie stets: solche, die Sklaven waren, und solche, die keine Sklaven waren. Sie war jedoch klug genug, ihn niemals frei zu nennen. Und soweit ich es mitkriegte, war er nicht besonders helle gewesen. Es waren Tausende mit ihm in diesem Treck, um nach Box Canyon zu ziehen und in der Nähe von Sutter's Mill entweder auf eine Enttäuschung oder auf unaussprechlichen Reichtum zu stoßen, aber nachdem er den höllischsten Teil der Reise überstanden hatte, ließ er es nahe des Zusammenflusses von Gila und Colorado gut sein. Er stieß gleichwohl auf Gold, als er meine Großmutter kennenlernte. Damals wußte er das nicht und fand wohl, daß er in die Fänge einer verrückten Yuma-Squaw geraten war.

Papa erbte schließlich über dreitausend Morgen fruchtbarsten Landes im Imperial Valley, weil sein Vater Angst vor seiner Frau gehabt hatte. *Seen-yae-n'ye-hanãc*, sagte der Ehemakler und zeigte auf meine Großmutter; und das war sie in der Tat: ein hübsches Mädchen mit ihrer eingeölten Mahagonihaut und ihrem pechschwarzen Haar, bekleidet nur mit einem Schurz aus Borke, der an den Schenkeln gefranst war. Aber es waren wahrscheinlich ihre unglaublichen Brüste mit den silberdollargroßen Brustwarzen, die das Geschäft zum Abschluß brachten. Mein Großvater wäre genausogerne dort geblieben, wo er war, wenngleich ihm aufgegangen war, daß man ihn beim Handel um meine Großmutter beschubst hatte. Obwohl sie die Tochter eines Medizinmannes war, hätte er für dieselbe Perlenschnur ein Maultier bekommen, das ihm beim Pflügen der Felder für seinen Mais und seine Melonen hätte helfen können. Und ein Maultier hätte keine frechen

Antworten gegeben. Meine Großmutter sprach etwas Spanisch und ihre Muttersprache, Cuchan. Mein Großvater machte sich daran, ihr die wichtigsten Sätze auf englisch beizubringen: *Ich bin der Mann. Du – Frau.* Aber es stellte sich heraus, daß er ihre Sprache sehr viel schneller lernte: *co-barque*. Das bedeutete *nein*, und das sollte er sehr oft zu hören kriegen.

Sogar nachdem sie Englisch gelernt hatte, nahm sie Zuflucht zu Cuchan, wenn sie etwas durchsetzen wollte. Und sie wollte unentwegt durchsetzen, daß sie weiter nach Westen zogen. Und hier muß ich Partei für meinen Großvater ergreifen. Es gab nichts auf der anderen Seite der Yuma-Siedlung außer Bergen und Wüste. Aber kurz vor ihrer Heirat hatte meine Großmutter den Traumtanz zelebriert: Sie sah, wie der rote und der schwarze Fluß aufeinandertrafen, wie das Wasser aufwirbelte und pfeilgerade vorwärts schnellte, um durch die Berge zu schießen und plötzlich daraus hervorzusprudeln und die Wüste zu überschwemmen. Und sie sah ihre Söhne, dunkel wie die Nacht, stolz wie die Adler, die weißes Gold aus der Erde bargen. Übersetzung: Ich hätte jemand meiner eigenen Rasse nehmen können. Aber jetzt, wo ich dich geheiratet habe, Neger, bring mich nach Westen.

Sie ließ ihm keine Ruhe mit ihrem Drängen, nach Kalifornien zu gehen: *N'ya-hap me-ye-moom*. Keine Hilfe mehr bei der Ernte: *N'ya-hap me-ye-moom*. Keine warmen Mahlzeiten mehr: *N'ya-hap me-ye-moom*. Und schließlich keinen Sex mehr. Aber du bist doch schon in Kalifornien, du verdammte Närrin, tobte mein Großvater nachts und hielt sich die schmerzenden Eier. Aber er wußte, was sie meinte, und er wußte auch, daß er lieber nicht versuchen sollte, sie durch Schläge gefügig zu machen. Denn so hatte er das Cuchanwort für seine Nase – *e hotche* – gelernt: als sie sie ihm gebrochen hatte.

Sie gingen in die Wüste und ernährten sich von Mesquitbohnen, von den Wurzeln wilder Agaven und von dem Traum meiner Großmutter. Die Lehmhütte, die sie bauten, spendete ihnen Schatten, wenn die Mittagstemperaturen über 45 Grad stiegen, und gab ihnen Schutz vor den Nachtwinden, die kalt genug waren, daß ihnen die Zähne klapperten. Mein Großvater verfluchte sein Schicksal, wenn er Wasser von einem nahegelegenen Fluß anschleppte, um einen kleinen Garten zu bewässern; meine Großmutter zog einen Kreis auf dem Boden, durchwachte die bitterkalte Nacht, in der Sternschnuppen den Himmel im Südwesten erhellten, erhob sich im Morgengrauen und sagte: Wir müssen Anspruch auf dieses Land erheben. Wenn es dazu eine Möglichkeit gegeben hätte, hätten sie wohl wenig Konkurrenz gehabt. Aber das Problem war, daß die Mexikaner es kürzlich im Krieg an die Vereinigten Staaten verloren hatten, und meine Großeltern waren beide keine Amerikaner.

Das hielt ihr erstes Kind nicht davon ab, auf die Welt zu kommen. Bis das zweite kam, hatten alle Neger, die angeblich nicht in Kalifornien lebten, 1855 eine Bundesversammlung abgehalten und genug Geld aufgebracht, um in den Gerichten des Landes genug Staub aufzuwirbeln, damit mein Großvater das Recht bekam, dieses Fleckchen Land zu kaufen – falls es jemandem gehört hätte. Aber es gehörte niemandem, und so fiel es unter Staatsbesitz. Und während es ihm jetzt erlaubt war, alles private Eigentum in Kalifornien zu kaufen, das jemand ihm verkaufen wollte, gehörte das öffentliche Eigentum den ganzen Vereinigten Staaten von Amerika, und es sollte noch einen weiteren Krieg, weitere dreizehn Jahre und zwei weitere Kinder lang dauern, bis er auf dem Papier ein Amerikaner wurde. So pflegte Tante Hazel das immer auszudrücken: 1868 wurde mein Papa ein echter Amerikaner – auf dem Papier. Meine Großmutter sollte als nicht naturalisierte Einwohnerin weiterleben und sterben. So mußte alles, was das Land betraf, über ihn erledigt werden. Nicht, daß die beiden irgendwie berührt gewesen wären von den ganzen Aufregungen in den Zedernhallen Sacramentos und den Marmorhallen von Washington, D. C., um zu entscheiden, wer und was sie waren. Sie wußten, was sie waren: ein Mann und eine Frau mit vier Kindern, die sie ernähren mußten, und einem weiteren, das sich entschloß, mitten in einem Sandsturm zur Welt zu kommen. Mein Großvater holte diese einzige Tochter mit eigenen Händen raus, da meine Großmutter nicht in der Lage war, wie gewöhnlich wegzugehen und sich beim Bach hinzuhocken.

Ich habe das hier alles nur erzählt, um klarzumachen, daß für sie das Heimstättengesetz, das den Siedlern zugestand, eine Grundparzelle vom Staat zu erwerben, kein Hindernis mehr war, als sie schließlich die lange Reise nach San Diego antraten, um ihre ersten 160 Morgen eintragen zu lassen. Als der Beamte die Grenzen auf der Karte markierte, fragte er meinen Großvater, ob er verrückt sei. Der sagte nein, aber seine Frau sei es. Nach der Arbeit ging der Beamte im Saloon mit seinen Kumpeln einen trinken und amüsierte sich köstlich über den blöden Provinztrottel, den seine Squaw so unterm Pantoffel hatte, daß er hinging und ein Stück Land mitten in der Wüste beanspruchte, nur weil sie von weißem Gold geträumt hatte. Der Wirt vom Saloon hörte das mit einem Ohr und wiederholte die Geschichte bei einer Gruppe am anderen Ende der Bar. Sie wurde später am Black-Jack-Tisch noch einmal erzählt, am nächsten Abend im örtlichen

Bordell und dann beim Sonntagsgottesdienst der Methodisten. Am Montag mittag war das Büro für Claimvergabe gerammelt voll.

Sie kamen mit Spitzhacken, Schaufeln und Dynamit. Sie kamen in Planwagen, in offenen Wagen, sie kamen zu Fuß. Ihre Pferde wühlten den Bach auf, den meine Großeltern zum Trinken benutzten; ihre Kinder stahlen die Melonen aus dem Garten. Und das fünfte Baby schrie den ganzen Tag lang, während Explosionen die Erde um sie herum zum Beben brachten. Die meisten gaben nach wenigen Wochen auf, die zähesten hielten ein Jahr durch. Je länger sie blieben, desto billiger wurde es für meinen Großvater, ihnen die Parzellen abzukaufen. Die ist nicht mal zehn Cent pro Morgen wert, fauchte ein empörter Goldgräber wütend; bleib du nur hier, bis du umfällst, und betrachte es als ein Geschenk des Himmels. Aber meine Großmutter bestand darauf, daß mein Großvater ihnen etwas bezahlte, und wenn es nur ein Penny pro Parzelle war, damit die Verkaufspapiere rechtmäßig waren. Die Yumas hatten schon gelernt, was der weiße Mann tun konnte, wenn einem das Land von Gott geschenkt worden war.

So besaßen sie am Ende etwas über 3000 Morgen voller Kakteen, Zwergzedern und wildem Salbei. Aber meine Großmutter sollte noch ihre Vision von dem Wasser, das durch die Wüste floß, Wirklichkeit werden sehen, denn der Imperial Canal, das über 200000 Hektar große Bewässerungsfeldbaugebiet, wurde fertiggestellt, kurz bevor sie starb. Und sie hatte meinem Großvater die dunklen Söhne geboren – acht davon – und zwei Töchter. Das weiße Gold sollte später kommen. Baumwolle spielte nicht nur in den Südstaaten eine große Rolle; wir bauten auch viel davon in Kalifornien an.

Und wir waren sogar in der Lage, auf unserer Farm die besten Ballen herzustellen, die langfasrige Pima-Baumwolle, denn die älteren Brüder meines Vaters hatten eine Ausbildung in Agrarwissenschaft. Sie wären an der Schule in der Nachbarschaft nicht aufgenommen worden; ein Neger ist ein Neger. Also hielt meine Großmutter ihren Mann im Hintergrund und schrieb sie in der Missionsschule ein, die im Yuma-Reservat errichtet worden war. Und da ein Indianer ein Indianer ist, konnte ihre Mutter ihnen eine Ausbildung verschaffen, während ihr Vater ihnen das Land besorgt hatte.

Papa war ihr letztes Kind und zum Farmer nicht wirklich geschaffen. Zu einer anderen Zeit, an einem anderen Ort wäre mein Vater Philosoph oder vielleicht Dichter geworden. Seine Brüder hielten ihn nur für verwöhnt und faul. Und traurigerweise hielt ich ihn für einen Feigling. Er ließ in den Grabstein meiner Mutter meißeln: Blume der Wüste. Tochter des Windes. Frau meines Herzens. Mutter unserer Zukunft. Ich vermute, er hätte noch weitergemacht, aber ihm ging der Platz aus, da er noch eine Zeile für ihren Namen und das Datum brauchte. Sie wurde in jungen Jahren ermordet. Meine Mutter war das jüngste Kind einer entflohenen texanischen Sklavin und eines mexikanischen Ranchers. Ich erinnere mich nicht mehr an sie, aber man erzählte mir, daß sie nur Spanisch gesprochen habe und daß sie stolz und schön und so schwarz wie die Nachtluft gewesen sei, in die sie so gerne sattellos hinausgeritten war. Ihr Vater vergab ihr die Heirat mit meinem Vater niemals, vor allem nicht, nachdem dieser nicht mithelfen wollte, den Landstreicher zu lynchen, der sie vergewaltigt hatte und sie dann sterbend in einer Schlucht hatte liegen lassen. Mein Vater verspürte keine Lust, einen Mann zu kastrieren und ihn dann lebendig am Spieß zu braten. Tante Hazel schon; sie sorgte für den Holznachschub, weil meine Mutter eine ihrer Lieblingsschwägerinnen gewesen war.

Aber Papa liebte meine Mutter; er war der einzige unter seinen Brüdern, der tatsächlich aus Liebe geheiratet hatte. Die anderen wußten, daß so etwas im besten Fall riskant war. Es mußten Ehefrauen ausgesucht werden, die für das Leben geeignet waren, das sie ihnen im Imperial Valley zu bieten hatten. Und ich hatte Tanten aller Schattierungen: reinrassige Yumas; reinblütige Negerinnen; reinblütige Mexikanerinnen; Yuma-Mexikanerinnen; mexikanische Irinnen; mexikanische Negerinnen und sogar eine reinblütige Afrikanerin, die noch ein paar Sätze Ashanti konnte: alle gesund und kräftig. Frauen, die sich den ganzen Tag lang über Baumwollsträucher beugen konnten und nachts noch über einen Mann. Denn es mußten viele Babys kommen; wir hatten sehr viel Land.

Während ich aufwuchs, verschwendete ich keine großen Gedanken daran, was meine Cousins und ich waren; es konnte einem ganz schwindelig werden, wenn man diese vielen Abstammungslinien verfolgte. Die Amerikaner hatten allerdings keine Probleme mit unserer Identität; sie führten ein Sechs-Buchstaben-Wort ein, um das Yuma-irisch-mexikanisch-afrikanische-Gemisch unserer Herkunft zu entwirren. Und nachdem das Tal mit einem Bewässerungssystem durchzogen war, sahen wir zu, wie sie über die Ostgrenze hereinströmten. Brawley, Holtville und Westmorland wurden blühende Kleinstädte und El Centro eine richtige Großstadt. Die amerikanische Flagge wurde vor den neuen Postämtern und auf den Dächern der Rathäuser gehißt. Unsere Gewinne verdoppelten sich beinahe, weil die Lieferkosten durch die neue Baumwollbörse in El Centro halbiert wurden; auch auf diesem Gebäude wehte die amerikanische Fahne. Und im Tal lernten wir die neue Sprache des Fortschritts: *Hoover-Damm. Elektrizität. Highway.* Die Frauen meiner Onkel wurden auf den Feldern durch Wanderarbeiter und Farmpächter ersetzt. Meine Cousins gingen fort an Privatakademien. Papa konnte es nicht über sich bringen, sich von mir zu trennen; er sagte, er würde den Sachen nicht trauen, die sie in den Schulen unterrichteten, und engagierte einen Privatlehrer. All das mitten in einer Depression, denn auch in so schweren Zeiten machten Princeton und Harvard selbstverständlich nicht zu, und die Nachtklubs florierten; und wir bauten die Pima-Baumwolle für diese feinen Oberhemden an.

Wir wurden von den Amerikanern so ziemlich ignoriert, bis sie feststellten, daß uns tatsächlich das ganze Land gehörte, das wir bestellten, und die Scheunen und die Mähmaschinen und die Lastwagen und die Kneipen. Sie standen sprachlos am Rand unserer Felder, die sich weiter erstreckten als jeder Horizont, den sie sehen konnten; der Fortschritt hatte ihnen keine Vokabel gegeben, um das Land und uns miteinander in Verbindung zu bringen. Sie wußten zwar, was wir waren, und jeder Narr konnte sehen, was das Land wert war. Aber wie brachte man diese beiden Sachen zusammen? Und da sie keine Worte hatten für das, was sie sahen, glaubten sie, es hätte kein Recht zu existieren. Die echten Amerikaner wußten nicht, daß sie tatsächlich so dachten, denn, verstehen Sie, in der Schule hatte man ihnen beigebracht zu glauben, daß jeder Mensch – egal welcher Rasse – das Recht auf alles hatte, wofür zu arbeiten und Opfer zu bringen er bereit war. Aber irgendwie, irgendwie ging ihnen der Anblick von Papa, wenn er in seinem La-Salle-Kabrio vor der Holtville-Bank vorfuhr, durch Mark und Bein. Er kam aus der Bank zurück, und seine sämtlichen Weißwandreifen waren platt, und dieses Sechs-Buchstaben-Wort war mit Dreck über seine Windschutzscheibe geschmiert. Rabaukenstreiche, sagte der Sheriff zu ihm. Doch, er habe versucht, Zeugen aufzutreiben, auch für das letztemal, aber es sei komisch, wie alle behaupteten, nichts gesehen zu haben. Papa würde ihm seine Arbeit wesentlich erleichtern, wenn er solchen Ärger einfach nicht weiter provozierte und das Automobil nicht mehr in die Stadt mitbrächte.

Aber er konnte nicht unbekleidet in die Stadt gehen. Und außer guten Wagen mochte mein Vater maßgeschneiderte Anzüge. Wegen des Wetters kleideten wir uns in Südkalifornien anders; kurzärmelige Hemden mit offenen Westen und Baumwollhosen waren ebenso verbreitet wie geflochtene Sandalen und Halbschuhe. Dazu trug man entweder einen Panamahut oder eine Segeltuchmütze, und alles zusammen ergab das, was wir eine Holtville-Kluft nannten. Papa neigte mehr zur *Esquire*-Kluft (Feine-Pinkel-Kleidung, feixten meine Onkel) und trug sie genauso lässig, wie wir unsere Klamotten trugen, aber es ließ sich nicht verkennen, daß seine Jagdjacken und seine gemusterten Seidenschals direkt aus Palm Springs kamen. Und wenn er keine Sandalen mochte, mochte er eben keine Sandalen. Eure Zehen brennen nicht; meine auch nicht, sagte Papa immer. Und er trug diese Leinenslipper mit Kalbslederverarbeitung, auch wenn in der Stadt unweigerlich auf ihnen herumgetreten wurde.

Ich begreife jetzt sehr viel, was ich damals nicht begriff. Ich hielt meinen Vater für einen Jammerlappen, weil er sich nie wehrte. Er mußte doch wissen, daß es kein Versehen war, wenn eine Ladung Kautabak vor unseren Füßen ausgespuckt wurde und einen Fleck auf dem Schlag seiner Hose hinterließ. Kein Ladenbesitzer war so kurzsichtig, daß er jeden anderen an der Theke bediente, bevor er endlich uns erblickte. Holtville war nicht so überfüllt, daß wir angerempelt und weggeschubst werden mußten, wenn wir eine Straße überqueren wollten. Meine Onkel hätten sich das nicht gefallen lassen. Und nichts dergleichen passierte natürlich, wenn Tante Hazel bei uns war. Hazel die Hexe, flüsterten sie in der Stadt hinter ihrem Rücken. Und sie faßte das als Kompliment auf. Tante Hazel war die einzige Mutter, die ich kannte, da sie mich aufgezogen und uns den Haushalt geführt hatte, nachdem meine richtige Mutter umgebracht worden war. Alles, was ich über meine Großeltern erfuhr, hat sie mir berichtet. Und sie sagte, eines Tages würde ich es verstehen, daß mein Vater mir etwas ganz Besonderes beibrachte: meinen Mann zu stehen.

Aber ich sah ihn überhaupt nicht als Mann. Ich war der einzige unter den Jungen, der keinen Cowboyanzug und ein Paar Kinderpistolen zu Weihnachten bekam – ich bekam Bücher. Und ich war der einzige, der nicht ins Kino gehen durfte, wenn ein Tom-Mix-Film gezeigt wurde. Wir billigen in diesem Haus keinen Völkermord, sagte er. Aber Kinder werden trotzdem Cowboy und Indianer spielen, und da ich niemals ein Halfter und Pistolen besaß, war ich zum Indianer abgestempelt. Sogar mein Cousin Tomaso, dessen Mutter eine reinrassige Yuma war und ihn nach einem berühmten Häuptling benannt hatte, sogar *er* bekam einen Cowboyanzug. Und da stand ich nun, immer derjenige, der auf die Pappeln klettern und einen markerschütternden Schrei ausstoßen mußte, bevor er runtergeschossen wurde und ins Gras beißen mußte. Ein Verlierer. Und der Sohn eines Verlierers, so wie meine Onkel es darstellten. Die Älteren konnten sich noch daran erinnern, wie es war, in der Wüste zu überleben, und sie waren harte, strenge Männer, die in Papa einen Weichling sahen. Sie nannten meinen Vater *Butterkeks*. Sie sagten mir nie, was das bedeutete. Ich wollte gerne glauben, der Spitzname komme daher, daß er der jüngste Bruder und der einzige gewesen war, den zu verhätscheln meine Großmutter Zeit und Muße gehabt hatte. Aber da ich wußte, sie hielten meinen Vater für sonderbar, weil er so lang mit dem Heiraten gewartet und nach dem Tod meiner Mutter nicht wieder geheiratet hatte, und da ich wußte, wie der Verstand meiner Onkel arbeitete, mußte *Butterkeks* etwas viel, viel Gemeineres bedeuten.

Sie betrachteten seine Bibliothek als Geldverschwendung – nicht, daß sie etwas gegen Bücher gehabt hätten, aber seine Bücher waren in Maroquinleder gebunden und mit Goldschnitt versehen, und nicht eins dieser verdammten Dinger konnte einem dabei helfen, den Baumwollkapselkäfer zu bekämpfen – oder irgend etwas anderes. Sicher, ihre Söhne waren fort in der Schule und studierten, aber obwohl sie eine Heidenangst hatten, die Jungs könnten sich dort mit einer Alte-Jungfern-Sprache wie Latein oder Griechisch abgeben, so würden sie das zumindest anhand der Lektüre von Cäsars *Über den Gallischen Krieg* tun; während dieser kleine Weichkäse, den er aufzog, sie anhand von Plutarchs *Parallelen Leben* lernen mußte. Äsop. Aristoteles. Aurel. Er hielt sie in alphabetischer Ordnung. Er las beinahe alles, wählte aber nur besondere zum Binden aus. Dante. Donne. Dubois. Dunbar. Ich hinterlasse dir ein Vermächtnis, sagte er, ein *sorgfältig* ausgewähltes Vermächtnis. Ich persönlich war nicht besonders interessiert an James, an C. L. R. oder an Henry sen. Die Philosophie hatte meinen Vater nicht vor der Verachtung bewahrt, die man uns in der Stadt entgegenbrachte. Die Philosophie hatte ihm keinen Schneid verliehen.

Ich haßte es, mich meines Vaters zu schämen, und als ich ihm das endlich sagte, traten ihm Tränen in die Augen. Und dafür schämte ich mich auch.

Komisch, ich hätte mich beinahe entschlossen, ihn an diesem Tag nicht nach Holtville zu begleiten. Mir blieben noch drei Wochen bis zu meinem Fortgang zur Universität, und ich zählte die Tage. Er war ganz aufgeregt, weil mein Geschenk zum Schulabschluß eingetroffen war, aber wer wollte das schon haben? Ich hatte keine richtige Schule besucht wie meine Cousins, was für einen Abschluß hatte ich also gemacht? Auch hätte ich eine Shakespeare-Gesamtausgabe nicht als wirkliches Geschenk bezeichnet – feinstes Pergament hin oder her, ob aus England oder sonstwoher. Und die verbreitete Theorie besagte, der alte Barde habe ein paar echte Probleme mit seiner Männlichkeit gehabt. Männlichkeit ist das Hauptthema, das die Gedanken eines heranwachsenden Jungen beherrscht, und man neigt dazu, hinter jedem Busch einen Schwulen auszumachen. Auf jeden Fall sah ich einen hinter Jago, Brutus und diesem jämmerlichen Hamlet hervorlugen. Und hier war Papa und erwartete von mir, daß ich diesen Scheiß den ganzen Weg bis nach Stanford mitschleppte. Stanford, wohlgemerkt, während mein Cousin Tomaso, der so dämlich war, daß er kaum seine Schnürsenkel zusammenbinden konnte, und der es mit Mühe auf eins der staatlichen Colleges geschafft hatte, die jeden aufnehmen mußten – sogar uns –, eine Schachtel Pariser von seinem Vater bekommen hatte. Und mein Onkel hatte ihm auf den Rücken geklopft und gesagt: Sieh zu, daß du sie alle an *einem* Ort benutzt. Nun, das nenne ich ein *richtiges* Geschenk. Ein Männergeschenk. Also, danke, Papa, aber nein danke. Ich habe keine Lust, nach Holtville zu fahren.

Doch mein Vater war so stolz auf das, was ich erreicht hatte, daß er nicht im Traum daran dachte, sich von mir beirren zu lassen. Er polierte den La Salle auf Hochglanz und putzte sich an diesem Nachmittag todschick heraus: ein doppelreihiger Blazer, ein bunter Seidenschal mit passendem Brusttuch, ein Strohhut gegen die Sonne und dann noch diese Leinenslipper mit Kalbslederverarbeitung. Und nachdem er sich angekleidet hatte, lehnte er sich gegen das Kabrio und spielte seine Trumpfkarte aus. Die Bank würde mir kein Geld auszahlen, solange ich an der Universität war, falls sie nicht meine Unterschrift in den Akten hätten, und ich dürfte es als nützliche Information betrachten, daß heute einer der wenigen kostbaren Tage war, an denen er, trotz meiner Haltung, gerührt genug sei, um für meine Identität als sein Sohn zu bürgen. Übersetzt: Steig in den Wagen, du undankbarer Rotzlümmel, oder du wirst es bereuen. Aber er ließ mich so tun, als müßte ich mir die Sache noch einmal überlegen. Er wartete sogar geduldig, während ich in aller Seelenruhe meine Ausgehklamotten anzog: eine abgewetzte Arbeitshose und ein einfaches Baumwollhemd. Ich schlenderte aus dem Haus und verkündete mit der Arroganz, die nur ein Achtzehnjähriger, der von jemand anders unterstützt wird, aufbringen kann: Ich fahre nur mit, wenn wir den Laster nehmen. Ich habe es satt, platte Reifen zu wechseln.

Wir nahmen den Laster. Aber das war egal – er war ohnehin längst zum Freiwild geworden. Und während die Gatlin-Jungs wahrscheinlich meine Meinung über Shakespeare geteilt hätten, wenn sie nicht analphabetische Schwachköpfe gewesen wären und auch nur die leiseste Ahnung gehabt hätten, wer das war, so wußten sie doch, daß das, was in den Kisten da hinten auf unseren Laster geladen wurde, egal, was es war, mit Geld gekauft worden war, das sie nicht besaßen, von einer Farm, auf der man sie für unfähig befunden hatte, auch nur als Pächter angenommen zu werden. Echte Amerikaner wie sie, wohlgemerkt, als Arbeiter abgelehnt, von Leuten wie uns. Dieses Land war nicht beschissen. Dieses Land ging verdammt noch mal vor die Hunde. Wenn diese vier nicht gerade die Bank vorm Frachtbüro wärmten, betranken sie sich und verprügelten sich gegenseitig in ihrer Stammkneipe; und wenn sie dort rausgeworfen wurden und es schon spät genug am Tag war, schafften sie es noch zu ihrer Klan-Versammlung.

Der Ku-Klux-Klan wurde nicht lange nach der amerikanischen Fahne nach Kalifornien importiert; in den zentral gelegenen Staaten des Landes ins Leben gerufen, breitete er sich von Indiana her aus, bis es in beinahe allen Staaten Ortsgruppen gab. Aber er hatte Schwierigkeiten, in unserem Gebiet Fuß zu fassen, obwohl er, wie die Kommunistische Partei, während der Depression allmählich an Macht gewann. Die entlassenen Landarbeiter aus Oklahoma, die vor dem Hungertod flüchteten, hatten ein Problem mit unserer Nähe zur mexikanischen Grenze; sie entdeckten bald, daß die anderen Wanderarbeiter nicht nur spanisch sprechende Nigger waren, sondern ein Haufen spanisch sprechender, gemeiner Irrer, die einen, falls man eine ihrer Frauen mißhandelte, mit großer Wahrscheinlichkeit nachts nach Hause verfolgten und einem die Kehle durchschnitten. Und eigentlich waren solche rüpelhaften Mitglieder wie die Gatlins eine Schande für den örtlichen Klan und hielten manchen vom Beitritt ab. Unser Klan war ein friedlicher Verein von Geschäftsleuten und wohlhabenden Grundbesitzern. Sie trafen sich, um ihr Daseinsrecht zu bestätigen und unseres nicht, während sie mit Hilfe der Handelskammer und der Grundbesitzervereinigung daran arbeiteten, daß das auch so blieb. Sie versteckten den guten Brandy, sobald die Gatlins auftauchten, und sie waren gezwungen, in peinlichem Schweigen zu verharren, wenn sie von ihnen als Haufen schwanzloser Wundertiere beschimpft wurden.

Tatsächlich war auch der Vorsteher des Frachtbüros ein Klan-Mitglied. Peters war ein kurzsichtiger, buckliger kleiner Bursche, den man nie ohne eine zerlesene Ausgabe von *Collier's* oder einen Groschenroman sah. Er forderte uns auf, die Kisten vor ihm zu öffnen, weil er keine Schadensersatzansprüche anerkennen würde, sobald sie einmal sein Büro verlassen hatten. Aber Papa kannte bereits seine Geschäftspraktiken mit uns und hatte sein eigenes Brecheisen mitgebracht. Peters schien nie eins zu haben, das er uns zum Gebrauch ausleihen konnte. Ich drehte dem ganzen Geschehen den Rücken zu und starrte aus dem Bürofenster. Er konnte mich dazu bringen, ihm hinterherzudackeln, aber ich sah keine Veranlassung, ihm zu helfen. Die Straßen wurden wieder belebter, die Leute wagten sich langsam wieder nach draußen, nachdem die größte Hitze des Tages am Abklingen war. Die Gatlins waren noch immer draußen an ihrem gewohnten Platz, und ich erinnere mich noch, daß ich gedacht hatte, wie seltsam es war, daß sie bei unserem Eintritt nicht viel gesagt hatten. Einer von ihnen hatte einen halbherzigen Versuch unternommen, Affenlaute von sich zu geben, aber das war ziemlich dürftig gewesen. Das Wetter hatte sie wahrscheinlich gebremst.

Ich konnte Papa ächzen hören, als er mit dem Brecheisen den Deckel entfernte. Die Kiste war mit Stroh ausgelegt, und darin eingebettet waren Hüllen aus Wachstuch. Jede Hülle war mit Haken und Ösen verschlossen, und darin war ein Paket, eingewickelt in Packpapier und fest verklebt. Nachdem das

Packpapier entfernt war, gab es noch eine Schutzhülle aus königsblauem Filz, die man abmachen mußte, bevor man zu dem jeweiligen Buch vorstieß. Als Papa schließlich den ersten Band ausgepackt hatte, stieß Peters einen leisen Pfiff aus. Das war ein echtes Kunstwerk.

– Wie viele von denen haben Sie da? flüsterte Peters.

– Es müßten achtunddreißig sein, sagte Papa.

Beide Männer ließen nicht den Blick von dem feinen Einband und dem schwarzseidenen Buchdeckel, während Papa das Buch in der Hand hin und her drehte.

– Aber Shakespeare hat nur siebenunddreißig Stücke geschrieben, sagte Peters.

Und dann sahen sie sich in die Augen, wobei sie wußten, was sie taten, und wußten, daß sie nicht aufhören konnten.

– Es gibt einen Extraband für die Gedichte und Sonette, antwortete Papa.

Peters nickte, und Papa reichte ihm das Buch. Wie ein behutsamer Liebhaber schlug Peters den Buchdeckel auf und wischte sich die verschwitzten Hände an der Hose ab, bevor er es wagte, das Deckblatt aus Seidenpapier zu berühren.

– Ich hab so was noch nie gesehen.

Die Titelseite zeigte einen Holzschnitt, die Ränder waren handbeschnitten.

– Sie müssen einen ganzen Acker dafür verpfändet haben.

– Er ist mein einziger Sohn, sagte Papa.

Und Peters nickte wieder. Der Zauber wurde gebrochen, als die Glocke über der Eingangstür bimmelte und der Postbote reinkam, um die Nachmittagspost vorbeizubringen. Peters reichte Papa den Band brüsk zurück und sagte: Unmöglich, jedes einzeln nachzuprüfen, Sie wärn hier bis zum Sankt-Nimmerleins-Tag. Nehmen Sie sie mit nach Haus, und wenn was nicht in Ordnung ist, bringen Sie sie zur Rücksendung wieder her. Es war das erstemal, daß er so was gesagt hatte, und auch das erstemal, daß er anbot, etwas mit raus zum Wagen zu tragen.

Die Gatlins waren wie vom Donner gerührt, als Peters mit der ersten Kiste rauskam. Und bis er alle drei Kisten aufgeladen hatte, hatten sie sich in eine stille Wut hineingesteigert. Als nächstes wird dieser Waschlappen noch mit denen zusammen essen. Als nächstes wird er sie fragen, ob sie nicht in den Klan eintreten wollen. Papa war gerade dabei, die Lieferscheine zu unterschreiben, als sie hereinkamen. Sie traten einer nach dem anderen ein, wobei hinter jedem die Türglocke anschlug und die Tür zuknallte, bis sie alle vier den Eingang blockierten. Ein leichtes Zittern machte sich um Peters' Mund bemerkbar, und er schluckte schwer. Papa ignorierte sie. Er las die Lieferpapiere gerade zum zweitenmal durch, da er alles zweimal überprüfte, bevor er unterschrieb. Er sagte Peters, daß das Lieferdatum falsch sei und geändert werden müsse; heute war der zwölfte August. Peters fuhr ihn an: Ändern Sie's doch selbst und schenkte den Gatlins ein nervöses Lächeln. Aber es war ein schwaches Lächeln, und es kam zu spät.

Der dicke Gatlin faßte hinter sich und schob den Riegel vor die Tür. Der schmuddelige Gatlin zog die Rouleaus vor den Fenstern runter. Peters zitterte jetzt sichtlich: Bitte, Jungs, ich will keinen Ärger. Ich hatte mich zentimeterweise zum Brecheisen geschlichen, das an der Theke lehnte, als der kahle Gatlin es mir wegschnappte. Er reichte es dem schielenden Gatlin, der es nahm und Papa mitten vor die Brust stieß: Wir sind hier reingekommen, um dir eine Frage zu stellen.

– Dann stellt sie, sagte Papa.

Tiere wie sie können Angst riechen, aber die einzigen, die in dem Raum schwitzten, waren Peters und ich. Mein Vater faltete die Lieferpapiere zusammen, steckte sie in die Tasche und blieb abwartend stehen. Er trug den Gesichtsausdruck eines Mannes zur Schau, dem es allmählich unendlich langweilig wird. Der schielende Gatlin wußte nicht, was tun; er sah zu dem schmuddeligen Gatlin, der den kahlen Gatlin ansah, aber es war der dicke Gatlin, der schließlich vortrat: Tja, meine Brüder und ich haben uns da draußen gefragt, wie es kommt, daß 'n mieser, stinkender, dreckiger Scheißhaufen wie du – na ja, so was, was aussieht, als käm's direkt aus 'm Urwald hier reingeturnt –, wie es kommt, daß er denkt, er könnte in der Stadt in so 'nen Klamotten rumstolzieren? Und dann grinste er, während er sich mit seitlich geballten Fäusten vor Papa aufbaute und die anderen Gatlins näher rückten. Papa blickte dem dicken Gatlin gerade in die Augen.

– Das ist keine schwierige Frage. Ich trage diese Kleidung, weil ich es kann.

Dann entfernte er sich von der Theke und bedeutete mir, ihm zur Tür zu folgen. Ich blieb stehen, weil ich wußte, daß sie uns nicht so einfach hier rauslassen würden, und ich war wütend auf meinen Vater. Wenn ich hier mit einem meiner Onkel gewesen wäre, hätte er diesen Dreckskerlen schon was beigebracht von wegen Urwald. Mein Onkel Leon hätte seine Pistole gezogen und diese Speckschwarte in seinen Wabbelbauch geschossen. Er redete von Scheiße, aber es hätte mehr Scheiße in diesem Laden gegeben, als jemand brauchen konnte. Mein Onkel Leon hatte mal einen Mann zu Brei geschlagen, nur weil der ihn schwarz genannt hatte. Und sogar Tante Hazel, gütiger Gott, Tante Hazel trug ein Stilett in ihrem Hüftgürtel. *Ich trage diese Kleidung, weil ich es kann.* Aber dieser Gatlin hatte etwas in den Augen meines Vaters gesehen, was ich nicht gesehen hatte – er hatte gesehen, daß für Papa die Sache erledigt war.

Er heulte auf wie ein verwundetes Tier – Nein, du *kannst* diese Kleidung *nicht* tragen. Hörst du mich? *Kannst* du nicht –, und er schlug Papa den Strohhut vom Kopf. Als Papa sich bückte, um ihn aufzuheben, schnappte ihn der dicke Gatlin hinten am Gürtel, holte ein Bowiemesser raus und schlitzte ihm die Hose entlang der hinteren Naht auf, bevor er ihn vornüber auf die Knie schubste. Die Klinge fuhr auch durch die Boxershorts, und beim Anblick eines seiner Hoden, der aus der zerrissenen Hose raushing, spürte ich einen schweren, dicken Kloß in meinem Hals. Der nächste Heuler kam von mir – ich sprang dem dicken Gatlin auf den Rücken. Der riesige Mann schüttelte mich wie eine Fliege ab. Aber darauf hatten die anderen nur gewartet, und der Spaß konnte beginnen.

Ich kann mich nicht mehr an alles erinnern, was dann geschah, bevor sie uns in den Lagerraum einschlossen, aber ich erinnere mich noch genau an die Geschwindigkeit ihrer Messer und die jubelnde Freude in ihren Stimmen, als sie uns am Boden festhielten und jede einzelne Naht unserer Kleider aufrissen. Was sie nicht zerreißen konnten, darauf trampelten sie herum – Mein Gott, das Ding hat also hinten doch keinen Schwanz –, was sie nicht unter ihren Füßen zertreten konnten, das bespuckten sie – und es hat auch vorn keinen großen Schwanz. Als wir nackt in den Lagerraum gestoßen wurden, fiel ich auf den Ellbogen, und vor Schmerz traten mir Tränen in die Augen. Ich saß auf dem dreckigen Fußboden, schaukelte vor und zurück und rieb mir den Ellbogen. Ich werde nicht weinen, dachte ich immer und immer wieder; eher bring ich mich um, als daß ich weine.

– Haben sie dir weh getan, mein Sohn?

Papa langte in der Dunkelheit nach mir, und ich schreckte zurück vor seiner Berührung. Faß mich ja nicht an. Ich biß die Zähne zusammen. Faß mich ja nicht an. Meine Augen gewöhnten sich an das Dunkel, und ich konnte undeutlich die Silhouetten von Kisten und von seinen nackten Füßen ausmachen. Die Luft war stickig und muffig; ein Schweißtropfen lief an der Seite meiner Nase lang und fing sich in dem Riß auf meiner Oberlippe.

– Keine Angst, Stanley, ich werde wegen dieser Gewalttat Anzeige erstatten. Diesmal sind sie zu weit gegangen.

Der Schmerz pochte in meinem Ellbogen, und im selben Rhythmus hämmerten meine Schläfen. Anzeige erstatten? Er wollte also Anzeige erstatten? Wenn nicht schon das Atmen so weh getan hätte, hätte ich gelacht.

Aber wir konnten die Gatlins auf der anderen Seite der Tür lachen hören. Das Stampfen ihrer schweren Schuhe. Peters' schrille Stimme. Ist gut, Jungs, laßt sie raus, der Spaß ist vorbei. Der Spaß ist vorbei, ich hab was zu tun hier. Die schweren Schritte kamen auf den Lagerraum zu, und eine Faust hämmerte an die Sperrholztür. Ich konnte die Spitzen seiner Schuhe in dem breiten Zwischenraum von unterer Türleiste und Schwelle sehen. He, ihr da drin. Das war der kahle Gatlin. He, wir ham gedacht, ihr habt vielleicht Hunger. Er kickte eine Bananenschale unter der Tür durch. Krumm und eklig lag sie da. Wieder hämmerte eine Faust gegen die Tür. Und wir ham überlegt, wißt ihr? – das war der schielende Gatlin, wir ham überlegt, wie wir 'n bißchen Geld aus der Sache rausholen können, wo die Zeiten so schlecht sind. Wir ham überlegt, wir machen aus dem Laden hier 'n Zoo und verkaufen Eintrittskarten. Meint ihr, euer Anblick ist zehn Cents wert? Sie amüsierten sich großartig, und ich konnte hören, wie der Atem meines Vaters neben mir rascher ging. Nee, die sind keine zehn Cents wert. Das war der dicke Gatlin. Die Leute wollen garantiert ihr Geld zurückhaben, wenn sie denen ihre kleinen Stummelschwänzchen gesehen ham. Und ich konnte den schmuddeligen Gatlin durch das Gelächter hindurch hören. Halt die Klappe, Peters … Aber sie konnten ja wohl nicht ewig so weitermachen, ohne neue Nahrung für ihren Haß, denn wir waren ganz still in dem stickigen und muffigen Raum, ganz, ganz still. Peters will mich nicht ans Telefon ranlassen – das war der schmuddelige Gatlin. Was soll das heißen, Peters will dich nicht ans Telefon ranlassen? Die Faust hämmerte wieder gegen die Tür – sie wollten sichergehen, daß wir die Szene mitkriegten. Also, ich wollt ’n R-Gespräch durchstellen zu Louis B. Mayer – drüben in Hollywood. Und ihm sagen, er kann ein Paar Affen wirklich billig für seinen neuen Tarzan-Film kaufen. Ach, keine Bange, hätt sowieso nicht geklappt; ich kenn keinen Juden, der ’n R-Gespräch annehmen würde. Das konnte ja wohl nicht ewig so weitergehen. Aber unser Schweigen schien sie immer mehr anzuspornen …

Ich würde in dem Raum nicht mehr lange atmen können. Der Mangel an Luft machte mir zu schaffen. Die Brust wurde mir eng, mein Kopf hämmerte, und ich wußte, gleich würde ich explodieren. Fetzen von mir würden sich über die Kisten verteilen, klebenbleiben an den Seiten dieser alten Kartons, sich zwischen den getrockneten Mäuseköteln verstreuen.

– So wahr Gott mein Richter ist, Stanley, dafür werden sie mir büßen.

Und zu meinem Entsetzen ging es los: Es gibt keinen Gott, Papa. Ich war aufgesprungen, zischte die Worte durch die Zähne, als meine Lungen explodierten und mein Kopf anfing, sich zu drehen und immer weiter zu drehen, hoch zu den Spinnweben an der Decke. Es gibt keinen Gott, sonst hätte er dich schon vor langer Zeit mit einem Blitz erschlagen. Du taugst nichts. Du wirst sie büßen lassen? Wie kannst du sie büßen lassen? Du bist nicht mal soviel wert wie der Affe, als den sie dich bezeichnet haben – du bist nichts. Und du bist ein *Nichts* gewesen. Nichts ... nichts ... nichts ... Mein ganzer Körper fing an zu beben, meine Zähne klapperten, meine Hände und meine Beinmuskeln entwickelten einen eigenen Willen. Er fing mich in seinen Armen auf, bevor ich zu Boden fiel. Und dann legte er mich sanft hin und hielt mich fest, während ich weinte wie das Kind, das ich war.

Mein Fleisch an seinem Fleisch; seine Brust war sehnig und hart, die Arme um mich stark und fest. Seine Hand ruhte auf meinem Hinterkopf, als ich mein weinendes Gesicht tief in seiner Schulter vergrub. Diese ganzen Jahre, sagte er, habe ich immer gehofft, du würdest verstehen. Ich hätte es aussprechen und erklären sollen, warum ich so gelebt habe. Es ist nicht einfach gewesen, Stanley, aber ich habe es für dich getan. Vom Tag deiner Geburt an habe ich mit dir in einer Sprache gesprochen, von der ich wollte, daß du sie beherrschst, weil ich wußte, sobald du das tust, könnte dich nichts mehr dazu bringen, dich als etwas Geringeres zu fühlen als das, was du bist, und ich wußte, sie würden vor nichts zurückschrecken, um dich zu Boden zu zwingen – weil du von *meinem Blut* bist. Und ich wollte, daß ihre Worte Gestammel sind, was immer sie druckten, was immer sie im Radio sendeten. Gestammel – während du deine eigene Sprache lerntest, deine eigenen Maßstäbe festsetztest, dich selbst als Mann zu identifizieren begannst. Verstehst du, wenn du auch nur ein einziges Bild in ihrer Sprache als deine Wahrheit akzeptierst, führt das dazu, daß du alle ihre Bilder akzeptierst. Glaubst du, ich habe Angst vor den Gatlins?

Glaubst du, was sie sagen, *bedeutet* mir irgend etwas? Ich höre sie nicht, Stanley. Die meiste Zeit sehe ich sie nicht einmal. Aber in meiner Selbstbezogenheit habe ich vergessen, daß es bei dir nicht dasselbe war. Ich habe den Blick dafür verloren, wieviel du noch lernen mußt. Vergib mir, daß ich dich so stark und ungeduldig gedrängt habe, ein Mann zu werden; ich erschaudere bei dem Gedanken daran, wie nahe davor ich war, dich als mein Kind zu verlieren.

Dann forderte er mich auf, aufzustehen und mir den Rotz von der Nase zu wischen. Er hatte den Schlamassel hier satt, und es war Zeit zu verschwinden. Die Gatlins waren nicht müde geworden, immer wieder vorzustürmen und uns zu verhöhnen, wobei sie gegen die Tür schlugen und traten. Die Tiraden waren eher noch wüster geworden, ihre Stimmen einem Fauchen ähnlich. Was für eine Reaktion sie auch erhofft hatten, sie hatten sie nicht bekommen. Betteln hätte sie vielleicht vorher noch zufriedengestellt, aber bald würden sie Blut sehen wollen. Und da standen wir und hatten nicht mal ein Paar Schuhe zum Schutz. Die Tür ist kein Problem, sagte Papa: Sie ist nur aus Sperrholz und der Rahmen verrottet, so daß das Schloß nicht halten wird. Aber wir müßten ihnen wieder gegenübertreten, und ich würde es vorziehen, wenn wir uns leise verdrückten. Es gab ein kleines Fenster in der Nähe der Decke, und er glaubte, wenn wir genügend Kisten aufeinanderstapelten, könnten wir es aus den Angeln heben und uns durchquetschen. Dieser Mann war unglaublich; da redete er daher, als stünden wir nicht da, nackt wie gerupfte Hühner.

– Ich glaube, es wäre das beste, wir kämen hier weg, ohne daß jemand verletzt wird. Und falls das doch geschieht, möge Gott verhindern, daß wir das sind, denn du weißt, was deine Onkel dann tun würden. Meine Methode ist es, sie vor Gericht zu schaffen.

Redete, als verdienten diese Tiere irgendwas anderes als das, was meine Onkel tatsächlich tun würden, wie ich wußte. Er redete Unsinn, und das sagte ich ihm.

– Sie sind keine Tiere, Stanley. Sie sind armselige Geschöpfe, aber sie sind keine Tiere.

Sie waren Tiere. Aber wie auch immer, der Plan meines Vaters schien zu funktionieren; wir hatten beinahe genug Holzkisten übereinandergestapelt, um das Fenster zu erreichen, als wir Peters aufschreien hörten. Der Laut verstummte ebenso plötzlich, wie er erklungen war, aber aus irgendeinem Grund war er schreckenerregend. Schwere Schritte näherten sich der Tür. Es hätte jeder von ihnen sein können; sie sagten diesmal kein Wort. Ein dumpfer Schlag, als etwas unter der Tür hindurchgekickt wurde. Wir rochen es, bevor wir es sahen. Sie hatten sich die Bücher vorgenommen. Der seidene Einband war mit Löchern übersät, der Rücken nach hinten durchgebogen. Sie hatten büschelweise Seiten rausgerissen, und was noch übrig war, zwischen ihren Fäusten zermalmt und dann auf das Ganze uriniert. Der Gestank von Shakespeares *Sturm* erfüllte schnell den stickigen Raum.

Ich kann eigentlich nicht sagen, daß mein Vater wütend war. Und er mußte doch Wut empfinden und ebenso Abscheu. Aber als er schließlich sprach, lag nur tiefe Traurigkeit in seiner Stimme.

– Ich sehe, sie sind entschlossen, mir keine andere Wahl zu lassen. Jetzt muß ich doch raus und mit ihnen reden.

Ich wollte nirgendwohin, außer so schnell wie möglich zu diesem Fenster hinaus. Und jeder, der die Botschaft gesehen hätte, die sie uns mit diesem Buch zukommen ließen, hätte mir aus vollem Herzen zugestimmt.

– Sie sprechen nicht deine Sprache, Papa.
– Das ist mir klar, sagte er.

Zwischen den vernagelten Kisten standen Pappkartons. Sachen, die geliefert und nie abgeholt worden waren. Das meiste davon war für uns nutzlos, als wir etwas suchten, um uns damit zu bedecken: etliche Packen vergilbten Schreibmaschinenpapiers, Notizblöcke, Tintenfässer, Kerzen, Zierdeckchen, Strickgarn, Porzellanpuppen, ausgestopfte Bären, Holzsoldaten. Schließlich stöberten wir einen Überseekoffer auf, der beschriftet war: Lulu und die Kleinen Ladys. Die kleinen Ladys entpuppten sich als tanzende Pudel: da waren Straßhalsbänder, silberne Leinen und winzige Tüllröckchen. Aber Lulus Kostüm befand sich auch darin, und wie es schien, war sie alles andere als klein. Mein Vater nahm das Kleid und zwang mich, das Korsett anzuziehen: Sei nicht albern; es könnte da draußen unangenehm werden, und das sind genau die Typen, die sofort auf die Eier losgehen.

Er hatte recht mit der Tür. Wir benutzten unsere Schultern, und nachdem wir zweimal kräftig dagegen gestoßen hatten, gab der Rahmen nach. Und natürlich hörten die Gatlins das splitternde Holz. Sie begaben sich sofort nach hinten, als wir in der Bürotür erschienen. Das Kleid meines Vaters war aus rotem Taft, hatte Spaghettiträger und einen ausladenden, spitzenverzierten Tellerrock. Und ich mußte mir das Strickgarn um die Taille binden, um Lulus Korsett oben zu halten. Natürlich lachten sie. Sie hielten sich die Bäuche vor Lachen. Aber Papa wartete, bis sich der Lärm etwas gelegt hatte, um ihrer ungeteilten Aufmerksamkeit sicher zu sein.

Er ging schnurstracks auf den Dicken zu und sprach ihn zuerst an. Er packte ihn beim Hals, rammte sein Gesicht runter auf die Theke und zerrte seinen reglosen Körper daran entlang, wobei dem dicken Gatlin Splitter in die gebrochene Nase drangen und er eine Spur aus Blut und abgebrochenen Zähnen hinterließ:

> *Meine Freunde, ich versuche, mich kurz zu fassen: Ich bin ein Mann. Und die Gründerväter dieser Demokratie haben euch, die ihr euch echte Amerikaner nennt, eine gewaltige Lüge aufgetischt. Wir sind* nicht *alle gleich geschaffen. Manche von uns sind intelligenter und körperlich stärker als andere. Manche von uns haben den eisernen Willen, an einem Traum festzuhalten. Meine Eltern waren solche Menschen. Manche von uns sind gerissener und skrupelloser als andere. Manche von uns sind wohlhabender, weil sie entschlossener sind als andere, alles niederzumachen, was sich ihnen in den Weg stellt. Meine Brüder sind solche Menschen. Also seid ihr, im Guten wie im Schlechten, nicht meinesgleichen. Ich möchte, daß das absolut klar ist, und um alle weiteren Mißverständnisse von eurer Seite zu vermeiden, werde ich jetzt damit weitermachen, euch den Arsch zu versohlen.*

Papas Rock wirbelte hoch, als er den dicken Gatlin wie eine Rakete dem kahlen Gatlin am anderen Ende der Theke vor die Brust schleuderte. Der kahle Gatlin wurde zu Boden geworfen, und als er versuchte, den Dicken von sich runterzuwälzen, sah er hinauf in ein Meer aus Spitzenbordüren. Papa drückte ihm seine nackte Ferse gegen den Adamsapfel:

> *Ich bin ein friedlicher Mensch. Ich bin ein sensibler Mensch. Ich kann Stunden mit Proust verbringen, und man hat mich schon bei einem Sonnenuntergang wei-*

nen sehen. Das sind die Eigenschaften, die ich an meinen Sohn weitergeben wollte. Ich glaube, er hat die Fähigkeit, ein großer Führer zu werden. Und ich habe versucht, ihn zu lehren, daß ein Mann am besten regiert, wenn er mit Mitgefühl regiert.

Die anderen beiden Gatlins hatten inzwischen ihre Sinne wiedererlangt. Ich schwang das Brecheisen gegen den Schmuddeligen, während der Schielende mit seinem Bowiemesser gegen Papas Rücken ausholte. Ich schrie auf, um ihn zu warnen. Das war eine alte Yuma-Kriegstaktik: Wenn der andere schon ausgeholt hatte, um einen in den Rücken zu stechen, ist keine Zeit mehr, nach hinten zu sehen. Man knickt wie der Blitz nach vorne ein, und das Messer des Feindes schneidet durch leere Luft. Es half außerdem, daß dieser Gatlin schielte. Er verfehlte Papa um eine Meile und bekam keine zweite Chance; Papa rollte sich auf dem Boden herum, wobei die Füße des schielenden Gatlin sich in den Taftrüschen verfingen. Als der Gatlin gerade dabei war auszurutschen, stand Papa auf und rammte ihm einen Aufwärtshaken in die Nieren, bevor er ihn mit einer gebrochenen Rippe außer Gefecht setzte:

Es gibt keine größere Stärke als jene, die in unserem Inneren schlummert. Es gibt keine größere Liebe, als über Grenzen hinaus nach anderen Menschen zu reichen. Es gibt keinen größeren Reichtum als den Besitz wahren Seelenfriedens. Als mein Sohn mich verließ, um seinen eigenen Weg zu gehen, wollte ich ihm diese Vision von einer solchen tapferen neuen Welt mitgeben. Ihr habt auf dieses Geschenk gepißt.

Der schmuddelige Gatlin wich weiterhin meinen Schwüngen mit dem Brecheisen aus – und er versuchte tatsächlich, mir in die Eier zu treten, aber sein Zeh traf nur immer den Fischbeinstab vorne an meinem Korsett. Aber inzwischen war mein Vater bereit, sich seiner anzunehmen. Er hieß mich das Brecheisen weglegen. Der schmuddelige Gatlin war allein gegen uns zwei – oder besser, gegen uns eineinhalb –, aber das genügte, daß er die Nerven verlor. Er versuchte, durch den Vordereingang zu entkommen, und Papa blokkierte die Tür. Einer von Papas Spaghettiträgern war ihm über die Schulter gerutscht, und er schob ihn wieder zurück und blieb mit den Händen in der Hüfte stehen. Er atmete schwer, Schweiß drang durch das Oberteil seines Kleides. Nun, es sind nur noch wir beide übrig, sagte Papa; Mann gegen Mann. Der schmuddelige Gatlin flehte Peters an, den Sheriff zu holen. Peters, der die ganze Unterhaltung belauscht hatte, während er sich hinter seinem Schreibtisch versteckt hielt, blieb stumm. Der Gatlin an der Tür war den Tränen nahe und fing an zu winseln: Die andern da ham mich dazu gebracht – ich wollte nicht. Und ich hab 'n schwaches Herz. Peters kann dir sagen, daß ich ein Herzleiden hab. Sag's ihnen, Peters. *Peters.* Ja, es war erbärmlich. Papa hatte seinen Standpunkt bereits klargemacht; er hätte ihn laufenlassen können. Mein Vater war zwar außergewöhnlich, doch war er kein Heiliger. Er schlug ihn genauso hart wie die anderen zu Boden.

Eine beträchtliche Menschenmenge hatte sich draußen angesammelt, angezogen von dem Lärm in dem verriegelten Frachtbüro. Und als wir durch die Tür kamen und zu unserem Laster gingen, teilte sie sich vor uns wie das Rote Meer. Ich weiß nicht, was in ihren Gesichtern stand; ich habe sie nicht gesehen. Mein Vater füllte in dem Moment meine Welt ganz aus. Er sagte, wir würden sofort zum Sheriff gehen –

so, wie wir waren –, und ich wäre ihm gefolgt, egal in welcher Kleidung, egal wohin.

Stanford war nicht einfach. Und ich belegte schließlich etwas so Schwieriges wie Mathematik im Hauptfach, weil es mir immer klarer wurde, daß ich keine ordentlichen Noten kriegen würde, wenn ich nicht Prüfungen in einem Fach machte, in dem die Benutzung festgelegter Begriffe keine Auslegungen möglich machte. Bei der Statistik, wo $F(x) = P(X \leq x)$, $-\infty < x < +\infty$ zwar wie Griechisch aussehen mag und in der Tat Griechisch ist, ist das F *definiert*, und wenn man zur Aufgabe kriegt, den Wert von x in der pten Quantile zu errechnen, und man errechnet ihn richtig, müssen sie einem die Note geben, die man verdient. Meine Arbeiten in Englischer Literatur und in Philosophie ließen hingegen immer Raum für Interpretation, Stilkritik, abweichende Vorstellungen; und meine Professoren schienen niemals dieselbe geistige Tiefe, dasselbe naturgegebene Verständnis in meinen Abhandlungen über *Beowolf* zu finden wie in denen meiner Kommilitonen. Sie blickten mir in die Augen und sagten, da sei irgend etwas, was sie nicht genau benennen könnten – irgend etwas nicht Ausgereiftes, etwas nicht Fertiges in meinen Aufsätzen. Angesichts dieser kultivierten Stimmen, dieses bekümmerten und freundlichen Ausdrucks, mit dem sie mir die Aufsätze, benotet mit Ausreichend und Befriedigend, zurückgaben, war ich versucht zu glauben, der Fehler liege bei mir, ich könne einfach nicht die Erwartungen erfüllen. Aber es gab noch vierzig weitere Studenten der schwarzen Rasse auf dem Campus, und als sich über dreißig von uns zusammenschlossen und die Äthiopische Liga gründeten, war es schon reichlich merkwürdig, daß alle anderen auch nicht die Erwartungen erfüllen konnten. Individuelle Paranoia? Massenparanoia? Mag sein.

Wir entschlossen uns zu einem kleinen Experiment, und ich meldete mich freiwillig als Testperson. Ich mußte eine Arbeit für mein Theorieseminar schreiben, und eine Gruppe von uns setzte sich das ganze Wochenende zusammen und übertrug Kants *Kritik der reinen Vernunft* in zeitgenössisches Englisch. Wir stahlen praktisch jeden einzelnen seiner Gedanken und setzten meinen Namen oben auf die Seite. Ich wußte, ich riskierte einen Schulverweis, aber ich ließ mich auf das Spiel ein. Ich hätte mir keine Sorgen zu machen brauchen; es war dasselbe Ausreichend. Der Professor nahm mich nach dem Unterricht sogar beiseite und schlug mir vor, ein anderes Hauptfach zu wählen; bitte, ich solle ihn nicht falsch verstehen; er habe schreckliche Qualen gelitten im Hinblick auf dieses unausweichliche Gespräch, aber ich hätte einfach nicht das nötige Rüstzeug für die Auseinandersetzung mit hochgelehrten Gedanken. Ich dankte ihm für seine Anteilnahme. Gegen allen Rat wechselte ich zu Mathematik und hätte das Fach auch mit einer Eins plus abgeschlossen, aber diese ersten Studienjahre drückten die Note runter auf Eins. Das reichte noch immer für ein Doktorandenstipendium, aber es reichte nicht, um mich vor der Einberufung zu bewahren.

Vater Flanagan, Gründer von Boys Town, wäre der Einberufung nicht entgangen, wäre er farbig gewesen. 1942 waren die Streitkräfte auf einmal so verliebt in Negersoldaten, daß alle diese geistig minderbemittelten Freiwilligen, die zunächst bei Ausbruch des Krieges zu Tausenden abgewiesen worden waren, nun für absolut fähig befunden wurden, das eine Ende des Gewehrs vom anderen zu unterscheiden. Liebe macht blind, oder? Und wenn ich verbittert klinge, dann deshalb, weil ich es bin. Es fand eine große Blutspendeaktion an der Universität statt, und ich ging wie alle anderen zum Roten Kreuz, um meinen Beitrag zu leisten. Ich fand heraus, daß sie kein Negerblut auf den Banken aufnahmen. Aber den Einberufungsbescheid hatte ich in meiner Brieftasche.

Die Heuchelei machte mich krank, und ich dachte, daß die dreihunderttausend farbigen Männer, die schließlich in die Armee eintraten, Narren waren. Die Handvoll weißer Stanford-Studenten – und es war nur eine Handvoll –, die der Armee beitraten, wurden zu Offizieren ernannt. Sie brauchten diese Köpfe als Anführer im Krieg. Mir sagten sie, ich taugte nur zum Sterben. Die meisten meiner Freunde in der Äthiopischen Liga waren schon eingezogen worden – zur Infanterie natürlich, und einige von ihnen glaubten tatsächlich, sie würden die Welt zu einem sicheren Terrain für die Demokratie machen. Ich war ganz und gar für die weltumfassende Demokratie; ich konnte nur nicht sehen, wie die Amerikaner sie der Welt bringen sollten.

Sie benachrichtigten mich schließlich, daß ich mich bei der örtlichen Musterungszentrale melden sollte, und ich rief Papa an, um zu fragen, was ich tun sollte. Er hielt mir einen formvollendeten, weitschweifigen Vortrag, der irgendwas mit Puschkin zu tun hatte, der aus Sankt Petersburg rausgeworfen worden war und dann in irgendwelchen Teilen von Rußland mit unaussprechlichen Namen herumlief und am Ende des ganzen Schlamassels mit ein paar Gedichten und einem Stück dastand. Er war ganz bestürzt, daß ich *Boris Godunow* immer nur als Stück bezeichnete, aber wenn es in Akte aufgeteilt war, was war es sonst? Und was in Gottes Namen hatte das alles mit meiner mißlichen Lage zu tun? Was uns noch weiter vom Thema abbrachte und zu der Klage führte, wieviel ihn meine Ausbildung gekostet habe und daß diese Ignoranz nun das Ergebnis sei. Und wenn ich nach dieser ganzen Zeit nicht in der Lage sei, der Musterungskommission schlüssige Argumente für meine Überzeugung zu liefern, verdiente ich es nicht besser, als im Gefängnis zu landen.

Tante Hazel hatte auch nicht mehr Trost zu bieten, war aber immerhin ein bißchen bodenständiger. Sie hörte mich an und stimmte allem zu, was ich sagte. Ja, es sei unverzeihlich, daß wir als Bürger zweiter Klasse in einer nach Rassen getrennten Gesellschaft lebten und daß ich aufgefordert würde, diese Gesellschaft in einer nach Rassen getrennten Armee zu verteidigen, aber ich solle bedenken, daß eine Kriegsdienstverweigerung auch ein nach Rassen getrenntes Gefängnis bedeutete. Sie entließ mich mit den Worten des Boxers Joe Louis: In diesem Land läuft vieles schief. Aber Hitler kann das nicht geradebiegen.

Nachdem ich aufgelegt hatte, wußte ich, daß es völlig zwecklos war, einen meiner Onkel anzurufen. Wenn irgend jemand für mich seine Beziehungen spielen lassen konnte, dann sie. Aber drei von ihnen waren Veteranen aus dem letzten Weltkrieg, und allesamt hätten sie gedacht, ich wäre bloß zu feige zum Kämpfen. Eine ordentliche Portion Knast wäre alles, was ich brauchte, um zurechtgestutzt zu werden.

In den Unterhaltungen mit meiner Familie war oft vom Gefängnis die Rede, und genau dort landete ich schließlich. Drei Jahre in der Strafanstalt in Tuscon. Papa sagte mir, ich hätte noch länger sitzen müssen, wenn er nicht eingelenkt und in meiner Angelegenheit den Brief an die Musterungskommission geschrieben hätte; ich glaube das, ehrlich gesagt, nicht. Mein Argument wäre ein einfaches und unwiderlegbares gewesen: Wenn mein Blut nicht gut genug war für das Rote Kreuz, wieso war es dann gut genug dafür, auf dem Schlachtfeld vergossen zu werden? Aber ich trat vor diese Anhörungskommission mit einer Kopie seines Briefes, der mich mit dem in die Verbannung geschickten Geist Puschkins über meinen Glauben an eine Revolution reden ließ, die die menschliche Rasse von einer universellen Tyrannei befreien sollte, in der ein versklavter Teil aus allen Versklavte machte. Es schien, als hätte ich diesen Kram seit meinem zwölften Lebensjahr im Schlaf vor mich hin gemurmelt und würde aus meinen Träumen hochfahren und schreien: *Dnepropetrowsk!* und *Michailowskoje!* Das kam wirklich toll an bei der Musterungskommission. Und glauben Sie mir, ich war ihnen dankbar für die drei Jahre.

Natürlich war die Strafanstalt in Tuscon nach Rassen getrennt. Die Zellenblocks. Die Duschen. Der Speisesaal. Das Ganze hatte allerdings einen Beigeschmack von Südwesten: Mexikaner, Yumas, Hopis und Chinesen waren alle ehrenamtliche Neger und in unserer Gruppe, während die verschiedenen europäischen Rassen, zu Weißen ernannt, in die andere Gruppe kamen. Aber es wurden keine Unterschiede gemacht bei dem Fraß, den wir zu essen kriegten, oder bei der Behandlung durch die Wärter. Für sie waren wir alle wertloser Abschaum, obwohl die meisten anderen Kriegsdienstverweigerer, genauso wie ich selbst, gebildet und aus guten Familien waren.

In meinem zweiten Jahr versetzte sie die Einweisung von drei Kriegsdienstverweigerern japanischer Herkunft für eine Weile in helle Aufregung. Sie hatten bisher keine Erfahrung mit diesem Typ. Sie waren offensichtlich keine Chinesen, aber machte sie das nun zu ehrenamtlichen Negern oder zu ehrenamtlichen Weißen? Sie waren Kalifornier in der dritten Generation und hatten alle einen Anwaltstitel, was dafür hätte sprechen können, daß man sie über die chinesischen Drogenhändler hier drin stellte. Aber andererseits hatten sie von diesem Internierungslager für Japaner in Wyoming hertransportiert werden müssen, weil sie sich durch ihre Weigerung, den Streitkräften beizutreten, eines noch schlimmeren Antiamerikanismus schuldig gemacht hatten. Ironie ist nicht die starke Seite einer Gefängnisverwaltung, aber jemand mußte Gewissensbisse verspürt haben, denn sie brachten die drei Männer eine Woche lang in vorläufigem Gewahrsam unter, bevor sie sich entschieden. Der Gefängnisdirektor machte sie schließlich zu ehrenamtlichen Negern. Immerhin, so sagte er ihnen, gibt es gute Japse, die für dieses Land drüben in Europa kämpfen, und das hättet ihr Aufwiegler auch tun können.

Egal, in welchem Zellenblock man landete, der Tag begann bei Morgengrauen mit dem lauten Schellen einer riesigen Glocke, das einen mit klopfendem Herzen aus dem Schlaf hochjagte. Wenn man nicht von der Koje aufgestanden und zum Abzählen an der Zellentür war, wenn der Wärter die Reihe entlangkam, rasselte die ohrenbetäubende Glocke wieder und wieder, bis die Zählung stimmte. Es war egal, ob dieser Dreckskerl sah, wie ein Mann sich anstrengte, rechtzeitig zum Gitter zu gelangen, er mußte direkt an der Tür stehen, oder er wurde nicht mitgezählt. Anstellen für die kalte Dusche. Anstellen fürs Frühstück aus Maisbrei, Kaffee und Toast. Anstellen für den Arbeitstrupp. Ich hatte gedacht, in Südkalifornien sei es heiß, bis ich mit Spitzhacke und Schaufel in Arizona landete. Sie mußten uns mit Mützen versorgen, sonst hätten sie viele Arbeitskräfte durch Hitzschlag verloren. Die Mützen halfen mir nicht; ich bekam einen Ausschlag, sogar an den Handflächen, der Bläschen bildete und näßte. Eine Überweisung zur Krankenstation zu bekommen war beinahe unmöglich, wenn man Kriegsdienstverweigerer war. Sie hatten uns bereits als Verräter oder Feiglinge abgestempelt und dachten, daß jede Klage über körperliche Beschwerden nur eine Ausrede sei, um sich vor der Arbeit zu drücken.

Es gab nur eine Handvoll Verweigerer in der gesamten Bevölkerung, und während wir alle aus unterschiedlichen Gründen hier waren – religiösen oder politischen –, so waren wir doch alle der Sprache recht mächtig und eine allgemeine Plage für die Gefängnisverwaltung. Wir zahlten einen hohen Preis für unsere Prinzipien, und so würden wir gewiß nicht jetzt darüber schweigen. Die Verweigerer bildeten ein Komitee, und wir erklärten dem Direktor, daß wir im Speisesaal gemeinsam essen wollten. Er sagte uns, daß das nicht möglich sei, weil es Farbigen und Weißen nicht erlaubt sei, so etwas zu tun. Wir sagten ihm, er solle uns das entsprechende Gesetz im Strafgesetzbuch zeigen. Er sagte uns, daß habe keinen Zweck, weil die Glühbirnen in den Einzelhaftzellen zu schwach seien, als daß wir es lesen könnten.

Wir ignorierten seine Drohung und organisierten einen Hungerstreik. Er verlief viel besser, als ich es mir vorgestellt hatte. Nicht, daß den Mithäftlingen viel an unserem Fall gelegen hätte, egal, wie er ausging, aber es gab ihnen die Möglichkeit, etwas zu tun, was die Schließmuskel wirklich ärgerte. Ich erfuhr, daß sie die Wärter so nannten, und ich schnappte auch noch andere Wörter in ihrer Sprache auf. Wenn man ihnen zuhörte, gab es nicht einen einzigen Mann hier drin, der irgendwas Unrechtes getan hätte. Die ganzen Räuber, Mörder, Drogenhändler und Fälscher saßen nur aufgrund falscher Anschuldigungen ein. Aber da ich hier nur zur Kur war, sollte ich mich an den Gesundheitsplan halten, sonst könnte einer der Schließmuskel dafür sorgen, daß ich eine vorzeitige Abreise in der Holzklasse antrat. Übersetzung: Da ich nur eine kurze Haftzeit abzusitzen hatte, sollte ich gut aufpassen und keinen Ärger machen, sonst könnte sich die Gefängnisverwaltung dazu entschließen, mich in einem Fichtensarg zu entlassen.

Um ehrlich zu sein, ich hatte mehr Angst vor meinen Mitinsassen als vor dem Gefängnisdirektor. Ich kannte mich aus mit Bürokraten: Ohne Vorschriftenkatalog sind sie vollkommen hilflos. Unsere Auflehnung war organisiert, gewaltlos und unser persönliches Recht. Wir mußten im Gefängnis sein. Wir mußten aufstehen, wenn die Glocke rasselte. Wir mußten zu bestimmten Zeiten im Speisesaal sein. Aber nirgendwo stand geschrieben, daß wir essen mußten. Es war erheiternd zu sehen, wie sie mürbe wurden, als unser Hungerstreik in den fünfzehnten Tag ging. Die Männer wurden beim Arbeitstrupp ohnmächtig und übervölkerten die Krankenstation. Das Arztpersonal machte doppelt und dreifach Überstunden. Die Tröpfe gingen ihnen aus. Es geriet einfach alles außer Kontrolle. Gerüchte kursierten, es werde eine offizielle Ermittlung geben. Bürokraten bekommen Alpträume von Ermittlungen. Gerüchte kursierten, es würde eine offizielle Bestandsaufnahme der Lebensmittelvorräte und des Haushaltsplans gemacht. Und Bürokraten kriegen Alpträume von Bestandsaufnahmen. Der Direktor büßte mehr Schlaf ein als wir Gewicht. Er rief schließlich das Komitee in sein Büro und verkündete, daß seine Einrichtung getrennte Tische nicht länger erzwingen wolle, obwohl es ihn sehr überraschen würde, wenn irgendein Insasse – egal, welcher Rasse – sein Essen neben einem Haufen feiger Drückeberger und kommunistischer Aufwiegler runterkriegen würde. Aber seine Einstellung dämpfte kaum unsere Stimmung.

Wir Verweigerer marschierten siegesbewußt in den Speisesaal. Unser Land war aus Auflehnung geboren, auf Auflehnung gebaut; und hier hatten wir den eindeutigen Beweis, daß noch Hoffnung bestand für den amerikanischen Weg. Es gab ein paar Sturköpfe, farbige wie weiße, die weiterhin darauf bestanden, unter sich zu bleiben, aber auch sie dämpften unsere Stimmung nicht. Die Verweigerer grinsten und machten sich Siegeszeichen über die Tische hinweg. Ich nahm meine erste integrierte Mahlzeit Schulter an Schulter zwischen zwei Männern ein, von denen der eine seine Schwiegermutter skalpiert hatte in der Hoffnung, es ihrem indianischen Gärtner anhängen zu können, und der andere einen Postversand betrieben hatte, der auf Postkarten mit Eseln und nackten Rotschöpfen drauf spezialisiert gewesen war. Ist das nun Demokratie oder was?

Trotz meines leichten Tons ist es nicht meine Absicht, das, was wir erreicht hatten, zu verharmlosen. Kriegsdienstverweigerer brauchen nicht auch von mir noch falsche Anschuldigungen; sie waren alle tapfere Männer, die bereit waren, ihre persönliche Freiheit für ihre Ideale zu opfern. Ich fordere jeden auf, nur eine einzige Woche in einem dieser Gefängnisse zu verbringen, und dann sollen sie noch mal kommen und mir erzählen, wir hätten den einfachen Weg gewählt, um dem Krieg zu entkommen. Daß wir dem Direktor dieses Zugeständnis abgerungen hatten, hielt die Glocke nicht davon ab, jeden Morgen zu scheppern, beendete nicht das Abgezähltwerden wie eine Viehherde, das endlose Anstehen. Und ich habe noch nicht den Geruch erwähnt. Vermutlich, weil ich ihn vergessen möchte. Der Ort stank nach

Angst. Meiner eigenen und der aller anderen. Niemand traute irgend jemandem – aus gutem Grund. Wir saßen alle im selben Boot: Der Wärter hielt dein Leben in seinen Händen und du seins in deinen. Ich hörte von einer Stiefelparty für einen Häftling und drei niedergestochenen Wärtern während der Zeit, die ich dort war – und man bekam alles mit dank eines unterirdischen Nachrichtensystems –, und eben auch von einer vorzeitigen Abreise in der Holzklasse. Ein mexikanischer Junge, der den Fehler begangen hatte, zu hübsch und nicht willig genug zu sein.

Ich bin nie vergewaltigt worden, weil ich mich nie widersetzt habe. Und ich wette, Sie denken jetzt: Also *das* erklärt alles. Aber Sie irren sich genauso wie Jesse. Ich bin nicht homosexuell, aber ich bin auch nicht blöd. Er war einsfünfundachtzig, so breit wie hoch, so häßlich wie bösartig, ein Gewohnheitsverbrecher, der wegen dreifachen Mordes einsaß und nichts mehr zu verlieren hatte. Und auch er war kein Homosexueller. Er war nichts weiter als etwas, das nur dann das Gefühl hatte zu leben, wenn es anderen Dingen beim Sterben zusah. Sie steckten mich in seine Zelle als Vergeltungsmaßnahme dafür, daß ich geholfen hatte, den Hungerstreik zu organisieren. Die leere Koje war von dem mexikanischen Jungen hinterlassen worden. Wochenlang tat er nichts anderes, als mich dabei zu beobachten, wie ich las, wie ich Briefe nach Hause schrieb, wie ich meinen verlorenen katholischen Glauben wiederentdeckte. Sein fettiges Gesicht verfolgte mich überallhin in der engen Zelle. Die braunen Augen stumpf. Und wochenlang hörte ich jede Nacht, nachdem das Licht ausgegangen war: Ich werde dich ficken oder umbringen. Er machte nie eine Annäherung. Es war nichts weiter als: Ich werde dich ficken oder umbringen. Das wirkt Wunder für den Schlaf. Ich verlor mehr Gewicht als während des Hungerstreiks. Ich kriegte einen Ausschlag, auch ohne Sonne, und verbrachte viel Zeit auf der Krankenstation. Aber schließlich mußte ich in meine Zelle zurückkehren, und schließlich machten sie das Licht aus. Ich werde dich ficken oder umbringen. Ich weinte um den mexikanischen Jungen. Er war nur hier dringewesen, weil er gefälschte Schecks in Umlauf gebracht hatte. Und er war erst achtzehn gewesen. Und ich bin sicher, er hat in dieser Wahl gar keine Wahl gesehen. Aber ich wußte es besser.

Ich erhielt meine Entlassungspapiere vierzehn Monate später, und die Strafjustizbehörden hätten bestimmt mit Freuden erfahren, daß ich in der Tat ein anderer Mensch geworden war. Es war Frühling, und die Baumwollsträucher waren mit cremeweißen Blüten übersät. Das grelle Sonnenlicht ließ die dichten Blütenblätter leuchten, und der Blick über ihre endlosen Reihen tat meinen Augen weh. Ich blinzelte viel, als ich wieder nach Hause kam. Ich verließ mein Bett und ging nicht weiter als bis zur Vorderveranda, aber ich konnte mich nirgendwohin drehen, ohne dieser Helligkeit ausgesetzt zu sein, dieser endlosen Weite. Es war ein gutes Gefühl, die stabile Hausmauer in meinem Rücken zu spüren. Ich lehnte meinen Stuhl dagegen, beobachtete aufmerksam, wie die Blüten sich langsam tiefrosa verfärbten. Ich sprach nur, wenn ich angesprochen wurde, aber niemand belästigte mich. Selbst meine Onkel hüteten sich davor, mir irgendwelche Fragen zu stellen oder vorbeizukommen und mir Vorträge zu halten. Im Gegensatz zu meinem Vater war es ihnen zwar nicht gegeben, in meinen Augen zu lesen, aber sie sahen, daß mein Haar jetzt grau gesträhnt war.

Ich nutzte diese Stille zum Nachdenken. Der Tag des Sieges in Europa kam noch in diesem Frühjahr, und ich war froh, daß der Krieg zu Ende gehen würde. Ich hatte meinen Cousin Tomaso verloren und hoffte, nicht noch mehr zu verlieren. So endlos, diese Reihen. Sie hatten die rosa Blütenblätter abgeworfen und waren jetzt grün. Und diese kleinen grünen Samenhülsen würden voller und voller werden, bis sie erneut aufplatzten in den Traum meiner Großmutter. Ich dachte viel über meine Großeltern nach und was sie wohl jetzt von uns dachten. Imperial Valley Enterprises. War es das, wovon sie geträumt hatte? Die Söhne und Enkel ihrer Söhne hatten schon vor, auf neue Produktionsbereiche umzustellen. Die Zukunft lag nicht in der Baumwolle. Ja, es würde immer etwas davon geben, aber das Land selbst wurde jetzt wertvoller als alles, was wir darauf anbauen konnten. Und wir hatten so viel Land. Ich konnte den Rest meines Lebens hier auf meinem kleinen Stück Amerika verbringen, ohne daß es mir an etwas mangelte.

Und ich überlegte lange und intensiv, ob ich ebendas tun sollte. Mir blieb noch ein Jahr, um meinen Doktortitel zu machen, aber ich mußte nicht zurückgehen. Ich war bestens ausgebildet, um unsere Buchhaltung zu übernehmen; meine Ausbildung in Statistik konnte mein Hobby bleiben, etwas, um meine Kinder zu amüsieren. Vom Werfen einer Münze konnten wir zum Beispiel zu konkreten Berechnungen über die Gesamternte übergehen. Wie groß ist die Wahrscheinlichkeit, daß die hinterste Reihe der Baumwollkapseln vor der Reihe davor aufplatzen wird? Wie groß ist die Wahrscheinlichkeit, daß es gleichzeitig passiert? Wie groß setzt ihr den Faktor der Sonnenlichtstunden für jede Reihe ein? Wie groß den der Bewässerungsmenge? Denn ich würde meinen Kindern alles über dieses Land beibringen müssen. Von Kindesbeinen an würden sie lernen müssen, daß dies der Traum ihrer Großmutter gewesen ist. *Und ich sah meine Söhne, dun-*

kel wie die Nacht, stolz wie die Adler, die weißes Gold aus dem Land bargen. Und vor allem anderen müßte ich ihnen beibringen, daß unsere Wörterbücher vollkommen nutzlos sind, wenn es um die Definition dieses Traumes geht. Seht dort hinaus, würde ich ihnen sagen, und was ihr seht, ist ...

Ha lúp. Das war der erste Ausdruck in Cuchan, den Tante Hazel mir beibrachte. Weil das, so sagte sie, der erste war, den ihre Mutter ihnen allen beigebracht hatte. Offensichtlich hielt sie es für wichtiger als das Erlernen von *Mama* oder *Papa* oder *Hunger* oder *Durst*, dieses Wort für etwas, was sie als Kinder nie sehen würden. Und was ihre eigene Mutter nie gesehen hatte und auch nicht deren Mutter. *Ha lúp.* Sie waren ein altes Volk aus den Wüsten und trockenen Schluchten, deren Himmel ein Land war, wohin einen der Große Geist zur Ruhe führen würde, wo die Schatten kühl waren und die Kakteen süß; wozu brauchten sie also das Wort *Schnee*? Ich weiß, wie ich es im Gefängnis benutzt habe. Nachdem das Licht ausgemacht worden war und der Schmerz die Reichweite meiner christlichen Gebete überstieg, wurde es ein Mantra, ein Ersatz für all die untauglich gewordenen Gründe, aus denen ich mich entschlossen hatte, nicht zu sterben.

Sehr viel Stille. Sehr viel Zeit zum Nachdenken. Die Baumwollkapseln platzten hundertfach auf, ließen es wie ein kleines Wunder erscheinen, daß diese dünnen Stiele so ein Gewicht tragen konnten. Von Horizont zu Horizont bot die Erde nichts, was nicht weich und dick und voll gewesen wäre. Die Farm erschien mir dann immer am schönsten. Als Kind hatte ich stets gefragt: Papa, wann hatte Gott die Zeit, das alles so sauberzumachen? Ich fing an, im Morgengrauen aufzustehen, um mit den Feldarbeitern hinauszuziehen. Ich lebte mit einer Hacke, jätete Unkraut, bis die Schwielen an meinen Handflächen aufgingen und zu bluten anfingen. Und als die Erntezeit kam, pflückte ich Baumwolle, schleppte die schweren Jutesäcke durch die endlosen Reihen, arbeitete, bis mir die Beine steif wurden und der Rücken schmerzte. Schweiß brannte mir in den Augen, und ich weigerte mich, ihn wegzuwischen. Und noch immer ließ meine Familie mich in Ruhe. Mir fiel wieder ein, warum ich sie liebte. Als die Ernte eingebracht war, sagte ich Papa, daß ich soweit sei, mein Doktorexamen in Stanford zu machen. Und danach? fragte er. Nun, danach würde ich weitersehen.

Ich wußte, ich würde nicht ins Tal zurückkehren. Meine Großeltern hatten uns, so weit sie konnten, in diese Richtung geführt. Ja, ich würde ihr Land immer behalten, aber auch östlich des Colorado war mein Land. Ich hatte teuer für das Recht bezahlt, ein Amerikaner zu sein, und so würde ich ohne böse Absichten, ohne großen Wirbel das beanspruchen, was ich gekauft hatte. Wenn man die Dinge auf ihr Wesentliches reduziert, wird das Leben so einfach. Mein Ziel war es, meine eigene Firma für Marktanalyse zu gründen. Der erste Schritt war, mein eigenes Geld zu verdienen. Und man verdient Geld, indem man sich eine Arbeit sucht, zu deren Ausübung man qualifiziert ist. So einfach war das. Von Los Angeles bis nach Philadelphia bewarb ich mich bei Firmen und Industriebetrieben, die Stellen für Marktanalysten ausgeschrieben hatten – keine Erfahrung erforderlich –, und legte meine Zeugnisse vor.

Ich habe diese ganze Geschichte mit dem Ergebnis dieser Vorstellungsgespräche eingeleitet, aber das eigentlich Entscheidende ist hier der Ablauf. Es war eine Wachstumsbranche; qualifizierte Kandidaten gab es wenige; so ein Stellenangebot blieb wochenlang in der Zeitung. Und ich kam immer wieder. Ich erforschte die Firmengeschichte aus Handelsblättern; die Produkte, die Kundendemographien. Aber hatten sie mir nicht bereits gesagt ... Ja, ich weiß, was sie mir gesagt hatten, aber der Job, für den ich bestens ausgebildet war, war noch immer zu haben. Sie kannten bald meinen vollständigen Namen auswendig. Das war wichtig. Ich kam wieder mit den Verkaufsprognosen, tadellos gezeichneten Schaubildern. Ich entkräftete alle erdenklichen Vorbehalte ihrerseits – und meinerseits – dagegen, mir die Stelle zu geben. Das war wichtig. Ob sie am Ende die Polizei riefen oder jemand anders einstellten, ich wollte in ihrer Erinnerung bleiben.

Ich bin sicher, daß mir das auf mehr als eine Weise gelang, jedenfalls wenn diese Gespräche im Laufe des Sommers stattfanden. Und da kommen wir endlich zum Grund für meinen gegenwärtigen Aufzug. Es war keine Masche, und ich wollte niemanden in Verlegenheit bringen, am wenigsten mich selbst. Tatsächlich war ich dabei, mich zu befreien, die Verbitterung abzulegen, die ich mit mir herumgetragen hatte. Jedes neue Stellenangebot in meinem Bereich war eine Gelegenheit zu beweisen, daß ich die Aufgabe bewältigen konnte, und diese zusätzliche Arbeit, die ich da hineinsteckte, machte mich stolz. Es hatte die gegenteilige Wirkung auf die Leute, die mir weiterhin absagten, und ich vermochte sogar Mitleid für sie aufzubringen, wenn sie meinem Blick auswichen und bei jeder Seite meiner makellosen Verkaufsstatistiken ein bißchen mehr zusammenschrumpften. Ich konnte ihre Verzweiflung erkennen an der Art, wie sie meine Zeugnisse immer wieder aufs neue lasen, die Schaubilder durchblätterten – Gott, wie sie so jemanden gebrauchen konnten, wie *dringend* sie so jemanden brauchten –, und dann die zerschlagenen Hoffnungen, wenn sie schließlich zu mir aufblickten und kein anderer Mensch vor ihnen Gestalt angenommen hatte. Eines Tages, murmelte einer der gepeinigteren und ehrlicheren Direktoren, werden wir es über uns bringen, einen Neger einzustellen. Sie würden dem Unternehmen einen größeren Gefallen erweisen, sagte ich, wenn Sie es über sich brächten, den qualifiziertesten Mann einzustellen.

Die Szene hatte sich (mit leichten Abweichungen) in sechs Großstädten insgesamt fünfunddreißigmal wiederholt, Tendenz steigend, als eine gewaltige Hitzewelle den Nordteil des Landes erfaßte. Inzwischen war ich bis nach Chicago gekommen und hatte genug Erfahrungen gesammelt, um ein paar Hochrechnungen über meine persönliche Sachlage zu riskieren. Meine Schlußfolgerungen gründeten ausschließlich auf meiner beruflichen Ausbildung, obwohl sie nicht mehr als das allerelementarste Grundwissen in Statistik erforderten. Ich saß in meinen Boxershorts auf dem vollbepackten Bett in wieder einer anderen Pension, die Füße in einer Schüssel mit kaltem Wasser; ein Rechenschieber, Millimeterpapier und Bleistifte um mich herum ausgebreitet. Allein auf dem Weg zum Hauptpostamt hatte ich meinen Flanellanzug schon durchgeschwitzt, und er hing an einem kleinen Haken neben dem schweißdurchnäßten Hemd. Aber der Ausflug hatte mir vier weitere enthusiastische Antwortschreiben auf meine Bewerbungen bei Frühstücksnahrungsunternehmen in Grand Rapids und Detroit eingebracht. Falls ich in Chicago keinen Erfolg haben sollte, würde ich weiter nach Michigan ziehen, dann nach Indiana, Ohio und Pennsylvania. Inzwischen hatte ich auch damit angefangen, Firmen anzuschreiben, die davon profitieren konnten, eine Stelle für Marktanalyse einzurichten, und schickte ihnen auf sie zugeschnittene Vorschläge, die ihnen demonstrieren sollten, warum. Wenn die Antwort positiv war, telefonierte ich als nächstes und vereinbarte ein Treffen für die Zeit meines vorgesehenen Aufenthalts in dieser Stadt. Ich gab es auf, meinen Zeitplan ständig umzuwerfen wegen aufgeregter Aufforderungen der Unternehmensleiter – Lassen Sie alles stehen und liegen und kommen Sie –, weil das nur immer bedeutet hatte, daß ich wieder zurück und dort weitermachen mußte, wo ich aufgehört hatte.

Außer meiner Post hatte ich die Mittagszeitung mitgebracht und sah, daß zwei der Firmen, die ich zu Beginn angesprochen hatte, jetzt für einen Wiederholungsbesuch fällig waren; die Stellen waren noch immer ausgeschrieben. Ich wußte, das waren neue Anzeigen, weil die dritte Firma ihre Anzeige um eine Zeile erweitert hatte: Bewerbungen nur von Weißen. Solche Mitteilungen sah man häufig für unqualifizierte Arbeiten, aber wie es schien, hatte mein Erscheinen dabei geholfen, den Bereich zu erweitern. Natürlich würde ich zu dieser Firma nicht wieder hingehen. Sie hatte ihre Qualifizierungswünsche für den Job nur allzu klargemacht. Und ich wollte meine Energien nicht für einen Kreuzzug verschwenden, schon gar nicht bei der Hitze. Ich würde nur wieder dorthin gehen, wo sie angegeben hatten, ohne irgendwelche Einschränkungen, daß sie einen qualifizierten Bewerber für diese Stelle wollten. Aber mich schreckte der Gedanke, wieder in diesen Anzug und die Weste schlüpfen zu müssen, und um es hinauszuschieben, fing ich an, ein paar Hochrechnungen über die Wahrscheinlichkeit meines zukünftigen Erfolgs auszuarbeiten. Ich weiß, einige von Ihnen denken allmählich, daß ich kein Millimeterpapier und keinen Doktortitel brauchte, um mir diese Wahrscheinlichkeit auszurechnen. Aber Sie müssen verstehen, wie sehr mir davor graute, wieder in diesen Anzug zu steigen.

Die Striemen liefen in diagonalen Linien über meinen Rücken; sie liefen um meinen Hals und die Handgelenke, wo sich der Hemdkragen und die Manschetten darum schlossen. Sie waren rot und geschwollen, und wenn ich meine Körpertemperatur nicht niedrig hielt, schwollen sie weiter an, bis sie aufplatzten. Ich hatte zu Beginn der Hitzewelle zu einer Taschenuhr Zuflucht genommen, weil ich nie wußte, wann die durch die Armbanduhr verursachten Blasen aufplatzen und durchnässen würden. Ich konnte die anderen Blasen an meinem Körper mit einem frischen Hemd zwischen den Terminen verdecken, oder wenn genug Zeit war, reduzierten kalte Bäder mitten am Tag sie zu einem leichten Ausschlag. Ich konnte es mir nicht leisten, den ganzen Sommer herumzusitzen und darauf zu warten, daß das Wetter sich änderte; ich mußte wissen, ob ich den Einflußfaktor einer anderen Art Garderobe einführen konnte, ohne meine Arbeitssuche abbrechen zu müssen. Und hier kommt die statistische Unabhängigkeit zum Tragen.

Ich hatte bereits genug Daten aus meinen vorangegangenen Vorstellungsgesprächen gesammelt, um das Gesetz der großen Zahlen mit einiger Genauigkeit anwenden zu können. Ich dividierte die Anzahl der Male, die ich für einen Posten abgelehnt worden war, durch die Anzahl der Firmen, bei denen ich mich beworben hatte, womit ich mich auf die statistische Wahrscheinlichkeit eines totalen Fehlschlags zubewegte. Nun konnte ich zwar nicht mit *Sicherheit* sagen, daß ich jedesmal abgelehnt würde, wenn ich mich in der Zukunft für diesen Job bewarb, aber je mehr Ablehnungen ich anhäufte, desto größer wurde die Wahrscheinlichkeit eines solchen Ausgangs. Sie sehen, je weiter man sich mit der Anzahl der Experimente der Unendlichkeit nähert, desto weiter nähert sich die Wahrscheinlichkeit der Gewißheit. Okay, ich war jetzt also bei fünfunddreißig Ablehnungen, Tendenz steigend, was mich zu der naheliegenden Schlußfolgerung brachte, daß der Wahrscheinlichkeitswert für meine Aussichten sehr niedrig ausfiel, dem Grenzwert Null zustrebte, dem totalen Mißerfolg beim Finden einer Firma, die tatsächlich das wollte, wovon sie in der Anzeige behauptet hatte, daß sie es wollte. Aber jetzt kommen wir zur Anwendung einiger Grundlehren auf meinem Gebiet: Der Ausgang des einen Vorstellungsgesprächs sagte nichts aus über den Ausgang eines anderen Vorstellungsgesprächs. Meine vergangenen Erfahrungen mußten keinen Einfluß auf künftige Erfahrungen haben; irgend jemand sucht irgendwo nach einem qualifizierten Mann als Marktanalysten, und sie wollen tatsächlich, was sie in ihrer Zeitungsannonce schreiben und was sie mir am Telefon sagen: einen qualifizierten Mann. Wenn es sich als falsch rausstellt, dann stimmt es vielleicht beim nächstenmal. Wieder falsch, aber das nächstemal könnte es stimmen. Statistiker nennen das die Unabhängigkeit der Ereignisse. Und auf jeden Fall half mir das, die Verbitterung und die Verzweiflung zurückzudrängen. Ich würde weiterhin Forschungen über jede Firma anstellen, Vorschläge ausarbeiten und es bei der nächsten und übernächsten versuchen. Na gut, zieh weiter in die nächste Stadt und dann in die nächste. Die Unabhängigkeit der Ereignisse.

Okay, soweit habe ich nichts weiter getan, als mit Ihnen eine etwas ausgefallenere Version der Münzwurf-Mathematik durchzunehmen als die, die Sie auf der Hauptschule gelernt haben. Jetzt kommen wir zu einer anderen Grundlehre in meinem Fach, die für mich in diesem armseligen stickigen Zimmer sogar noch befreiender war. Ich hatte Gesetze gelernt, die mir erlaubten, die Definition von Unabhängigkeit so auszudehnen, daß ich berechnen konnte, wie wenig das

Eintreten des einen Ereignisses sich auf die Wahrscheinlichkeit des Eintretens eines anderen Ereignisses auswirkte. Wenn ich mich jetzt von diesem grauen Flanellanzug befreite und etwas anderes anzog, wie sehr würde das den Verlauf dieser Vorstellungsgespräche für mich verändern? Und Sie wissen, mit der bereits so niedrig festgelegten Erfolgswahrscheinlichkeit lautete die Antwort: Nicht sehr viel. Ein grauer Flanellanzug ergab keinen meßbaren Unterschied zu einem braunen Tweedanzug, und ein brauner Tweedanzug wirkte sich nicht anders aus als einer mit Nadelstreifen. Hosen mit Aufschlag, Hosen ohne Aufschlag. Ich gab die neuen Faktoren ein, und die Unterschiede, die herauskamen, erwiesen sich als winzig.

Verstehen Sie, ein zweiteiliges Freizeitensemble mit V-Ausschnitt und kurzärmeligem Hemd hätte mich von meiner Qual befreit. Und John David hatte eine Kollektion aus Baumwolle, die ideal gewesen wäre. Ein weißer Hut aus Segeltuch und weiße Lederhalbschuhe würden alles hübsch abrunden. Ich sprang nicht sofort auf und kaufte die neue Garderobe. Ich ging noch einmal zu einer neuen Bewerbungsrunde zu jenen beiden Firmen und wurde wieder abgelehnt. Dann ging ich ins Marshall Field's und stöberte herum. Die Herrenabteilung hatte ein großes Angebot aus den richtigen Stoffen, um die Hitze zu überstehen: Baumwolle, Kammgarn, Gabardine – aber alle *sportlich* geschnitten. Und es hatte keinen Sinn, mir etwas vorzumachen; einen Freizeitanzug als Faktor in ein Geschäftsparadigma einzubringen, hieß, alle Zahlen über den Haufen zu werfen. Es war das gleiche, als würde man Äpfel mit Birnen vergleichen, während ich Äpfel und Äpfel brauchte. Man geht einfach nicht in einer Großstadt in derselben Kleidung auf Arbeitssuche, in der man an den Strand geht.

Ich fand eine Parkbank unter einem angenehm schattigen Baum, zog mein Jackett aus und lockerte Krawatte und Hemdkragen. An einem Brunnen nebenan konnte ich mir Wasser ins Gesicht spritzen und mein Taschentuch naß machen, um die Striemen an meinem Hals zu kühlen. Ich betrachtete die vorbeibummelnden Leute, gestattete mir einen Moment des Neides gegenüber den Kindern in ihren Sommerfähnchen und kurzen Hosen. Auch die Bohemiens sahen aus, als würden sie sich wohl fühlen, die Frauen in Bauernblusen und geblümten Röcken, die Männer ohne Hemd, in Overalls und Sandalen. Ich dachte an andere Kulturen, wo die angemessene Geschäftskleidung dem tropischen Wetter angepaßt war: der flatternde arabische Kaftan, das leichte indische Lendentuch aus Gaze. Oder daran, wie es wäre, ein Afrikaner zu sein in einer faltenreichen, mit Silber und Gold durchwirkten, feierlichen Robe. Jeder von ihnen würde ebenso ernst genommen wie ich mit dieser Aktentasche voller Bewerbungsschreiben. Und die Sache ist die, ich hätte als echter Afrikaner oder Araber, sogar als Inder durchgehen können. Wie weit war das schon von der Wahrheit entfernt, wo doch etwas afrikanisches Blut durch meine Adern floß? Die Maskerade war verlockend, glauben Sie mir. Ausländische Tracht würde die Wahrscheinlichkeit einer Ablehnung um keinen meßbaren Grad verändern, warum also nicht?

Unfähig, in dieser Nacht einzuschlafen, da das Thermometer sich weiter um die 30 Grad hielt, rang ich mit dem Unvermeidbaren. Die einzige korrekte Kleidung, in der ich den Sommer überstehen konnte, war die für amerikanische Frauen. Die Ärmel waren kurz, die Röcke weit und luftig. Ich war kein Araber, und ich war kein Ghanaer, und ich stammte auch nicht aus Kalkutta. Und ich war mutterseelenallein im Mittelwesten mit fünfunddreißig Absagen, Tendenz steigend, weil ich es mir nicht leisten konnte aufzugeben. Falls ich einen Hitzschlag erlitt und meinen Antrieb verlor, bliebe zuviel Zeit zum Nachdenken. Ich könnte anfangen zu glauben, daß fünfunddreißig Absagen, Tendenz steigend, mehr als genug seien, um für eine eindeutige Wahrheit zu sprechen. Ich könnte anfangen zu glauben, daß das Recht darauf, mich einen amerikanischen Neger nennen zu dürfen, mir nur ein weiteres Gefängnis eingebracht hat. Nichts könnte mich dann retten. *Ich werde dich ficken oder umbringen.* Nein, nicht dieses Mal. Mit fünfunddreißig Absagen, Tendenz steigend, hatte ich mir zumindest einen Leihhausrevolver verdient, den ich mir in den Hintern stecken konnte.

Die Berechnungen, die ich am nächsten Morgen anstellte, bestätigten nur meine Vermutungen. Wenn ich bei meinen Vorstellungsgesprächen ein extrem konservatives Kleid trug, würde das keinen meßbaren Unterschied für meine Erfolgswahrscheinlichkeit ergeben im Vergleich zu einem grauen Flanellanzug. Aber ich war dennoch erleichtert, als die Hitzewelle nachließ und ich meine Verhandlungen in Chicago beenden konnte, ohne zu einem Kleid Zuflucht nehmen zu müssen. In Michigan hatte ich nicht solches Glück. Ich verließ Grand Rapids bei erträglichem Wetter und nach der sechsundvierzigsten Absage, Tendenz steigend, und ließ mich für einen längeren Aufenthalt in Detroit nieder. Meine eingesandten Bewerbungen hatten mir ein halbes Dutzend Vorstellungsgespräche eingebracht. Und da die Nachkriegsproduktion auf vollen Touren lief, würde ich allein für die Automobilunternehmen mehrere Wochen brauchen. Während meiner ersten Woche dort war die Hitze einigermaßen erträglich, so daß ich mit meinem grauen Flanellanzug auskam. Sogar nach dieser ganzen Zeit war ich noch immer verblüfft über den Schock in ihren Gesichtern, wenn ich eins der

Direktionsbüros betrat. Ich unterschrieb die Bewerbungsunterlagen mit den Angaben zu meinen Qualifikationen immer mit meinem vollen Namen, und er stand oben auf jeder Seite der Vermarktungsvorschläge: Stanley Beckwourth Booker T. Washington Carver – wie konnten sie da nicht merken, daß ich ein amerikanischer Neger war?

Meine erste Runde durch die Automobilindustrie trug mir die besten Angebote ein, die ich bis dahin bekommen hatte: drei Fließbandjobs und sogar einen als zweiter Werksmeister. Ich erklärte ihnen, daß ich nichts vom Schmieren von Motoren und ihrem Einbau in die Autos verstünde. Sie sagten mir, gescheit, wie ich offensichtlich sei, würde ich keine Probleme haben, das zu erlernen. Während meiner zweiten Woche in Detroit kehrte die Hitzewelle zurück, schlimmer denn je. Ich erstand einen kleinen Ventilator und verbrachte zwei Nächte, indem ich darunter in einer Wanne mit kaltem Wasser schlief. Die anderen Pensionsgäste beschwerten sich bei der Vermieterin darüber, daß ich die Badezimmertür abschloß, und sie sagte mir, ich könnte ihre Stromrechnung nicht einfach so in die Höhe treiben. Also biß ich in den sauren Apfel, begab mich auf Einkaufstour und besorgte mir eine neue Garderobe. Ich sagte zu der Verkäuferin, meine Schwester sei korpulent. Ich verließ den Laden mit einem einfach geschnittenen Baumwollkleid und einem leichten Blazer. Dunkle Baumwollhandschuhe. Ein schlichter Strohhut – ohne Bänder, ohne Schleier –, denn mir war klargeworden, daß, hätte ich meinen eigenen Hut getragen, die Aufmachung lächerlich wirken würde. Aus demselben Grund war ich gezwungen, meine Schuhe und Socken abzulegen und gegen flache Sandalen und Baumwollstrümpfe zu tauschen. Weiter mußte ich nicht gehen. Ich konnte meine Brieftasche zu den anderen Papieren in meine Aktentasche tun und das Rutschen der Strümpfe verhindern, indem ich sie oberhalb der Knie mit einem Band festhielt. Das Bild, das sich mir bot, als ich mich im Spiegel begutachtete, war ein wenig seltsam, aber absolut präsentabel. Und als ich auf die hitzeglühenden Bürgersteige von Detroit trat, entdeckte ich, was für ein herrlich befreiendes Gefühl das war.

Die ersten Blocks bis zur Bushaltestelle waren nicht gerade einfach, aber ich ermahnte mich immer wieder, den Blick geradeaus zu richten und mich nur auf die wohltuenden Brisen zu konzentrieren, die immer wieder durch das leichte Kleid wehten. Ich verbrachte die Busfahrt so wie immer: mit dem Durchsehen der Stellenanzeigen auf irgendwelche neuen Gesuche hin und dem Erstellen einer Liste für meine zweite und dritte Besuchsrunde. Sicher, die Leute im Geschäftsviertel starrten mich an, aber das hatten sie auch getan als ich noch einen Straßenanzug trug. Und es war auch nicht das erstemal, daß mir hübsche blonde Empfangsdamen furchtsame Blicke zuwarfen. Genau dieselben wie in der Woche zuvor, um genau zu sein. Und nun werde ich einen Dialog entwerfen, in dem, so vermute ich, einige der Sie beunruhigenden Gedanken hinsichtlich dieses ganzen Unterfangens zum Ausdruck kommen:

Das kann nicht der Ernst sein von diesem Mann. Welche Chance hat er, für einen so hohen Posten eingestellt zu werden, wenn er Frauenkleidung trägt?

– Welche Chance hatte ich, überhaupt für einen so hohen Posten eingestellt zu werden?

Aber wenn diese Firma zufällig die eine ist, die jedem qualifizierten Mann eine ehrliche Chance gibt, und er kommt da in Frauenkleidung rein, dann wird er ganz bestimmt abgelehnt.

– Aber die Wahrscheinlichkeit, daß diese Firma zufällig diese eine wäre – nachdem sie mich bereits schon einmal abgelehnt hatte –, und dazu ausgerechnet an dem Tag, an dem die Hitze mich nötigte, ein Kleid zu tragen, war statistisch gesehen sehr klein. Viel kleiner als das Mehr an körperlichem Komfort, das diese Kleidung mir bot.

Aber das weiß er nicht mit Sicherheit.

Das stimmt wohl, das wußte ich nicht. Ich war erst bei fünfundfünfzig, Tendenz steigend.

Und es besteht doch die Möglichkeit, daß der Mann, der ihm den Posten als stellvertretender Stellvertreter von irgendwas unten in der Fabrik angeboten hat, es sich im Lauf der Woche anders überlegt hat. Es scheint, daß er ungeheuer beeindruckt war von dieser Bewerbung.

– Ist das zwar nicht sehr wahrscheinlich, so ist es immerhin möglich. Und sollte es tatsächlich so sein, hätte ich es vermasselt.

Am nächsten Tag brauchte ich diese Kleidung nicht; am Tag danach ja. Ich verließ Detroit nach der zweiundsechzigsten Absage, Tendenz steigend. Toledo nach einundsiebzig Absagen. Akron nach achtundsiebzig. Youngstown nach zweiundachtzig. Cincinnati nach neunzig. Die meiste Zeit trug ich meinen grauen Flanellanzug, aber mit jedem Mal, da ich das Kleid anziehen mußte, ging es leichter. Und mit den sich häufenden Gelegenheiten wurden alle nagenden Zweifel, die ich noch gehabt haben könnte, gründlich beseitigt. Diese Kleider machten nicht den *geringsten Unterschied* für irgend jemanden außer für mich. Positiv betrachtet, hatte ich mich nie männlicher gefühlt. Mit jeder neuen Stadt wuchs mein Eifer, da ich keine Ausrede mehr hatte, nicht vom Morgengrauen bis weit nach Einbruch der Dunkelheit zu arbeiten.

Meine Vorschläge waren anfangs nur wissenschaftlich solide gewesen: Jetzt waren sie ausgefeilter durch Bezugspunkte zu vergleichbaren Industrien in anderen Landesregionen. Ich konnte mit einem Anklang von Autorität in der Stimme so reden, als würde ich seit Jahren auf diesem Gebiet arbeiten. Ich wußte mehr über Schuhleder, Schweinefleischprodukte, Stahl, Druckguß, Corn-flakes, Babynahrung, Maschinen aus Schwermetall, Bauteile und Zubehör als viele der Unternehmen, die diese Erzeugnisse absetzten – und das sah man. An der Art, wie ich ein Büro betrat. An der Art, wie ich mich zu einem Schreibtisch beugte und eine Mappe aufschlug. Wobei ich manchmal vergaß, daß ich die Beine schließen mußte, wenn ich einen Rock trug.

Negativ betrachtet, bedurfte es einer Menge schneller Erklärungen, um nicht auf der Straße verhaftet zu werden. Wachtmeister, wenn ich vorhätte, mich als Frau auszugeben, würde ich mir dann nicht mehr Mühe geben? Sie konnten mein Rasierwasser riechen. Meinen kurzen Haarschnitt sehen. Die kurzen Fingernägel. Die schwere Aktentasche. Dann brauchen Sie wohl Hilfe, Freundchen, wie? Das eine Mal, als ich zwecks möglicher Inhaftierung vor Gericht geschleppt wurde, entpuppte sich der Richter als ein Mann, der mit den Augen zuhörte. Um meine Geschichte zu untermauern, zeigte ich ihm meinen Reisebericht.

– Was ist Ihr nächstes Ziel? fragte er.
– Pittsburgh.
– Dann viel Glück.

Das hatte ich, weil sich das Wetter änderte. Es ging auf den Herbst zu, und so konnte ich meine Kleider wegpacken, aber auf eine komische Weise vermißte ich sie. Pittsburgh war das Mekka für das, was ich tun wollte. Hier konzentrierten sich

Amerikas wichtigste Industrien. Stahl. Eisen. Erdöl. Kohle. Und ich las in der Lokalzeitung sogar von dem Vorhaben, die Bombe nutzbar zu machen. Man stelle sich vor: Eine ganze Stadt mit Straßenlaternen, deren Licht durch Atomenergie erzeugt wird. Aber das war so ein Ort: *energiegeladen* ist das einzige Wort dafür. Industrieforschung war hier ein alter Hut. Und wenn ich es an so einem kleinen Ort, der so viel zu bieten hatte, nicht schaffte, dann bezweifelte ich, daß ich es überhaupt irgendwo schaffte. Ich stieg in einer Pension mit Blick über eins der Täler ab und stellte mich auf eine lange Belagerung ein.

Ich weiß, ich habe von dieser ganzen Tortur so gesprochen, als wäre sie bloß ein großes mathematisches Experiment, aber es lag wohl auch etwas Prophetisches darin, daß es meine neunundneunzigste Bewerbung war. Waco-Glas und Kacheln. Ein internationales Unternehmen mit einem riesigen Gebäudekomplex, der es mit U. S.Steel aufnehmen konnte. »Kann es zerschellen, können wir es herstellen«, stand auf dem Namensschild mir gegenüber auf einem riesigen Schreibtisch. Das Credo vom alten Waco, sagte der Chef vom Inlandsvertrieb. Ich erzählte ihm, daß mein Vater auch eine Art Poet sei. Der Chef vom Inlandsvertrieb wollte alles darüber hören. Der Chef vom Inlandsvertrieb war überaus interessiert an meinem Leben. Der Aufstieg von einer Baumwollfarm zu einem Stipendium in Stanford. Ich hatte ihn bereits zweimal korrigiert, aber als er zum drittenmal auf meine Anfänge als kleiner Farmpächter zu sprechen kam, ließ ich es dabei bewenden.

Er beugte sich über den Schreibtisch und fixierte mich mit ehrfurchtsvollem Blick. Meine Bewerbung habe ihn verblüfft, sagte er, absolut verblüfft. Aber ja, meine Bewerbung sei außerordentlich gewesen. Ich saß da und fragte mich, warum sich solch ein überschwengliches Lob gleichwohl wie ein Schlag ins Gesicht anhörte. Meine Vermarktungsstrategien seien ... also wirklich, er sei einfach sprachlos. Im Grunde war dieser spezielle Vermarktungsvorschlag ziemlich simpel gewesen. Er stützte sich auf etwas gesunden Menschenverstand und meine Beobachtungen auf der Reise durch das Land. Viele Frauen bekamen zur Zeit Kinder. Und mit den vielen Männern, die aus dem Krieg in eine im Aufschwung begriffene Wirtschaft zurückkamen, würden noch viel mehr Frauen Kinder bekommen. Und Waco-Glas wäre gut beraten, seine Abteilung für Bleiglastrinkgefäße stufenweise abzubauen und in die Produktion von Babyfläschchen einzusteigen. Es war kein weiter Weg von dort zu einem Zehnjahresplan, der auf Zielregionen mit dem größten Bevölkerungszuwachs an Säuglingen basierte, schichtenspezifische Unterschiede berücksichtigte (die Armen würden voraussichtlich mehr Kinder bekommen, die Wohlhabenden würden voraussichtlich weniger stillen) und frühere statistische Erhebungen zur Untermauerung einbrachte. Aber der Chef vom Inlandsvertrieb redete weiter und weiter, und natürlich lächelte ich weiter und sagte: Danke sehr.

Es schien, als könne die Vertriebsabteilung von Waco einen Mann wie mich gebrauchen. Also, er würde mir beide Beine brechen, sollte ich versuchen, dieses Büro zu verlassen. Und er wettete, daß diese Begeisterung von jemandem wie ihm vollkommen überraschend kam für mich. Ich stimmte ihm zu. Ja, er wettete, daß mir seine Begeisterung die Sprache verschlug. Er ging einfach jede Wette ein, daß ich gedacht hatte, er würde die *Brillanz* dieser Vermarktungsstrategie nicht erkennen, weil er außerstande sei, über die Tatsache hinwegzusehen, daß ich ein Neger war. (Ich wartete darauf, daß der andere Schuh runterfiel.) Aber es gebe anständige Amerikaner ohne den Anflug irgendeines Vorurteils in ihrem Herzen. Und er sei der erste, der zugeben würde, daß es nicht genug davon gab. Er war sein ganzes Leben lang mit Negern zusammengewesen. Er kannte Neger, die zu den besten Menschen in diesem Land gehörten. Und bitte, eine Negerin war für ihn wie eine Mutter gewesen – war besser zu ihm gewesen als seine eigene Mutter. Und sie arbeitete noch immer für ihn und seine Frau, wurde zwar ein bißchen alt und senil, aber, zum Teufel, das war ihm egal. (Ich wartete auf den Schuh.) Und nicht, daß es ganz leicht war, mit Hattie auszukommen – nicht eine von diesen *servilen* Negerinnen, die es manchen Leuten so bequem machten –, nein, in ihr steckten Temperament und Feuer. Widersprach ihm jederzeit, wie eine Gleichgestellte. (Es war das neunundneunzigste Gespräch, verstehen Sie, und ich wollte mit dem Zählen aufhören.) Und Hattie hatte zwei Jungs, die sich den Umständen entsprechend ganz gut gemacht hatten. Sie hatte sich die Finger bis auf die Knochen wundgearbeitet für diese Jungs und nie ein Wort der Klage darüber verloren, daß sie ihren faulen Papa mit unterhielt – die niedlichsten Kinder, die man je gesehen hatte. Also, er würde durchs Feuer gehen für Hattie. Wenn er mir weniger anbietet, dachte ich, wenn er mir einen Penny weniger anbietet als das im *Wall Street Journal* angekündigte Ausgangsgehalt, gehe ich nach Hause, ziehe mein marineblaues Kleid an und komm wieder hierher zurück, um ihm zu sagen, wohin er sich seine Hattie stecken kann.

Aber der Chef vom Inlandsvertrieb hatte etwas anderes im Sinn. Er wollte, daß ich mit ihm und einem anderen tüchtigen Mann aus dem Unternehmen zu Mittag aß. Der stellvertretende Leiter der Layout- und Designabteilung. Er wollte, daß ich aus erster Hand hörte, wie die Dinge bei Waco-Glas und Kacheln liefen. Wie hatte ich bloß erraten, daß dieser Bursche ein Neger war? Ja, sie waren ein fortschrittliches Unternehmen. Jetzt werde es *zwei* von uns geben. Und der Vertrieb war ein selbständiger Laden. Sollten sie von oben versuchen, ihm vor den Bug zu schießen, würde er sie einfach mit meinen Unterlagen blamieren. Ich glaube wirklich, daß ich von Waco-Glas und Kacheln eingestellt worden wäre, hätten wir bei diesem Mittagessen nicht Hummer Thermidor bestellt.

Ich folgte ihm durch einen Irrgarten aus Gängen und unterirdischen Passagen, die die verschiedenen Gebäude in dem Komplex miteinander verbanden, wobei Hunderte von Schreibmaschinen um mich herum dröhnten. Er zeigte auf die Büros der Inlandsproduktion (geleitet von einem Idioten), der Internationalen Vermarktung (geleitet von einem noch größeren Idioten), des Sonderimports und -exports (geleitet vom allergrößten Idioten überhaupt, aber ein verteufelt netter Kerl). Hochkonjunktur für die Auslandsabteilung, erzählte er mir. Stellen Sie sich nur vor, wieviel Glas im Krieg zu Bruch gegangen ist! Sie arbeiteten rund um die Uhr in den Gießereien. Aber er wollte die Fabriken für später aufsparen; diese Tour würde allein einen ganzen Tag in Anspruch nehmen. Am Ende eines dieser ungezählten L im Erdgeschoß wollte ich in einen großen Kantinenraum einbiegen. Ein Raum mit blitzsauberen weißen Wänden, Edelstahl und Resopal und vollgestopft mit Bürogehilfen und Sekretärinnen. Aber er nahm mit einem breiten Grinsen und einem Augenzwinkern meinen Arm. Nein, das ist fürs Proletariat. Wir sind oben.

Die elfte Etage war ein weiterer Irrgarten aus Gängen, aber

sie waren mit Teppich ausgelegt, und hinter den geschlossenen Eichentüren war das Geklapper der Schreibmaschinen nur schwach zu hören. Forschung und Design. Die Denkzentrale des ganzen Betriebs, erzählte er mir. Sie erfinden die Sachen; seine Abteilung verkaufte sie; und die Allgemeinheit, Gott segne sie, zerbrach sie, damit alle ihre Hypotheken abbezahlen konnten. Am Ende eines weiteren L befand sich die Kantine der Geschäftsführung. Mattbeige Wände, Tafelsilber, Tischdecken und frische Blumen. Hätten Sie sich nie träumen lassen, daß Sie ganz oben essen würden, Stanley, ha? Dort war ich noch nicht. Im Fahrstuhl waren noch acht weitere Knöpfe gewesen.

Eine Wolke von Zigarettenrauch hing über den gebeugten Rücken all dieser grauen Flanellanzüge. Und daß sie nicht alle ein und derselbe Mann waren, wußte ich wegen der Krawatten und Taschentücher: es gab welche mit Punkten, mit Streifen, mit Rauten und aus Tweed mit Flechtmuster. Der graue Flanell, mit dem wir speisen würden, erwartete uns an einem entlegenen Tisch, aber es dauerte eine Weile, bis wir den Raum durchquert hatten, weil der Chef vom Inlandsvertrieb praktisch an jedem Tisch stehenblieb, um mich mit sämtlichen Titeln vorzustellen: Mein neuer Marktanalyst, hat in Stanford promoviert, Stanley, darf ich Ihnen vorstellen ... Und während ich jede einzelne lasche Hand schüttelte: Die mit Abstand beste Bewerbung, die ich je gelesen habe; ich schicke Ihnen eine Kopie. Als wir schließlich unseren Tisch erreichten, stand der stellvertretende Leiter von Layout und Design auf und streckte als erster seine Hand aus. Der Griff war fest. Das Lächeln aufrichtig. Ich freue mich, Sie kennenzulernen, Stanley. Es wird Ihnen hier gefallen. Der Chef vom Inlandsvertrieb strahlte.

Die Mahlzeit lief von hier an wie geschmiert. Der Chef vom Inlandsvertrieb bestellte für uns beide gleich mit. Er sagte mir, daß ich das Steak nicht wirklich wollte; der Hummer hier sei der beste in der Stadt. Der stellvertretende Leiter hatte sich gar nicht erst die Mühe gemacht, die Speisekarte aufzuschlagen. Es schien, er hatte mit dem Inlandsvertrieb schon früher zu Mittag gegessen. Es schien, er und der Inlandsvertrieb waren die allerbesten Freunde, laut Inlandsvertrieb. Und wir behandeln Sie anständig hier, oder? Er bestätigte, daß er hier gut behandelt würde. Mir war auf dem Weg zur Kantine ununterbrochen erzählt worden, daß dieser Mann und ich eine Menge gemeinsam hätten. Aber bei meinem zweiten Martini versuchte ich immer noch rauszukriegen, was das wohl sein könnte.

Er war sicherlich zehn Jahre älter als ich und gebürtiger Pittsburgher, aufgewachsen in einer belebten Straße, nicht weit von meiner Pension. Sein Vater war Taxifahrer, seine Mutter war in der Baptistengemeinde aktiv. Er war eins von mehreren Kindern und hatte vor fünf Jahren geheiratet, gleich nachdem er zur Firma gekommen war. Und es waren fünf gute Jahre bei Waco-Glas und Kacheln gewesen. Dann hatte er vielleicht ein College an der Westküste besucht? Nein, er hatte den Staat nie verlassen, hatte seinen Abschluß in Kunst und Design hier an der Carnegie-Akademie gemacht. Als einer der Besten seines Jahrgangs, pries ihn der Inlandsvertrieb laut. Eigentlich als der Beste, erwiderte der stellvertretende Abteilungsleiter flüsternd; und ich wußte genau, was er meinte. Ich erwähnte, daß ihm ein ziemlich schneller Aufstieg innerhalb der Firma gelungen sei, und er sah mich an, als hätte ich eine sarkastische Gemeinheit losgelassen. Nun, stellvertretender Abteilungsleiter ist doch ganz schön beeindruckend, sagte ich.

Der Kellner brachte unsere Hummer und einen Papierlatz für jeden von uns. Binden Sie's fest um, sagte der Inlandsvertrieb; das Zeug schmeckt gut, aber man kann sich ganz schön damit bekleckern. Der Stellvertreter band seinen Latz so fest um, daß ihm die Bänder in den Hals schnitten. Ich fragte mich, wie er schlucken wollte, wenn das Ding so festgeschnürt war. Aber er nahm sehr kleine Bissen. Der Inlandsvertrieb hatte nichts Falsches gesagt; der Hummer Thermidor schmeckte ausgezeichnet. Und sie servierten ihn im Mittelteil eines ganzen Hummers, an dem die Scheren noch dran waren. Wir bekamen silberne Hummerzangen gereicht, um sie zu knacken, wenn wir das andere aufgegessen hätten. Mein Latz wurde verkleckert und der vom Inlandsvertrieb noch mehr, weil er mit großer Begeisterung das knusprige französische Brot in seine Sauce tunkte. Aber es war der Papierlatz vom Stellvertreter, der mich am meisten faszinierte; er blieb absolut ohne jeden Flecken. Ich konnte kaum meinen Blick davon abwenden, während wir über die Zukunft von Glas in Amerika sprachen, meiner Zukunft bei Waco, vom Wiederaufbau Europas, vom Marshall-Plan. Der Chef vom Inlandsvertrieb hatte sehr dezidierte Meinungen über alles und ich auch. Der Stellvertreter hatte einen fleckenlosen Latz.

Ich war benommen von dem üppigen Essen und vom Alkohol und hätte es wahrscheinlich nicht bemerkt, wenn er während der Mahlzeit nicht ständig in meinem Blickfeld gewesen wäre, aber nachdem die Teller abgeräumt worden waren und die dritte Runde Martinis kam, faltete der Stellvertreter seinen Papierlatz zu einem perfekten Quadrat zusammen und fing an, es in winzige kleine Fetzen zu zerreißen. Mittlerweile hätte der Chef vom Inlandsvertrieb nicht mal einen mitten auf dem Tisch steptanzenden Pygmäen bemerkt.

Er hatte den größten Teil des Weines getrunken, und seine Martinis waren alle doppelt gewesen. Eine kleine Ausschweifung sei an diesem Tag fällig, sagte er mir mit einem Augenzwinkern; schließlich hätten wir was zu feiern. Es passierte nicht jeden Tag, daß der beste analytische Kopf im Land in sein Büro hereinspaziert kam. Hereinspaziert kam mit dem goldrichtigen Rezept, um seiner Abteilung die Profite zu erhalten. Schon seit langer Zeit wußte er, daß irgendwas falsch lief, und jetzt – dank mir – wußte er, was es war. (Wenn der Schuh dieses Mal runterfällt, dachte ich, dann mit gewaltiger Wucht.) Damit würde er Waco ins zwanzigste Jahrhundert führen. O ja, er würde sich auf zum Mond machen. Kauft Anteile, Jungs, sagte er uns. Kauft viele Anteile. Und er könne nur all den voreingenommenen Mistkerlen danken, die mich abgelehnt hatten. Sie wollten keinen Nigger einstellen – ihr Pech. Das hatte mich direkt vor seine Tür geführt. Und er war stolz darauf, mit *zweien* von uns am Tisch zu sitzen, stolz darauf, ein echter Amerikaner zu sein. Der Stellvertreter behielt währenddessen unentwegt diesen milden, interessierten Gesichtsausdruck bei. Die Häuflein von Papierschnipseln wuchsen vor seinen Händen. Winzige, ganz winzige Schnipselchen. Er machte das, ohne hinunterzublicken. Er machte es ganz mechanisch.

Im Raum wurde es allmählich zu stickig. Ich legte mein Jackett ab und lockerte die Krawatte. Mir wurden auffällige Blicke von anderen Tischen zugeworfen, aber ich fühlte mich so viel wohler. Mein Plan war es gewesen, zehn Jahre bei einer dieser Firmen zu bleiben – höchstens. Ein bißchen Kapital zusammenzutragen, Kontakte und Erfahrungen. Mitten in meinem Vorstellungsgespräch hatte ich sogar überlegt, daß ich es bei Waco in sieben Jahren schaffen könnte. Das Unternehmen hatte einen großzügigen Gewinnbeteiligungsplan, und es war reif dafür, eine neue Richtung einzuschlagen. Jetzt überlegte ich, ob sieben Jahre nicht noch zu lange kalkuliert waren. Konnte ich es in fünf Jahren schaffen? In vier? Der Chef vom Inlandsvertrieb erzählte jetzt seinem vierten Martini irgendwas über die nettesten Menschen von der Welt, irgendwas davon, daß ich meiner Rasse Ehre machte. Der Stellvertreter runzelte kaum merklich die Stirn angesichts meiner Hemdsärmel und schüttelte noch ein wenig unmerklicher den Kopf. Dann kehrte sein Lächeln wieder, als er in die schon etwas glasigen Augen vom Inlandsvertrieb sah, der den Kopf gehoben hatte, um unvermittelt zu fragen, wie die Dinge bei Layout und Design stünden. Der Stellvertreter sagte, die Dinge könnten nicht besser stehen. Noch einen Drink? fragte der Inlandsvertrieb und winkte nach dem Kellner, ohne eine Antwort abzuwarten.

– Noch eine Runde für alle, sagte er.

– Nein, danke, sagte ich; mir reicht es.

– Ach kommen Sie, wir haben was zu feiern. Oder etwa nicht?

Der Stellvertreter pflichtete ihm bei, ja, und ob wir was zu feiern hätten! Seine Fingerknöchel waren jetzt fast ganz unter dem Papierschnipselhaufen begraben. Ich zwang mich, woandershin zu blicken; es wurde irgendwie indiskret, weiter zuzusehen. So winzige, winzig kleine Schnipselchen. Ich sah runter auf meine eigenen Hände. Noch immer ruhig. Noch immer in der Lage, das Martiniglas fest zu umfassen. Als ich hochsah, traf mein Blick den des Stellvertreters:
Sie arbeiten also gerne hier?
Ja, das tue ich. Es ist eine großartige Chance.
Aber Sie sind ganz allein in Layout und Design, oder?
Ich habe mich schon gefragt, wann Sie dahinterkämen.

Und wohin weiter von hier?
Müssen Sie mich das wirklich noch fragen?

Nein, das mußte ich nicht. Der Kellner brachte die drei Martinis, obwohl ich ihm ausdrücklich gesagt hatte, daß *ich* keinen mehr wollte. Aber ich ließ zu, daß er den Drink mit der üblichen Grandezza vor mich hinstellte. Ich hob mein Glas mit ihnen zu einem weiteren Toast – auf die verdammt beste Bewerbung von der Welt – und nahm einen Schluck. Als der Alkohol warm durch meinen Körper strömte, nahm ich die Krawatte ganz ab und steckte sie in das Jackett, das über meiner Stuhllehne hing. Mit dem nächsten Schluck knöpfte ich einen weiteren Hemdknopf auf. Einen dritten mit dem nächsten. Als ich ausgetrunken hatte, stand mein Hemd weit offen, aber das Unterhemd klebte trotzdem an der Haut. Ein lautes Gemurmel erhob sich im Raum; schließlich waren sämtliche Köpfe zu unserem Tisch gedreht. Der Stellvertreter hatte mich ganz und gar aufgegeben, nachdem ich die Krawatte abgenommen hatte. Aber der Chef vom Inlandsvertrieb merkte überhaupt nichts, bis sich das Gemurmel zu einem gedämpften Tosen auswuchs, als ich das Hemd gänzlich auszog. Ich faltete es ordentlich über die Stuhllehne.

– Was zum Teufel tun Sie da?
– Ich mache es mir bequem, sagte ich.
– Sind Sie denn vollkommen *verrückt*?
– Nein, noch nicht.

Es war wie Medizin, draußen in der frischen Luft zu sein, mit offenem Hemd und das Jackett über die Schulter gehängt. Das Gehen half, das üble Gefühl im Magen zu beruhigen und den Alkohol aus meinem Blut zu vertreiben. In Gedanken setzte ich einen letzten Brief an meinen Vater auf. Papa, würde ich sagen, die Sprache, die du mich gelehrt hast, ist wundervoll. Ich bin in kleinen Städten und in Großstädten gewesen; ich habe Kleider jeglicher Art getragen. Es besteht kein Zweifel – und es wird auch nie einer bestehen –, daß ich ein Mann bin. Und es quält mich überhaupt nicht, daß praktisch niemand in diesem Land auch nur ein Wort versteht, das ich sage. Amerika wächst und verändert sich; wir sehen unvorstellbaren Möglichkeiten entgegen. Ich habe gerade einen Spaziergang durch die Parks und Straßen einer Stadt hinter mir, die in Kürze einen Weg finden wird, sich durch die Spaltung eines Atoms zu beleuchten. Veränderung ist Hoffnung; das hast du mir immer erzählt. Ich bin ein junger Mann; ich werde viele Veränderungen erleben. Und genau *das* macht mir Sorge, Papa, denn heute habe ich mit der Zukunft zu Mittag gegessen.

Die Pfandleihe befand sich in einer engen Nebenstraße. Das Schaufenster quoll über von den zerbrochenen Überbleibseln ungezählter Träume. Ungeachtet des Lichts wirkt das Innere solcher Läden immer schmuddelig. Ich spähte durch die Reihen von Gitarren, Saxophonen und Klarinetten und sah einen alten Juden den Holzboden fegen. Sein Kopf war tief über den Besenstiel gebeugt, das schwarze Scheitelkäppchen an den Rändern ausgefranst. Sein wirrer gelblicher Bart hing ihm bis auf die Brust und wischte bei jedem Schwung mit dem Besen über seine Weste. Er fegte mit langsamen, bedächtigen Bewegungen, als würde er den Boden anmalen. Am hinteren Ende der Theke sah ich den verschlossenen Waffenschrank. Die Revolver waren in adretten Reihen auf den Glasplatten ausgelegt; über dem Schrank befanden sich Schuhkartons voller Patronen. Ich stand vor dem Fenster, bis er sich mit dem Besen zum einen Ende des Ladens vorgearbeitet hatte. In dem Moment blickte er auf, und unsere Blicke begegneten sich durch die Krümmung eines der Saxophone.

Er wußte, was ich wollte. Langsam, sehr langsam kam er auf die verschlossene Tür zu, den Besen noch immer in der Hand, und drehte das Schild um. Da stand: Wegen Geschäftsaufgabe geschlossen. Und darunter war ein rotgoldener Pfeil, der weiter die enge Straße hinunter zeigte.

In der Mitte des Blocks lag eingezwängt ein kleines Café. Und am Ende des Tresens saß eine Frau, die sich als Eve vorstellte. Und um es kurz zu machen: Nachdem sie einen Blick auf mich in meinem grauen Flanellanzug mit dem offenen Hemd geworfen hatte, bot sie mir einen Job als Haushälter an zu Bedingungen, die ich nicht ablehnen konnte.

☆ ☆ ☆

Miss Maple greift im Winter auf Hosen und Jackett zurück. Aber er hat sich angewöhnt, ein Wollcape statt eines Mantels zu tragen. Er sagt, ihm gefällt, wie es um ihn herum schwingt und wie frei er sich dann bewegen kann, und es hält ihn genauso warm. Kein Zweifel, der Mann besitzt Flair – und Mut. Und wenn man so sieht, wie er jedes Kleidungsstück ganz nach seinen ganz eigenen Regeln tragen kann, bringt einen das auf den Gedanken, daß man vielleicht ... nur vielleicht. Aber nein, so heiß es über diesem Grill auch werden kann, ich bringe es nicht über mich. Und außerdem ist Nadine im Lauf der Jahre gut eine halbe Nummer breiter geworden als ich (wirf die Pfanne, Liebling, und ich ruf die Polizei).

Miss Maple hat uns eine große Flasche Champagner zum Anstoßen um Mitternacht mitgebracht. Er verbeugt sich vor mir und holt sie unter dem Cape hervor, um sie wie ein Zauberer zu präsentieren. Moët. Er erzählt mir, das sei eine der besten Marken, die es gibt. Ich muß seinen Worten glauben. Alles, was auf einem höheren Brett steht als der Jack Daniel's, ist außerhalb meiner Reichweite. Er sagt, wenn alles so weitergeht wie bisher, würden wir ihn am Ende dieses neuen Jahres nicht mehr sehen. Er wird dann genug Geld gespart haben, um sein eigenes Unternehmen zu gründen. Ich freue mich wirklich für den Burschen; er hätte ohnehin gar nicht hier sein dürfen. Aber ich nehme an, das kann man von so ziemlich jedem sagen, mich selbst eingeschlossen, obwohl ich nicht soviel Köpfchen habe wie er. Und auf jeden Fall habe ich nicht soviel Geld. Er hat allerdings jeden einzelnen Penny verdient, und ich mißgönne ihm nicht einen roten Heller davon. Ein geringerer Mann hätte auf das Geld seiner Familie zurückgegriffen, und soweit ich weiß, ist die nicht gerade arm. Aber der Champagner, den er entkorkt, bekommt durch die Art, wie er erstanden wurde, einen besonders köstlichen Geschmack.

Er betreibt seinen Job bei Eve wie eine Wissenschaft. Falls er und Jesse sich nicht in den Haaren liegen, weil sie ihn nicht ihr Zimmer machen läßt, kann er zwischen dem Polieren sämtlicher Möbel und Holzteile alle Bettwäsche abziehen, waschen und bleichen und trocknen lassen, bügeln und zusammenlegen. Die Teppiche werden jeden zweiten Tag gesaugt, die Fenster einmal pro Woche geputzt. Zweimal im Monat wird ausgiebig geschrubbt: Wände, Vordertreppe, hintere Veranda. Und einmal im Monat die Kamine. Alles ist bis mittags fertig – und es ist ein vierstöckiges Haus –, was ihm freie Zeit bis um sechs Uhr am Abend läßt, wenn der erste Herrenbesuch an der Haustür klingelt. Und es ist diese freie Zeit zwischen zwölf und sechs Uhr abends, in der er von der Hausarbeit profitiert, die er am Vormittag erledigt und die ihn nun zu einem wohlhabenden Mann macht.

Gewinnen Sie mit einem Vers über
Swift's Allesreiniger

Stellen Sie sich nur vor! Sie, Herrscherin über alles, was Sie in Ihrem Lieblingskaufhaus erblicken – wenn Sie die glückliche Gewinnerin in dem großen Swift's-Allesreiniger-Wettbewerb sind! Kaufen Sie alles, was Ihnen gefällt – einen Nerzmantel, schöne Möbel –, kleiden Sie die ganze Familie ein, richten Sie Ihr Heim neu ein, kaufen Sie all die herrlich verrückten Hüte, die Sie schon immer haben wollten! Und lassen Sie *alles anschreiben* – Swift's & Company wird die *Rechnung bezahlen*! Denken Sie an all die Haushaltsgeräte, Möbelstücke, phantastischen Kleider und Pelze, den Schmuck, das Tafelsilber und Porzellan, das Sie für fünftausend Dollar kaufen können!

Miss Maple gewann den dritten Preis. Einen Westinghouse Elektroröster, den er für dreißig Dollar verkaufte – aber er war auf dem richtigen Weg. Oxydol. Chiffon-Seifenflocken. Old-Dutch-Reiniger. Fab. Ajax. Cashmere Bouquet. Der Werbespruch, der ihm die größte Bargeldsumme einbrachte, war der für den Colgate-Palmolive-Peet's-100 000-Dollar-Goldrausch-Wettbewerb. Er kassierte beinahe fünftausend Dollar für den zweiten Preis. Aber er sagte, die größte persönliche Befriedigung habe ihm der Chiffon-Vers gebracht:

Ich mag Chiffon – zarte Flocken für zartweiße Haut,
zart auch zum Ring einer glücklichen Braut.

Verstehen Sie, als er in Chicago war, hatte er sich für eine Stelle bei Armour & Company beworben. Die Recherchen, die er für seine Bewerbung dort angestellt hatte, zeigten, daß die neue Einstellung der amerikanischen Hausfrauen sie reif machten für ein Spülmittel, mit dessen Hilfe sie sich sowohl verheiratet als auch sexy fühlen konnten. Der Ford V8, den er für seinen Spruch einheimste, zeigte, daß jemand in dem Unternehmen seine Zahlen sehr ernst genommen hatte.

Miss Maple hat mir erzählt, daß diese Werbespruch-Preisausschreiben mehr als nur ein Publicitytrick sind; durch das Lesen von Tausenden von Einsendungen kann der Marktanalyst eines Unternehmens genau sagen, was die Kunden von dem Produkt erwarten. Und sie benutzen sie, um zukünftige Strategien zu erarbeiten. Die preisgekrönten Reime gewinnen nicht deshalb, weil sie gut sind; es sind nur diejenigen, die dazu benutzt werden können, die neue Marktkampagne anzuführen. Und da er selbst einem ganzen Haufen dieser Läden Starthilfe gegeben hat, weiß er bereits, was die Masse der Einsendungen durch die Hausfrauen demonstrieren wird. Und dank der Anwendung dieses Wissens zusammen mit dem Wissen aus der *Praxis*, das er sich bei Eve durch die Benutzung dieser Produkte erworben hat, geht er jeden Monat zur Bank. Oder zum Schmuckgeschäft. Alles zur Melodie von annähernd fünfzigtausend Dollar, Tendenz steigend.

Eves Anteil beträgt zehn Prozent. Ich würde gerne das Doppelte rausrücken, sagt er, weil das Ganze ihre Idee gewesen ist – selbst mein Name. Statt dessen gibt er ihr Tips, was sie für neue Aktien kaufen soll. Es stecken absolut sichere Gewinne in Babyflaschen – aber meide Waco-Glas und Kacheln. Sie hocken auf einer Vermarktungsstrategie, die sie nie anwenden werden, weil sie von einem Spinner kam. Ich bezweifle allerdings, daß sie viele Ratschläge braucht; sie ist von Haus aus eine gewiefte Geschäftsfrau. Sklavenarbeit ist niemals so produktiv wie die Arbeit eines freien Menschen – auch wenn er ohne Lohn arbeitet. Und Eve hat Miss Maple erlaubt, einer der freiesten Menschen zu sein, die ich kenne.

Die Glocken draußen fangen an, zum Jahreswechsel zu läuten. 1949. Er nimmt sein volles Champagnerglas mit nach hinten ins Café. Während ich von der Tür aus zusehe, tritt er kühn hinaus mitten ins Nichts und wird hochgehoben von einem sanften Wind, der das Cape um seine Knie flattern läßt. Es ist ein heißer, trockener Wind, der aus einer Wüste kommen könnte, aber er bringt ausgerechnet Schnee. Weich und leise fällt er, bedeckt seine Schultern, sein nach oben gewandtes Gesicht. Schnee. Er hebt sein Glas und dreht sich zu mir um, als eine einzelne Flocke auf den Rand fällt und an der Seite entlang in eine bernsteinfarbene Welt hinunterschmilzt, wo Bläschen platzen und neu entstehen, platzen und neu entstehen.

– Frohes neues Jahr, Bailey.
– Frohes neues Jahr, Miss Maple.

Das Finale

Mein alter Herr hat immer gesagt: Beende stets, was du angefangen hast. Das ist ein vernünftiges Prinzip, aber es kann in diesem Café nicht funktionieren. Wenn das Leben wirklich ein Lied ist, dann haben wir hier nur die Fragmente von ein paar Melodien. Alle diese Menschen befinden sich in einem Durchgangsstadium; sie kommen mitten in ihren Geschichten herein und ziehen weiter. Wenn es sich dabei um diese kitschige Geigenmusik aus dem Ballsaal der Träume handeln würde, könnten wir alles mit einem Haufen Happy-Ends abschließen, um Sie mit einem wirklich guten Gefühl nach Hause zu schicken, da Sie sich schon die Zeit genommen haben zuzuhören. Aber ich glaube nicht, daß das Leben dazu da ist, Ihnen ein gutes oder auch schlechtes Gefühl zu geben. Das Leben ist nur dazu da, Ihnen überhaupt ein Gefühl zu geben.

Am Anfang, als ich in dieses Geschäft einstieg, habe ich noch nicht so gedacht. Ich stellte mir vor, es würde die Antwort für alle anderen sein, so wie es für mich die Antwort gewesen war. Aber es war Gabe, der mich auf die Tatsache hinwies, daß das Betreiben dieses Cafés nichts dergleichen bewirkt hatte: Mein Hündchen, du stehst noch immer auf diesem Kai in San Francisco, Amerika. Und die Welt wartet noch immer darauf, durch das Verschlucken eines Feuerballs Selbstmord zu begehen. Wir tun hier nichts weiter, als die Zeit zum Stillstand zu bringen, wir geben keine Antworten und kriegen keine Antworten – weder für uns selbst noch für irgend jemand anders. Glaubst du nicht, wenn es eine Antwort für das gäbe, was meinem Volk angetan worden ist, daß ich als Jude sie gefunden hätte?

Jetzt müssen Sie aber etwas erfahren über Gabe. Wenn er sich auf sein Volk bezieht, meint er nicht nur die Flüchtlinge, die aus Europa flohen, er meint die ganze Judenschar.

Auch die kleine Mariam. Und er geht weit, weit in der Zeit zurück. Für ihn war Hitler nur der neueste Unhold auf der Bühne. Aber ich habe in diesem Krieg gedient, und ich kann das nicht so sehen – schlagen Sie nur eine Zeitung auf, immer noch werden Gräber gefunden. Wir reden hier von einem echten Ungeheuer. Aber Gabe rückt nicht ab von seiner Meinung. Er sagt: Nein, wir reden hier von einem menschlichen Wesen. Ich würde gerne glauben, daß du recht hast, sagt er; es würde mir erlauben, nachts zu schlafen, da ich an diese Erde gefesselt bin. Und viele schlafen, weil sie glauben, eine Erklärung für das Undenkbare gefunden zu haben. Sie können diesen Dämon, den sie aus lauter Verzweiflung erschaffen müssen, unter die anderen undenkbaren Schrecken einordnen, die in ihren Alpträumen wach werden. Sie spüren ein Gefühl der Reinigung, wenn sie ihre Tränen über den Fotografien unserer Kinder vergießen, die überlebt haben und deren Blicke kundtun, daß sie jenseits aller Erlösung sind. Ich würde liebend gerne dasselbe tun. Und Gabe zupft dann am Ende seines Barts und vergißt, daß ich überhaupt hier bin, während er fortschweift, wohin ich ihm nicht folgen kann. Nein, mein Freund, er war nichts weiter als ein Mensch. Und Hitler hatte Helfershelfer.

Er meint, sehr viele Helfershelfer. Eine Welt voller Helfershelfer. Weshalb Gabe Probleme mit dem Schlafen hat. Und er glaubt, das Leben sei viel zu kompliziert, um mit dem Finger auf jemand zeigen zu können; wir hätten nicht genügend Hände. Wenn ihn das zu einem besseren Menschen macht, als ich es bin, na bitte. Nachdem ich in diesem Krieg gekämpft habe, habe ich das Recht auf meine Meinung über den Wahnsinnigen, der ihn begonnen hat, aber in anderen Dingen, die Gabes Volk betreffen, lasse ich ihm seine Meinung. So wie er mir meine läßt.

Er ist ein russischer Jude. Ich bin ein amerikanischer Neger. Beide werden wir in unserem Land nicht als nationale Kostbarkeit betrachtet, und damit endet die Ähnlichkeit auch schon. Wir lassen uns nicht auf einen Meinungsaustausch ein, wer wem was am meisten angetan hat. Wer den größten Leichenhaufen hat. So wie ich es sehe, gibt es keinen Vergleich. Meistens, wenn die Leute mit dieser Phrase kommen, wollen sie eigentlich sagen, daß ihr Schmerz schlimmer ist als dein Schmerz. Aber Gabe weiß genau, was ich meine: Es sind zwei verschiedene Paar Schuhe.

Und deshalb können wir aufrichtig miteinander reden oder sogar in einen ausgewachsenen Streit geraten über Themen, die andre Leute nicht mal im Traum unter so verschiedenen Gesprächspartnern ansprechen würden. Ich lass' mich nicht über seine Pogrome aus, wenn er eine Behauptung von mir über die Lynchjustiz im Süden anzweifelt, und er läßt sich nicht über die Rassendiskriminierung aus, wenn ich nicht allem zustimme, was er über die Einwanderungsquoten für Juden sagt. Denn es gibt keinen Vergleich. Aber es gibt viele lange Nachmittage in seiner Pfandleihe, an denen sich zwei sehr verschiedene Menschen über Gläsern mit starkem Tee in die Augen sehen und etwas lernen können. Die Beteuerung, daß alle Menschen Brüder seien, ist ein bloßes Lippenbekenntnis und ausgemachter Blödsinn. Dieser Mann ist *nicht* mein Bruder. Mein einziger Bruder ist vor fast vierzig Jahren von zu Hause fortgegangen, und ich habe ihn seither nicht wiedergesehen. Dieser Mann ist einfach jemand, der nicht herumirren und raten muß, was ich wirklich über ihn denke, weil ich es ihm *sage*. Und wenn Sie das herzerwärmend und erfrischend finden, dann zeigt Ihnen das, wie weit die Welt noch von allem entfernt ist, was auch nur aussieht wie Friede unter den Menschen.

Niemand von uns hier hatte eine Vorstellung, was geschehen sollte, wenn Mariams Baby kam. Ihre Situation war für alle etwas Neues. Ich fürchte, daß Eve dieses Mal ihr Herz über ihren Verstand herrschen ließ. Ich sage nicht, Mariam hätte wieder zurück nach Addis Abeba abgeschoben und dem Hungertod überlassen werden sollen, aber Eve wußte, daß sie nicht ewig hier in dieser ungewissen Übergangswelt bleiben konnte. Und wir hatten keine Ahnung, was eine richtige Geburt aus dieser Straße machen würde. Sie ist nichts weiter als eine Zwischenstation, und diese Alternativen sind immer klar gewesen: Man verläßt sie entweder irgendwann, um das Leben wiederaufzunehmen – und ist hoffentlich besser dran als zu der Zeit, als man uns gefunden hat –, oder man geht zur Rückseite des Cafés und macht ihm ein Ende. Aber wie kann das Leben selbst hier seinen Anfang nehmen? Ein kleines Gör wirft eine wirklich große Frage wie diese auf, weil es als Schwarze und Jüdin geboren wurde.

Gabe versuchte, mit seinen wenigen Ersparnissen einen seiner Cousins zu bezahlen, damit der ihr eine Einreise nach Israel verschaffte. Und er fiel ziemlich heftig über die neue Regierung her, weil sie das Mädchen trotz Rückkehrgesetz nicht ins Land ließ. Sie kannte also nicht den Talmud? Moses kannte den Talmud auch nicht. Elias kannte den Talmud nicht. Würden sie auch ausgesperrt bleiben? Menschen, die unsere Vorbilder sein sollten, sitzen da drüben und spielen diese albernen Spielchen. Jerusalem war mehr als nur ein Traum, der für sie wahr geworden war; es war die eine Chance der Zivilisation zur Berichtigung wenigstens *eines* Unrechts. Wenn es nur eine Möglichkeit für die Juden gegeben hätte, ein Heimatland zu bekommen und die Politiker dort zu lassen, wo sie waren. Ich bin noch immer mit Gabe befreundet, weil ich nicht Partei ergreife, weder in die eine noch in die andere Richtung, wenn er gegen sein eigenes Volk loswettert. Wenn es darum ging, geriet er ganz aus dem Häuschen. Knallte alte Radios auf den Boden und schmiß getragene Mäntel in Kartons und fegte einen wahren Staubsturm auf. Hünd-chen, halt dir die Ohren zu, ein Goj sollte solche Sachen nicht hören. Aber sie machen sich Sorgen wegen der Araber? Papier wird das Land vernichten. Sie haben die Chance, etwas Gutes für alle Juden zu tun, und sie begraben sich selbst unter Papier. Unter ihren eigenen dummen Vorurteilen. Und dann fing er an, über Hühner zu plappern, die auf ihre Köpfe pinkelten, und ich nahm an, das war eine russische Redewendung dafür, daß sie ziemlich tief gesunken waren.

Ich weiß, daß Gabes Enttäuschung der Liebe zu seinem Volk und seinem Glauben entspringt, daß sie eine gottgegebene Verantwortung haben, besser als andere zu sein. Ein Licht für die Welt. Aber ich kann es mir leisten, die Sache objektiver zu betrachten. Menschen sind Menschen. Und Regierungen sind Regierungen. Und Israel wird kein bißchen anders als jedes andere Land regiert. Der erste Geschäftsordnungspunkt ist, dafür zu sorgen, daß sie überhaupt überleben können, da sie mitten in ihre neuen Nachbarn hineinverpflanzt worden waren, die nicht mit Limonade und Früchtekuchen an ihre Tür klopfen werden. Aber innerhalb dieser Grenzen spielt sich genau dieselbe Geschichte ab: Es gibt die Betuchten, und es gibt die armen Schlucker. Es gibt die, die als minderwertiger denn andere Juden betrachtet werden, je nachdem, von welcher Art oder Färbung ihr Judentum ist, oder was auch immer. Aber vor allem anderen werden die Gruppen, die an der Macht sind, alles tun, was sie können, um weiterhin an der Macht zu bleiben. Und das bedeutet, nach der Pfeife derer zu tanzen, die die meisten

Wählerstimmen bringen – oder den meisten Lärm machen. Und es gibt derzeit niemand von Mariams Stamm, der auch nur eines von beiden tun könnte. Aber ich glaube nicht, daß eine solche Regierung es sich leisten kann, Proteste wie die von Gabe zu ignorieren – und sei es auch nur, um eine Peinlichkeit zu vermeiden. Das einzige, was Politiker noch mehr hassen als einen gut informierten Wähler, ist eine schlechte Presse.

Aber wir wußten, daß wir keine Zeit hatten, auf so was zu warten. Gabe versuchte es weiter, bis er von einem Rabbi Matthews erfuhr, der in New York lebt. Er hat andere Falaschas in seiner Gemeinde oben in Harlem, von denen einige noch immer Mariams Sprache konnten. Und eine Zeitlang sah es so aus, als hätten wir jemand gefunden, der sie adoptieren und ihrem Kind ein Zuhause geben würde. Und das ist der Punkt, wo ich so wütend werden kann, daß ich anfange zu stottern. Gabe hat recht: Wenn ich aus dem Café gehe und diese Straße verlasse, bin ich noch immer in San Francisco. Er ist oben im Kaukasus. Und Eve ist in New Orleans. Verstehen Sie, es ist immer noch das Leben, aus dem wir gekommen sind. Und da wir beide unseren Laden nie für lange verlassen können, halten wir es für das einfachste, irgendwelche Stammgäste, die zufällig hier aus Harlem hereinkommen, dazu zu bringen, die kleine Mariam mit sich zu nehmen. Und was ich gehört habe, ist zu engstirnig, als daß ich es glauben könnte. Raten Sie, von wem ich es gehört habe? (Schwester Carrie und Sugar Man, falls Sie einen Hinweis brauchen.)

– Dieser Matthews ist bloß ein Betrüger. Wer hat schon je von einem farbigen Rabbi gehört? Anstatt die Neger irrezuführen, sollte er sie lieber Christus näherbringen.

– Es gibt gar keine schwarzen Juden. Ist eins von beiden nicht schon schlimm genug?
– Ich will nichts mit den Leuten zu tun haben; sie ...
– Ich traue diesen Leuten nicht; sie ...

Es nahm einem nicht nur jeden Mut; es brach einem das Herz. Ich wollte ihnen beiden sagen, daß sie sich zum Teufel scheren und nie mehr wiederkommen sollten. Nur daß das Lokal in Wirklichkeit gar nicht mir gehört. Nein, ich bin nur der Depp, der gezwungen ist, hier drinzubleiben und solche Leute zu bedienen. Aber ich werde ihnen schon den Kopf zurechtrücken. Wenn sie das nächstemal hier sind und fertig gegessen haben, werden sie in der Toilette nach irgendeinem Gott schreien, der bereit ist, sie zu erhören. Was alles der kleinen Mariam nicht geholfen hat, und dann war es zu spät und sowieso egal. Wir mußten nur noch wenige Stunden warten.

Eine Menge Dinge passierten an diesem Tag nicht. Die Sonne schien nicht. Die Zündflamme unterm Grill ging nicht an. Die Jukebox hatte den Geist aufgegeben. Und kein Mensch beschwerte sich. Es war, als erwarteten sie, daß das kein Tag wie jeder andere würde. Eve brachte Mariam gegen Mittag rein. Sie war nur noch ein Bauch mit kleinen, dünnen Armen und Beinen. Es machte einen irgendwie traurig, das, was ein Frauenkörper sein sollte, mit so einem ausdruckslosen jungen Gesicht obendrauf zu sehen. Ihre Gesichtsfarbe war allerdings sehr viel gesünder als damals, als sie zum erstenmal bei uns auftauchte, und sie watschelte, so gut es ging, mit, als sie nach hinten ins Café geführt wurde. Sie schien beinahe ungeduldig. Sie hatte tagelang geweint und nach ihrer Mutter gefragt. Und Eve hatte ihr gesagt, sie würde in ihr Dorf zurückkehren, und in gewisser Weise stimmte das auch.

Früher am Morgen hatte Eve alles vorbereitet. Die Eukalyptusbäume. Den Wacholder. Ein steil aufragender Berg im Hintergrund. Die von hinten hereinströmende Luft roch nach feuchtem Moos, und schmale Streifen von Sonnenlicht fielen unter der Tür hinein. Diese ganzen Anstrengungen erschöpften sie, und ich vermute, die Sorge um das, was noch kommen würde, ebenfalls. Eve saß gebeugt über einer Tasse Kaffee da und sah älter aus, als ich sie je gesehen hatte.

– Ich hatte keine Wahl, sagte Eve. Sie schafft es nicht allein. Und ich glaube, ich habe alles richtig vorbereitet.

Aber ich fragte mich, ob sie das Kind draußen in der freien Landschaft entbinden wollte.

– Nein, aber das letzte Stück Arbeit ist etwas, was nur sie tun kann. Ich kann nur versuchen, es zeitlich so hinzukriegen, daß sie bei den ersten Wehen wieder zurück ist, und dann wird die Hütte, die sie braucht, erscheinen. Aber das ist alles so kompliziert, Bailey; ich muß sie aufschneiden, bevor die Fruchtblase aufspringt. Du weißt, sie ist zusammengenäht wie ein …

Ich wußte es, und ich wollte nichts davon hören. Es tut mir leid, daß ich so barsch zu Eve war; niemand anders hatte den Mut gehabt, die Sache durchzuführen. Und nach allem, was wir wußten, konnte sich diese Straße nach dem ersten Schrei des Kindes einfach in Luft auflösen. Sicher, wir würden zu den gleichen hoffnungslosen Scheidewegen in unseren Leben zurückgeworfen, aber sie wäre dort draußen in dem endlosen Raum verdammt. Und mir machte schon der Gedanke daran angst, Mariam schreien zu hören.

– Nein, dieses Mädchen hat genug durchgemacht, sagte Eve. Ich kann nichts gegen das Blut unternehmen, aber es gibt eine Möglichkeit, die Schmerzen zu lindern.

Ich hätte mir nie träumen lassen, daß sie Lichter meinte. Funkelnd. Schimmernd. Lichterwellen. Wir konnten sie sogar vom vorderen Teil des Cafés aus sehen. Neben den wenigen Gästen hatten sich alle, die in der Straße wohnten, hier versammelt. Und ich meine alle, sogar die seltsame kleine Esther. Sie hatte sich in die dunkelste Ecke des Raumes gedrückt, saß auf dem Boden, die Arme um ihre angewinkelten Knie gelegt. Aber sogar ihr Gesicht drückte Ehrfurcht aus. Silber. Perlmutt. Irisierendes Rosa. Sie sprühten durch den sonnenlosen Raum und trafen auf der Decke auf. Auf den Wänden. Dem Boden. Leuchtendes Kupfer. Glühendes Orange. Und alle Arten von Gold. Lichtpailletten, die durch die Luft schwirrten und wirbelten. Lichtkaskaden fluteten herein, rissen auseinander und rollten wie flüssige Diamanten über die abgenutzten Kacheln. Smaragde, Türkise. Saphire. Das dauerte stundenlang an. Ich schaute hinüber, und da strömten Tränen über Gabes runzeliges Gesicht: Gott segne dich, Eve. Und schließlich nur das matte Leuchten eines kühlen Aquamarins. Dann hörten wir den ersten dünnen Schrei des Säuglings – und im Café brach die Hölle los.

Nadine umarmte mich so fest, daß sie mich beinahe vom Boden hob. Dann packte Gabe mich, wirbelte mich herum, und wir fingen an zu tanzen. Er konnte ganz schön flott springen für einen alten Ziegenbock. Miss Maple nahm seine andere Hand, und zu dritt tanzten wir in der Mitte mit hoch erhobenen Händen und stampfenden Füßen. Die Leute standen auf den Tischen und jubelten. Jemand klopfte mit einem Bratenwender auf die Theke. Jemand anders riß einen Sack Reis auf und warf ihn durch die Luft. Es war mir völlig egal. Jesse hatte ihren Rock hochgehoben, im Eifer eines wüsten Flamencos. Und, Wunder über Wunder, Esther lächelte. Aber ich glaube, es war Peaches, die anfing zu singen. Ich weiß, sie hat die schönste Stimme, und das Spiritual setzte hoch und klar ein. Man konnte es sogar durch das Chaos hindurch vernehmen. Und alle konnten noch immer den einsamen Schrei neuen Lebens hören.

Fragt dich jemand, wer du bist?
Wer du bist?
Wer du bist?
Fragt dich jemand, wer du bist?
Sag ihm – du bist Gottes Kind.

Eine Stimme sang mit. Noch eine Stimme sang mit. Und noch eine.

Fragt dich jemand, wer ich bin?
Wer ich bin?
Wer ich bin?
Fragt dich jemand, wer ich bin?
Sag ihm – ich bin Gottes Kind.

Bald sangen alle mit, ein bißchen durcheinander und falsch. Aber alle sangen.

Friede auf Erden, Maria schaukelt die Wiege.
Maria schaukelt die Wiege, und Maria schaukelt die Wiege.
Friede auf Erden, Maria schaukelt die Wiege.
Sag ihm – sie war mit Gottes Kind.

Seht ihr, Leute, deshalb verging beinahe eine Stunde, ohne daß uns einfiel, daß wir noch gar nicht wußten, ob es ein Junge oder ein Mädchen war.

Es stellte sich heraus, es war ein Junge. Ein bißchen schwach, aber sie überstanden es gut. Wie es bei ihr zu Hause Brauch war, behielt sie das Kind bis heute dort draußen bei sich. Eve brachte den Jungen heute morgen mit ins Café, weil es Zeit für ihn war, beschnitten zu werden. Gabe sorgte dafür, daß wir alles ganz vorschriftsmäßig machten. Er legte ein sauberes Kissen für den Säugling auf die Theke. Er sprang als Vater ein, und er sollte die Operation durchführen. Ich dachte, meine Tage als *mohel* wären vorbei, sagte er und zwinkerte. Ich mußte als der ehrenamtliche *sandek* fungieren, als Pate. Und Miss Maple übernahm die Rolle des anderen männlichen Gasts, um mir bei der Antwort auf den Segen zu helfen. Keine Sorge, sagte Gabe; Gott wird euch dafür vergeben, daß ihr keine Juden seid. Als der alte Mann auf das Kind runterblickte, nahm sein Gesicht einen feierlichen Ausdruck an, und seine Worte hallten tief in mir wider. Nur einem kompletten Dummkopf wäre entgangen, daß es bei dieser Zeremonie um das Überleben ging:

> – Ich bin bereit, das Gebot zu erfüllen und dich zu beschneiden, mein Sohn, so wie es der Schöpfer, gesegnet sei Er, uns geheißen hat, so wie es im Gesetz geschrieben steht: Ein jegliches Knäblein, wenn's acht Tage alt ist, sollt ihr beschneiden bei euren Nachkommen.

Die Vorhaut wurde schnell entfernt. Aber es ist ein lebhaftes Bürschchen, und wie er gekreischt hat! Man kann sehen, daß dieser Junge mal ein Kämpfer wird. Nachdem Gabe die Wunde gesäubert hatte, fuhr er fort:

> – Gesegnet seiest Du, o Herr, unser Gott, König im Himmelreich, der Du uns hast auserwählt durch Deine Gebote und hast uns geheißen, unsere Söhne aufzunehmen in den Bund mit Abraham, unserem Vater.

Und dann kam der Teil, den wir geprobt hatten.

> – Also der Knabe eingetreten ist in den Bund, möge er eintreten in das Gesetz, in das Ehebett und in gute Taten.

Ich sage Ihnen, es war wirklich ergreifend. Und das gefällt mir am meisten an Gabes Glauben: Nichts Wichtiges kann geschehen, solange sie nicht alle zusammen als eine Gemeinschaft daran teilhaben. Danach hatte ich das Gefühl, als sei das Kind wirklich ein Teil von mir. Als hätte ich eine besondere Verantwortung dafür, daß es zu einem anständigen und guten Menschen heranwächst. Als sein ehrenamtlicher Pate konnte ich mir keinen besseren Anfang für ihn ausdenken, als ihm den Namen meines Vaters zu geben. Aber es stellte sich heraus, daß sein ehrenamtlicher Papa genau das gleiche vorhatte. Und bei Charakteren wie unseren konnten wir unmöglich zu einem Kompromiß gelangen. Einer der Namen mußte der *erste* sein, oder nicht? Bevor wir handgreiflich wurden und Miss Maple uns trennen mußte, trat die Vorsehung auf den Plan; wie es schien, hießen beide unserer Väter George.

Also ließ die Ankunft des Kindes die Straße nicht verschwinden. Ich habe noch immer diesen Laden, und es sieht so aus, als würde ich ihn noch eine Weile behalten. Aber nachdem die Feierlichkeiten vorbei waren und alles wieder ruhig wurde, hatten wir die Gelegenheit, darüber nachzudenken, was das alles bedeutete. Die Zeiten sind in ständiger Veränderung begriffen. Wenn die Welt sich draußen so entwickelt, daß sogar das Leben selber in dieser ungewissen Übergangsstation hervorgebracht werden kann, dann werde ich vielleicht eines Tages, viel zu bald, Kinder durch diese Tür hereinkommen sehen. Kinder, die ihre Zukunft verloren haben. *(Die Kinder, die überlebt haben und deren Blick kundtut, daß sie jenseits aller Erlösung sind.)* Ich weiß nicht, wie es Ihnen geht, aber mir schaudert vor den Geschichten, die sie zu erzählen haben werden.

Und glauben Sie mir, nichts würde ich lieber tun, als Ihnen ein Happy-End von dem, was heute passiert ist, mitzugeben. Ich möchte es abschließen, indem ich sage: Nachdem wir

George seinen Namen gegeben hatten, brachten wir ihn zu seiner Mutter zurück, und nachdem Mariam ihrem Brauch zufolge einen Monat lang mit ihm dort draußen geblieben ist, werden sie und das Kind sich schließlich zu Rabbi Matthews aufmachen. Sie wird freundliche und geduldige Menschen kennenlernen, die sie verstehen und wissen, daß sie Führung braucht, um ihren Sohn großzuziehen. Also werden sie einen Mann ihres Glaubens suchen, der sie heiratet. Einen Mann, der den Jungen als seinen eigenen annehmen wird, ihn wie seinen eigenen lieben wird; denn sie werden noch mehr Kinder bekommen. Mariam und dieser Mann werden kein vollkommenes Leben miteinander führen – kein Leben ist vollkommen –, aber es wird ihnen das meiste von dem verschaffen, was man von einer Ehe erwarten kann. Jemand, mit dem man in Behaglichkeit und Frieden alt werden kann. Ja, ich würde mir fast den rechten Arm abhacken, um etwas in der Art sagen zu können. Aber nachdem Eve das Kind zu Mariam zurückbringen wollte, traf sie auf eine Wasserwand. In Eves Abwesenheit hatte Mariam versucht, einen fließenden Strom zu erschaffen, um darin zu baden. Und die Leere dort draußen hatte genau das produziert, was ihr kindlicher Verstand herbeigedacht hatte: endloses Wasser.

Natürlich werden wir das Kind nicht in dieser Straße aufziehen. Und wenn unsere Gebete erhört werden, werden wir es nie wiedersehen, sobald es uns einmal verläßt. Ich habe einen Gast, der gelegentlich auftaucht, alle sechs Monate oder so. Irene Jackson leitet ein Heim für obdachlose Jungen. Sie nimmt sich ihre Arbeit so zu Herzen, daß sie immer an den Rand eines Zusammenbruchs gerät, wenn sie ein Kind nicht zurechtbiegen kann. Sie ist eine harte Frau, aber anständig und gerecht. Sie wird aus diesem Kind einen guten Jungen machen – oder sie beide bei dem Versuch zugrunde richten. Aber Wallace P. Andrews wird nicht wie ein Gefängnis geführt. Sieht auch nicht wie eins aus. Man könnte es für einen College-Campus halten, wenn man nicht zu genau hinsieht. Gärten. Ein Baseballfeld. Ich weiß, es klingt, als wollte ich Sie davon überzeugen, daß wir das Richtige machen, aber eigentlich versuche ich, mich selbst zu überzeugen.

Also, ich weiß, was Irene Jackson von dem hält, was bei Eve vor sich geht. Sie gehört zu dem Lager derer, die glauben, daß es *keine* Pension ist. Und wenn sie dahinterkommt, daß Mariam dort gelebt hat und daß wir nicht wissen, wer der Vater ist, wird sie, egal, was wir dann noch sagen, nur zu einem Schluß kommen. Und es quält mich, daß der kleine Junge aufwachsen und das von seiner Mutter denken wird. Er sollte wissen, daß die Welt lichtüberflutet war, als er geboren wurde. Aber was können wir sonst tun? Der ganze Charakter dieses Cafés läuft der Möglichkeit zuwider, daß je ein Gast hier hereinkommt, der in der Lage wäre, ihn zu adoptieren. Was wir hier haben, ist die klassische Situation eines Verdammt-seist-du-wenn-du's-tust-und-verdammt-seist-du-wenn-du's-nicht-tust. Eine passende Situation für diesen Ort, oder?

Und so werden wir es ausklingen lassen, Leute. Das ist das glücklichste Ende, das ich zu bieten habe. Ich persönlich bin nicht allzu geknickt darüber. Das Leben geht weiter. Trotzdem verstehe ich, was dieser kleine Bursche sagen will, wenn er weinend in dem Korb aufwacht: Wenn man sich auf der Welt mehr Fragen als Antworten gegenübersieht, kann es eine himmelschreiende Schande sein.

Knaur

Starke Seiten

für Frauen

(65092)

(65070)

(65068)

(65048)

(65031)